元灯长歌

傅菲 著

CNS PUBLISHING & MEDIA
湖南文艺出版社
HUNAN LITERATURE AND ART PUBLISHING HOUSE

图书在版编目（CIP）数据

元灯长歌 / 傅菲著. -- 长沙 : 湖南文艺出版社,
2021.12
ISBN 978-7-5726-0340-2

Ⅰ.①元… Ⅱ.①傅… Ⅲ.①散文集—中国—当代
Ⅳ.①I267

中国版本图书馆CIP数据核字(2021)第189486号

元灯长歌

YUANDENG CHANGGE

作　　者：傅　菲
出 版 人：曾赛丰
策 划 人：陈新文
责任编辑：杨晓澜　陈漫清
责任校对：彭　慧
封面设计：周伟伟
内文排版：钟灿霞

出版发行：湖南文艺出版社
（长沙市雨花区东二环一段 508 号 邮编：410014）
网　　址：http//www.hnwy.net
印　　刷：湖南省众鑫印务有限公司
经　　销：湖南省新华书店
开　　本：880mm × 1230mm 1/32
印　　张：11.5
字　　数：238 千字
版　　次：2021 年 12 月第 1 版
印　　次：2021 年 12 月第 1 次印刷
书　　号：ISBN 978-7-5726-0340-2
定　　价：58.00 元

自序：土地·灯塔·未来

怀玉山山脉东起浙西婺州，西没于赣北鄱阳湖，如苍龙游于天际。灵山山脉是其主要支脉之一，横亘于赣东境内。发源于望仙乡的樟涧和发源于华坛山镇的古城河，在郑坊盆地汇合，始称饶北河。因河始出灵山之北，又名灵溪，向南而流，九曲百余里，汇入江西五大水系之一的信江。郑坊盆地乃上饶县（现称广信区）最大盆地，属粮仓之地，在新中国成立之前，是兵家必争之地，因此也多世事沧桑。我的生养之地枫林村属盆地西边小村，依山而建，临河而居，现有 2400 余人口，就业以务农、手艺和外出务工为主。我在此生活到十六岁，前往外地读书并工作至今。

但我并没有离开养育我的土地。自 2005 年，我从社会学的角度，深入观察和探究枫林村，涵盖了人口、收入、知识、职业、技术、疾病、就学、婚丧、养老、伦理、外出谋生地、污染、非正常死亡、风俗和文化，以及郑坊盆地的鸟类迁徙及其他野生动物生活、植物分布等诸多领域。自 2015 年始，我每年以四分之一的时间，去做田野调查。我像一个方士，独自背一个四角方包，夹一把雨伞，行走在郑坊盆地，身上沾着草屑或露水。那是一个旷达、落寞、四季色彩分明的乡野。我历经草枯草黄，观察自然形态，深入形色众生，记录他们的生命形态，并做样本调查、分析。我很奢侈地想，冀望借此打开一条幽深之路，通往时代深处的乡村，以探究百年来的世事变迁、演进。

我痴迷于此。我祈望绘制饶北河上游流域的“百年生活图谱”。即使这个“图”只有巴掌那么大，但须是如沃野般繁盛、如水流般丰沛。我的途径是深入村户调查当下的生活形态，查寻百年来郑坊发生的重大事件和阅读散佚民间的地方读本。

我的双脚深深陷入土地，我的根须在土地下交错。我知道一粒谷种通往大米所走过的隐秘之路，正如一个家族枝开叶散。我和土地上的人血脉相连。土地是他们的证词，也是我的证词。证词活在他们的肺部里。他们是做土陶的人，是开手扶拖拉机的人，是亡灵前跳傩舞的人，是放下刀器自我救赎的人，是提着斗灯在黑夜旷野唱歌的人……他们经历沧桑，饱尝甘苦。他们对生活对命运绝不妥协，即使处于绝望之境，也仰头眺望星光。我知道，任何困难都无法阻挠他们对美好生活的追寻。他们如油茶树迎日生长，长出粗壮的枝杈和肥硕的绿叶。我不是过客，而是其中之一。我知晓他们的过去和现在。我熟悉他们说话的方式、劳作的姿态和内心的渴望；熟悉他们的困顿和挣扎；熟悉他们行事的方式，怎么怨恨怎么友爱。

他们是遍布大地深处的灯塔，也是悬在我纸上的灯塔。

我写散文，始于2002年，并把散文作为唯一的写作文本。我专注于着墨盆地人民的生存状态、内心困厄、精神风貌、时代变迁，以村志的形式，为河流立传，为大地塑像，为人民刻神。我立足生活第一现场，从人的本源出发，根植于土地，以劳动者为中心，对盆地的百年史以冷峻审视，对现当下的生活以衷情叙述，写他们与土地生死相依的高贵情感，写他们与命运不屈不挠的抗争精神，讴歌人性之美、劳动之美、伦理之美、生活之美、时代之美。

传统的乡村已渐行渐远，随着城镇化的规模化发展，乡村以新时代的气象在重塑自己，乡村正在振兴。只要大地在，大地上的人还在，一切生生不息，万古长流。扎根在大地上的人民，是一群始终面向未来、努力生活的人，哪怕为此舍弃生命。他们饱含热情不畏风霜。这就是大地哲学。大地是我们的肉身居所，也是我们的精神原乡。

每一个赤诚之人，如种子紧裹泥浆，爆出苗芽——春雨酥酥，暖阳斜照，种子拱出松土，芽叶油青，缀满露珠，带着地层的温暖和阳光的生机，有向下伸展的根须和扶摇直上的茎叶，田野一夜泛青。这就是大地的赞美诗。

是为序。

2021年8月

目录

第一辑：江河合水

第二辑：大地芳春

第三辑：万物生动

第四辑：舞咏而归

第一辑：江河合水

以百年大视角、江河长卷式，再现那些质朴到令人回望、素美到令人哀恸的壮阔生命。他们如灯盏散落大地。

元　灯

打开篱笆门的人，我不认识。我坐在青石板上，看着她，阳光晃得眼发花。她微笑地看着我，额上的皱褶卷起来，树皮一样。“你不认识我吗？叫我小嫲（郑坊一带方言：嫲即奶奶）。”她穿斜襟的蓝布衣，头发绾一个圆形发髻，罩在髻网里。她面目白净，一双小脚藏在宽裤脚里，露出白鞋底。我赤脚跑到樟树底下，站在矮石墙上，手拢在唇边，对着南边的田畴喊：妈，来客人了。

路从溪边抬出来，抬出一个挎圆篮的身影。秧田呈扇形，一梯一梯，往盆地中间矮下去，像一个风暴后的海面漩涡。毛茛花粉黄粉黄，开遍了每一条田埂。北边的山峦，慢慢往南低缓而下，渐没于田野。秧苗还在分蘖，油绿。风自饶北河而来，吹出绿浪。穿卡其布的身影，正一点一点地放大，清晰，如从显影液中浮出来：中长的头发、瘦长且略显焦黄的脸、疲乏的步态……

这个自称小嫲的人，来我家很多次，一年至少一次，一次住两天。但我几乎不记得别的，只记得在我七岁那年，她一身米浆水洗出来的衣服，圆阔慈祥的面容，站在院子里，怯生生，一对银手镯银亮银亮。我妈叫她婡婡（郑坊一带方言：婡婡即婶婶）。

我妈八十多岁了，还跟我叨念这个妳妳，说：你小嫲一辈子都没忘记过这个傅家，她嫁了四次，还要来枫林，住上两天。我妈又说：脚上千只草鞋，头只好。

在后厢房，留有一张床。床是木雕花床，床厅雕了《张生和崔莺莺》，雕了并蒂莲，雕了仙鹤。木雕是镂空雕，刀工细腻，刀锋遒劲，形象栩栩如生。床是我二公（郑坊一带方言：公即爷爷）遗留下来的婚床。小嫲每次来，睡这张床。十八岁的二公和十六岁的小嫲结婚。我不知道，小嫲睡在床上，会想些什么。二公叫元均，魁梧高大如马，相貌堂堂，一身好武功。可结婚当晚，在拜堂时，二公瘫倒在地，再也没起来。我公说，是被煞气打倒了，煞气侵身，如阎王附体。煞气所伤的人浑身瘫软，气息不畅，呕吐不止，口齿浑浊。叫郎中看了，郎中束手无策。我公迷信，他去太平圣寺请来大和尚，作佛法。

大和尚带了八个僧人来，在大屋厅堂，摆了一天一夜佛坛。二公靠在床上，被他穿着红棉袄的媳妇搀扶着。我的太嫲（太嫲即曾祖母）跪在佛坛前，一直哭。

第二天，二公走了，一句话没留——张开的嘴巴像个畚斗，却说不出话。他眼睛瞪得铜铃一般大，嘴角流着白沫，攥着他媳妇的小手，紧紧地，指甲陷进她肉里。白沫干涸了，呼吸也没了。小嫲一只手抱着他的肩膀，一只手抚着他的额头，眼泪水浇在他脸上。小嫲是石人乡汪宅人，坐着八抬花轿来到了傅家，和自己老公一句话也说不上，变成了留着姑娘身的寡妇。

郑坊是上饶北部重镇，处于群山盆地之中。乡谚这样说：南有上泸畈，北有郑坊畈，吃粮挑断担，烧柴屋后山。产粮之地，必多兵灾。每年收粮之时，白军（郑坊一带称国民党军为白军）便进村抢粮。村人把粮食藏在煤洞里，藏在假坟里，藏在山中地窖里，拎起包袱，箩筐挑着小孩，躲进驮岭山。驮岭山是灵山山脉的一部分，山高岩峭，层峦叠嶂。原始森林常有虎狼出没。躲兵灾的人，窝在林中山坳，茅棚搭在大树上，躲个十天半个月。太嫲担心埋在床底下的银元，对她的儿子说：灯尼，半担银元万一被人挖走了，我怎么对得起你弟弟？太嫲说不了几句，又哭了起来，说：傅家怎么留不了两个人呢？

半担银元是小嫲的嫁妆。二公走了，太嫲把儿媳当女儿养。我公再也没了兄弟姊妹，成了唯一的单丁。他把这个弟媳妇，当自己妹妹看待。我公走了一个时辰的夜路，回枫林，连夜挖出银元，挑到台湖，藏在表哥的戏台底下。第三年小嫲出嫁，我公去台湖取银元，他表哥拍拍光溜溜的双手，说：银元被盗了，一块铜板也没留下。小嫲临上花轿，太嫲脱下一对银手镯，说：你戴上吧，这是我出嫁时戴的，给你留个念想。小嫲嫁给燕坞一周姓人家，男方家境一般，人却憨厚勤劳。每年正月，男人带着小媳妇上枫林来，给我傅家拜年。小嫲餐餐给我太嫲盛饭，天天给我太嫲洗脚，有说不完的话。过了十来年，燕坞的男人得了黄脸病（黄脸病即血吸虫病）也过世了，孩子也没留下一个。小嫲每次来枫林，叫我公叫得格外甜：伯佬，伯佬。她带上她自己做的小吃麻骨糖，带上她给我公我嫲做的对襟衣，一起放在一个藤条编的提篮里，来枫林。

对于弟弟的暴毙，我公伤心了几十年。我公三十来岁，太公（太公即曾祖父）文标，便过世了，享年五十四岁。我还是十几岁，公常常对我说：什么都可以丢，人不可以丢，什么都留不下，人要一代代留下去。公年轻时，是个纨绔子弟。他去人扎堆的地方。他个子不高，但好不平，爱打架。他打架有规矩，只和外村人打架，腰上插根圆木短棍，专打腰板，三棍打不倒对方，他便跑。他灵活，腿脚快。他好赌。他结婚，新娘下了花轿，进了门，唢呐吹起来了，锣鼓敲起来了，炮仗炸起来了，临拜堂了，他还在全家庙堂打铜钱（民国时期，打铜钱是郑坊一带盛行的一种赌博方式）。

短短几年，我公送走了他三位至亲。结婚第四年，他的妻子金珠在瘟疫中（痢疾大流行）死去。我大姑才一岁。过了两年，他的弟弟走了。没过几年，他的父亲故去。他感到自己活在人世，是多么孤单单，多么无援。逃兵灾，公一只手牵着小脚的娘，一只手抱着哭哭啼啼的女儿，挑一担箩筐，翻八里路的野岭，去驮岭山。大姑三岁那年逃兵灾，天下着噼噼啪啪的冷雨，我公穿一件大蓑衣，泡透了雨水，又重又沉，实在抱不动手上的孩子，走到石拱桥，把孩子放了下来。白军已经进了村，零星的枪声从巷子里，砰砰响起。孩子一个人站在雨中，戴着斗笠，哇哇大哭。我公都不敢回头看自己的孩子。在山里躲了七天，我公回村了。他以为这个孩子，要么饿死冻死要么被狼吃了。当他推门，见我大姑正在厅堂的板凳上熟睡。我公号啕大哭，他仰天大号。原来，我大姑在拱桥下的芦苇里，躲到夜边，见村里没了枪声，她从狗洞爬进家，生吃了七天的老南瓜活了下来。我公抱起孩子，说：兵灾下的人，活得多么可怜，不如一条落荒的狗，我再也不舍弃你了，死也要死在一起。

灵山横亘百里，自东而西，如一条在大海畅游的苍龙。苍茫的海上，翻卷着乌云。灵山千峰高耸，延绵起伏，如美人酣睡。天梯峰北脚之下，有古老的村庄，开村于唐代，村后山峦如狮子猛扑下山，始祖姓祝，故名祝狮坞。山上毛竹和乔木郁郁苍苍，四季溪涧潺潺，如桃花源。村中有一妇人，名荷荣，娘家为姜村姜氏。姜氏乃宋代婉约派词人姜夔（约 1155—1209）后人。

姜夔，字尧章，号白石道人，饶州鄱阳（今属江西）人，系南宋文学家、音律家。姜夔年少孤贫，一生转徙江湖，靠卖字和朋友接济为生，晚居西湖，卒葬西马塍，有《白石道人诗集》《白石道人歌曲》《续书谱》《绛帖平》等书传世。世孙长居鄱阳湖畔，以打鱼种田为生，开枝散叶。元末，陈友谅与朱元璋在鄱阳湖大战，鄱阳湖边八县居民外逃兵灾，有的人逃去云贵，有的人逃往湖湘，大多数人躲进了灵山山脉的深山老林。姜氏其中的一支，从乐平，沿乐安江而下，翻过大茅山山脉，见有开阔盆地，人烟稀少，双溪如玉带环腰，山梁如官帽，依山临溪择地，开荒拓土，如豆种落于南山，繁衍生息，遂取村名姜村。姜氏尚耕崇读重商，子嗣繁衍如姜蒜，短短百年，姜氏成了盆地中的望族。

1907 年，即光绪三十三年，丁未年，羊年。这一年，元月，西北部出现了日全食；2 月，康有为改保皇会为国民宪政会；3 月，中英订立广九铁路借款合同，款额 150 万镑；4 月，日本在中国设立第一个大规模特务组织——南满铁道株式会社；5 月，孙中山谋划黄花岗起义，以失败告终；6 月，美国照会中国驻美公使馆，拟将庚子赔款中 1078 万美元还给中国，用于发展文教事业；7 月，秋瑾被清廷杀害；8 月，张继、刘师培成立“社会主义讲习会”；9 月，同盟会发动防城起义，起义惨烈失败；10 月，上海德文医学堂（同济大学前身）开学；11 月，台湾北埔发生抗日之事；12 月，革命党袭取镇南关。

翌年，2 月 26 日，即正月十四，双鱼座。宜忌：婚嫁、出行、上梁、丧葬。姜老村的姜桂生是一没落的大户之家，其妻月娥于晌午时分产下女婴。这是桂生的头胎孩子。女婴肥嘟嘟，面容肥阔皎白，啼声洪亮。女婴满月之时，喜客盈门。此时，池塘枯荷已冒出尖尖绿角。客人中有一相面师，见女婴额宽鼻大，手粗背厚，对月娥说：孩子前半生多艰，后半生多福，愿孩子如荷花荣盛。月娥赏酒两坛，以表谢意。刚做了父亲的桂生，自是眉开眼笑。相面师合了孩子的生辰八字，一句话也不说，骑上毛驴，回了陈坑坞。桂生不明其意，一路跟着追问。相面师闭口不言。

姜氏家族有祠堂，有私塾。荷荣八岁读私塾，读了三年。十六岁，荷荣已出落得如荷花盛放，说亲的人络绎不绝。祝狮坞和姜村隔了一座山，相隔二十余里。祝家富庶，人丁繁盛。姜桂生订下了这门亲事，把荷荣许给了祝家后生祝洪江。

祝家虽然富庶，但偏僻，往来不便。不便也有好处，活得安宁恬淡，无兵灾土匪。结婚翌年，荷荣生下了女儿。女儿如母，圆润如珍珠，遂名来珍。第二年夏天，祝洪江去另一个村庄喝喜酒，星光之夜回家，被豺狗分食，肌骨不剩。祝洪江是个药师的儿子，采药收药，常年来往于灵山山脉各村，手面功夫了得。他魁梧，满脸络腮胡，酒量惊人。豺狗是群居动物，三五成群，尾随人后，悄无声息。南方豺狗也叫土野狗，棕黄黑斑毛，黑嘴巴，长尾长耳，中等身长，善跟踪善奔跑，鼻子可以嗅出三里外的动物气息。喝了喜酒的祝洪江，星夜下，一个人唱着山歌，走路脚有点浮。下了林密的山梁，他总感觉后面有人跟着他，他回头看看，也没人。他掰了一根树条，捏在手上，一边唱山歌一边回头看。月光爽朗，四野明净。酒呛喉，他感到口渴，伏在路边石壁上，喝石缝滴下来的山泉水。仰着头，张开嘴巴，手撑在石壁，山泉水啪嗒啪嗒滴进他冒烟的喉咙。一双手（豺狗的前肢）抱住了他的脖子，把他撂在地，十几只发绿的眼睛，和一排排匕首般的前臼齿，逼近了他……

又翌年，来珍得天花，三天后夭折。

枫林余家是村中最大家族，也是落户枫林的第一个族姓，明代自革畈的余家庙迁来。余家两兄弟，逃粮灾，饿得剩下半条命，两人各挑一担箩筐，带着家谱，逃出深山。一人沿饶北河而下，到了信江，逆上泸河而上，定居上泸畈；一人翻过景岭岗，在枫叶燃烧的山梁下，临饶北河而居。余家有仁义之人，叫铜锤，仪表堂堂，可徒手伏牛，家有美妻姜氏。姜氏正是荷荣房上的堂姐。正月，房上姐妹一同回姜村拜年，堂姐见荷荣二十出头，便已孤寡凄怨，遂做媒傅家，一对姐妹也有个伴。

1932年，姜荷荣自己挑着箩筐，踮着小脚，来到傅家。1935年秋天，土干气燥，荷荣生下一子，命中带土，兵荒马乱之年，取名土生。连失妻室和弟弟的灯尼，喜不自胜，开了三天的宴席，答谢乡邻，杀了三牲，抬到土地庙，叩谢土地神。

灵山是上饶的祖山，与信江平行，东西横亘。灵山有三大主要水系，即发源灵山之北饶北河、之南港边河、之西葛溪河。饶北河的源头是望仙乡，港边河的源头是茗洋乡，葛溪的源头是葛源镇。望仙有一座山峰，如五只羊卧在山坡，叫五羊山。五羊山往西下十里长坡，便是千年古镇葛源。葛源是横峰县的大粮仓，古有“小小横峰县，大大葛源镇”之说。1931年2月，方志敏率赣东北特区领导机关从弋阳迁驻葛源，成立了赣东北特区苏维埃政府。

从郑坊走路到葛源，只要半天的脚程。自1928年4月，方志敏任中共弋阳县委书记始，饶北河上游的村镇，便有了频繁的革命活动，众多有识青年投身到革命洪流之中，反抗国民党政府的压榨。一日，姜桂生半夜听到柴火间有人呻吟，他打开柴门，见草堆上躺着一个面部血肉模糊的人。此时，正值隆冬，清清冷雨淅淅绵长。挂在屋檐下的马灯，晃来晃去。枇杷树沙沙沙，匀细地响。受伤的人，右手抱住自己的左肩，缩着身子，浑身发抖。姜桂生把他搀扶进伙房，烧了一盆热水，煮了一盆面汤，照料他。可能是饿坏了，他扑在灶台上，低着头，一会儿把一盆面汤吃得干干净净。他靠在门上，烤着火盆——姜桂生看清了他洗净的脸:

八字胡，国字脸，高隆鼻，剑眉，颧骨略高。他松针一样竖起来的短发，显得他这个人过于威严。他说，他是樟涧人，在江西省立甲种工业学校学过两年应用机械，去上海的报馆干了一年的校对，又到南昌，参加了江西省农民协会，年关回樟涧，想在姜村筹集革命银饷。樟涧村毗邻姜村，人员也大多相熟。

这个受伤的人叫周三堂，他父亲开布庄。那个晚上，不知道他对姜桂生说了些什么，姜桂生对他的话深信不疑，并由衷膜拜他。姜桂生家成了樟涧人的落脚点，秘密组织农民开会。姜桂生在巷子口放风。落脚了两个多月，樟涧人带了十几个农民，去了葛源。他们秘密聚会，有暗号：姜桂生在屋檐下，挂两个斗笠。每次聚会，姜桂生把他的女婿灯尼，也一起叫去。

年冬，饶北河羸弱，河床露了一半出来。有一天，河滩突然站满了乡民。乡民挤在大樟树下，风卷着茅草，呼啦啦地吹。风声有些呜咽，呜呜呜，叫得人心慌。五个国民党兵在沙滩上挖沙坑，水从沙子里渗出来。沙坑有两米长、一米深，渗了膝盖深的积水。一个五花大绑的后生，穿着蓝灰色的棉袍，被一根棕绳一圈圈地绑在柳树底下。后生始终仰起脸，看着天。天散布出微弱的阳光，发白发晕。围观的人，把手抄在袖筒，脸上冰冻着说不出地酸楚，又不敢和后生说话，只是盯着他的脸。风磨着他的脸，像磨着一张绷紧的羊皮鼓。灯尼从岸边的田畴望过去，看见后生头上戴的黑圆帽插着三朵野菊花，黄得灿然。灯尼拎着藤条提篮，走向后生。

这时，砰砰砰，朝天枪，放了三响。叽叽喳喳的人群，安静了下来，满脸惊慌。一个矮个子的军官，站在一块巨大的河石上讲话了。军官说：这是个死硬分子，煽动农民反抗政府，拒不招供同党，也不写投降书。今天，我们要把死硬分子活埋在河滩，这是赤色分子的下场。

柳树底下，灯尼从提篮里，端出红烧肉，一块一块地夹进后生的嘴巴里。夹一块肉，添一小杯子酒。灯尼说：三堂，你把世道看得太透，懂的道理太多，你死得不冤，糊糊涂涂活着的人才冤，你有什么话要交代的，你痛痛快快说吧，你还没讨老婆，还没生个胖儿子，放不下的，留个言语吧。

又仰起头看看太阳。太阳像一朵野菊花。三堂看了看村子，又看看面前的人群，说：你生了儿子，你要让你儿子读书，你的儿子会生活在一个安定的国度里，没有欺压，没有收租，没有贫穷，男人不会被抽壮丁，女人不会被从家中掳走，读了书不会愚昧，会有信仰，会改变养育我们的土地。灯尼抱着三堂的肩膀，号啕大哭。

过了一年，镇上的警察找上姜桂生，把他带走。警察在抓人的头一夜，抓了一个盗贼。审讯时，盗贼招供：在姜桂生家开过四次会，被三堂诱骗，去了葛源，但在葛源受不了苦，偷跑了出来，在社会上打流。姜桂生被关了半个月，月娥卖了三块田，花了一百块大洋把他保了出来。人出来，但受了内伤，医治了半年，病身也没太大起色。四十多岁的人，身子开始干瘪，眼睛凹进了眼眶，眉毛半黑半白，过了四月，还穿着薄袄，袍裙下，还焐小火熜。咳嗽苦熬一年多，卧床三个月，熬不住天冷，走了。

临走前，他把陈坑坞的相面师请来，说：老表弟，当年荷荣出生时，你有一句话不肯说，等你这句话，等了二十多年，你该说了。相面师抽着旱烟，看着姜桂生。姜桂生白色的泪水，不停地溢出来，流到脸颊上，变成了黄浊水。相面师哗啦一下，掩面而泣，说：这句话，我吞了，吞进肠里，肠烂了，话就烂，我的肠还没烂，我不能说。

“老表弟，你不说，我这口气咽不下去，带着气走的人，会变成一个孤魂野鬼，四处游荡。”

天下着大雪，一团一团被风揉碎了，落下来。风噗噗地扑打门窗。姜桂生哀怜地说：有什么话，不可以对一个将死之人说呢？

炉膛里，炭火一会儿旺一会儿阴。相面师坐上床墩，拉着姜桂生的手，说：老表哥，你儿子老来孤苦，无后。姜桂生抽出手，一巴掌扇过去，又翻身，抱着相面师恸哭不止。他又对他女婿说：灯尼，荷荣去了傅家，你要看好她一生，把三堂的话刻在心上，让孩子去读书，耕读传家，没有读书人，传不了家。

第二天，腊月初八。腊八粥还在锅里熬，姜桂生落了最后一口气。灯尼一直守在身边。他看着自己的岳父落气，那么艰难，胸口急促地起伏，声音慢慢微弱下去，眼角的白液迟迟滚落不下来。

落气的时候，他的儿子喜银在姜家祠堂，看青田戏班演《西厢记》。青田戏班来半个月了，他一场不落。他喜欢上了演青衣的宝儿。他从他母亲木箱里，偷出碎银子，塞进宝儿戏袍里。喜银是桂生的单丁，年方十二，生得眉目清秀，如竹迎风，爱听戏文，爱拉二胡，爱打猎。

带着儿子，走了七里路，到了姜村，姜荷荣见了她父亲最后一面：白布盖在身上，白布下的脸，已枯瘦如干柴，颧骨高突，脸肌交错狰狞。她一生都没忘记这张脸。在傅家，她和她的婆婆，相处并不愉快。她性格强悍，她婆婆性格温和。她婆婆是枫林官葬山吴家人，家道贫寒，人丁凋敝，只有一个在饶北河放鸭为生的弟弟。

在清雍正期间，饶北河流域兴盛帮会。帮会众多，有盐帮，有布帮，有木头帮，有青帮。帮会如潮水，时涨时落。又如野草，灭了又长，长了又灭。但青帮一直生根下来，没有遭到围剿。青帮是一个十分隐秘、分工明确、组织严密的帮会，以漕运为业，故称粮船帮，入帮者众。帮内有帮规仪式，按辈分收徒。抗战期间，日本特务机关利用青帮组织进行汉奸活动。日本投降后，国民党特务机关吸收、改造青帮余孽，威逼迫害欺压当地百姓。村人朝富在十七八岁时入了青帮，是个游手好闲的人，心狠手辣。我太公留下的山产田产比较多。据我父亲说，有官田（官田即有自己产权但要上交租金的农田）二十来亩，自耕田（自耕田即有自己产权又不要上交租金的农田）四亩，最多的是山产，可收六百余斤黄豆、上千斤山茶油。稻谷收了，晒干入仓库了，朝富吸着水烟，来到傅家，坐上八仙桌。朝富喝酒，我公站在他身后，给他添酒夹菜。朝富喝得醉醺醺，用水烟管敲敲八仙桌，说：规矩还记得吗？

“规矩哪会忘了呢？忘了我自己的祖公坟，也不会忘了你的规矩。”我公一边送朝富出门，一边说。朝富比我公小十来岁，牛高马大，黑脸，眉毛如倒刺。

山茶油榨出来了，朝富又来傅家，吃一餐。

每一年，我公要交三担谷子三担山茶油给朝富。朝富穿丝绸的大褂，戴一顶圆帽，跷起二郎腿，喝着热茶，坐在自己厅堂，等着我公挑去。因一个女人，入了傅家，这一切彻底改变。荷荣，即我嬷，嫁给我公的第二年，朝富来收油。我嬷说：朝富老板哪，我们是世世代代的邻居，一年到头，我忙着糊口，也难请你来吃一餐饭，茶油出了，炸一箱豆腐，香着嘴吃呢。

男人烧锅，女人炸豆腐。炸豆腐要半锅的油，油潆绕一圈圈的油烟，沸腾着油泡，豆腐在锅里翻滚，慢慢变黄，浮在锅边。把半黄的豆腐浸在酱汤里，白口吃，香气四溢。朝富坐在八仙桌上，喝着茶，等酱汤浸豆腐吃。一箱豆腐炸完了，朝富也没等到吃。他用水烟管敲敲桌子，说：加一担。

油在锅里翻腾，水珠子在噼噼啪啪炸裂，油珠子飞溅。我嬷用一个大勺子，舀起满勺的沸油，哗啦一下，倒在八仙桌上，说：你是人，我凭什么怕你？你入个青帮，真把自己当阎王，我自家的粮油都守不住，我枉为傅家掌家人。油在桌上四溢，热滚滚。油淌下桌子，烫到了朝富的双脚。朝富从凳子上往后倒下去，从怀里摸出一把尖刀，说：谁敢抗我，谁就是抗阎王。

第二勺子油倒下去，朝富蹦跳了起来，往门外跑。门外站了一个人，高大强壮，像个门神，手里端着大勺热油，怒目而瞪。朝富一看，是铜锤。余家的铜锤，可以手抱三百斤大钟，这是谁都知道的。朝富一下子腿软了。

怕朝富报复，我公每天出门，怀里揣一把刀。刀是杀猪刀，夹在一个羊皮瓤袋里。1983年，朝富因病去世，我父亲还去当将军（将军即抬棺材的人）。我父亲不愿意，对我公说，讹诈了我们家那么多年粮油，想砸他棺材板。我公说，他大儿子读了六个高三，连个中专也没考上，三十六岁了还没讨上一个老婆，二儿子是个拎不清的人，是个打单身的命。人一辈子做了什么，上天会看在眼里，你怨什么？朝富是烂脚而死的。脚烂得像腐木，蛆虫叮满。

土生长到七岁，我公把这个心性胆怯的儿子，送进了私塾。我太嬷不同意，说，孩子文弱，拜个武师练武，可以强壮身体，又可以防身，好好守着自家的田产。我公说：傅家三代无人读书，目不识丁，现在革命闹起来了，以后世道怎么变，我们都不知道。孩子读了书，明了大道理，一个练武的人，可以为自己做很多事，一个读书人，可以为很多人做很多事，读书人比练武人厉害。

对这个儿子，我公格外疼爱，也格外威严。唯一的男丁是他的命根。1995年秋，我公八十八岁无疾而终。临终之时，他还告诫他五个孙子：傅家单传十三代，随时会灭了族姓，人丁单薄，受尽欺凌，现在是新社会，好好团结，千万不能作恶，恶人没一个有好下场。傅氏先祖来自浙江义乌傅家村，因杀人，和结义兄弟梅氏一路北逃，在饶北河一带打铜修锁，在枫林繁衍生息。先祖挑担来的箩筐，在我家阁楼，一直存放着。我在孩童时，还见过。箩筐的竹篾已经炭化，黑黑的，手轻轻磕碰，竹篾即断。箩筐是傅家的图腾。

1949年除夕，我公决定了拆除祖屋，建新房。过完元宵，他请来汪宅的地仙，看风水。汪宅的地仙在饶北河一带很出名。祖屋坐北朝南，依山面水，前有大院，后有良田。地仙说，朝南的灵山太高，视野狭窄，东边的古城山不高，有河床形的山垄，新建的房子坐西朝东，偏北，大门朝山垄，开阔，人丁繁盛。二月花朝日，又请来地仙，打了罗盘，算了时辰，请了土地神，下了地基，并于当日在屋基前北侧，手植三株香樟，以做纪念。

那年，我小姑两岁，二姑七岁，我父亲刚刚入大学。我大姑刚过门不久。大姑父是个石匠，一脸弥勒佛的模样。大姑父是建房的大师傅，每天天蒙蒙亮，他握个泥刀，挑担竹箕，从上枫林余家来下枫林傅家干活。房子建了三年，才建好——不是房子建得有多阔大，而是建半年又停工三两个月，钱不够，买不了木料，得自己上山伐木。女婿岳父两人上山，走二十多里山路，扛木头回来。我父亲放暑假了，也上山伐木。父亲有低血糖症，饿了会昏厥。有一次伐木，他扛木头扛到姜村了，饿得实在受不了，去他舅舅家找饭吃。舅舅喜银和舅妈正在吃饭，看外甥满脸棕黄树皮灰，晃着脚进屋，继续扒饭，也不叫外甥坐上桌。我父亲扭头就走了。

大学最后一年，我父亲没去上学了，到了姜村小学教书。也许是他挨不了离家之后的饥饿，也或许是他急于和我母亲成婚——他们已经订婚七年，不想再分别。在姜村教了一年半书，我父亲回到了村里工作，就再也没有离开过村里。他写一手漂亮的行楷字，打得一手好算盘，他是村里为数不多的知识分子之一。上饶在饶北河的下游，去读书，我父亲凌晨出发，沿着饶北河，翻山越岭，穿一双布鞋，背一个大包裹，走一天。山是深山，岭是野岭，常有豺狼出没，伤人事件常有发生。我父亲每次往返，拿一根粗木棍防身。村里只有他一个人在外读书。出门一次，我嫲哭一次。

饶北河丰饶，也多难。初夏，雨水汤汤。雨乌黑黑，从灵山筛下来。雨线弹出沙沙沙的声响。茂密的山林里，像藏着大海。大海崩泻。洪水在山垄里，如万千奔马，扬蹄狂奔。饶北河一夜之间上涨，洪流淹没了田野。村前的稻田，沦为水泽。洪水每年都会摧毁岸边的稻田，黄黄的泥浆淤积，长满了牛繁缕、崖豆藤、红蓼、蒲苇、合萌、野大豆、铁马鞭、蚕豆草、杠板归、酸模。稻田实际上成了草泽地。洪水过了，村人开垦草地，割草，翻耕，下种，种一季的粮食。

草泽地有积水，泥浆糊烂，人踩下去，把整个膝盖陷下去。每年，都有人死在稻田里。耕田的，牛只露出一个牛头，嘛呜嘛呜地叫唤，让人听得悲伤。而耕田的人，不知道陷在哪里，被泥浆完全盖了。插秧的人，也是这样。中午了，妇人等插秧的男人吃饭，菜凉了热，热了凉。妇人去田里叫吃饭，人不见，只见一顶斗笠落在田中央。插秧大多数时候，叫孩童去插，田泥上，铺一张苇席，孩子赤裸着身子，趴在草席上插。鸭子在稻田里觅食，吃吃泥鳅吃吃田螺，吃着吃着，不见了——蟒蛇突然翻滚出来，把鸭子吞入灶膛一样的口腔。蟒蛇还吃过人。荣胜老伯说起蟒蛇，仍然满脸痛苦惊惧。他的脸肌会错乱起来，拉斜着眼睛，说：1956 年夏天，我二叔在前面耘田，我在后面拔稗，一条水桶粗的蟒蛇，从田里突然翻出来，绞住了二叔，我哪敢近身救人，拼命叫喊，喊来了三个人，可二叔断气了，全身发紫。

1967 年，我父亲刚过而立之年。冬至这天，我公杀了羊，打了麻子粿，请老符来吃饭。老符在大队主事，和我父亲共事多年，是个退役军人，曾参加过抗美援朝，很有声望。老符伯伯年长我父亲六岁。我大姑父二姑父陪客。酒是土烧。我公喝了两碗酒下去，说话了。他说：村里三天两头组织年轻人在全家祠堂跳舞，生产跟不上形势，老符、土生，你们两个都是三十出头的人，可以干一番大事，把精力放在演《红灯记》上不划算。老符看着我公，嘴巴张得合不拢，说：灯尼叔，演戏是革命工作，不演戏，跟不上形势。

“生产也是革命，没有生产，戏演不了。”我公说，“生产队今年分的粮，家家都不够吃，得吃上四个月的红薯，才可以填饱肚子。以后，村里人丁多了，吃什么？”

一伙人合计了几个月，在 1967 年 4 月，枫林大队决定改造饶北河边的草泽地。改造草泽地之前，得修两华里长的河堤。在晒谷场，老符伯伯召集全村六百八十余号劳力，开了动员会。他说：枫林世世代代吃不饱肚子，饱受河水泛滥侵袭之苦，洪水是猛虎，我们要驯服猛虎，修河堤，改造出一片良田，让我们的子子孙孙有饭吃，是我们枫林人的千秋伟业。

河堤建五米宽六米高，用片石堆砌。大队成立了六个组，一个组烧石灰，一个组开凿片石，一个组运输，一个组砌河堤，一个组拉砂石，一个组生产铁器。运输工具只有平板车，开凿片石的工具只有铁锤和钢钎。每一个组，干的都是重体力活，挑选了三百余精干劳力。余下的劳力和女人负责种田，老人负责烧饭。忆起五十年前修河堤的场面，酸叔仍然难以抑制心里的激动，说：天天几百号劳力在河边干活，抓劳动比赛，空气里都是铁锤声，当嗒当嗒。我是打片石的，打了五年。你看看我的手，粗吧，像牛蹄，都是那个时候锻炼出来的。

河堤修了五年，没要国家一分钱，修好了。枫林大队又组织妇女割草，把草压在烂泥田里，挖水渠，修排水沟。一块草泽地，花了七年的时间，成了饶北河边最好的良田。1974 年冬，枫林大队在村后的山坳里，又修建水库。

我公还是六十来岁，他依然健壮如牛。夏秋两季，他从来不穿衣服，也不穿鞋子。他浑身黝黑，雨打在身上，啪嗒啪嗒，光溜溜滑落。即使是炎热的夏天，他也不午睡。他喝半碗土烧，吃半碗煎辣椒，再炽热的太阳，他也不怕。他戴一顶尖帽斗笠，把牛赶到河里游泳。他是个农民，但他不会拔秧不会插秧不会打稻子，他会耕田耖田。他是出色的犁耙耕耖手。他耖的田，平整得水汪汪，没有泥块，没有石头，角线对齐，看起来就舒服。在我六七岁时，我背一个鱼篓，拿一把火钳，跟他去耕田。犁铧把泥翻开，一瓤瓤的泥块有泥鳅露出来，用火钳把泥鳅夹起来，放进鱼篓里。泥鳅在鱼篓里，吱吱吱叫，吐出白沫。麻黑麻黄的泥鳅贴在一起，裹着白白的黏液。他吃早饭之前，用盐水搓饭坯，搓揉成拳头大，搓十几个饭团，喂给牛吃。他走到牛圈前，牛唵——唵——叫几声，用牛角顶闩杆，伸出毛糙糙的白黄色舌头，一圈圈舔嘴巴。牛耕了田，去吃草，他用棕毛刷给牛刷身子。他八十岁了，还下田，赶着牛，撬着犁铧。他说，听见泥块被犁铧掀开的声音，他就兴奋。泥一块块翻上来，一块块倒下去，形成一条泥垄。

在物资匮乏的年代，我父亲一直忙着村里的事，家中的田地都由我公耕种。菜蔬和粮食，我们很少短缺。他没日没夜地劳作。我父亲是个农民，但我公一直把儿子看作读书人。读书人要干种田人干不了的事，那才是读书人。这是我公的想法。

在我的记事中，有两个人会在粮荒时，来我家做客。一个是祝狮坞的，是我嫲当年的小叔子。他挑箩筐来，吃一餐饭。临走挑一担谷子出门。祝狮坞在大山区，短缺粮食，我嫲也不叫他归还。“山里人难，一张嘴巴都难顾上。”我嫲说。挑箩筐来的人，叫我嫲“嫂子嫂子”，甚是亲热。“他是没处借去了，才会挑着箩筐来。我虽做过他几年嫂子，但两个家庭已经几十年没什么关系。他嫂子嫂子地叫我，我不会舍不得一担谷子。”我嫲说。我公也热情地招待他。整个家，说了算的人，不是别人，是我嫲。即使是傅家娶孙媳妇都得她看了，点了头，才作算。即使她再无理，我公也让着她。她是个小脚女人，缠长长的裹脚布。每天晚上，她换裹脚布，脚搁在矮板凳上，把布慢慢解下来。布是棉白布，散发一种酸菜的气味。她的脚板弓起来，只有两个并拢的手指宽，脚趾完全萎缩。

另一个来我家做客的，便是小嫲。小嫲的包袱里，有红枣、桂圆、冰糖，还有两瓶土烧。来了傅家，还要去给我二公、我太嫲上坟。我公看到小嫲，又谈起他弟弟的事，说着说着，把半碗酒一口喝干。

1993 年秋，我嫲故去。我嫲一生强悍，但心地柔软。临走，她还放不下她的弟弟。舅公舅婆一生无生育，舅婆走了之后，他过得非常凄苦孤独，靠扫街清理垃圾为生。冬天，穿一件厚厚的靛蓝赤膊袄（注：郑坊一带，没有外罩衣的棉花袄称赤膊袄），戴一顶圆帽，一边扫街一边唱《西厢记》。我嫲故去时，我公已病卧在床。他脚得了风气，下不了地。他眼睁睁看着他床上的女人，被抬出房间，裹着白布。他叫着"荷荣，荷荣"。他一辈子走了太多的路，泡了太多的水，脚成了最先老化的器官。两年后，他也在秋天走了。走的时候，八十八岁。他像一块干硬的木柴。他走得非常安详。我嫲和我公同年同月出生，我嫲比我公早一天出生。

2007 年，是我公和我嫲的百年诞辰，家族有了大聚会。我公门下的血脉，百余人。我三姑父说：傅家第一功勋人物，是我岳丈。我二姑父在坟前祭酒的时候，呜呜呜，流了很多的泪水。他一边流泪一边笑，说：我二十岁，穷得只有一双草鞋，岳丈把春花许给我。我就是累死在田里，也要把一家人维护好。

公嫲的墓地，在夏家墓的一个矮山冈上。公落棺之后，我再也没去过。但每年清明，我都要回枫林。我站在门口，远远地看那个荒草茂密的山冈。椭圆形的盆地，山冈贴着人烟，黑黛色的古城山像一堵高墙。太阳从山顶跳出来。我不忍去上坟。在我公故去的那十几年，我一直无法接受他离开的事实。尤其是我二哥为了建新房子，把我公手植的三棵香樟砍了，我更是心疼不已。香樟都有水桶粗了，三棵依势而长，冠盖如屋。

如今，我父亲已八十四岁。他种了很多菜，大部分青菜烂在地里。我母亲烧饭，他烧灶膛。他八十岁开始，口不离曲。我们也不知道他唱什么，哩哩唧唧。我问：你唱什么呢？看你高兴的。他张开眉，笑：天天高兴天天唱。他的记忆力开始衰退，很多事都记不清了，但1986年之前的事，比谁都记得清楚，像记在账本里一样。吃了饭，在河堤走一个来回，他看看河，看看岸边的田畈。河堤长满了香樟、槐树、柳树、芦苇。饶北河顺流下来，河风拂起芦苇和芭茅，沙沙沙。他和我公一样，都是一生无憾的人，虽然他们历尽世间沧桑，历尽艰难，也历尽巨变。

我公出生于正月元宵，出生时，街上正接花灯，锣鼓喧天，好不热闹。当年目不识丁的文标，给他的儿子取名“元灯”。

元灯：渊源、希望之灯、初始之灯。我到了五十岁，才理解了这个名词。把它作为一个人的名字，是世间最好的名字了。我活在这盏灯下，如鱼活在饶北河里。

大悲旦

人世这条河太深、太宽，活着的人纷纷沉浮在河里，被浪劈被涛卷，呛着水。岸在哪里，无人知道。上了岸的人，是再也不下河的人。岸上的人不会说出岸在哪里。也或许，岸上人知道——人，就是一只迁徙的鸟，或者是一个浪头。

迁徙中栖息过的山峦、树林，鸟会记得。林采薇意外地出现在村里。她离开枫林时，还是一个扎马尾辫的姑娘。太多年了，已经没几个人认得她。也有人细细端详她的模样，恍然大悟似的说："眉毛月弯弯，眼睛乌溜溜，脸颊修长，模样没变什么。"老乡邻握着她手，不免感慨："离开村子四十多年，也不回来走走，我们和李老太太都很亲昵，李老太太戏演得好，人也好，我们都念着呢。"

林采薇在北京工作，她在这里长大。她说自己去年退休了，这次回郑坊是物色一个场地，办一个赣剧培训学校，把赣剧好好传承下去，也可以丰富我们老家人的业余生活。老乡邻说，你得你妈真传，你培养赣剧子弟肯定棒。

"我是郑坊出去的人，为郑坊培养赣剧子弟也是我妈生前心愿。”林采薇说。

她母亲叫李牧春，她外婆是安庆人。1911年冬，异常寒冷。小雪时节，檐水结冰，大雪飞舞。长江南岸的风叫得像乌鸦声，往北岸刮。白白的江面，与野茫茫的平原，相互缠绕，像两块裹尸布。茅屋矮矮地趴在江岸，积雪压得柳树枝条弯弯下坠。李牧春当年才七岁。李牧春母亲吴氏，拖儿带女，往江北逃——辛亥革命的战火席卷了长江两岸，她的老公林北川已在武昌起义中殉难。林北川是徐锡麟在安庆时的贴身警卫。徐锡麟1907年7月6日刺杀安徽巡抚恩铭，率领学生军起义失败就义后，林北川只身逃亡，经潜山、黄梅，去了武汉。吴氏入东流县，下浮梁，往东，到了玉山，已是年关。吴氏衣不蔽体，倒卧在冰溪城南半山腰的破庙里。

那年冬天，长江沿岸战乱逃难的人特别多，渡江的竹筏每天百十条，条条坐满了拖儿带女的人。沿路都有冻死的人、饿死的人。在至德县尧渡河边，有逃难的人架起铁锅，煮死人肉吃。深山人烟少，难以乞讨，逃难的人一路向东南走。越深入山区，雪越大。豺狼白天也在山梁上，唔，唔，唔，天崩地裂地嗥叫。绵绵群山，雪野莽莽。有的大人带四五个小孩上路，便用草绳绑在小孩的腰上，拉着走。拉着拉着，大人倒在地上，再也没起来。有的父母把自己弱不禁风的小孩拉到身边，往孩子的裤管里塞石子。父母低头往前走，捂着脸，不敢回头看孩子。孩子蹒跚，走不了多远的山路，倒在地上，叫嚷着父母。倒下的孩子最终落入狼口。七岁的李牧春是家中最小的一个。吴氏一家四口饥肠辘辘，到了浮梁县鹅湖镇，遇上当地的士绅施粥和馒头。梯子平放在两条长板凳上，五块圆匾列排在梯子上，圆匾上都是白白的馒头。馒头嗞嗞嗞冒着热气。一人三个馒头一碗粥。士绅戴圆帽，六十多岁，拄圆木紫漆拐杖，留一条小圆辫。喝粥的人一直排队到巷子里面，看不见后面的头。馒头发完了，还有人在排队，端着碗叫着：“饿，我饿，饿。”有的人站着站着，倒了下去。吴氏也没排上，带着孩子坐在巷子水井的石栏边，饿得都站不起来。一个倒在井边的中年人，满身雪花，手上紧紧抓着三个馒头，瓷碗摔在一边，四分五裂。吴氏过去推推那个人，身子都僵硬了。吴氏从他手里掰出馒头，一个小孩一个。馒头硬硬的，裹着雪。中年人可能噎死了，嘴巴里还有半截馒头，鼓鼓的腮帮像个柚子。吴氏托起死者的头，用筷子伸进他的口腔，把馒头扒出来，塞进自己嘴巴。

随着人流，在凛冽的寒风中，她一路往东。怎么熬到玉山的，吴氏都记不清了。她再也无力走了。破庙叫泉南庙，只有一个老僧。在破庙住了两夜，吴氏问老僧：“有没有好心的人，收留我一个孩子？给口饭吃就可以。”

老僧说，哪会有这么好的家境呢？

那天正是灶神上天，寺庙下的戏台里，有人在唱戏。吴氏一条破棉絮裹着最小的女儿，抱到戏台前对唱戏的师傅，说：“收下我的女儿吧，不然，孩子过不了这个年，会饿死。”

师傅五十多岁，俊朗，看看吴氏，看看孩子，说：“这个世道，我挣饭吃也难，怎么敢收呢！”

小孩睁开眼睛，叫了声："老爷。"

师傅不问，也知道这是走投无路的人。走投无路的人，太多，每天都有。他摸摸孩子的头，泪水滚了下来："你跟着我，会吃很多苦。"

吴氏找出孩子的内衣，写下了孩子的生辰八字、父母的名字、出生地，又剪下自己半只破烂的衣袖，给了师傅，留个念想。

师傅是玉山班的班主，姓陈。第二天，陈班主拉着李牧春上街，买了一件棉袄一双圆头套鞋，吃了碗宽面，一路向北走。李牧春八十多岁的时候，还清晰地记着那天。天下着细雨，冰溪冒起白白水汽，街边破烂的屋檐上融化的雪水滴答滴答地流下来，脚下泥浆乌黑黑，石煤燃烧的刺鼻气味让人想起米饭。出了县城有一条小路进山。山矮矮的，赭褐色的石岩上长着黄黄的油毛松。雪盖在松叶上。走了半天，山渐渐高了起来，怪兽一样，昂起头。一条蜿蜒的峡谷走不到尽头。油绿的树，高高大大，遮住了路。雪团从树梢沙沙沙地落下来。她紧紧地拉着师傅的手，她害怕。她害怕师傅蹲下来，往她裤管里塞石子。她害怕唔唔唔的狼嗥会撕裂地响起。她抬头看看师傅，师傅脸上有一道刀疤，斜斜的。师傅的棉帽上，有稀稀的雪粒积着。她只听得师傅唱道：

离三关别代战归心似箭，离三关别代战归心似箭。
一路上花花美景无心观，红鬃马四蹄奋飞尘土卷。
恨不能一步跨越万重山，渴饮清泉水，困在马上眠。
披星戴月奔阳关，遥望长安古楼现。

破瓦寒窑在城南，十八年前遭离散。

别梦依稀在眼前，心急只嫌马行慢，武家坡前会宝钏。

李牧春再也没有忘记过这个沙哑的嗓音，在山野响彻不散。到了高山脚下的一个小村庄，已是天黑。一个五十来岁的妇人，见一个面生的小女孩，单裤裹着湿湿的雪水，脸上结起黑黑的斑痂，耳朵烂开，怯生生地望着自己。她用围裙包住了孩子的头，抱她坐在火熄上，盛了一碗面汤给她吃。她吃了一碗，眼巴巴地看着碗。妇人又盛了一碗，孩子窸窸窣窣，筷子也不用，喝完了。孩子吃了九碗，把锅里的面汤全喝完。妇人打来热水，让她洗脚。脚盆里的水黑乎乎的。她脚上的污垢已经粘连着皮肤，泡脚泡了一碗茶的时间，孩子开始说话："婆婆，我会做很多事的。"

这个村子叫锦溪。溪水从山垄奔泻而来，在村前环流，又沿峡谷南去，如华锦漂荡。村前高高的大山耸立天际。皑皑的白雪与灰白色的天边相连。山叫怀玉山。入怀玉山，锦溪是必经之路，故称花大门。锦溪的族姓为陈氏，是江南陈氏的发祥地之一。

怀玉山也称玉斗山、玉山，是怀玉山山脉的主山，是信江和乐安河的分水岭，也是两支河流的发源地。康熙《玉山县志》记载："天帝遗玉此山，山神藏焉，故名怀玉。"山脉东起婺州，西没于鄱阳湖，如群马欲东，万涛奔涌。

锦溪村群山环抱，山民生活艰辛但怡然生趣。元宵后，陈班主带李牧春拜老郎神。庙叫田府正堂，供奉着祖师爷老郎神。田府正堂在村外一个山坳里，四面环水，有池塘和回廊。老郎神白面无须，头戴王帽，身穿黄袍，坐在高堂中央的圈椅上。拜老郎神，要焚香沐浴，在堂前设酒茶、瓜果、瓜子、点心，跪在蒲团行大礼。陈班主坐在圈椅上，喝了李牧春的敬师茶，说："老郎神是我们的祖师爷，是唐朝的一位皇帝，叫唐明皇。唐明皇在皇宫梨园设教坊，培养歌舞器乐人才，后人便把戏班称作梨园。我们的班社叫玉山班，唱乱弹腔。这些东西，你慢慢会懂的。从今天起，你叫我师傅，我收你做入室弟子。"

陈家是梨园嫡传世家，技艺嫡传十三代，开班结社三代。信江中上游，横亘东西百余里，锦溪陈家有着不同凡响的名头，是梨园界的翘楚。陈家有大院，大院有戏台。大院分三进厅，左右两边有厢房。一厅是门楼，过天井，进二厅，是待客茶厅，过厅门，是内堂，刀架上挂着刀枪剑戟，墙上挂着戏服靴帽戏饰，再过天井，便是戏台。戏台也是练功的地方。

村庄的右边是一条盘旋而上的山道，是村人打柴垦地的出入要道。山道弯弯扭扭，通山腰，山腰上有块盆地。盆地开阔，有山民十余户。锦溪至山腰盆地约十里。每天天亮，陈班主带小徒弟跑山道，一直跑到盆地。小徒弟跑不动，跑跑停停，师傅也跑跑停停。跑了半年，小徒弟便能跑上山了，不停顿。师傅把李牧春拉到跟前，说："做戏，做的是气韵，不光要动作好，腰姿好，身板好，表情好，嗓子好，更要紧的是气韵，没有气韵，做不出角色的内韵，跑步就是练气韵最好的方法。"

师娘是个和善的人，娇小，面慈，做事麻利。师傅有三个儿子四个女儿，也都成家了。大儿子叫陈世国，二儿子叫陈世家，三儿子叫陈世人，三人也独门立户了，只是也住在大院里。班社有二十余人，大多是村民，白天打柴种地，晚上聚在大院里，在戏台上练功。有人请班社唱大戏，他们挑着箩筐担、木箱，外出三五天。来请唱戏的，一般是有钱人，家里有过大寿的、孩子出生的、老爷故去的。也有钱庄、典当行、丝绸庄、盐铺、酒铺等开业的老板，来请，唱个三五天，喜庆喜庆。来请的人付一半订钱，定好曲目，排好生旦人员，定好时间，算是应承。师娘不唱戏，但识字，懂戏文，随口哼哼也有板有眼。据说，师娘在出嫁前，练过四年的戏，只是不登台罢了。

玉山是四省通衢之地，人员往来繁杂，往东不足百里，是浙江常山，婺江奔腾入钱塘江，往西不足百里，是上饶，信江咆哮入鄱阳湖。徽州人翻过大茅山便进入玉山地界，闽北人徒步一天，经铜钹山，入官溪。山乡繁盛，各种方言交汇融合，有了玉山乱弹腔。玉山戏班众多，常去外省做戏，南去建阳、北去徽州、东去绍兴、西去两湖，统称江西班。玉山乱弹腔吸收了安徽石牌腔、陕西秦腔和湖北楚腔，以西皮、二黄为基本曲调，成为信河戏重要的一支。玉山属于吴方言区，语言、生活、风俗，与浙西北相同，绍兴文戏西移，玉山乱弹腔受绍兴文戏影响，又多了温软的吴韵。锦溪的玉山班是名头最响的戏班。十二岁的李牧春随师傅外出做戏，跑龙套，做勤杂。

1921 年 5 月，暮春，孙中山就任中华民国非常大总统。玉山的士绅、冰溪街流觞轩老板林泽民，在城南搭戏台，请来三个大戏班斗戏。一个是鄱阳的饶河班，一个是玉山班，一个是嵊县戏客班。五日开戏，一天三场，连开三天。上午场、下午场、晚间场，三个班各做一场。

五日

上午饶河班曲目《定天山》

下午玉山班曲目《岳飞传》

晚上戏客班曲目《梁山伯与祝英台》

六日

上午玉山班曲目《王宝钏写书》

下午戏客班曲目《孟丽君》

晚上饶河班曲目《珍珠记》

七日

上午戏客班曲目《碧玉簪》

下午饶河班曲目《龙凤剑》

晚上玉山班曲目《还魂记》

这张大红纸通告，早在十天前就发了出去。街上的酒馆、面铺、茶寮、布庄、盐庄、粮铺等庄铺的大门口，也贴了正楷的大红通告。

在玉山，第一次邀约斗戏。在面铺，在茶寮，在酒馆，在街上，在码头，相聚的人都在谈论三班斗戏。方圆百里的乡绅雅士和梨园人，提前半个月，便订下了台前座位。

请戏班的邀约书、订金，四个月前便付下了。收下邀约书，陈班主便辞去了其他人请戏。饶河班是鄱阳皇岗东海同乐班，他是知道的，是鄱阳湖一带的大班，唱皮黄，实力非凡。满头白发的陈班主请来戏班人员，在大院二厅摆上四桌筵席，说："我是第一次参加斗戏，开场容易收场难。我想听听大家的意见，怎么去斗戏。"大家先是面面相觑，喝了几杯酒后，七嘴八舌地说了起来。

"斗不好，砸了牌子，玉山班以后没饭吃了，不如退钱了事。"

"能去斗戏，说明我们有去斗的实力，林泽民老板可是见过大世面的人。"

"在我们玉山，我们赢了三分。"酒喝完了，大家也没人说出个所以然。

入夜，人散去了，陈班主把三个儿子和徒弟李牧春叫到戏台上，商量斗戏的事。"看戏的人对玉山班了如指掌，生、旦、花，乐队手，如数家珍。在自己家门前，做砸了戏，江西班会脸面无存。"李牧春说，"既然是斗戏，选曲目和选人，都一样重要。"

李牧春已经十八岁，桃花正开的年纪，已登台六年。但她饰演的角色大多是杂役、丫鬟，还没演过旦角。十二岁开始，李牧春练的便是大旦，尤擅长悲旦。大旦即小旦，分悲旦、花旦、闺门旦、正旦、武旦、泼旦。在陈班主的父辈那一代，旦角并不细分，粗略分为大旦、二旦、三旦。清末，昆曲在南昌、赣州盛行。在光绪二十八年，即公元1902年，地处徽州婺源的洪福林昆班被乐平秧坂马家接管经营，名万春班，请来浙江兰溪、金华梨园子弟加入，派生草昆剧目。1907年，陈班主骑了两天的马，赴万春班梨园之约，研讨信河戏、饶河戏。在婺源盘桓八日，回到家里，陈班主把曲目、角色、唱腔、乐队再次分类，在原有的戏份里，引入了昆曲的舞蹈与武术和乐队的丝竹乐，在唱腔里更注重唱词与地方方言的融合。这是玉山班胜出其他江西班的地方。

当晚，陈班主定了老路戏和传统剧五个曲目：《岳飞传》《王宝钏写书》《还魂记》《水泊梁山》《观音游十殿》。后二者做预备剧目。老路戏在皮黄的基础上融合了乱弹腔，题材也多来自正史或野史故事。皮黄是西皮、二黄两种腔调的合称。西皮起源于秦腔，二黄是由吹腔、高拨子演变而成，西皮、二黄又分别称为“北路”“南路”，合称“南北路”。陈班主决定让李牧春饰演王宝钏和杜丽娘。这将是李牧春第一次在戏台上，以悲旦身份亮相。悲旦是戏曲中的主要旦角，又称表衣。

5月5日，大戏开台之前，士绅林泽民穿一身深紫丝绸长袍，戴一副圆口眼镜，站在戏台上，做开场，说：“孙中山先生就任中华民国非常大总统，我们追随孙先生，反对列强的侵略，打倒与帝国主义相勾结的军阀，强我中华。”林泽民四十来岁，仪表堂堂，据说，早年东渡扶桑，习医三年。回国后，在广州生活了两年，再回到玉山，却没行医，而是开了酒厂。他说话的声音高昂，情绪热烈，台下的人不由自主地鼓掌。他说：“今天，我们在这里是斗戏，不是比武，没有胜负之分，请来的班社都是百年班社，名头都是几代人血汗擦洗出来的。斗戏就是比戏，比戏就是切磋技艺，采他人之长补己之短。戏曲有门派之别，无优劣之分。孙先生将带领我们，反对列强消灭军阀，实现民族自强，我们不但要学习先进的科学技术，而且还要发扬我们先人留下来的文化精粹……”

三天斗戏结束后，李牧春这个名字，在赣东北梨园界，已无人不晓。她饰演的杜丽娘被人津津乐道，李牧春也成了街谈巷议的人物。

《还魂记》演完，李牧春躲在冰溪客栈大哭一场。这是她第二次来到这个戏台。她想起了自己的母亲，瘦削的脸庞，粗短而刚硬的手指。李牧春想起母亲带着三个孩子，在大雪之中一路艰难蹒跚，她紧紧地拽着母亲的衣角，山中的狼嚎让人胆战心惊。想起这些，她便号啕大哭。她想去找自己的母亲，可母亲在哪儿呢？这个戏台前，是她与母亲作别的地方。寒冬之夜，马灯在戏台上扑哧哧地响，被风吹得摇晃。她记得师傅用宽大的手拉着她，走出戏园子，师傅把灰白的头巾解下来，包住她的头。雪，刀片一样飞下来，飞下来，插满全身。

三堂会演结束的第二天，天麻麻亮，李牧春起床了。她过了木桥，沿山边的石坡路，往上走，到了一间破庙。破庙的外院子已成了颓坯，油桐开出了粉白的花，油油的。五月的荒草高过了墙垣，瓦片散落在荒草之间。她进了庙门，一条老狗蹲在天井里。老狗望着她，两眼浑浊。那年，天井里的一棵红梅树，花开得鲜艳，火苗一样从枝头蹿出来。满树的花朵，焰火一样的花朵。她看了一眼，红梅树已不在了，只有一个苍老腐烂的树根还深陷在土里。她叫了两声“有人吗？”便推开厢房，一张老木板床杂乱地铺着稻草，蜘蛛在床架上织了一圈又一圈蛛网。她记得，她曾在这里住过一夜。

中午，士绅林泽民请三个班社用餐，也算是作别。席间，饶河班林班主请林老板做媒，向陈班主提儿女亲事。林班主有两个儿子，老二林凤鸣已是弱冠之年，尚未娶亲。林班主见李牧春杏花待放，满心喜欢，便想请林老板做媒。陈班主便说："牧春只是我徒弟，不是我女儿，姻缘大事还得由她自己做主，我这个做师傅的说不得算，她师娘比我还有发言权呢。"李牧春的身世，林老板是知道的，他便说："孩子结婚是结义，你们两个班主有义，以后的事好说。"

酒里的话都是不作数的，陈班主也没把林班主的话放进心里。回到锦溪，劳累了四个多月的班社人员忙着田里的活。怀玉山的杜鹃开遍了山岭，远远望去有种热烈的燃烧感。李牧春登山，游法海寺。

寺内桃花开得正妍。"人间四月芳菲尽，山寺桃花始盛开。"她默默地念了一句。这里曾是草堂书院，开坛讲学已几百年，朱熹、陆象山、吕祖谦、汪应辰、程珙，都曾来此讲学。巍峨的金刚峰，阳光如雪瀑，飞泻而下。法海寺已破败，不见僧人。斗戏归来，半月有余，李牧春觉得自己的心里开了一扇天窗，似乎看到了什么，那是自己以前没有看到过的，至于这些东西，到底是什么，她也说不清楚。她总想起师傅的话："舞台的艺术要适合舞台，贴近人心，要多姿多彩。"

八月中秋，陈家大院来了一个年轻人，背了一个包袱，提了两坛女儿红。陈班主看着有些眼熟，但一时也辨认不出来人，问：“后生，你找哪个？”后生虎背熊腰，大块脸，全身黝黑，眼眉粗黑，脚板落地生风。后生说：“我是鄱阳饶河班的林凤鸣，到陈班主家提亲。”陈班主拍拍后生肩膀，哈哈大笑起来，说：“后生有胆识，好后生，好后生。”李牧春在厨房帮师娘切菜，听得真切，从斜开的窗户里，探出半边脸来，睨眼看见一个大光头，穿一件半袖靛青大褂，肩膀像嵌进肉里的两个大圆石，耳朵肥大像蒲扇，搭在肩上的包袱鼓鼓的，也不知道包里是什么。“吭。”师娘咳嗽了一声。李牧春继续切菜，笃笃笃……菜刀切得像马蹄一样飞快。师娘斜了她一眼，她把头低得更低了。

林凤鸣在陈班主家住了两夜，捎信给其父，说，在锦溪会多住些时日，学学信河乱弹腔。他在饶河班学的是武生和大花，六岁学艺，根基扎实。陈班主喜欢这个后生，但他并没应允这门亲事，只对后生说：“我们两家是兄弟班社，一衣带水，怀玉山东南为信河班，怀玉山西北为饶河班，怀玉山山脉不是两个班社的屏障，是母体，是发源地。你在这里多住些时日，好好切磋切磋。”

陈班主下地，林凤鸣也下地。陈班主打柴，林凤鸣也打柴。陈家大院每天晚上习戏，林凤鸣也登台。

霜降之后，怀玉山层林尽染。霜在草叶上白，露在瓦檐下绿。绵绵山峦，海浪一样推搡着。枫树在高高的山巅飘扬，霜红霜红。锦溪——山中怀抱的村子在一片墨绿的汪洋里。陈班主对后生说：

“我问问牧春吧，她同意了，我便把她许配给你。”

陈班主把李牧春领进厢房，说：“牧春啊，凤鸣是个好后生，你同意的话，我和师娘都不会有意见。”

李牧春说：“师傅，您做主吧，不要问我。”说完，李牧春呜呜呜地哭了起来。

陈班主说：“你怎么啦？喜庆的事，怎么哭了呢？”

李牧春“扑通”一声跪下去，说：“师傅，我舍不得离开您，要留下来伺候您二老。”

陈班主摸着李牧春的头，说：“十年前，我从你母亲手中接过你的时候，便认定你是我家里的人，你长大了，找到了好人家，我和师娘也放心了。”

“您是我的爹，老爹，您是我的爹。”李牧春抱着陈班主说。

“你去把后生叫来吧。”

李牧春领着林凤鸣，进了厢房。陈班主靠在摇椅上，闭着眼睛，沉默了一会儿，说：“我把牧春交给你了，你不要亏待她。她吃了太多的苦。”

林凤鸣跪了下去，说：“我也叫您爹吧。我会像保自己的命一样，保着她。”

陈班主从一个旧木箱里，翻出李牧春母亲当年写了字的内衣，和半截衣袖，折叠起来，交给李牧春，说：“我保管了十年，我老了，以后你自己保管好，这是你母亲唯一留给你的东西。”李牧春把信物捧在手上，泪雨滂沱。

1991年深秋，我在上饶市相府路见过李牧春老人。她住在一个家属大院里，楼道有些阴暗。楼房是青砖三层瓦房，她住一楼。她头发稀疏银白，脸颊内塌，眼睛有一层白翳。她一直一个人住在一个小单元房。她的客厅里，只有一张布沙发和一张吃饭的小方桌。

客厅的墙上，挂着她十岁时和师傅师娘的合影照。师傅大方脸，右脸的刀疤凸出来，眉宇开阔，门额饱满，有刚毅之气，穿蓝色斜襟长衫，坐在椅子上，膝盖上放着一把折扇。师娘戴一顶布帽，布帽遮住了眼眉，绒布长袍绣着金菊花图案，双手交叠在膝盖上。李牧春站在两个人之间，两根辫子垂落在胸前，脚上是圆口布鞋，藏青色的斜襟短褂显得有些宽大，她略显瘦削的脸微微侧向师傅，露出天真的笑容。这是客厅里，唯一一张照片。房子有些旧，石灰白墙渗出隐隐的黄浆。老人健朗，每个下午都在院子里散步，或者给小庭院里的花草浇水。老人善谈，口齿清晰，有北玉山的腔调，说话的时候，怔怔地看着我，坐着坐着突然站起来。老人听力好。老人开口便说："那年的雪真大啊，路上死了那么多人。"我也不知道老人说的是哪一年。她说的事说的人似乎和她无关。

婚后三年，即民国十三年，是闰甲子年。俚语说，逢甲子闰年，必多灾多难。

谷雨之后，鄱阳湖水位一天比一天高，水堆着水。大雨一直没有停歇。"天都下塌了，雨怎么不停呢？""天睁开眼吧，给我们一条生路。"湖边的人这样默默祷告，充满了绝望。浩浩渺渺的鄱阳湖，一眼望去，被乌黑黑的雨势所遮盖。天阴沉漆黑，夜昼难分。皇岗的泥土房，成片倒塌。鄱阳湖边的泥土房，一般是黄泥夯墙，木架结构，茅草压屋顶。雨水从茅草里渗进了土墙，土墙慢慢软化，吸足了水分，土墙开始膨胀，整体坍塌。房屋塌下来，盖了床上的人，无声无息。老房子最先倒塌，屋子慢慢倾斜，雨哗哗灌进去，满了厅堂，漫上了床沿，哗啦，房子像一把烂稻草软塌下去。被压死的人，邻居用两块旧门板架起来，埋在菜地里。房子大面积倒塌，被压死的人越来越多，也没有那么多门板架人，便顺势埋在土墙下。

昌江暴涨，汤汤水流横扫了稻田，低洼的村子被连根拔起，毁于激流。镇，成了一个空镇。林凤鸣带着怀有身孕的妻子，沿万年、乐平、德兴，翻过龙头山，到了怀玉山，整整走了半个月。身上穿的蓑衣淋了雨水，太重，又笨拙。这个雨季，比任何人预想的都漫长。春荒已经到来，逃荒的人和逃水灾的人，分散在南北东西的各条路上。在乐安江边，沿途的水沟隔不到几里，便可见漂浮的尸体。进了德兴的龙头山，雨停了，太阳绽开。

这是鄱阳湖平原颗粒无收的一年，饿殍遍野。这一年，陈班主因伤寒故去，六十七岁。陈班主在床上熬了半个月，便走了。大雨之后，伤寒在信江一带蔓延了三个多月。李牧春为师傅守孝四十九天后，回皇岗，随饶河班到安徽青阳一带做戏，初秋，孩子落地，取名林青阳。

翌年冬，李牧春师娘故去。得了信息，李牧春夫妇赶到锦溪，师娘已下葬多日。师傅和师娘合葬在法海寺对面的阳山上。李牧春在坟前痴痴坐了三天。

这条山路，她跑了八年，每天上下晨跑。这里的一草一木，她都熟悉，熟悉它们的呼吸，熟悉它们的枯荣。什么树开什么花，什么花结什么果，她心里有数。山间的晚雾白缈缈，从山尖往下泻。冬天的晚雪从山尖白茫茫地扑洒下来，一撮撮的，芦花一样，随风而降，一夜白了屋顶，白了山梁，白了世界。她想起小时候在戏台练腰腿功，一只脚吊起来，师傅拉着绳子，越拉越紧，越紧越高，她紧紧地抓住吊绳，疼得脊背发汗。脚要吊半个时辰，才能放下来。她躺在棕垫上如死去一般，全身失去知觉。师娘跪在棕垫上，给她揉腿关节，揉腰部。

每次揉的时候，师娘都会说相同的话："练戏的人，都是受苦的人。受了苦的人，才会把戏做好。戏里有人世的苦也有人世的乐，有人世万般恶也有人世万般善。戏文都是一样的，看做戏的人怎么去做。"

十二岁的时候，她便能背十二部戏文。师娘坐在厢房的油灯下，一个字一个字地教她读戏文，从八岁一直教导到十岁。师娘从不训斥她，每次读戏文之前，给她讲一遍戏文的故事，讲着讲着，师娘会哗哗地流眼泪。

腰腿功毯子功把子功扇子功手绢功髯口功帽翅功甩发功水袖功翎子功，李牧春都是扎扎实实练习过的。玉山班老师傅多，都是一代传一代的。

九岁学唱腔，师傅把她关在一个没有窗户的房间里，吊嗓子。师傅坐在隔壁房间拉胡琴。师傅听着李牧春的声音，若是没听到了，便闯进门来。师傅不打她，但她畏惧师傅。师傅眼神凌厉，她浑身害怕。师傅说，唱腔的第一条，便是敞亮，戏是唱给别人听的，戏园嘈嘈杂杂，唱戏的人一开腔，要把全场声音压下去，听戏的人在五十米开外也能听出戏文，隔了一条巷子，还能听出戏文，这便是大功夫。师傅在隔壁房间听了半年，觉得孩子唱起来，像在自己跟前唱的一样。他又隔一个厅去听，又听了一年；隔了两个厅去听，听了三年，在大院的任何一个角落听，都能清晰听出李牧春准确的吐字。练声的前半年，声带火烧一样辣辣痛，吐出的口水有淡淡血丝。声带刀片刮一样痛，吞水下去都疼。师娘在山涧边，采来野菊花，晒干，给她泡水喝。秋燥时节，嘴巴张合次数多幅度大，李牧春的嘴角生生裂开，露出殷红的肉质。

九岁那年，有一次，她没练功，怕被师傅发现挨罚，躲在阁楼的谷仓里想母亲。躲到晚边，天阴沉了，她迷迷糊糊睡着了。到了深夜，肚子饿坏了，她下楼找东西吃。师娘听得木楼梯踢嗒踢嗒的脚步声，叫："牧春，牧春。"她见师娘坐在椅子上哭。她不知道师娘为什么那么晚还不睡，还在哭。"孩子，你跑哪儿去了呢？一家人急死了，师傅还在外面找你呢。"师娘说。师娘把李牧春搂在怀里，说，快去叫大师兄，把师傅找回来，你师傅人老了，还得你照顾师傅，多听师傅的话呀。那一天，她明白，师傅师娘多么爱自己。

她也有很多快乐的时候。大院里，孩子多，练功的人多，很是热闹。最快乐的时候，便是去小镇赶集。小镇离锦溪有五里路，岩溪边，弯过两个山梁，便到了。每月初八，村村寨寨的人从四面八方来到集镇，用提篮，用箩筐，用竹箕，用包袱，把山货、竹器、木器带到集镇上，卖了钱，买些布料、粗盐、酒、药材、烟丝回家。集市喧闹，有很多平时吃不到的吃食，被挑担的人挑来。师娘也带茶叶、刺绣上街卖。她帮师娘提篮子，蹦蹦跳跳地跟在师娘后面。回来的时候，师娘会给她买一包马骨糖，或者一条小手绢。她会开心很多天，觉得练功再苦，也不苦。

老人给我说这些事，她的眼睛一直看着墙上的照片。“已经有十多年没去过锦溪了，大部分人都不在了。也不知道锦溪现在怎么样。”老人自言自语地说，“人老了，一些地方一些人，会嵌进肉里，结起来，硬硬的。只有人死了，硬硬的东西才会烂，和肉身一起烂。”这是我第一次拜访老人。

我说我是枫林人。她上上下下地打量我，说，枫林好，枫林人好。然后，她呵呵呵地笑起来。李牧春在我村里工作过十五年。因为某些原因，她被剧团下派，于1962年落户郑坊枫林村。她不认识我，她离开枫林生活，我才七岁，还是个孩子。

郑坊又名郑家坊，地处灵山北部，是上饶县与德兴、玉山、横峰四县毗邻之处，与横峰县葛源镇一山相隔。落户之前，李牧春对郑坊并不陌生。1931年，她来这里做过五天的戏。让她终生难忘的五天。

1930年冬，在乐平鸬鹚乡公所做戏的李牧春，深夜迎来了客人。夜场戏结束后，李牧春正在家里卸装，笃笃笃，笃笃笃，门被敲响了。林凤鸣开了门，见是一个五十多岁的男人，戴一顶黑呢绒宽边帽，穿灰呢长衫，宽脸圆额，气宇俊朗，问："你找哪位？"来人也不答话，顺势推开门，侧身进去，反手把门合上，说："李牧春住这里吗？"

"谁呀？"李牧春听见说话声，随口应了。

客人脱下帽子，说："还认识我吗？"

林凤鸣倒了茶水，说："腊月的戏排到年关了，做戏今年是没空了。"

李牧春借着马灯的暗光，看看来人觉得面熟，说："你是？是林老板？"

客人说："你真好眼力，不愧是赣东北名角。"

林凤鸣有些忐忑不安，不知道来人，到底是干什么的。他发现客人的右手一直抄在长衫的口袋里，鼓鼓的，他怀疑客人握着短枪。林凤鸣从腰上解下长巾，假意洗脸，把长巾浸湿，捏在手上，挨着客人身边坐下。长巾在练武习戏之人手里，可做鞭子，比棍子厉害，随时防身。

李牧春说："林老板这么晚来，是不是又想来一次三堂会演啊？"

林老板说，不敢惊动名角，不敢不敢，不过有一个人想请您，做大戏。

李牧春说，我们饶河班哪做得了大戏呢？跑来跑去只为了糊口。

林老板说，我是跑腿的，想请你的人，忙得脱不开身，我代劳。

李牧春说，哪位这么大面子，请林老板出马？

林老板喝了一口茶，说，请你的人是方主席，方志敏主席。

李牧春端在手上的杯子，“当啷”一声，碎在地上。林老板说：“苏维埃政府很需要文艺宣传，今年八月，成立了红军文工团，到苏区各个地方去宣传苏区政策，号召年轻人报名参军，鼓舞群众联合起来，和国民党斗争。国民党政府像一个烂脓疮，排毒是没用的，只有把脓疮剜出来。你也是名角，号召力强。”

李牧春夫妇你看看我，我看看你，一句话也说不出来。林老板说：“解救劳苦大众，强我中华，需要我们每一个人。这样吧，你今晚不忙于答应，你们商量商量，过几天我再来找你们。”林老板起身走了。

方志敏主席，谁人不知呢？家喻户晓。

林凤鸣请来老爹林班主，和媳妇一起商量这个事。三个人谁也没说话，呆呆地坐了一会儿。林班主说，方主席是个大角色，三把枪摸光了横峰县国民党衙役官差，是个文武将。

林凤鸣说，我们不参加文艺宣传团，林老板会不会派人来为难我们？

林班主说，什么话呀，林老板文质彬彬的一个人，也是风里来雨里去的人，他为穷人闹革命。

李牧春说，方主席为穷人打天下，这个我们都知道。

第三天，雨夜。饶河班没有唱戏。林班主和儿子儿媳妇一起喝茶。李牧春泡好的茶，班主喝了一口，便倒掉了，说：“你这个是什么茶叶，怎么没有茶叶味呢？”

“还是以前的茶呀。”儿媳妇说。

林凤鸣说："爹，是你嘴巴没味，什么东西都不入口。"

笃笃笃，笃笃笃，有人叩门。林凤鸣看了一眼爹和媳妇，去开门了。进来了三个人。一个是林老板，另两个面生，一个三十来岁，大脚板，穿蓑衣戴斗笠，有密密的胡茬儿；一个二十多岁，面白，长刀脸，穿蓑衣戴斗笠，脚上穿着一双高帮马靴。林老板还是上次的装扮，多了一把黑色木骨油扇。林班主和林老板也是老相识，相互客气地抱拳让座。林班主说，还没吃饭吧？先煮碗面吃吃。你看看，一别这么多年了，你还是老样子，风度有加呀。

林老板说，老班主啊，相别有年，绿水长流呀，我们还真饿了，走了三十多里路，吃碗面也好。

林班主说，这么大的雨，走长路，辛苦辛苦，你们从哪里来呀？

林老板说，我们刚从黄柏塘过来。

林老板吃了面，问李牧春："去文工团吗？"

李牧春看看爹，看看老公，没说话。两个面生的人，始终站在门内的弄堂里不说话，也不坐，抬起头，看着乌黑黑的天。天咕隆隆地打起冬雷。雨从天井里倾泻而下，哗啦哗啦，掀起一阵阵寒风。林班主说，支持革命，去，去，儿子你也一起去。

林老板说，老班主豪侠人，他们什么时间动身呢？

林班主说，这边的戏收了钱，要做完，年关也到了，这样吧，我们都是老相熟了，过完元宵便去。

林老板拱手作揖，说，以后我们就是革命同志了，在葛源恭候两位名角，告辞了。老班主喝了一碗茶。

李牧春夫妇到了葛源，才知道，林老板抛下家业，来葛源，任红军文工团团长，文工团下有三个演出队。李牧春夫妇在赣东北很多地方，随文工团演出。在曹溪，在葛溪，在米岭，在张村，在望仙，在姜村，在郑坊，在石人，在茗洋，在湖村，在港边，她都演出过。他们白天走路，青布包着一把油扇，穿苎麻草鞋，裹绑腿，杨柳枝编帽。在哪个村过夜，便在哪个村做戏，临时用门板搭台，点松明灯，被单做幕布，湿红纸搽脸做胭脂，木炭灰调猪油做黑釉彩。演的不是饶河戏，也不是信河戏，是宣传团自己编的戏，有话剧，有独幕剧，有歌曲，也有旧戏改编的新戏，如《击鼓骂蒋》《邵式平活捉张天师》《空城计》《消灭白狗子》《早婚之害》。歌曲一般是童谣式的，短句，朗朗上口。山村之夜，一个村庄也没几盏灯，亮起松明灯，戏开演了，村里男女老少呼啦啦全来。

演员一般来自列宁师范学校和列宁小学的教员，以及葛源一带农民，也有不多的来自赣东北各地的班社人。剧本由在葛源工作的上海左翼作家编写。

文工团到了哪个村庄，便在哪儿刷红军标语："农民兄弟团结起来，打倒国民党反动派""没饭吃的穷人快来参加红军""工农红军是穷人的军队"。

演出结束，现场报名参军："穷人兄弟们，工农红军是推翻国民党反动派的军队，快来参加工农红军，有饭吃，有衣穿，打土豪，分田地，现在可以报名参军。"看戏的人听说有饭吃，跟着文工团走了。给地主看牛的牧童，见文工团路过，把牛一扔，跟部队走了。打柴的人扔下柴刀，跟部队走了。

郑家坊离苏家桥隔了一座山。文工团在郑家坊、洲村、台湖、枫林、西山演出了五天，翻过马蹄岭，去苏家桥演出。演出是秘密进行的。苏家桥有徐氏、陈氏、毛氏、吴氏、缪氏几个大姓，乡民贫苦，社会矛盾激烈，族姓斗争白热化，势均力敌，但从没发生过族姓的大规模械斗。演出地点，在石人殿。殿是座老殿，始建于东晋，重建于唐贞元六年（公元 790 年），供奉刘太真、李德胜二神，殿又以神名，称刘将军庙、李真君庙等。宋宣和二年（1120 年）九月，朝廷赐鹰武殿额，亦有鹰武殿、鹰武庙之称。庙宇雄伟，有正殿两栋、山门一栋。山门前置钱库、灵山胜会牌坊及碑亭、文昌阁、敕建亭，亭前有万安桥，桥前有观音阁，四周古树参天，千年香樟郁郁葱葱。文工团演出的剧目是旧戏《击鼓骂曹》改编的《击鼓骂蒋》。

戏演了一半，殿被国民党保安团包围了。砰砰砰，几声枪响，看戏的人乱作一团，四散而逃。保安团来了三十多个人，围了四扇门，能说当地方言又没化戏装的人，逐一放出去。文工团的人踢翻烛台，熄灭松明灯，乘机混入人群。没有灯光，哭声叫喊声沸腾。李牧春夫妇是习武之人，翻梁上柱，在厅堂之上的巨大匾额后藏了起来。殿里留下不会说本地方言和化了戏装的人，有十三人。文工团只有两支抢，一支短枪团长佩带，一支长枪藏在道具箱里，不知捏在谁手上。林老板拔出枪，啪啪啪，开了三枪，子弹没了。保安团一阵乱枪开射，林老板应声倒地。文工团的人拿起刀具，往门外冲，被乱枪扫射。有的倒在树下，有的倒在水沟里，有的倒在门槛上。保安团开始搜殿，提着嗤嗤作响的马灯，一个地方一个地方地搜，搜出了三个（一个躲在房顶上，一个躲在水井下，一个躲在柴房的草堆里），被保安团带走。保安团清点了现场的人，枪伤四人，枪杀三人，活捉三人。

天快亮了，李牧春夫妇脱了戏服，出了殿，往后山跑，上石人峰，往清水青峰堂下山，走得双腿瘫软，饿得说话的力气都没了，拔起路边菜地的萝卜，往嘴巴里塞，一直塞到吃下去的东西吐出来，才缓下神来。又走了半天的路，到了河口码头，坐了一天一夜的船，到了鄱阳。秋天已尽，大雪即将来临，恍如隔世。

1935 年 4 月谷雨，饶河班在余江县潢溪做戏，李牧春听说两个月前，因叛徒出卖，方志敏主席在怀玉山被捕，告密的警卫员魏长发正是苏家桥人。李牧春不禁泪流满面。

1962 年，李牧春夫妇提了两袋行李，来到枫林大队落户，已是傍晚。大队举行了简短的茶话会，表示欢迎。许多人还认得她。当年她在村里演《邵式平活捉张天师》，英姿飒爽，当即有十三人报名参加工农红军。大队部优待了李牧春夫妻。大队书记安排李牧春去即将开办的中小学教书，因林凤鸣声带已被烧坏，安排在大队部食堂烧饭。

大队选了全家庙做学校，老师有李牧春、下派干部王雪霁、退伍军人杨文角。杨文角任校长，学生共有四十三人。学校和大队部合伙吃饭。李牧春白天教语文和音乐，晚上教识字课。识字课是为扫盲班开的，三个班，一个班二十个人，一个晚上教十个生字。

林凤鸣的声带在1942年已经坏掉了，自己吞炭烧坏的。

日军大本营于1942年4月21日决定进行以摧毁浙赣两省飞机场为目标的“浙赣作战”。浙赣会战由此爆发。6月，石井四郎做指挥者，日军部队在食物、水源等，投放霍乱菌、伤寒菌、副伤寒菌、鼠疫菌等，实施细菌战。6月11日至14日，江山、玉山、广丰、上饶等地失守沦陷。7月1日，日军转守为攻，大肆破坏机场，拆毁铁路，进入江西占领东大门赣东北，大肆烧杀抢夺。日军参谋长尾正夫大佐是个戏迷，知道饶河班是赣东北第一大班，叫翻译去请戏。林凤鸣已是班主，对翻译官说，我去面见长官一下，定一下剧目，饶河戏剧目太多，不知道长官要我唱哪一出。见了尾正夫大佐，林凤鸣说，中国的戏太多，长官想听哪一出，定了剧目，我才可以精心准备。翻译说，尾正夫大佐想听汤显祖的戏，点一出《还魂记》。“花花草草由人恋，生生死死遂人愿，便酸酸楚楚无人怨。”林凤鸣唱了一句，说，生死了人愿，我们生由不得自己，死也由不得自己，我们饶河班哪有资格去唱汤老先祖的戏呢？翻译官大怒，拔出佩刀，指着林凤鸣的咽喉，说，唱也得唱，不唱也得唱。林凤鸣说，我们饶河班只唱一出戏，唱我们的岳老爷。他拍拍衣服上的灰尘，唱道：

风雪狱门传凶信，

儿啦，

眼看父子要归阴。
你妙龄习武报国志，
幼年随父远从军。
英勇杀敌把国保，
常慰父母一片心。
今日遭贼毒辣手，
可叹你年少正青春。
不负双亲长教诲，
你是岳家好子孙。
十年转战杀金兵，
不死沙场死朝廷。
野火寸草烧不尽，
泰山鸿毛知重轻。
风雪除夕难终夜，
精忠报国付烟云。
孩儿休要心悲伤，
岳家父子忧愁化。
…………

唱完，林凤鸣走到火炉边，用手夹起一块烧红的木炭，吞进了咽喉。嗞嗞嗞，口腔冒出一股白烟。

人是活着回来了，只留下了半条命。饶河班也解散了。

1949年4月3日，上饶解放。1953年，正式成立赣剧团，把信河戏（乱弹腔）、饶河戏（皮黄）、高腔（弋阳腔），与赣化昆曲相互融合，形成了新的剧种——赣剧。赣东北地区先后成立了九个赣剧团，发掘旧戏，改编旧戏，表演旧戏，并编写、排演新戏。弋阳腔是中国古代四大声腔之一，源于南戏，唐末宋初雏形为江西弋阳，形成于元末明初，以赣方言入腔，故称赣语高腔。李牧春是赣东北梨园名角，既能表演信河戏，又能表演饶河戏，有丰富的表演经验，被选入上饶地区赣剧团。她能熟练表演三十六个剧目。

林凤鸣出生于湖区，是个捕鱼高手，每天去饶北河捕鱼。他用一个大网兜，拍打河堤下的石缝，啪，啪，啪，鱼受到惊吓，跳出来，落进网兜里。有一天，林凤鸣没捕上鱼，却抱了一个婴儿回来。婴儿睡在一个提篮里，被一条包被包着。林凤鸣对李牧春说，上午去河里，在河边石埠上，看见了篮子里的小孩，便提回来了。李牧春把婴儿抱在手上，婴儿咯咯咯地笑。婴儿三个月大，白皙，小长脸，眼睛乌溜溜地转。李牧春一下子喜欢上了这个小孩。李牧春已一年多没看过自己的孩子了。林青阳只简短地习武练戏，1946 年，考入苏州大学医科，并一直留在苏州工作。李牧春说，我们收养过来吧。林凤鸣说，一个人有一个人的命，这么讨人爱的孩子，被父母舍弃，一定是养不活呀。林凤鸣在篮子里，翻出一张生辰八字帖和一封写在草纸上的字条——孩子生于农历 1964 年 2 月 16 日，希望好心人收留。李牧春看了字条，心里难受。她觉得孩子比自己还苦命。正是大野豌豆开花的时候，山坡上，淡紫的花开得很是娇美，山风吹来，哗啦啦地招摇。李牧春给孩子取名林采薇。林凤鸣捉蚱蜢、蝉、葛蛹，晒干，磨成粉末，用米汤煮熟了，给婴儿吃。

1966 年，李牧春又被抽到大队当记账员。全家庙有里外两个大厅堂，两边还有厢房和菜园，中间是一个大天井。李牧春一家便住在这里。全家庙有些偏，晚上也无人来串门。死寂的村庄，在夜晚，像沉没于大海的古墓。

那些年头李牧春时常坐在房间里压低嗓子，哼唱道：

骤相见又惊又喜
人对面屏障千重
还不知是酸是痛
那遗恨无穷无尽

越唱，泪水流得越酸楚，哗哗哗，没办法自抑。泪水流够了，人也舒坦畅快多了。但这样的戏文，让她感怀。

饶河戏和信河戏很少有纸质戏文，几百年以来，戏文都是靠一代代师傅口口相授。李牧春用账目本把戏文写下来，写一页藏一页，藏在档案袋里，用红墨水标号，放进木箱。林凤鸣教女儿练功。李牧春要把这些戏文传给女儿，不能藏在肚子里带进棺材。

1978 年，李牧春夫妇返城时，林采薇也成了大姑娘，亭亭玉立。

1983 年，上饶地区下辖的十二个县市，恢复和组建了十个赣剧团、一个高腔剧团（弋阳）、一个婺剧团（婺源）。我们一年最快乐的时光，便是赣剧团派员来村里唱戏。

演大戏和逢年过节一样，全村喜庆。演戏一般在春节，或者是冬至时节，空闲了，又有了余钱，一户户五块十块地筹钱，筹个三千五千，请镇里或周边镇里的小赣剧社来唱戏。在20世纪80年代中后期，请剧社唱一场戏，三百块，一天两场，日夜连开，连唱七天八夜。剧社一般有十七八个人，有班头、演员、乐队。班头统筹剧务，安排食宿，管收支账。演员有十一人，分九个行当，为正生、上生、老生、王旦、小旦、老旦、大花、二花、三花，俗称九脚头，外加两个跑龙套。乐队有五人，即鼓一人，大锣、小锣二人，大钹、小钹二人。两支唢呐由司钹者兼任。打钹的人，胸前挂一支唢呐，鸡啄米似的摆头晃脑，弓起前身，哐，哐，哐，把钹敲击出重金属的厚重音响，侧耳细听鼓手的节点。钹停了，捏起胸前的唢呐嘟嘟嗒嗒地闭起眼睛吹。当然，这是武场。文场有胡琴一人、二胡一人、三弦一人、月琴一人，月琴由司锣者兼任。

20世纪90年代中后期，电视机完全普及，再无班社进村，大部分乡村班社也解散了。县赣剧团除了一年几场送戏下乡，再也无其他群众性演出，也没人来请，演了也没什么人看，剧团处于半解散状态。新世纪之后，乡村班社剧团再度兴盛。2012年，皂头人杨善东把散落各处的信河戏主创人员组织起来，创建信河班社，有五十多人，走乡入村，名头不凡。

事实上，我从没看过李牧春表演，也没看过林采薇表演。林采薇后来考上北京的一个戏剧学校，并留校工作，我再也没见过她。林风鸣返城第三年，便故去了。声带坏了之后，他成了一个沉默的人。也可能是，他要说的话，前半生已经说完。在去世之前的两年，他在南门卖过烤红薯。

早晨，他用一个板车拉一个硬炭烤炉，弓着身子，拉到南门十字街街角，板车上竖一块纸牌：烤红薯五分钱一斤，包甜。很少有人认识他，更少有人知道他曾经是个大武生。他的头发在五十来岁的时候，已经完全花白，双腿可能是由于年轻时练功受伤而走路时往两边撇，身子左右摇晃。每天中午，一个老太太提一个铝盒，拎饭来，给卖烤红薯的人吃。无论冬夏，他吃饭时都会满头大汗。老太太一只手拍他后背，一只手用毛巾给他抹汗。我最后一次见李牧春老人，是在 1994 年春天，在桃花源公寓。

这是一个老年公寓，在宝泽楼侧边。她住在三楼右边最后一间房。她靠在床上，盖着大花被子。她的颧骨凸出来，口腔两边的肉凹进去。她的脸，有一层蜡蜡的油黄，皱纹勒进肉里。她看见我进去，说，枫林的后生来坐坐。她很少会谈起演戏。即使谈，语气也是淡淡的。她说，演好一部戏太难，做一个单纯去演戏的人太难，她这一生，只想演戏，但人的一生，一切都由不得自己。她说，郑坊人太好了，很想回郑坊办个赣剧培训学校，多培养郑坊子弟，传播赣剧文化，可惜，人老了，朽木一样不中用。她床边写字桌下边有一个抽屉，她侧身可随手拉开。她从抽屉里拿出两件东西，一件是小孩旧内衣，一件是一个大信封。旧内衣是她母亲的信物，也最终成了遗物。大信封里有三张照片：一张是锦溪大院的，和师傅师娘在一起的合影；一张是自己的全家福合影，彩色塑封得很妥帖；一张是舞台表演时，被一个观众拍的，也不知道拍于哪一年，照片上的人，还显得年轻，挥水袖，侧脸回眸，有几分羞赧，眼神炯炯……

盆地的深度

白昼开始了，而我匿名地存在着。

可发生了的事情比这还要多得多。

——费尔南多·佩索阿

这个世界，以前发生了什么，现在发生了什么，我们知道得十分有限；以后会发生什么，我们更无从知道。我们知道的，仅仅是遗忘的一部分。如南风吹过草木灰，扬起来，落在了我们的头上。

春分时节，南风从灵山牵着纸鸢飞来。夕阳将沉山梁，如一只火烈鸟。郑坊盆地来了第一批白鹭。白鹭从峡谷中，沿着河畔的洋槐林飞来，河面闪动着鱼群的墨影。啪啪啪，白鹭拍打着响亮的翅膀，飞过低矮的山冈，落在田畴。秧田漾着水光，白白地晃。夕光一撮撮落下来，在秧田匀细洒开，垂丝海棠花一样红扑扑。洒不了夕光的地方，是锥形山影，一秒一秒地被拉长，向田畴覆盖，如大地之梦。白鹭在秧苗田，一边觅食一边仰起长颈，嘎嘎嘎。先是一只白鹭叫，叫了三两声。山梁浮出最后一缕霞光，整个盆地响彻白鹭声声。白鹭即刻归巢，大地陷入巨大的宁静。

南风撩开了郑坊盆地虚掩的门帘，帘铃桑啷桑啷响。桑啷桑啷作响的，还有提灯师傅手上的摇铃。铜铃穿在一根铜圆棒槌上，棒槌头镂空雕着四条青蛇。提灯师傅穿一件斜襟蓝灰色棉袍，脚上的草鞋黄白色，他边走边唱：

宛宛神州地，巍巍众妙坛。
鹤袍来羽客，凫舄下仙官。
玉斝斟元醴，琅函启大丹。
至诚何以祝，四海永澄澜。
…………

他沙哑的吟唱有着重金属的音质，郎郎之声特别爽脆。他张开的喉咙似乎有河水喷射，哗哗哗。他棉袍的下摆，沾着早露，始终未干，以至于，我们以为他来自泽国之地，或者来自高耸的灵山之巅。他穿过了薄雾稀稀的草洲，或者下山时穿过了潮湿的树林；他的摇铃声，时远时近，如白鹭时而盘旋时而远去。他没有停下自己轻快却略显疲乏的脚步，他脸宽阔险峻，印着无人读懂的碑文：肉瘤葡萄一般大，挂满了悬崖（脸的一个比喻）。黑色的纱巾遮住了脸廓，只有一双眼睛露出来，显得既阴沉又慈爱。他的前襟织着两条鲤鱼，鲤鱼一半蓝色一半灰色。鲤鱼在前胸（前胸如一口清澈的池塘）摆着鳍尾，游得多么畅快，像两个在田野上奔跑的儿童。他的袍袖宽大，藏着春风，袖口包着深褐色的布边，密密的白麻线针脚有致，如婆婆纳花沿着田埂盛开。在盆地中央的一座孤坟前，他继续吟唱：

云雾浮空瑞无交腾于百和，
感天动地祥烟普遍于十万。
万年之心地之生成，
七宝灵仙根之就重。
…………

看起来，他刚刚从天边归来，带着归来者深重的念想与大地千里的开阔。他带来了马群奔腾的群山，带来了充沛的雨水和越来越长的白昼。他的眼睛溢满向晚的露水。他鸽子一样的眼睛，蒸腾着水汽。他素白的眉毛微微下垂，孵化两朵积雨云。他跺着脚，挥着袍袖，摇铃声啉啉唧唧，响得越来越急切，他头上圆尖的斗笠一抖一抖地旋转。他旋转，盆地也旋转，天空也旋转。他的草鞋落在地面上，溅起干燥的灰尘。鸟呼噜噜，飞回了山冈的树林。他从背袋里抽出一把桃木剑，竖起来，朝东挥舞，朝南挥舞，朝西挥舞，朝北挥舞。桃木剑三尺长三寸宽，双面剑锋，剑脊刻着一串圆环；剑柄六寸六长，阳面雕着一条青龙，背面雕着一只白虎。他的背袋也是蓝灰色，河水退去了岸边丛林倒影的颜色。他挥舞的剑，发出刚硬的风声，风车泻出来的那种声音，咕咕咕，咕咕咕。他不再吟唱了，他的嗓子干涸了——他的嗓子有着被火干烤的焦躁。也或许他的吟唱之声，成了无焰的火苗——

黄昏来临时的最后一道太阳之光。光照亮了他，他照亮了光。光和光抱在了一起。光在光中彼此熄灭，又彼此助燃。光溶解了光，光凝固了光。他的蓝灰色棉袍成了大地的灰烬。乌鸦做最后一次巡游，再也没了踪影。

他婆娑的舞影如一件飞旋的斗篷，在盆地的上空，如一双巨大的翅膀在盘旋。他挪移着轻快的舞步，半弓着腰身，翘着干瘪的臀部，双手夸张地半抱张开，脖子上的青筋暴突，如檵木的根须。他羊毛一样的胡须在飘动，风鼓起袍服。他木然的表情，干裂。

可他突然停了下来。他屈膝而坐，闭目歇息。他的额头储满了黄昏将暗之色。他的斗笠变得沉重如山峰下坠。野草吞没了他。野草青青，旷野浮荡。他听到了灶膛发出木柴噼啪爆裂的燃烧声。锅里沸腾的热水，唤醒了他。他又吟唱：

心存方寸地，诚达九重天。

切以道以齐为先，修缮乃还山建灯之时。

…………

孤坟里埋着他曾经的妻子茹贞。茹贞死的时候，已不是他妻子，也不是别人的妻子。她死的时候，他还是一个人住在一个叫麦冬岭的山上。他下山，茹贞已经不在人世了。上麦冬岭之前，他还不叫提灯师傅，叫杨绍醒，是杨家自然村的一个泥灶和泥墓（“泥”作动词用，意为“垒”）的泥瓦师。他泥的柴火灶，是盆地方圆十里最好烧的灶：灶膛斜躺下去，抽风上来很快，火苗聚集在锅底，贴着锅，滚球一样裹着热铁，烟囱把白烟拉出来，呼呼呼。一大锅水要不了几分钟，突突突，翻出大颗大颗的水泡。水先从锅底冒细细水珠，白白，透明，密密麻麻；接着，整个锅圈冒出水珠，如夏日之夜的晴空，繁星缀点；再加一把柴火，水珠变大，变得更圆，咕噜噜，咕噜噜，从锅圈升上来，像一朵朵蓝雪花，瞬间盛开了——花快速凋谢又快速继续盛开，千万朵花同时凋谢，又同时盛开。水沸腾了，整个灶台热得暖烘烘，扑腾得热气萦绕。柴火在灶膛里，快乐地呼叫。木柴被火苗舔出白圈。木柴在死去，火在复活。火催开了水的花朵。水完全盛开的时候，正是黎明到来之时——能够以火迎接早晨的人，是即将与山川万物重逢的人。

泥一个柴火灶需要三天。他泥好了灶，洗了泥刀，净了手，抱来柴火，他要烧第一锅水。灶膛红红。他坐在灶前，唱：

> 灶神降人间，饭香升九天。
> 柴火旺人丁，厚德耀宗门。
> …………

他还是一个泥墓的好手。墓穴深入地下，泥三边墙，上顶泥一个拱顶，棺材推进去，封一个墓门。他一天泥一个墓，他泥的墓不下塌。他泥的墓，比他泥的灶台还多。他说，墓是阴间的屋舍，要干燥要透气，和灶的原理差不多。泥完了墓，他圈坟，沿着墓，走七圈。他边走边唱：

超度三界难，地府五苦解。
悉皈太上经，静念稽首礼。
酆都开玉湖，幽冥龍对分。
三度诛恶罪，吾今招亡魂。
悉往诸灵府，逆于生天堂。
恭惟阊合开黄道，金炉生紫烟。
人无神不立，烧香乃达圣之门。

这两支泥灶泥墓的歌，是他师傅教给他唱的。

他师傅说，灶是一个家最大的脏器，和谷仓一样重要。人一辈子都离不开灶和谷仓。墓是最后的庙宇，属于一个人的庙宇，要庄严要宁静，要向阳要拙朴。

他提着斗灯，在盆地四处唱。无人知道他唱什么。他口腔里发出来的嗡嗡嗡之声，让人觉得他的声带是铜质发声器。他很少会想起这个叫茹贞的女人，也不会想起其他女人——除了他一辈子寡居的老娘。当他走在官葬山（官葬山为自然村地名）丘陵的时候，他会想起白狐狸。是哪一年呢？他可没忘记。他看见了白狐狸。

白狐狸把他带到了茹贞的家里。他还是一个健壮的后生，他还是一个初出茅庐的泥瓦匠。

这年三月，杨绍醒到夏家墓（夏家墓为自然村地名）为一个老人泥灶。吃了晚饭，他沿田畈回枫林。田野开满了紫鸢尾，如一群群蝴蝶贴在草叶一般。白额雁在长满苇草的湖塘，嘎嘎嘎地叫。傍晚的盆地，萦绕着白白的雾气。他似乎迷路了，交错的阡陌，一下子让他难以辨明方向。这个村子离枫林四里地，他常走。也可能是天太灰暗，又没完全黑下来，罾鱼的人还穿着蓑衣收鱼笼子，把鱼罾倒入鱼篓里。饶北河边村镇，没有他不熟悉的。他沿山冈边田塍道，往东走。绕了山冈两圈，月亮晃着出来了，白雾稀稀，他才看清，他到了官葬山。

这一天很奇怪。在官葬山岔路口，杨绍醒看见一只白狐狸站在溪边，看着他。白狐狸沿着山边往湖塘走，走走停停，半眯着圆眼睛，还不时亲昵叫，呜呜呜。黧青青的山峦耸立。过了湖塘，入一条山垄，下一个斜坡，往右拐，是一条进入石煤洞的山道。山道中间，是一座盖瓦木柱砌墙的四角飞檐凉亭。杨绍醒停下了脚步，白狐狸在凉亭，也停了下来，朝他呜——呜——呜，叫得他揪心。杨绍醒抓一把石子扔它，它也不走。他便跟着狐狸一直往山道走，快到石煤洞了，白狐狸不走了。杨绍醒听到了男人轻微的呻吟声，哎哟，哎哟。

在一丛茅草里，杨绍醒找到了呻吟的男人。男人四十出头，坐在地上，衣服单薄，一双手抱着右腿膝盖。男人是砍柴时，从山崖滚下来的，右腿摔断了。他背着男人，去山下的方家村。杨绍醒又去了郑坊，请来接骨郎中米八先生。

方家男人见杨绍醒肥头大耳，手粗脚宽，眉宇开阔，说，你不背我下山，我会被豺狗吃了，真是大恩。你是哪家的后生，怎么会去煤石山呢？

“我是个泥灶头的，在官葬山路口，看见了一条白狐狸。白狐狸带我去的。不是我救大叔，是白狐狸救大叔。”

米八先生和方家人，听了连连称奇。米八先生说，白狐狸通人性，懂天道，真是莫大的福报。方家男人说，若后生不嫌弃我简陋之家，想拜托米八先生一件事。说着，他把女儿唤到厅堂面前，对后生说：方家小女茹贞，十七岁，愁一个好后生，拜托先生，说个媒，把小女许配后生，你们是我的救命恩人。

茹贞扎两根长麻花辫，低着头，看着自己脚上的圆头布鞋，暗自睨了睨身边的泥瓦匠，见他身板如牛，憨笑如佛，她露出浅浅羞赧的笑容，转身进了自己的厢房。杨绍醒见茹贞晶莹玲珑，娇俏可人，说，我是个泥瓦匠，我虽穷，但我有一身力气，我不会让你女儿吃苦的。

米八先生合手笑，说，白狐狸是仙狐，牵红线的仙狐。杨绍醒说：我以后把你当作自己的亚供着。方家男人摸摸杨绍醒的头，笑了，说，你是杨家人。杨绍醒点了点头。方家男人说，四乡八村，只有杨家人不喊爸，喊亚，也不知亚有什么来历。杨绍醒说，清初南丰发生饥荒，杨氏先祖携妻儿老小，一路讨饭，来到郑坊。先祖在郑坊死于饥寒，妻小被枫林叶氏人家收留。叶氏人家待杨氏妻小如亲人。先太祖母告诫儿子：凡自你及后人，称父为亚，以示对叶家养育之感恩和尊重。

“在杨氏先祖的话语里，亚，是对土地恩谢的意思，以父之名，以赤子之心，对待厚养我们的土地。”杨绍醒说。

“你是个泥瓦匠，你还读了不少书呢。”方家男人说。

杨绍醒说，我亚叫世喜先生，做夏布生意，穿长衫戴眼镜，留山羊胡子，长得风流，年轻时在上海读过教会学校，1943年，卖了家产，在上饶参加过抗日活动，后被抓捕，临刑前半个月，他的两个眼球被狱警用红铁烫坏了，眼睛留下两个洞。当时我娘怀我八个月，生活艰难，我十三岁便去学了泥瓦匠。我识字读书，都是我娘教的。

“你不嫌弃茹贞，你回了枫林，请你娘托米八先生来，定个亲，明年正月过门。”方家男人说。

茹贞就这样来到了枫林。杨绍醒也没钱请一顶花轿接她。她穿大红棉袄，头上扎了两丝红绸，脚上的布鞋绣了两朵芍药花，她跟着接亲的人，自己走路来。茹贞娇小玲珑，性情活泼。杨绍醒在家等不及，跑到官葬山土岭上，见了她过了溪，他跑过去，一把抱起她，一直抱进家门。

“我不能让你受苦，我得让你过上好日子。我除了一双草鞋一把泥刀，什么都没有，你爸把你许配给我，我得好好守着你。”他对茹贞说。他没日没夜地干活。开荒种地，筑塘养鱼，泥灶泥墓，种豆栽瓜。他像一头牛，犁田拉货。他是一个不知道疲倦的人。

过了十几年，他儿子杨其白八岁了，他的脸上渐渐没了什么感觉。冷风吹脸，不冷；沙砾吹脸，不痛；炭火靠近脸，也没有灼热感。郎中看了几次，说，面部肌肉运动正常，不是面瘫，缓两个月再看看。他也没在意，说，可能是被寒风吹麻木了。

过了三个月，已是农历七月了，正抢收一季稻（一季稻也叫早稻，二季稻叫晚稻）。郑坊盆地黄蔼蔼一片，烘暖的大地烤出醺醺的谷香。稻浪起伏，已收割的稻田灌了水，等待翻耕。男人们赤裸上身干活，浑身爆汗，油滋滋，赤铜色的皮肤，晒出釉色。雨打在皮肤上，像落在荷叶上，轻溜溜滑走。太阳越晒，釉色越深，如酒瓮的深褐色。杨绍醒的上身，也是深褐色，但散出很多黄斑，不规则，也没有明显的边沿，也没有鳞屑。他的脸上也有。和他一起做工的人取笑他，说：茹贞对你太好了，天天给你摸痒睡觉，也摸得太深了。这样的斑，谁也没见过。

有人私下传言，说杨绍醒的肉身注了很多毒，毒发出来了，变成了满身的皮癣。身上的毒，是积毒，积毒就是人毒。人毒会害人。

传言像墨在水里一样扩散。再也没人和杨绍醒一起做工了，生产队也不给他派工。他孤零零地站在田畈，不知所措。他好几次问队长，队长避着他，说，谁愿意和你搭工，我就派工。他找了自己的堂兄弟，找了房上的小叔，找他们搭工，他们都避着他，侧脸看他，一句话也不说。茹贞去问了房上的人，杨绍醒才知道，他们防着自己身上的斑。

巷子里的人，看见他，便关上门，嘭隆一声，门框震动，门甩得格外响，还狠狠地瞪他一眼，用脚踢自家的狗，唾口水骂：臭狗滚得越远越好。狗汪汪汪狂叫，乱闯，一溜烟跑出巷子。有一天早上，他挑担水桶，去桥头的水埠挑水。开门时，他发现门上贴了一张大白纸，大白纸上写着：你身上有死鱼臭，你不要出门了，全村人都厌恶你。

挑了水回家，他坐在灶膛前，哗哗哗地哭了。茹贞问他，有什么事啊，让你这样伤心？杨绍醒也不说。茹贞也不说话了，和他一起哭。他望着她哭，她望着他哭。哭了好一会儿，他说，我这个人，是不是个恶人？有没有作恶？茹贞说，你是恶人，我爸也不会一眼看中你了。他再问：我是不是一个游手好闲的人，拖累了别人糊口？茹贞说，你白手起家，我们自己建了大瓦房，比你勤快的人，村里找不出三个。他又问：我是不是一个不愿援手的人，对乡亲麻木不仁呢？

茹贞哭得更凶了。

再也没人请他泥灶了，也没人请他泥墓。村里的三片拔秧苗死在田里，还是个短命鬼，四十七岁。他拔了一把秧苗，弓着身子在水里荡泥浆，荡着荡着，一头扑下去，死了。杨绍醒拿着泥刀，赶到三片家里，说，泥墓，我在行，双抢了，大家忙，我来泥墓，也不收工钱。三片的老婆把他拦在门外，说：你有力气，把自己的墓泥好了，免得以后没人给你泥墓。你泥了三片的墓，三片的棺材也没人来抬，你说，你不是害我吗！

杨绍醒用泥刀拍打自己胸脯，说：我下作，我作践，我剁手。

杨绍醒再也不去找人搭话了。走在路上，遇上人，他远远地避开身子，靠路的边沿站一会儿，等人过去了，他再走路。有一次避让人，他站在溪边，可能心里烦，也可能想别的什么事了，他一走神，摔下溪，全身湿透，膝盖碰出瘀青。他狠狠地掌自己耳光。

杨绍醒挑来黄泥，在自己身上搓，搓得全身都是泥。大马蜂蜇了人，肿出鸡蛋大的肿块，痛得人打滚，用童子尿和泥浆，涂在肿块上，半天消肿。这是土方子——黄泥解毒。他天天用黄泥搓身子，搓了七天，黄斑还是黄斑，还转深色了。他皮肉都搓肿了，肿得像下水焯了一样。他又去掏苦草，泡热水洗。一天泡一次。一天泡三次。他用艾叶泡，用茶叶泡，用何首乌叶泡，用三百草泡，用杠板归泡。

泪水流在脸上，他也感觉不到热度。他用指甲抠脸，出血了也不痛。

他去抓毒蛇吃，去抓蜈蚣吃，去抓蝎子吃，去抓蚂蚁吃。他把马蜂窝磨成粉末，泡水喝。

斑越来越多，盖了他的脸。

一日，源坞（源坞为自然村地名，与枫林相隔一座高山。枫林在山南，源坞在山北）来了一个卖核桃的中年人，挑着箩筐，走巷串户，摇着叮叮当当的响铃，叫着：想生活过好，就多吃核桃，吃了核桃，挑担腿脚好。杨绍醒听了叫卖声，拿出小畚斗，想买两斤给孩子吃。卖核桃的人，看见杨绍醒，挑着箩筐撒腿就跑，边跑边叫：麻风，麻风，那个人得了麻风。跑到了祠堂庙，他缓了气，停了下来。晒谷子的三个妇人，围着他，问：谁得了麻风病？

“就是柿子树下那户人家，有人得了麻风病。”

“这话可不能乱说，他是身上长斑。”妇人说。

“他麻风刚出麻，出了麻很麻烦，很会传染。”卖核桃的人结结巴巴地说，“二十几年前，我外公得了麻风病，被活活烧死。”

三个妇人吓呆了。她们扔下谷箢，沿着村街叫：绍醒得了麻风病，绍醒得了麻风病。

傍晚，杨绍醒家大门，被人抬了三根木料，把门堵死了，不让他们一家人出来。两个把门的人，是他杨家房上的堂兄弟。一个人手里拿着三眼铳，一个人手里拿着剁骨刀。杨绍醒拱手作揖，对堂兄杨绍鲜说：我们同一个太爷下来，你今天是不是下了要和我打夜命（饶北河一带方言，打夜命意思是闹人命的事，闹通宵，不决断不罢休）的心？能不能放我一家人一马？我做弟弟的，从来没得罪你一家呀。

“这一条巷子里的男丁，都姓杨，绍字辈都是兄弟。不是我要和你打夜命，是你放我们一马。你死一家人，巷子里的人还在，杨姓人不断丁。你不放过我们，杨姓灭了，几百年的人丁毁在你麻风病里，你说你对得起先祖吗？”杨绍鲜说。他把炭硝一孔一孔地灌进三眼铳，铳栓拉得噼啪响。

“要杀人，你先杀我。我也是活够了。”杨绍醒的娘，拦在儿子前面，说，“你有什么权力，杀我全家！我和谁家有不世之仇哇？你们说来听听。”

“谁和谁，什么仇也没有，我们是怕惹麻风病。麻风病比仇还更让人痛恨、恐惧。我们只有断了麻风病的根，巷子里的人，才可以保平安。绍醒，你说，巷子里的人要不要保？灭你全家，不是谁一个人的主意，是十八岁以上男丁，在族里开会定的，大家都通过了。今天，谁求情，也都没用。天王老子来了，也没用。

还有一个选择，就是你离开这里，管你去哪里生活。限你三天考虑，因为是族人，才宽限你三天。外姓人的话，一个时辰也不留。”杨绍鲜说。

其白躲在娘身后，拉着茹贞的衣摆，吓得号啕大哭。茹贞双手护着儿子的头，僵尸一样站在杨绍醒身后，脸色煞白，眼泪直流。

院子里，亮起了火把，围满了人。杨绍醒看着一张一张脸，老脸是叔伯，稚脸是侄孙。叔伯都抱过他，他都抱过侄孙。他们都是平时异常亲热的人，递烟，喝酒，蹲在墙根下，谈论年收，谈论村里的女人。特别是那些堂兄弟，上山一起砍柴，一起垦荒。为了多垦一块山地，他们搭茅棚，在山里住了半个月。他看看他小叔，他小叔也举着火把，站在杨绍鲜身后。小叔是他最亲的人，是一个曾祖父延下来的血脉。杨绍醒在八岁的时候，过年的米都没着落，是小叔送来米，送来肉。小叔说，绍醒啊，我们一支人丁不盛，有我小叔粥喝，你就有米汤喝。杨绍醒一直记得这句话。他看着小叔，小叔低下了头。他泪水，哗哗哗，直流了下来。他跪了下去，对院子里的人说，你们散了吧，留两个人守我大门就可以了，天要灭我杨绍醒，我没什么求了。

第二天早晨，镇卫生院来了人。是李干部陪医生来的。医生三十来岁，检查了杨绍醒的身体，说，病人患了麻风病，不能住在村里，他家人没有感染，和正常人一样，可以继续在村里生活。

杨绍醒一下子瘫坐在地上。那个卖核桃的人，说的话，是真的。村里无人得过麻风病，谁也没见过麻风病。谁会想到他得麻风呢？

医生详细地问了杨绍醒情况，什么时间脸麻木了，什么时间出斑了，之前有没有接触过麻风病人。杨绍醒说，一个泥瓦匠，一年到头都是在本地做事，没出过十五里之外。医生说，你再想想，三年之内，你见过鼻塌嘴裂，或者满脸挂瘤，或者手指脚趾断损，或者截肢的人吗？杨绍醒想了好久，也没想出一个这样的人。医生临走的时候，杨绍醒说，两年前，去五羊坞，泥灶，回来的时候，过蛤蟆岭，遇见过一个吊死的人，头上套着麻袋，我把死人从树上放了下来，抱到路边，通知岭下的人埋人。我也没脱开麻袋看他。通知了岭下的人，我就回家了。

医生说，十有八九，那个人是得了麻风病，上吊死了。我明天去一下蛤蟆岭，实查一下，就知道。

隔了一天，医生又来杨绍醒家，说，那个蛤蟆岭吊死的人，是得了麻风病，被村人逼着上吊的。茹贞拜跪下去，婆娑泪眼，哀求医生，说："救救我家绍醒，救救他。我给你做牛做马，我都愿意。"

"麻风病可以治，但我们这里没有药，药得从上海调过来。调这个药，很难。治麻风，治疗效果好，需要三年痊愈，慢的话，需要五六年。病没好，不能接触人，得一个人住一个地方。"医生说。

麦冬岭是一个高山的山顶，有一大块平坦的草甸，如牛背。山便称为牛背山。上麦冬岭，须走三华里的山道。山坞有一条终年不息的溪涧，在山腰积水潭，有一座木板桥，连接山上山下。

杨绍醒住在麦冬岭，三餐到木板桥取饭。茹贞或者杨绍醒的娘把饭放在桥上,第二餐送饭时,把上一餐的碗筷带下去,人不得接触。这是族里人开会规定好了的：杨绍醒下桥，巷子里的人可以把他打死；茹贞或家人，过了桥上山，全家必须离开村子，另谋生活。

桥上有一个吊篮，送上去或带下来的物品，都在吊篮里。

谁也没见过杨绍醒，谁也不愿见到杨绍醒。村里人说起他，就说：哦，那个瘟神，一个雷劈下去，烧成木炭是最好的。

茹贞和杨绍醒的娘，还是常常见到他的。他娘很想看儿子，便去送饭。杨绍醒在桥那头吃，娘在桥这头看。他坐在桥板上吃，胡须遮住了颈部，长长的头发盖住了棉袄的衣领。他明显瘦弱了。他的脸黑不溜秋，长起了豌豆一般大的肉瘤。他吃着饭，低着头，一会儿就吃完了。在山上才住了一个月，杨绍醒便糟蹋了自己。不知道是因为冷，还是别的什么，他双手箍在胸前，裹紧棉袄。“绍醒啊，你怎么成了这个样子？”娘忍不住哭了，泪如雨泻，说，“绍醒啊，要体面地活着，胡子自己剪剪，头发自己剪剪。你亚在天之灵，看到你这个样子，会做何想？人吃五谷，谁不生病？有的人病生得早，有的人病生得晚，有的人一辈子生病。在任何时候，我们都别作践自己，别糟蹋自己。人来世上走一遭，谁容易过呢？你亚，死了，尸骨都没人收，骨灰在哪里都不知道。我生下你，图个啥？你亚死，图个啥？我就图你活得堂堂正正。”

娘的话，让他深深自责。他自责自己成了娘和妻子担惊受怕的人，成了人不人鬼不鬼的人，成了没有魂魄的人。一座五米来长的松木板桥，隔在他和娘之间，像一条咫尺银河。桥两边的人，说了很长时间的话。一边哭，一边说。哭哭说说，说说哭哭。杨绍醒对他娘说，家家粮食短缺，我就在山上种苞谷种番薯种大豆种马铃薯吧，我也养两只羊。

过了半年，镇医院才送来了药。一个偏远山村，从上海调药来太难了。

在巷子里，再也无人和茹贞一家来往，也无人和她们拉家常话。茹贞做了豆腐，端一碗送给对门的邻居，还没踏进门槛，被邻居拦在门外，说：豆腐是好吃，可万一把麻风带到了豆腐里，等于给我们一家下毒了哇。茹贞，你说是不是呀？

其白已经上小学了，班上没一个同学会和他坐在一起，也没人和他说话。老师安排他坐在最后一排，一个人一排，抵墙坐。放了学，有同学在背后骂他：你爸爸得了麻风病，你不要来上课了。有一次，在回家的路上，五个女同学一直在他背后哈哈笑。他回头看她们，她们还是哈哈笑，笑得很喷。他也不知道她们笑什么。他用手往后拉衣服，拍了拍，也没什么东西落下来。回了家，他脱下衣服，看了看衣背，他气得两眼发直。衣背上，被绿粉笔画了一只乌龟，乌龟壳上写了“麻风病”。他知道是谁画的，他端起白菜刀往屋外走，被他奶奶拉住了。他奶奶一把抱住他，说，刀是杀器，杀人是犯法的，你要报羞辱之仇，就是要好好读书，长大了，比他们有本事，比他们有见识，比他们过得更好。你爸是得了麻风病，这只是一种病，而不是一种罪。我们没有罪，他们加给我们的罪，是他们自己的罪。我们低头做人，不是担罪，而是不张扬他们加的罪。

药是断断续续吃的。上海来的药，并不及时，药吃完了，有时隔一个多月，才能续上药。他的鼻梁慢慢塌下去，他的指关节变得更脆。他的脸，像油锅里翻炸的油饼。一日，茹贞的爸爸提了一个菜篮上山，看望杨绍醒。老丈人带了谷烧来。两斤的酒罐灌得满满当当。菜是鳝片烧蒜芯。正是四月，蒜芯抽芽，入口真是香啊。老丈人站在桥头，和他说着话。他说，茹贞不容易，吃食都很难，你放心吧，有我帮着，孩子会一天天长大，孩子好着呢。他说，巷子的人都是癞蛤蟆，呱呱叫，癞蛤蟆咬不死人，吵死人，茹贞真是过得好苦哇，我就这一个女儿，当年是我看中你心地好，把茹贞许配给你，你心地好，又怎么样呢？她活着，和守寡有什么区别呀？老丈人说着说着，哽咽了起来。

“亚，我守着这个山，我就是要活着下去，我要养大儿子，要好好养茹贞，养我老娘。我没出生，我亚便死在监狱里。我娘孤苦哇，我茹贞孤苦哇，我怎么不知道呢？可我有力使不上，这是我活着的罪呀。亚，我活着的罪。”杨绍醒喝着酒，喝得满脸泪。

“你痛快地喝吧，喝醉了就畅快了。你大声哭吧，哭痛快了就敞亮了。你大口喝吧，喝个地倒天移，喝个九死九生。喝吧，喝个翻江倒海。”老丈人被他说得泣不成声。老丈人拉开嗓子，吼。

酒下去。酒罐干了，碗空了。他醉了，他鼾声如雷。他老丈人提着菜篮下山，一路号哭。到了山底，他老丈人安静了，抄山边长满了芭茅的小路回方家去了。

第三天，茹贞送饭去，发现头一天的饭菜没吃。她慌了。她在桥上喊：绍醒啊，绍醒。她嗓子喊干了，也没人应。她哭了，坐在桥上，哭声如奔雷。她守了好长时间，也没守到男人下来提饭。茹贞回到家，领着婆婆一起上山。她们找到了山顶的木棚屋，看见绍醒睡在床上，浑身滚烫，病得很厉害。

过了半个月，茹贞送饭去，杨绍醒坐在桥上等她。“以后，你不要送饭来了，我自己做饭。山上种了苞谷土豆，种了菜，让我自生自灭地活吧，活一年算一年，活三年算三年。你去嫁人吧，你为自己做打算吧。为我付出这么多，你不值得。你还年轻，你应该有自己的生活。我不需要别人的照料，也不需要别人的同情。作为妻子，作为孩子他娘，你尽心尽责了。我杨绍醒亏欠你太多了，我不想再亏欠你。我活着，和死了是一个样。我现在这个样子，就是死了的样子。”杨绍醒说。他看都没认真看她。他看着桥下的溪水哗哗流淌。他说得很冷，也说得很沉。

“我们是夫妻，你怎么可以说这样的话？我们还有其白，其白还那么小。”茹贞说，“我有什么地方没做好呢？我用命在护着这个家，护着其白。”

“你活得太累了，因为我，为了护着孩子，你拼尽了全力。但我不想你因为我，受尽后半生的屈辱和歧视，遭受白眼。我们解除夫妻关系吧，你可以继续和孩子一起生活，也可以嫁人，你自己定吧。我已经想得很清楚了。明天，你和娘一起来，也请族长老烟公和村民组长绍鲜一起来，当他们的面，我把话说清楚。劳累你把孩子养大，你们撇清了和我的关系，你可以挺胸做人。”

站在麦冬岭，可以俯瞰整个盆地。太阳从古城山的凹口缓缓升上来，如一朵向日葵。南瓜叶形的田畈，在五月，稠密黏湿的雨飘飘洒洒。清朗的田野，田埂以豆类植物织出网格。雨声和稻子灌浆的声音，在日与夜中，找到了路的分岔。饶北河从一抹峻峭的山峦中，破出夹缝，如蟒如鲲，奔泻东去。荷木在牛背山，呼吸着河中泛过的湿气，长得特别壮实。在麦冬岭，杨绍醒再也不焦躁了。初上麦冬岭的半年，他度日如年。他望着山下的村子，他大声吼茹贞吼其白，吼他妈妈。他吼稻谷，吼河里的鱼，吼田野上空一行行的白鹭，吼日落，吼日出。他吼得声带出血，吼得眼冒金星。他如一条野狗，在山上闯来闯去。他要疯了，他想杀人，他想跳崖。他想把山烧了，自己直接投入火海。死了，彻底干净了，自己干净，家人干净，巷子里的人干净。家人和巷子里的人又亲如一家，互不相怨。他想起杨绍鲜手上的三眼铳，拉响的铳栓，噼啪作响。人，在生与死关头，多么残忍。他想起了小叔，小叔待他为至亲。他把事情顺了半年多，他顺清楚了，族人开会过于迅速，小叔没有时间去找人周旋，任凭大家一起决断。那种气氛下，谁敢说，不要把他杨绍醒一家赶出村子呢？谁都不敢。李干部带着医生，早早来到自己家里，一定是小叔去了镇里，托了人，磨破了嘴皮，才请来的。小叔是要保其白，小叔不会让其白流落在村外。每次想到这里，杨绍醒哭了。

再也不能去死了。杨绍醒从死中活了过来。他决意和茹贞解除夫妻关系，是因为他从死中醒来。他丈人请他喝酒，他记得。他丈人怎么下山的，他不记得了。他烂醉如泥。他落下积水潭，幸好积水潭漂着几根粗粗的浮枝，他的头搁在浮枝上。他泡在水里，浑身湿透。他酒醒了。他身子灌了铅一样，爬上桥头，足足睡了一个下午。杨绍醒卧病在床，他理了理醉酒的事。他发觉，是他丈人推他下水的。他是茹贞的沉重负担，一辈子抬不起头的负担。他山一样压着茹贞，她负重不起。她的爸爸懂女儿，唯有他杨绍醒死，茹贞才喘得了气。所以，他必须死。这个发觉，让他无比惊讶和悔恨。

死，却解救了杨绍醒。他要做一个了无挂碍的人。他无能挂碍别人，那么别人对他的挂碍，便是一种不可解脱的负担。他要活下去，必须做一个独立的人，做一个与任何人无关的人，哪怕是妻子孩子，哪怕是自己的娘。

坦坦荡荡地生病，坦坦荡荡地活。哪怕死，也是坦坦荡荡。他正视自己满是肉瘤的脸，他每天用水照自己的脸。他接受这张骷髅一样狰狞的脸。他曾多么讨厌这张脸——拥有这样脸的人，必是作恶的人、鬼魅一样阴险的人、一个丑陋得无法示人的人。他摸摸自己的脸，没有任何感觉，那是神经坏死，皮肤老化。他不再害怕了。他坦然地笑了。病毒会吞噬自己的脸，鼻梁断裂，嘴唇裂开。他的脸会成为这个世界最让人无法忍受的丑。要活下去，他必须先接受这种丑。他知道，自己丑得像个鬼，但不是鬼。

有一段时间，他三天两头做白狐狸的梦。白狐狸幽灵一样跑进了他的梦里。白狐狸的眼睛吸着他，眼神溢满了温情和哀伤。他抱着头，小孩一样哭了。盆地平坦，开阔。饶北河千万年堆积出来的肥沃土地上，稀落又密集的人烟沿山边摊开。山中林木茂密，常有狐狸出没。有一次，杨绍醒睡着了，朦朦胧胧之中，听到有人打开水缸盖板，用舀水勺舀水喝。水勺伸进水里的声音、盖板扣上缸沿的声音、喝水的声音，他听得真切。他翻身起床，问了一声：谁呀？

“还有谁呀？我口渴，咽喉烧一样痛，喝口水就好了。”厨房里的人应答。

“茹贞，是你吧？”他听出是茹贞的声音，他在梦里问喝水的人。没有回答。他梦见白狐狸，在草甸上跑，跑到了山崖，摔了下去。杨绍醒惊吓出一身冷汗。他披衣下床，坐在灶膛前，点了一把黄茅草，扠进灶膛。火一下子红了锅底，他扠进木柴，给锅里打水。锅里除了水，什么也没有。他泣不成声。他脸上淌满了泪水，一边烧灶膛，一边敞开嗓子唱：

元始安镇，普告万灵。
岳渎真官，土地祇灵。
左社右稷，不得妄惊。
回向正道，内外澄清。
…………

歌唱完了，他大叫一声：茹贞，我的茹贞。一口鲜血从他口腔里喷出来，喷进了灶膛。一股白烟冒了出来。

第二天清早，小叔上山来报，说茹贞丑时三刻，落气了，走得很顺，也没什么痛苦。茹贞走的时候，还叫着：“绍醒，绍醒。”茹贞是抑郁而死的，年方三十六岁。他上山已四年。

杨绍醒站在麦冬岭，看着送葬的队伍，穿过金色的稻浪，沿着小溪的下游走。小溪像一条死去的蚯蚓，烂在田畈里。晚上，他跑下了山。这是他第一次下山。他坐在坟前，坐到天亮。

他常常来到坟前，坐到天亮。

天抹晚，四野无人。他提着一个斗灯，穿一件厚重的蓑衣，去茹贞坟前坐。斗灯是他自己做的。用一个小圆木桶（一斗米的体积）装上半升稻谷，烛台固定在桶底，桐油灯插在烛台上，盖上合桶口的小圆筛，桶口两边的栓口束一根棕绳，绳端扣一个结口，结口固定一根大拇指粗三尺长的竹竿。他握着竹竿，提着灯，沿溪流往田畈走。他唱起了只有他自己听得懂的谣曲。

在我十四五岁，我就熟悉他提着斗灯，穿过黑夜，去田畈深处的背影。星光打湿了他的谣曲。他从来只有一个人。即使他麻风病痊愈之后，他仍然住在山上。他儿子其白，考上华中科大，后来去了美国，把老奶奶也带去了，再也无音信。杨绍醒的房子一直闲置着，上了锁。这栋有着椭圆形院子的大瓦房，像一只趴窝的大乌鸦。

除了买生活必需品，杨绍醒几乎不进村。他常年戴着斗笠，一块黑纱遮脸。他不会示人的脸，仿佛是人世间最大的秘密。也似乎人世间的真相，都藏在这张脸上。他的脸，是一部写着隐秘咒语的经文。村里有人死了，他会去坟地唱歌。为死去的人唱七个夜唱，是他唯一要做的事（生产之外的事）。

麦冬岭上，有些羊，已经成了野羊，爬上山崖，站得高高，咩咩咩地叫。

杨绍醒在他六十来岁的时候，他四处唱。春花开了，他唱。鸟北迁了，他唱。人生之日，他唱。他对着暴雨唱。他在蒙蒙亮的清晨唱，在晚星稀稀的夜晚唱。他的斗灯，从木桶里发出莹亮的光。

在饶北河边。

在峡谷的荒地。

在竹林。

在麦地。

在坟场。

在土庙。

他在唱。

在麦冬岭的木棚屋，也从无人去过。村里很少有人会谈起他。当说起他的时候，谈论的人会哦一句，说：那个提灯师傅，活得像个少年一样无忧无虑，几十年都提一个斗灯，也不知道他要照什么。

2019 年 5 月，我在饶北河上游很僻远的一个小山村，我获得了手抄本《申阴文科》。我如获珍宝。《申阴文科》共 21 卷，我借阅了 9 卷。这是家藏之本，代代相传，不外传。我奇异地发现，提灯师傅唱的歌，均出自《申阴文科》。几十年，他从来没有离开过《申阴文科》。我知道了，他为什么悲悯、开阔、通透，因为《申阴文科》浸透了他的苦难。

因为我每次读《申阴文科》，我都会泪流满面。那些文字，都是生与死的箴言，蕴藏着对大地深深的敬畏。

似斯兰馨

不是因为陪家父去看望病重的故人，我不会去五马山。故人叫马英明，是家父多年至交。临近年关，冬雨绵绵。父亲穿着厚厚的雨衣，沿着峡谷往山里走。我母亲夹着一把雨伞，站在门口，望着一晃一晃的背影，对我说："76岁的人了还那么固执，非要去一趟五马山，山路太滑，你陪你爸一起去。"雨越下越大，如沙子抛落。雨粒打在雨伞上，嘭嘭嘭。山路是黄泥路，流淌着泥浆。我走在父亲身后，陪他说话。一路上，父亲重复着说："最后一程，最难走。"父亲脚上的大头黄牛皮鞋湿湿的，裤脚也湿湿的。在有泥浆的地方，我提醒父亲："小心脚下，走稳了。"父亲也不应我，低着头，丝毫没有减缓脚步，哗啦哗啦地踩着泥浆水。

怀玉山山脉自婺江而起，如一头野牦牛，向西而奔，耸起的肩胛骨是大茅山支脉。支脉苍山莽莽，如壮硕的肩胛横突肌，五条回旋的山梁向东逶迤，渐渐低缓，在一个木槽形的大山坳聚拢，如同五马共槽。山坳由此得名五马山，居住着十余户山民。25年前，这里是个小林场。枫林去五马山，得走二十多里山路，路沿着一个个矮山梁，缓缓而上，深入峡谷的最深处。山坡披着黄松、水杉，乌青青。雨线白亮亮，如一道道斜弧形。这条山路，父亲是常走的。假如雨水不洗刷脚印，那么父亲的脚印，会叠得厚厚的，如飘落的枫树叶。这条山路，父亲走的次数，屈指可数了。他较着劲走路，每踏下一步，溅起雨水。

“哥郎，哥郎，还好吧。”父亲拉着马英明伯伯的手，关切地问。老人想支起身子，抬起半个头，又瘫倒下去。父亲给他垫艾叶枕头，说：“卧着暖和，卧着暖和。”父亲又脱下腕上的老手表，戴在故人手上，说：“我戴了大半辈子，给你留个念想。”老人睁着眼睛看着头发稀稀的客人，灰灰的眉毛动了动，嘴角抽了抽，舌头上的话始终吐不出来。老人的面容多皱，白润，眼皮耷拉。

挨着父亲，我坐在火盆边，给父亲烘皮鞋。入夜了，父亲坐在火盆边，往火盆添木炭。父亲倾着身子，靠在火盆旁，直到天亮。天亮了，屋外一片白。雪飘了半夜，雪伴着呼呼的北风。北风吹遍每一个山冈。风赶着风，雪催着雪。炭火旺着。

庚戌年（1970年）丙戌月（10月）丁丑日（24日），节气霜降，宜婚嫁宜冠笄。油山茶开白了山丘，早霜蒙白了瓦垄、田野和溪滩。一个在枫林梅家做油漆的人，来我家借两块石灰，见我家一件老木衣柜，光溜溜的，桐油也没打，木质都灰暗了，随口问我母亲：“这个衣柜有些年头了，等我忙完了梅家的事，也给你家忙活几天，添添彩。”油漆师傅长得魁梧，脸宇宽阔明亮，声若洪钟。我母亲拍了拍木柜，说："哪有那个钱呢？用了几十年的木柜，还和人一样硬朗。"我父亲说："师傅，如果工钱可以欠上一年，就给我忙几天。漆上了，漆又不会还原回去，你铜咯子（方言：铜咯子指硬币）又不会少半个。"

就这样，油漆师傅在我家住了5天，给木柜打石灰粉、刷桐子油、画漆花、上漆。家中唯有床、木箱、八仙桌、木衣柜、桶、饭甑是木器。吃晚饭的时候，油漆师傅问我父亲，床是柚木做的，木箱是樟木做的，八仙桌是黄檀做的，衣柜是杉木做的，年代也不一样，怎么不配套呢？"哪有那个能力添整套的木器？衣柜还是我爸手上，花了3个大洋买来的。"我爸抖着杯里的番薯酒，说："说起这个衣柜，真是一言难尽。"

墙壁上的油灯，轻轻摇曳着淡光。两个三十多岁的男人，喝着略带苦味的番薯酒，很是尽兴。油漆师傅说："老家具都藏着温暖、隐秘的家事，与人偕老。"我父亲竖起右手两个指头，摇了摇，说："这个衣柜是一座纪念碑。"我父亲低着额，问油漆师傅，"壬申年，你知道是哪一年吗？"油漆师傅掐掐指头，说："1932年。"

"嗯，是1932年。我说的，就是壬申年。那一年的春荒特别长，像个噩梦，一个可怕的噩梦。"我父亲端起一杯满酒，吞了下去。他说起了那个笼罩着郑坊盆地每一个人的噩梦。

壬申年，过了上元节，春荒来了。春荒长达三个月，待收了麦子和早稻，才算度了粮荒。春荒，也叫熬粮荒。有粮食的人家，是少数。没了麦子稻谷吃芋头红薯，吃野菜。不少人家，连芋头红薯也没的吃。田野里有人提着大扁篮，裹着破棉袄，扒开雪，掏野菜。用镰刀扒，把马兰头、野荠菜、灰灰菜、芦蒿、蒲公英，割一截芽叶，根留着发新芽。人蹲在雪地里，像一只只冻僵的乌鸫。

正月没过完，村里死了两个老人。老人不愿再活了，省下一口粮食给小孩吃。一个是上吊，一个是绝食饿死。

二月初六，惊蛰。下了最后一场春雪。大雪如盘。大雪下了两天，时断时续。田野盖了厚雪。野狼在村后山梁上，嗷——嗷——嗷——嗷——让人毛骨悚然。渡口已无人迹。樟树下的木船，堆满了积雪。收皮货的民安，在渡口卸皮货。民安方块脸，戴长耳棉帽，穿黑色棉袄，厚厚的棉鞋帮上，裹着雪。开酒茶铺的正恩见了他，喜出望外，说："民安哪，你收货，你爹放心呢。"正恩端出一碗热水酒，说："喝了酒过河，暖和一下身子。"

大雪天，喝起酒，停不下来。风呜呜呜，在河面上刮。

渡口相当于河的马庄。路上驮货的马，哪离得开马庄呢？各路往来的人，看风水的、行脚的、忙命的，正恩也都相熟。"你是见了世面的人，民安哪，人怎么会穷到这个地步呢？天天耕牛一样累死累活，到头来，填不了自己的嘴巴。这是什么天理呀。镇里有五户人，卖女儿了。一个囡妮，才卖一担谷。"正恩说。

"世道不公。人分了三六九等，有权贪腐，有钱欺诈，老实人被人踏在地上，个个踩。"民安说。

"有一首民谣，不知道你有没有听过。"正恩说。

"你唱两句吧，兴许听过呢。"

“上有朱毛好主张，下有方邵打豺狼。第一英雄方志敏，第二将军邵式平。两条半枪闹革命，打倒土豪为人民。”正恩吞下一碗酒，哼唱了起来。

“听过呢。这是葛源（注：葛源是闽浙赣苏维埃政府驻扎地，由方志敏领导）唱出来的，叫《打倒土豪为人民》。我收货，走了好几个地方，都听了这首民谣。正恩叔，你是哪里听来的呢？”

“年前一个下信州的人，临走时，在渡口上唱的。那个唱歌的人大方脸，是个黑髯公，长得像戏里的鲁智深，一看就知道是个好身手。”

“我也唱一首歌给你听吧，更好听呢。”民安清了清嗓子，拍拍身上的棉袍，说：“我站在渡口上唱，更有气势呢。”他面朝滔滔河水，高声唱：

> 起来，饥寒交迫的奴隶！
> 起来，全世界受苦的人！
> 满腔的热血已经沸腾，
> 要为真理而斗争！
> …………

唱了两句，民安的手开始挥舞起来。他眼前似乎有着千军马万在奔腾，踏着水浪，哗哗哗。马在嘶鸣，扬起了鬃毛披散。黑色的大地上，似乎有一群赤足的人，在奔跑，在狂啸。

“怎么有这么好听的歌呢？教我唱。我要教给村里的人唱，教给我一样没米下锅的人唱。”正恩说。

“这是我在南昌陆军学堂暗地里学唱的，好多人都会唱。现在还不能大声唱，不能在人多的地方唱。有一天，我们会在任何地方大声唱出来。”民安说。

民安是饭铺的常客。他的包袱卷成筒状，背在身上。他去河边各个村子走。他不是白天走，是晚上走，摸黑去村里坐，坐到夜深了回周家。河水不深，正好没膝。水温时，他蹚水；水寒时，正恩撑竹筏送他。竹筏在渡口的香樟地下，系在石柱上。他从对岸周家过来，一般是正恩收饭铺的时间。民安在饭铺里坐。他们有说不完的话。

春荒还仅仅是开始。民安对他父亲周寿南说：“饿绿了眼睛的老百姓，会抢粮，村子会鸡犬不宁，谁也不得安生，我们不能眼睁睁看着村民饿死，我们带头借米吧。”周家四代收皮货，是方圆十里的富足之家。周寿南把家里的银元，用箢箩装出来，去信州籴米，拉了两船来，放开借米度粮荒。村里几个富足之家，也开仓借米。

暂时的粮荒，这样过了。

在村里闲了半个多月，民安又去了山里收皮货。毛驴脖子的摇铃一路当啷当啷响。大地复苏，麦子蔼黄。枫槐抽出幼芽，油青青地缀满树梢。河岸的芦苇弯曲地往上卷，卷出一枝锯齿叶。睡莲在水塘里，张开了圆匾叶。

泛青泛绿的田畴，更加空旷。麦子金黄。斑头鸭嘎嘎嘎，带着小鸭，在山塘愉快地叫。太阳被燕鸥驮在背上，从古城山升起。田埂上荒坡上，淡紫淡白的田旋花，一片连着一片。雕鸮一直在田畴上空盘旋，呜哇哇呜哇哇叫着。渡口又繁忙了起来。

乡公所抽壮丁来了，三抽一，五抽二。三个男丁抽一个，五个男丁抽两个，抽了好几年了。抽壮丁由村保负责。村保把名单列出来，报到乡公所。枫林的村保叫龙头兴，是个江湖人，爱武术爱结交朋友。报名单之前，他通知被抽丁的人："快逃吧，在毛楂坞躲半个月。"毛楂坞是个深山，鲜有外人知道，翻山越岭。坞里有泥瓦房一栋，专供村人躲避官府。穷得没路走的人，不躲，领了银两画了押，去当了白军。有钱人不躲，买壮丁，由人顶替当兵。买壮丁的有钱人，找龙头兴，出十担谷子，由龙头兴物色男丁。龙头兴赚两担谷子。作恶的有钱人，得出 5 根金条，龙头兴才会物色男丁。

龙头兴成了有钱人，他把钱拿去籴米，借给村人度春荒。他借出 10 升米，不收米租，春借秋还。村里有了职业卖丁人，给卖丁人 8 担谷子，由卖丁人去充军，接兵船开到信江，卖丁人跳河逃走。

这一年，愿意被抽去当兵的人，比往年多。

"乱世当兵，是谋生路。"龙头兴说。

麦熟时，也是饶北河发大水时。这一年的雨季，虽不长，但雨急，急得像赶路投胎的人。山谷的涧水，成了洪流，黄黄的泥浆水浑浑浊浊，激荡咆哮。雨炮子一样，射下来，啪啪啪，泥地射出水洼眼。溺水的野猪山麂野狗，冲进了饶北河。野猪肥肥胀胀，在河浪里沉浮。河边有了捞吃食的人，捞野猪捞山麂捞野狗。河面有撑竹筏的人，等野猪冲水下来，用麻绳抛过去，束住猪头拉上来。或者用獠牙一样的两齿钳（两齿钳是挖地的农具），挖进猪身，拖上竹筏。大野猪有300多斤，拖不动，下沉，水流力大，把人拽入河里。河水浪急，浪头打过来，把人打昏，水呛入鼻腔，人溺水而亡。发大水，乌鸦和苍鹰特别多。乌鸦一群，十几只，在树梢上摇着身子，啊啊啊啊，叫得人心发慌。苍鹰盘旋，沿着河面低飞。动物尸体让它们兴奋。

溺水而死的动物，有毒，不能吃。村里人知道。饿得太长时间了，饿得舌头发直的人，顾不上这么多，捞上动物死尸，破膛，扔掉内脏，用箩筐挑回家，切巴掌大肉块，放在大铁锅里煮。

河吞泻而下，如雪崩。

有吃了溺死野猪的人，死在了厕所。开始是发烧，烧了半日便腹泻，一天上几十次厕所，泻得人脱相，颧骨一天高出来，眼塌进去，走路晃脚。吃杠板归，吃何首乌藤，吃艾叶，吃铜钱草，吃什么泻什么，泻出一摊黄水。泻到来不及扎裤子，一直蹲在茅厕。第二天还腹泻，泻到下午，瘫倒在茅厕，再也起不来。人像一把烂稻草。第一个死的人，叫山猫，多健壮的人，可没过五天便没了。山猫泻了三天，他老婆也腹泻，泻了一天一夜，泻死了。两个人合一副棺材，抬到篷坞葬了。葬了，村里又有了腹泻的人，村里人慌了——瘟疫（痢疾）在悄悄地蔓延——死神逼视着每一个人。

死的人，越来越多。买不起棺材的人，腹泻了，一个人去废弃的煤洞，再也不出来。有时，一天死三个人。有的人家，全家在短短几天内，灭了。好多人，挑着箩筐，躲到深山里，躲避瘟疫。

废弃的窑，死的人扔下去，扔一担劈柴下去，点火烧。又有人死了，又扔下去，点火烧。一个窑，烧了13个人。余家有一个长工叫天佑，腹泻了，自己抱着柴火，跳进废窑，自己点火烧。

民安知道这是痢疾，他去了葛源，请来医生，又去杭州买来药物，才灭了瘟疫。瘟疫开始的时候，哀声遍野。死的人多了，哭声也没了，用草席把死人卷起来，稻草包好，抬到山上埋了，鞭炮也不放一个。死亡，不再让人害怕。死亡，让人憎恨。

秋季粮食大丰收。白军（郑坊一带称国民党军为白军）派粮来了，由各村保长征收。一亩水田收200斤粮。收粮如收命，粮就是人的命。

“谁要我的粮，我要谁的命。”“拒征粮，斗腐败！”“抗租抗征，保卫粮食！”“腐败政府垮得越早越好！”“广大农民团结起来，坚决反对征粮！”“谁征我们粮，谁就是我们敌人！我们坚决和敌人作生死斗争！”

征粮告示贴出，粮还没开始征收，各村一夜之间贴满了抗征粮的标语。祠堂、社庙和牌坊的墙上，标语是用红油漆刷的。在巷子入口处，还张贴了“告粮民书”。

白军在各村收“告粮民书”，计130张，笔迹出自不同人。但一夜之间把标语贴遍二十来个村子，非几个人可为，且早有组织谋划。白军开始搜捕刷标语的人。搜捕了半个月，也没结果。白军在各村张贴悬赏告示，提供检举线索，查获坐实，检举人可获奖赏银元20块。

各村都有被秘密检举的人，还出现了检举人被人检举之事。查了之后，均属诬告，哄骗奖赏，或出于邻里间隙而打击报复。

霜降前三日。乡公所聚集了二百多人，要求严惩打死官田户徐忠良的前湖村保徐耀蔚。三天前，徐耀蔚纠集了6个打手，去徐忠良家征粮，徐忠良拒绝征缴，发生口角，被打手活活打死在自家门槛上。各村有人打锣：“交了粮是饿死，不交粮是被打死，我们去乡公所讨一个活法。”

乡公所门前聚了千余人，群情激奋，并烧毁乡公所。

晚上，徐耀蔚被人杀死在床上。

白军和警察抓捕了32个人，关押在信州黄沙塘监狱。抗粮的主谋，却一直查不出来。各村保长见徐耀蔚被杀死，心中畏惧，不敢积极征粮。

粮食征调不上来，白军开始抢粮，扛着枪，破门而入，打开仓廪，用麻袋装稻谷。汪家驼子为拒征粮，被白军枪杀。白军开他家仓，装谷子，驼子抱住了抢粮人的腿，哀求说：“就3担谷子，征了粮，我们全家饿死。”白军见粮抢粮，见猪杀猪。眼看着粮食被拖走了，驼子从灶台上摸出白菜刀，拼死抱着粮食。“砰”的一声枪响，驼子额门开了一个铜钱洞，一股血喷出他嘴巴。

白军告示：检举主谋人，悬赏黄金五条。

过了一个月，没了告示的消息了。抗粮的事，也就这样阴（方言，阴同淡）了下来。阴了，不是淡忘，不是沉寂，而是蕴藏着更惊惧的风暴，如黑夜厚厚的积雨云。

民安也有一个月没来渡口了。秋分后，他去茅村收兽骨。茅村在大山区，离郑坊有三十多里地，要翻十几座山。他又从茅村辗转去乐平的南港、德兴的张村，翻过大茅山，去了坂大，沿怀玉山而下，走樟村，回到了枫林。民安出现在渡口，已是冬至了。

渡口客人稀稀。

一日，夜半三更，陈坑坞宗纬的屋子，被三个白军卒卒子（方言，卒卒子指无职小兵）破门而入。三个卒卒子举着火把，守在院子大门，六个卒卒子鱼贯而入，进屋搜查。宗纬从床上爬起来，吓得脸色刷白，腿抖得筛糠一样。其中一个卒卒子问道："家里有客人来过夜吗？不说实话，烧房子。"宗纬哪见过这个架势，哆哆嗦嗦，说："房子不能烧，是祖宗积了三代的钱，才有了这栋瓦房，我们一家人睡觉，哪来的客人呢？"

"抓到了，抓到了，绑起来。"院墙外，哄哄哄，亮起了松脂火把。火把围了屋子院子，火把向东边院墙汇拢。宗纬瘫倒在地。

巷子里的人，被火光和吵闹声惊醒，胆大的人裹着棉袄，围过来看——一个被反绑了双手的人，穿着便裆肥裤（便裆肥裤是民国时期老式裤子，可外穿，也可当睡裤），裤臀沾着泥浆，上身赤裸厚实如水泡过的松木，发短如松毛，瘸着右腿，被两个卒卒子架起身子，跳着脚走路。披蓑衣的煤屎叔，摸黑，跑了五里山路，来到渡口，咚咚咚敲门："正恩，正恩，出大事了。"

"出了什么事？"正恩披衣开门，举着烛火，拉煤屎叔进屋。

"民安被抓了，在陈坑坞宗纬家抓的，我亲眼见了。民安牛高马大，是个练家子，三五个人近不了身。若不是跳窗跌伤了脚，他跑走了。去了三十多个白军，这个事不简单。你快去通知周家，想法子救人。”煤屎叔一只手撑在门上，一只手叉腰，喘着气。

郑坊一带，还没这样兴师动众抓过人。一般是三两个卒卒子或警察来抓，村保带路。民安被抓，案不是一般的大案——三十多个卒卒子个个扛枪，摸黑进村，围了屋子，这个阵势，前所未有。

正恩去了周家，把信息报给了周寿南。周寿南脸色刷白，说：“带上金条，去乡公所，你和我一起去。”

沿着饶北河而下，走了8里路，到了乡公所。乡公所临时征用了徐氏祠堂。街面黑咕隆咚，一个更夫提着灯笼，在打更：“歇夜早起，小心火烛。”打更声，当，当，当，街显得更冷寂。乡公所关了门，只有屋檐下两个灯笼在晃。天很快亮，街上有了稀稀的人，挑粪种地的、收网卖鱼的、拉板车的。正恩在街头，往路上望，除了一座高耸的山，和山下疏淡的人烟，一个人也没有。周寿南戴着棉帽，棉帽遮了额门，露出乌沉沉的双眼，搓着手说：“他们可能不来乡公所，直接去了信州。”

“去问问乡保，探探乡保口风。”正恩说。

乡保住在上街大枫树下，两人去了上街，乡保在厅堂喝茶。周寿南和他相熟，和他握手，随手塞了20块大洋，问：“我家民安到底犯了哪条王法，被抓了，现在人在哪儿，也没个准信。我们相熟几十年了，本乡本土的老乡亲，老兄有什么消息，留个实话。”

“屋里坐。”乡保闩了院门，说，“国军直接去抓的，我们也不知道。民安的事，可能与抗粮有关。上面一直查主谋人，歇了这么些时间，是得到了确切的举报，直到摸清民安动向，才下手。人直接去了信州，你们快去吧。”

“雷公落在头上，劈死人。民安一直在山里收皮货，他不可能干这样翻天的事。”周寿南作揖告辞，和正恩一起，坐船去信州。

在信州问了一天，也问不出民安关押在哪里。走了一天，两人很疲倦，夜深了，在仙乐斯一家客栈，暂时住了下来。周寿南坐在床上，思来想去，焦虑得睡不着，想着有哪些人，可以找。

“先探出民安关在哪里，和民安见一面，再想想找什么人，把民安放出来。”周寿南对正恩说，“你也想想有什么人可以找。”

“明早我们分头找人，中午在这里会合。有什么事，我们一起合计。更累人的事，还在后面。”

又走了一天，没有任何消息。在仙乐斯面馆，两人吃面。正恩夹起面，怔怔地看着屋外，面又滑入碗里，溅起汤，烫在脸上。正恩抹了一下脸，说：“郑家坊有个年轻人，在《民锋报》报馆当记者，为人很正派，在我饭铺吃过几次饭，我认得，我们去找找。”

“年轻人叫什么名字？”

“名字叫不上来。去了报馆问问，很容易找到。”正恩说。正恩扔下筷子，问面馆老板：“《民锋报》报馆怎么走？”

“出门，往东走，有一条十字弄，右拐便到了。”老板说。

报馆二楼，三个年轻人在挑灯写文章。正恩问：“郑家坊有一个年轻人在这里工作的，我是他老乡，急着找他。”其中一个年轻人站了起来，说：“老乡，是郑亮堂，我带你去。”

下了楼，往一条小巷走了几分钟，有一栋“公”字形瓦屋。年轻人站在门口，喊了一声：“亮堂，有老乡找你。”

亮堂出来，戴着鸭舌帽。正恩说：“老乡，火烧眉毛了，我们找一个地方说话。”

三个人来到客栈，正恩把民安的事说了。“我认识周民安，我们在南昌认识。我在南昌二中读书，他在陆军学校。我昨天早上知道了周民安的事。我已经打听到了，他关押在永平，任何外人不能见。”亮堂说。亮堂点了一支烟，又说，“这个事，非常麻烦。”

“怎么会关押在永平呢？”周寿南问。

“永平有一个军事监狱。”

“我散尽家财，也得救他出来。”周寿南瘫坐在椅子上，说，“儿子呀，干这样的事，也不给你老子露个口风。”

“明天，我们一起去永平。”亮堂说。

到了永平军事监狱，探听不出更多消息。狱卒说：“这是重要案犯，已上报总统府了。”周寿南去了一趟河口。河口隶属铅山，是个码头商贸镇，船客南来北往，十分兴盛。他有朋友在河口，收皮货的，叫丁达。丁达说：“监狱长官有一个外室，叫梅娟，住在河口码头十三弄，可以去找找她，她常买皮货。梅娟以前是唱戏的，和监狱长官相熟了，成了外室。”在十三弄，找到了梅娟，周寿南说：“长官能够放民安出来，愿以百亩田产报恩。”

“哪敢放人呢？我知道这个事，谁放了周民安，杀谁的头。周民安是杀头的罪。”梅娟说，“我不是见死不救，是救不了他，长官也救不了他。救他，也不是没法子。他得自救，写悔过书，登报声明。这是我家向生说的。”

“带我见见长官。”周寿南拿出两根金条，摆在她茶桌上。

“你明天直接去永平，找徐向生长官，他会见你。”梅娟说。

第二天上午，周寿南来到徐向生办公室。徐向生说：“周民安要出来，只有写悔过书。你不知道吧，他是个死硬分子，还是个共党要员。总统府有指示，不悔过，很快行刑，杀一儆百。他若是悔过，写了悔过书登报，可以来国军部队任高官，荣华富贵伸手可得。”

“让我见见他吧，劝解劝解。”周寿南递上 3 根金条，说，“他还不懂事。”

“不是劝解，你就不要见了，免得我为难。我脑袋好好地在肩上，别给人提在手上。”徐向生说。

民安的双脚锁着铁链，双手戴着镣铐，浑身鞭痕。民安关在单间牢房里。周寿南隔了牢房门，见了民安，泪水扑簌簌直流。民安说：“爸，让你操碎心了。”

“儿子，你怎么想呢？长官的意思，你明白了吗？”周寿南说。

“我从南昌回郑坊过上元节，我就想明白了。爸，你好好照顾妈。”

“儿子，你太狠心。我怎么对得起列祖列宗？”

“爸，我读了书，我明白，我们的民族积贫积弱，皆因政府腐败。民穷，不是民不勤俭；民弱，不是民不自强；民愚，不是民不爱知；民戾，不是民不自勉。一个高度集权的政府，不值得我们拥戴。我决心以血祭祀，唤醒更多的人。”民安对他父亲说，又侧过脸，对正恩说：“正恩叔，我有一个圆筒包裹，藏在饭铺的顶梁上。你保管好，有机会去上海，送给《申报》王长安先生。他是我同学。”

腊月廿三，是郑坊一带小年，家家户户挂出了灯笼。早上，风开始从山梁往下刮，刨山皮一样，刮出天空麻白色。各村贴出了白军告示，申时在渡口河滩，周民安行刑。午饭后，天飘起雪花。零零散散的雪花，像一朵朵蒲公英。郑坊街上的更夫，来到枫林打铜锣：“下午，渡口河滩，大家去看热闹呀，周民安挨枪子了。”更夫打锣打到庙沿（地名），遇上正恩去油榨（地名）买麦麸。正恩见四处无人，把麻袋套在更夫头上，一棍子打下去，落进了水渠里。

雪越下越大。雪软软地落在河边上，落在菜叶上，落在行人的头上。饶北河逆水慢慢撑上了 3 条木船，船身狭长。第一条船站着 6 个卒卒子，扛着枪，其中一个打着铜锣，哐——当，哐——当。第二条船站了 6 个人，一个白军军官、4 个卒卒子，扛着枪，民安锁着手脚站在船中央。第三条船，站了 4 个卒卒子，扛着枪。船在渡口侧边的河滩边，停了下来。河滩上，已站了几百号人，穿着灰扑扑的棉袄，像一群灰卷尾鸟。

河面上，雪飞转地卷成鹅毛球。山一层一层白下来，白出刺眼的光。几个孩童在河滩滚雪球，穿着笨拙的棉袄，嘻嘻哈哈地笑。

3 个卒卒子，在河滩打木桩，用斧头脑壅（方言，壅即锤，动词）下去。亸一下，木桩震一下，嗡一声。木是碗粗的圆木，尖头扎进沙地，嚓嚓作响。木桩有两米多长，3个卒卒子轮流亸。两个卒卒子在木桩半高之上，人肩之高处，横着钉一根木条。木条手腕粗，是油茶木。油茶木是最硬的木，比铁硬，比命硬。

4个卒卒子把民安夹下船，夹到木桩下，解了手链脚链，用船绳绑。腰绑在木桩上；双手张开，绳子把手和木条一起绑，脚绑在木桩下。民安穿着灰色棉袄，脸面洗得干干净净。他像一匹马，鬃发被风吹得飞扬。

河滩上的人，越来越多。乌黑黑的头如冒出地面的番薯。狗陷在人堆里，汪汪汪叫。风呼呼有声。这是风摩擦雪地的声音。高高的灵山在闪耀，披着满身银鳞。雪从山巅一阵阵刮下来。

砰砰砰，砰砰砰，砰砰砰。枪声响，枪子爆出一溜白烟。河滩静了下来，除了小孩在哭，除了狗汪汪叫。乌鸦四散而飞，没入模糊的白线。四野茫茫。白军军官站在木桩前的八仙桌上，说："我宣读军事法庭判决书：民国二十年，郑家坊人民周民安带着重要秘密任务，于上元节潜回老家，在石人、郑家坊、姜村、望仙、绕二、樟村、临湖等地，以毛皮商的身份做掩护，秘密发展农会，秘密发展反政府人士，煽动民变，抗粮抗税，妄图颠覆地方政府，现予以行刑。"军官扶了扶帽子，又宣读，"赤匪周民安有两条路选择，一条路是行刑，三天内不准收尸，谁收尸枪毙谁；一条路是悔过，交代你的组织，既往不咎，还可以当国军高官，赏金条十根。"

人群围成了一个扇形。

“赤匪周民安，你怎么选择？有什么话，你说吧。”军官说。

“一个把枪对准自己国民的政府，一个抽丁抢粮的政府，一个独裁、谎言和不义架构起来的政府，很快会灭亡的。我的信仰就是忠实于人民。将来，我们的子孙不会被奴役不会被禁锢，民主取代集权，歌声取代哭泣，富足取代赤贫。民众是这个国度的主人。人人有土地、有知识、有博爱，自由地生活，自由地信仰……”周民安慷慨陈词。

“扒开死硬分子的肩膀，看他怎么喊。”军官说。

一个卒卒子扒开右肩，一个卒卒子扒开左肩。肩膀露出来，厚实耸立，像两个山峰。“凿开他的肩胛骨。”军官命令。

卒卒子用铁凿子，凿民安的肩胛骨。凿子指甲宽，有内凹槽。卒卒子用锤把凿子锤进骨头，锤出一个铜钱大的洞。两个卒卒子，一个锤左肩，一个锤右肩。血飙射出来。

“周民安，现在悔过还来得及，你要不要悔过？”军官说。

雪落在周民安身上，一眨眼染红了。全身的血，血顺着腿脚往下淌。周民安头抵住木桩，他张开大嘴，说：“我唱一支歌吧，这是我最喜欢的歌，我从来没有在这么大的场面唱过。”

> 起来，饥寒交迫的奴隶！
> 起来，全世界受苦的人！
> …………

微弱的歌声，渐渐洪亮了起来，一声比一声洪亮。像暴雨后的洪水，摧枯拉朽，漫过郑坊盆地。

洪亮的歌声微弱下去，但人群中的歌声，接替了下去：

满腔的热血已经沸腾，
要为真理而斗争!
旧世界打个落花流水，
奴隶们起来，起来!
不要说我们一无所有，
我们要做天下的主人!
从来就没有什么救世主，
也不靠神仙皇帝!
要创造人类的幸福，
全靠我们自己!
我们要夺回劳动果实，
让思想冲破牢笼!
快把那炉火烧得通红，
趁热打铁才能成功!
…………

砰砰砰，朝天枪响了。但歌声并没有停歇，反而更洪亮。那么多人会唱这支歌，民安笑了，笑容凝固在脸上，如木纹凝固在木质里，如昆虫凝固在琥珀里。

“在死硬分子的肩胛骨上，点油灯。”军官命令。

碟状的油灯，插在肩胛骨上。油灯供佛，又称佛灯。荧荧的油灯，慢慢亮了起来。

“凿开死硬分子的头盖骨，点上油灯。”军官命令。

满头鲜血，热热的血。血散发出蒸汽，头上亮起了油灯。

“挖出死硬分子的心，插一把香。”军官命令。

砰砰砰，三声枪响。军官话音刚落，倒在雪地里。开枪的卒卒子，号啕大哭：“人死了，你为什么要这样作恶？你不配为人，你是个恶魔！”

枫槐光秃秃，片叶不留，被风卷走。光秃秃的树，裹着雪，像裹着白尸布。三盏油灯照见了每一张模糊的脸。油灯所照之处，全是雪，红红的。

说到卒卒子枪杀军官时，我父亲勾起右手指关节，啪啪啪，狠狠地敲着八仙桌，说，这个恶魔杀得好。父亲又说，谁会想到卒卒子这么有血性呢？真是苍天有眼。油漆师傅在听到周民安将行刑时，也抱着自己的脸痛哭。他哭得像个孩子一样，哇哇呀呀。我母亲给他毛巾擦脸，他也不接。他抽动着斜歪的嘴角，哽咽着问我父亲：“你知道那个卒卒子是谁吗？后来怎么样了吗？”

“那个卒卒子姓马，是马家坞人。哪有什么后来呢？卒卒子当场就被抓了，半个月后，在乡公所后面的矮山上，被枪毙了。”我父亲说，“他家中财物被白军没收。他老婆抱着刚过周岁的孩子，连夜被正恩伯转移了，免得被白军迫害。我爸和正恩伯可是过命的交情。正恩伯再三交代我爸，去乡公所选一件器物，买回来，做个纪念。我爸花了两个大洋托乡保出面，选了一个木衣柜，花了一个大洋买回来。”

“你知道那个马家后人，在哪里吗？”油漆师傅问。

“人都是有现世报的。3 个月后，陈坑坞的宗纬被人杀了，是他暗中检举了民安。有人说是正恩伯杀的，也有人说是白军派人来灭口。宗纬被杀后，正恩再也没在郑坊出现过，有人说正恩伯去了葛源。正恩伯就这样断了音信。正恩伯没了音信，也无从知道马家后人去了哪里。”

当年给我家做油漆的师傅，就是马英明。他做了 7 天的事，哭了 7 天。他默默地哭，不作声，是无声哽咽的那种哭。他给木面磨砂皮，他哭。他打石灰粉底，他哭。他刷桐子油，他哭。我母亲几次问他：“你好好的一个人，怎么哭得这样伤心呢？怎么像哭丧呢？”马英明说：“看到这个木柜，我忍不住，只有哭了才痛快。”

漆这个木柜，马英明格外用心。调漆，着色，试了又试。木柜高 1.8 米、宽 1.2 米、深 0.6 米，分上下两层。上层有 4 扇带拉环的小门、4 个大拇指粗的门轴，两个门轴共一个雕花轴桩，柜内中间设横板，隔出两个存物空间。下层是 4 个抽屉，和一个 0.6 米高的长方形空当，空当可放置钵头、酱缸等器物。马英明画了 8 幅草图，和我父亲商量小门漆画图案。小门是一块整木板，以 4∶6 比例凿出上下两个门格。“下门格画漆画，上门格题字，正好 4 格，可以题 4 个字的吉祥语。”我父亲说。

“画什么，题什么，东家拿主意。”马英明说。

“先刷油漆，柜子门空着。我多想几天。”我父亲说。

我才半岁。我母亲每天背着我去地里劳作。因营养不良，我母亲瘦得脱相。我母亲说，木柜刷漆刷得厚一些，可以多用几年。马英明窝在厢房，刷了3天，木柜刷好了。漆是紫黑色，呈现出杉木细腻柔软的原始纹理，漆色如月光照在杉木林，光泽明亮又略带幽蓝的暗。看起来，漆柜给人巨大的安静、古朴、醇厚。我母亲很是喜欢，说：“这是家里第一件上了漆的东西，可以传给子孙藏着。”小门已打好了生漆底案：上格以黄底褐斑勾红边为案，留了碗口状圆形，用以题字；下格以黄底褐斑勾青蓝饰白纹边为案，留下鹅蛋状椭圆形，用以画漆画。我父亲找出《红楼梦》，来来回回翻，也没获得“灵感”，便对马英明说：“题‘风调雨顺’，画好看的画就可以了。”

“风调雨顺”题在风车、水车上，还可以，题在木柜上不是很适合。马英明说。

两个人喝了半夜的番薯酒，也没商量出题写什么字。第二天早上，我父亲下田去了，我母亲背着我去河边开荒。醉了一宿的马英明看见我母亲扛着锄头出门的瘦弱背影，调着红油漆，趁着酒意的余韵，在4扇上门格的圆形浅蓝底色上，写下“似斯兰馨”。字体是行书，红汁饱满，笔意酣畅，笔画如细雨中的树叶。我母亲回家烧饭，见马英明坐在木柜前矮凳上，泪雨婆娑，哭得身子战抖。我母亲一字不识，看着门格上的字，像4只火鸟冲天飞去。

漆画因有了“似斯兰馨”题意，很快有了构图：美丽的兰花出自深谷幽涧。

“我没想到，你一个油漆师傅，能写出这么优雅的毛笔字，你的画也画出了人的胜境。”我父亲由衷地佩服马英明，他说，“我也是读书写字的人，见了你的字，我自愧不如。”

漆好了木柜，马英明还在我家里住了一天。他站在木柜前垂着泪。我父亲也不知道他在看什么，在想什么。

第二年，我父亲送工钱去五马山，马英明怎么也不收。我父亲说，那怎么行呢？你花了油漆，花了工夫，不收钱就是怠慢了你这双手。马英明说，这是缘分，给你家木柜上漆，是我马英明一辈子的福分，我是在积福积德。我父亲也不好再说什么。

隔了一个月，我父亲酿了一缸番薯酒，挑了半缸去五马山，以表谢意。马英明送我走路飘浮着脚的父亲回家，又继续喝。我父亲又送走路飘浮着脚的马英明回家。一来二回，他们互相抱着肩膀说话，“哥郎”“弟郎”一路叫着。

每年，马英明来我家走亲，我父亲也去五马山访友。他们有说不完的话。似乎有些话，只适合他们两个人说。有一次，我刚刚考上外地学校，马英明来我家吃饭，我父亲双手抱着酒瓶，站起来给他斟酒，说：“我想了好几年，我也没想出比‘似斯兰馨’更适合的词语，题写在我家，你到底是怎么想出来的？我查了好几本典籍，也查不出出处。”马英明听了击掌哈哈大笑，说：“弟郎啊，哪有什么出处呢？出处在我们每个人的过往里。”

“我叫土生，我老婆叫兰花。土生兰花，四室馨香。这个寓意太深情，是对生活最好的祝福。”我父亲说。

“不单单是这层意思。你这件木柜有血性。血性弥久，如深谷幽兰，长盛不衰。你看看，我们两家的孩子多有出息。”马英明说。

来我家，马英明必恭恭敬敬地站在木柜前，仔细地端详，默默垂泪，如同在纪念碑前拜祭。他摇摇衣柜，摸摸柜面，打开柜门。“你这个人，怎么这样长情呢？”我母亲劝他。

有时，他也带他老婆来走走。他老婆中等个子，中短头发往两边梳，腿粗且结实，皮带外露在腰上。一看，就知道她是个有着好气力的人。他每次来，带一些香菇、木耳、笋干、核桃等干货。我家出了新糯米，我父亲也挑半担去，给马英明酿酒。我家柚子采摘了，也挑一担去。红瓤柚，很甜，马英明很喜欢吃。

男人结婚了，才理解父母，懂得父母艰辛。我成家后，我给父母买过冬衣服。我父亲不忘问一句：“你有没有给马伯伯买一件？”我给我母亲买人参，我父亲又补一句：“你有没有给马伯伯买一份？”

马英明比我父亲年长 5 岁。他于 2011 年冬病故。他病故之后的第三年，他在南京从事量子研究的儿子，来看望我父亲，提着两大袋礼物。他儿子叫马天亮。马天亮是第一次来我家，也是唯一一次。马天亮说起了一件让我父亲很惊讶的事。他说：“壬申年，因枪杀军官而被枪毙的那个人，正是他祖父。”我八十岁的父亲抱着马英明的儿子，摸着他的头，叫着：“孩子，孩子，我的孩子。”

木衣柜还摆在我父母卧房里。父母换过好几次卧房了，每换一次，扔掉一些器物、家具。木衣柜、床、一担木箱，是怎么也舍不得换的。木箱搁在木柜顶上，线对线、角对角。木柜的门轴、4个顶角、抽屉面、底下摆器物的3根横档，已经脱漆了，露出了浅棕黄的木质。木格上的4朵花和“似斯兰馨”没有脱漆，漆色依然鲜丽盎然。谁也不知道马英明在调漆时，加了什么漆剂。木柜里放着我父母最重要的东西：钥匙、眼镜、线盒、蜂蜜、止咳药，和一张全家福照片。去年冬，有一次，我找父亲身份证，拉开木柜门，看见这些东西，我怔怔地站了半个多小时。我抑制不住自己，泪水扑簌簌地流下来。人到了老得不能再老了，需要的就是这么多。父母结婚六十余年，彼此从没分开过，一起度过贫困艰难的岁月，携手创造属于自己的生活，安安静静地相守一生。这时，我父亲走了进来，我大声读：“似斯兰馨。”我父亲有些耳背。他嘿嘿地看着我发笑，说：“哥郎当时写字的时候，酒还没完全醒，右边两面门格写错了顺序，不是‘似斯兰馨’，应该是‘斯似兰馨’，写了又没法涂改重写。”父亲和我并肩站在一起，看着漆字，父亲又说：“其实，这4个字，无论怎么排列，都读得通，都是好词，这个哥郎确实厉害。”

“似斯兰馨”是朴素美好的愿望。我们几代人为此奔赴，甚至有人为此舍弃生命，有人为此隐姓埋名。

第二辑：大地芳春

重新疏浚乡村伦理、思想脉络，再刻乡村肌理，群雕丰富生活场景。他们拥抱生活并借此确认自己的未来。

环形的河流

雨时断时续
像那个迟疑的小男生：
“墨绿的枝叶间……
白色的栀子花，像小鸽子……
雨后，它们一只只跌落在地。”
——颜梅玖

一

田畴和河堤的狭长地带，有一条沟渠，沟渠的埂边长了许多黄槐。黄槐在初夏，开一挂挂的花，妍黄色。黄槐上攀着掌叶牵牛。掌叶牵牛花季长，从暮春一直蔓烧到初冬，开了谢，谢了开。车前草、筋骨草、碎叶莲，则拥挤在沟渠里。

沟渠是饶北河的一条引水渠，水坝筑在一个岩石山前。岩石山的三岔路口有一个石灰厂。石灰厂并不大，只有一个石灰窑。隔两天，我便以找江春、庆喜为由，去石灰厂蹭一餐饭吃。一般在上午放学后，我会出现在石灰厂食堂，远远闻到米饭在饭甑里打滚的香味，绵长、甜淡。说是食堂，不如说是一个厨房，油毛毡盖在木椽上，一个土灶、一张小方桌、一个小菜橱，连吃饭坐的凳子都没有。吃饭的人是石灰厂做重活的工人，有打石头的，有挑石头的，有垒窑的，有烧窑的，有出石灰的，有拉板车的。他们蹲在地上吃，或坐在石头上吃，用很大的蓝边碗盛饭。食堂供应中餐，用大饭甑蒸饭，菜一般是红烧南瓜、炒丝瓜、炒豇豆角、煎辣椒，偶尔会有大钵的蒸蛋、豆腐。菜用钵头盛，又咸又辣。

食堂不允许带家属吃，偶有小孩去，大人也不好说什么。庆喜的父亲是厂长，江春的母亲负责在食堂烧饭。我去石灰厂，每次编不同的由头找他们。他们正在吃饭，头埋在碗里，筷子扒得碗边当当响。江春的母亲是一个和蔼的人，清清瘦瘦，见了我，从碗橱里摸一个碗出来，盛一碗饭给我吃。我家里并不缺粮，只是没食堂的菜好吃，菜汤里还有亮亮的油花，和酱油浮在一起。我用菜汤拌饭，说不出地美滋美味。

从村小学去石灰厂，我们不走村里的街道小巷，而沿饶北河走。饶北河在灵山北麓的岩峰冲泻而下，飞瀑湍石，于郑坊盆地形成浩浩汤汤的河流，卧在村前的两岸山峦之间。河流蜿蜒，野生的芦苇和桂竹长满了堤岸。

春天，古老的榆树上，攀缘的忍冬初现白花，茸茸的，要不了半个月，转为金黄色。村里人叫它金银花，采摘下来，晒干，泡茶喝。忍冬这个别名，我离开故地之后，跟一名中医学草药常识才得知。我发愣地傻在那儿——多好的名字。给它取名的人一定是一个饱受风霜、满心仁爱的人。河滩上还有一种马蓝，出其不意地开出淡紫的花，小喇叭状。

江春、庆喜、始初、相公和我，都喜欢在河边玩，捉鱼、捕蝉、打鸟。到石灰厂，差不多有两里多路。我们常常玩得忘记去吃饭。江春的母亲，我叫她蓝桂婶，把米饭揉成饭团，里面包着豆酱、煎辣椒，用蓝布巾包起来，带给我们吃。揉了的饭团有黏稠性，散发出浓浓的饭香。河边有许多鸟，牛背鹭、鸬鹚、野水鸭、苍鹭，站在浅滩觅食小鱼小虾螺蛳。野水鸭到了端午，孵出小鸭崽，黄褐色的绒毛，喙也黄黄的，浮在水面上，顺水漂流。午饭后，从山梁顺风般跑下来的豺，时常来到河滩，叼走放养的鸭子。尤其在夏秋季节，我们看着豺从岩石山一掠而下，纵跃奔跑，突袭河滩上的胡鸭群。豺一般是单独行动，和成年狗差不多大，皮毛半黄半黑。我们拼命地喊："白眉豺来了，白眉豺来了。"各家各户抓起扁担锄头赶来，豺早不见了踪影。

石灰厂有两个石料场，一个是石灰石场，一个是石煤石场，分别在岩石山的两个东南山坳。石灰石用炸药炸，把炸药埋在钢钎打的石洞里，轰轰轰，整块大岩石塌下来。石料师傅用钢钎、铁锤，把大石块分割成小石块，拉进窑里，码起来，用石煤烧。石煤则是从煤洞里拉出来，放炮炸，当时没落下来的煤石，隔几天也会落下来，每年都会砸死人。相公的父亲死在煤石洞里，才三十四岁。他是个拉车人，从洞里把碎煤石拉到煤石场，在一条长约两华里的路上，来来回回拉了十三年。他常年打赤膊，腰上扎一条藏青汗巾，穿一双板车轮胎皮割出来的鞋子，拉车的时候弯腰低头。拉车的棕绳卷了几圈破布片，棕绳勒进他的肩膀，肩胛骨鼓起来，大腿的肌肉左右晃动，汗水沿着脊骨滑下来，形成一股小细流。那天，拉完最后一车，他就吃午饭了。食堂烧了半煎半煮的豆腐，还烧了茄子煮泥鳅，都是他爱吃的。他把煤石堆满车子，弓下腰去拉，洞顶的石块落下来，砸在他腰上。工友把他抱出洞口时，他的手已经僵硬了，脸色惨白，浑身鲜血。他们围在煤洞口，手足无措。相公的母亲赶来，瘫软在地上。

第二年，相公不再去学校了。这一年他十一岁，和十三岁的姐姐麦花，拉板车去田塘砍柴卖。他穿着父亲生前的衣服，松松垮垮的，用一根红布绳把衣服扎进裤腰里，衣袖剪了一截后缝了边。村里到田塘有十几里路，要翻两个山坳，天一亮，他拉着车去，傍晚拉着车回。午饭带到山上吃，一般是几个焖红薯、煨土豆，偶尔有几个饭团。一个罐头玻璃罐装满菜，用一个布兜套起来，和红薯一起装进蒲袋里，挂在车把上。

他家就在我家隔壁的一条小弄里。小弄里有个大厅堂，厅堂两边各有里外两间厢房，厅堂外是一个大杂院，右边有两间柴铺。这两间柴铺就是他家。他母亲不爱说话，穿一件靛青衣裳，上颚突出来，看起来嘴唇包不住上下两排牙齿，以至于露出厚厚的牙龈。她起早贪黑地忙活。邻里喜欢她。见了我们这些孩子，她笑笑，摸摸我们的头，说，这么高了。到她家里玩，她变戏法一样，变出一些花生、南瓜干、薯片、炒玉米之类的，给我们吃。邻里有喜事，她叫两个小孩，用竹箕挑芋头或胡萝卜或洋姜来，算是帮衬。她用一个竹畚斗，畚两升豇豆或白玉豆或糯米，畚斗面上放一把菜刀，帮东家切菜。里里外外，她要帮上三天。

相公的姐姐麦花很早就出嫁了，大概是十七岁。男方是邻村的，一个木匠师傅，大麦花七八岁。邻里大妈有些心疼麦花，对她娘说，小孩没完全发育好，怎么舍得嫁人呢？她娘说，没办法，田没钱请牛耕，靠我们三把锄头去挖，实在太难了。一口人才五分三厘田，相公家有两亩多，一年种两季，就得挖两季田，三个人加起来都没两百斤力气，一天只挖得了三分田。收割、挖田、插秧，累死一家人。耕田的中福说，财嫂，推后几个时日，我忙得差不多了，再帮你耕，不收钱，两个工完事。财是相公父亲的小名。财嫂哪好意思烦劳人呢？麦花的老公帮着岳母家干重体力活。麦花出嫁那天，财嫂一直坐在房间里哭。接亲的人用三辆自行车把嫁妆带走，一床棉被、两个木箱、一张小方桌。送亲的人吹着唢呐，打着锣鼓，沿路燃放鞭炮。

河流在黄昏有别样的壮丽。将沉的夕阳，一漾一漾。天空没有了边界，瓦蓝得让人不忍直视。远处的山梁晕染了一层橘黄色。夕阳像一尾红鲤鱼，游进了深邃的海里。海水咆哮而来，淹没了我们的视野。村舍和慢慢萦绕的薄暮交融。乌鸦在河面上飞，啊啊地叫。它们的翅膀像蛇蜕下的皮，鼓着风。榆树密密匝匝，从河滩突兀出来。乌鸦从埠头的白杨树上，一只只飞出来，它们驮着最后一缕夕光，驮着一生的黑暗巡游。这是一种饱受诅咒的鸟，啊呀啊呀地深夜啼叫，预示死亡即将来临。但在夏季河滩上，我看着它们从树上飞身而下，沿树梢掠过，三只五只，列成一个简单的队形，弯过一片田畴，消失在矮山冈。

夕光在它们的脊背上变幻着色彩，霞绯、浅灰、深灰、浅黑。雾岚随乌黑的翅膀一同消失。不知从什么时候开始，我痴迷于在河湾眺望乌鸦的飞翔。太阳滚落山梁，树的影子又斜又长，我赤足过河，跑到河滩去。我觉得乌鸦是影子的化身，是树的影子、电线杆的影子、屋顶的影子、人的影子，在最后一刻，化身乌鸦，飞进了瞬间到来的黑夜。乌鸦在黑夜里飞，像是黑夜的灰烬纷纷扬扬。

冬天，我们爬到石灰窑顶去玩。石灰窑是圆形的，用片石一圈圈砌上去，石灰掺砂浆，砌十几米高，形成一个圆垛。前面是窑门，填石煤块焚烧。后面用片石废渣，垫起一条斜坡小道，直通窑门。黄槐是落叶小乔木，叶子完全转黄，椭圆形，在树枝上呼呼地飘。风大一些，黄叶随风刮走，翻卷着，忽高忽低，落在田畴或水沟里。柳树、洋槐则光秃秃的，剩下几片稀稀拉拉的干枯叶子挂在树梢。

河水枯瘦下去，萧瑟的山峦和略显苍凉的河滩，在初冬淡白的阳光下，有了几分素净恬淡。

石灰厂隔壁有一个榨油坊，一个月前已歇业，锁着门。我们搭人梯，踩着肩膀从窗户爬进去。窗户是木板开窗，蜘蛛网横七竖八地缠绕在一起。第一个爬进去的人，脸上蒙了许多蛛丝，笨拙的棉袄满是灰尘，白白的黑黑的，油腻腻。茶油的香味和霉腐的稻草味，混杂在一起。我们在昏暗的屋子里，找铁圆箍。铁圆箍是榨油用的，套两个，铺上稻草，把烘焙碾碎的油茶碎渣，固定在圆箍里，脚踩，压缩成饼，再放到榨槽里压榨。粗心的工人会把圆箍扔在角落，忘了。我们在各个角落找。我们最大的乐趣，就是推铁圆箍——一根竹竿上，固定一股凹形铁丝，奔跑着，竹竿推着铁圆箍走。

我们在饶北河沙滩上跑，在弄里小巷跑，在田埂跑。铁圆箍快速滚动，当当当。我们沉迷于这样的声音。河流环绕着我们。这是一个少年的迷宫和摇篮。大片的野花仿佛在一夜之间竞相绽放。白鹳、苍鹭从山边滑翔而来，绕村飞转，一朵朵像蒲公英一样，最后降落在水汪汪的秧田里，降落在饶北河的浅滩上。褐河乌逆水而飞，追逐浪游的小鱼。

我们四季都在跑，一群孩子，相互追逐着，像风追逐着风。

二

十三岁，当当当，消失了。我们去了小镇郑坊读初中。

去读书的人有十几个，更多的人放弃了学业。江春、庆喜、始初、军权、陆波、齐勇、红霞，大家始终在一起。我们住校，星期六中午回家，星期天下午返校。返校的时候，背个书包，扛个米袋，提个菜罐，步行八里。

陆波不爱读书，喜欢打架，时常到街上的汤点店偷吃，偷油条包子、清汤煎饺、油麻饼米糖，也偷甘蔗、柚子、黄瓜。他身边有六七个同学跟着，到了晚上，去镇里偷鸡鸭鹅，到河边架一个钢精锅，煮着吃。没钢精锅，就用荷叶把鸡鸭鹅包起来，黄泥巴糊成一个球，放在火堆里煨熟。老师几次找到陆波的父亲，说孩子教不好，带坏了样子。陆波的父亲是村小学老师，也不多说，把陆波吊在房梁上，用棕绳打。前两次，打得陆波哀号大哭，后来就不哭了。父亲打他，他看着父亲笑。打完了，他又去镇里，照样胡闹。陆老师再也不打了，把陆波送到隔壁乡镇的武术学校练武术。陆波十三四岁，看起来像个大青年，手臂圆圆，腿脚粗壮，力气大，每天早上在学校操场举石礅。

和陆波一起离校的，还有齐勇。可谁也不知道齐勇去了哪儿。他给父母留了一封信，说要去少林寺当和尚，做一个武僧。父母急死了，到火车站、汽车站蹲守寻找儿子，找了一个星期也没找到。他父亲快五十岁了，是个眯眯眼，做篾为生，村里人叫他七篾匠。他有六个兄弟，却只有一个儿子、两个女儿。大女儿出嫁了，二女儿也有十七八岁，在村里学做裁缝。他卖了两担谷子，去河南少林寺找儿子，去了二十多天，还是没有儿子的任何消息。到家时，大家都认不出他了，头发全白，两撇胡子长长的，夏天了，还穿着厚厚的破旧中山装。在家躺了一个月，又背起刀篮上门做篾去了，一天也难得说上几句话。

初中的学业晃眼间结束了。江春、庆喜考上县中。始初随父亲去了九江。始初父亲是个翻斗车司机，在九江一家大型企业里开车。始初是村里的美人，有四姊妹，她是老小。她父亲毕业于早年的湖村共产主义大学拖拉机专业，毕业分配去了九江，回村娶了老婆。老婆是河对岸村子的，脸长，丰满，个子高挑，据说在村里有好几个男人。

她是个特别温暖的人。我从不知道她的名字，只叫她始初奶。

（奶是婶或姨的意思，在中年妇女身上可以通用。）她有一个很大的后院子，种了三棵柚子树、两棵桃树、一棵梨树，还有几棵石榴和椪柑。初春，梨树、桃树分别开出雪白的梨花和炭烧般的桃花。后院毗邻饶北河，湍急的河水汤汤作响。那里有一个门垛，我用麻线穿一个大头针，挂一条绿头蚯蚓，钓鱼。钩扔下去鱼就吃，提起来，鱼扭曲几下身子，蹦跶一下，落进鱼篓里。鱼篓是竹篾丝编的，呈大鲤鱼形。我经常去始初家玩跳房子、打纸包的游戏，始初奶拿麻酥饼、乳皮花生给我吃。这些零食是始初父亲从九江带来的，我从没见过。去小镇上学，返校前，我去她家叫上始初，帮她提菜罐或扛米袋。

那个暑假，我们都特别焦躁。玩伴也一下子四散而去。始初说，她要去九江上班了，在父亲单位的子弟学校里做采购员，一个月有三十四块钱。说这话的时候，她正在柚子树下的水井台边洗头。脸盆是搪瓷的，盆底有两条红红的锦鲤图案。井水从木勺里泻入脸盆，白白亮亮的。她的头发在井水涤荡起来，水珠从头发末梢滴下去，晶莹剔透。她穿一件水蓝色的长裙，有一条束腰带子。裙子上有碎莲的花纹。

河湾呈一把弯刀形，一边是田畴一边是河滩。河滩上有榆树、洋槐、柳树。四月初，嫩芽尖尖，一卷一卷往枝丫上翻，翻出一层层波浪。到了八月，波浪汹涌，季风来了，哗哗哗，浪叠着浪。弯刀始终在发亮，尤其在黑夜里，它把幽亮的荧光聚合在一起，忽闪忽闪。现在是八月，溽热的风有了井水的凉爽，柚子树散发幽蓝色气味。我听到始初轻微短促的呼吸。她的身上有一种香气，扑鼻的、迷乱的、淡淡杜若的香气。

这是一个恍惚的、迷离的下午。我们一直坐在院子里。始初有些慵倦地靠在竹椅子上，我则坐在井沿边。井沿下，有一圈油绿的苔藓，几株绿蕨疏疏地长出来。她的脸像个小甜瓜，眼睛仿佛沉落了一枚月亮。风一直撩着她的发梢，遮住了半边脸庞。没隔多久，她离开了饶北河。她被河水送走，送到信江，送到鄱阳湖的另一个岸边，送到一个我无法想象的遥远他乡。远方以远。在很多年里，我默念着这个和长江相依相拥的城市，仿佛我和它之间有着某种隐隐约约的关联。事实上，我至今也没去过。曾经浓郁的、热烈的、青涩的、完全属于青春时代的不可捉摸的追寻感，不经意间从血管里一点点流失。一切都令人迷茫。

四年之后，我坐在饶北河上游的埠头上，面对浩浩而去的流水，朗读海子的《远方》，胸中似乎填埋了亿万吨的河水，决堤吞泻，横扫两岸。

灵山在闪耀。大地苍茫依旧。那时，我已经到一个偏远的村里教书。骑一辆破旧的单车沿饶北河而下，在塘底，逆古城河而上，到一个山冈上。我所在的学校像一个山中寺庙。早上傍晚，我坐在河堤上读杂七杂八的书。

一边是田园，另一边是屋舍。中间是一条灌水渠，水渠和屋舍间是一条鹅卵石街，长达三里，是村里唯一的街道。屋舍是泥木瓦屋，青砖瓦屋只有六栋，其中一栋是小学学堂。灌水渠有一米多宽，靠田畴的一边砌了一堵两米多高的墙。墙体也是鹅卵石夯黄土的，盘满了小叶爬山虎。野麻、野蔷薇、蕨萁和麦草遮掩了墙体，阔落的地方被人种上小葱大蒜薄荷。渠面上，架着一根根圆木棍，笸箩搁在木棍上晒辣椒、花生、酱、玉米粒、葛粉、红薯粉，也晒粉丝、绿豆、豇豆、白玉豆，和发霉的不曾穿用的布鞋、肚兜、袜子、毛线手套，还晒木柴、农具、棉絮，以及洗净的垫床板的稻草。街和小弄小巷呈“丁”字形，丁字路口旁有可洗衣洗菜的小埠头。埠头铺青石板，三块五块，妇人从早到晚在这里洗洗涮涮。

三里多长的街，有一个小商店、一个裁缝店、一个诊所、一个台球厅、一个自行车修理店、一个录像厅、一个面条加工店。热闹的地方是裁缝店。裁缝店在丁字路口处，两个自然村在此交接。

这是村里唯一的一栋水泥房。有一个大厅，摆了十几台缝纫机。每一台缝纫机前坐了一个十八九岁的姑娘，她们学裁缝。女人出嫁前自带一门手艺，免得将来看婆家脸色。学裁缝是最好的选择，白皙的皮肤省了太阳的烧灼。村里的、邻村的男青年，饭前饭后都围着裁缝店潽口水，给裁缝师傅到河里挑水，到田里挖芋头，买一大包白糖棒冰给大家吃，以博取裁缝师傅欢心，希望师傅给自己看上的姑娘做媒。姑娘有村里的，也有邻村的。个别的姑娘还是深山人家里来的，最终成了村里的媳妇。学裁缝的姑娘，要交两百块谢师费，学一年，还得给师傅插秧、割稻子、晒谷子、收谷子，早起挑水、扫院子、洗菜、洗衣，傍晚喂猪、收衣服。大多数姑娘学三五个月，走了，去义乌或宁波，进成衣厂做工人。也有男孩子去学的，到成衣厂找不到工作，返回村里学裁缝，外出工价也会高一些。

村里第一个外出打工的人，是军权。一九八五年外出时，他才十五岁。初中毕业，他从祖父锁起来的抽屉里，偷了三十五块钱，去了谁也不知道的地方。但很快给家里来信，说去了浙江温岭，在一个大海边的镇里，去海里捕鱼。半年或八个月，会寄上千块钱回来。过了三年，他第一次回家，穿了西装。西装是灰黑色的，皱皱巴巴，带了好多海产品，虾干、鱿鱼干、海带、带鱼干、乌贼干、淡菜，分给好友、邻居、亲戚。

军权回家，在村里引起了轰动。他给同龄的男孩子讲海边的生活，讲海上的捕鱼生活。过了春节，他再次去了温岭，有十几个男青年借了路费，一同随他去了。过了三个月，大部分的人又回到了村里，说，海上风浪太大，吃不消。没回来的，有赵家老四、田家板头。回来的人在村里再也待不住了，把棉絮衣服、日用品塞进蛇纹袋，坐上客车，再次去浙江义乌、慈溪，进工厂做工，一直到过年回家，年复一年。我家老二结完婚就去了义乌，足足二十四年，除了过年，都在义乌。二十四年里，老二建了一栋两层的房子，其他什么都没有。

赵家老四、田家板头，在温岭待了七个月，当地派出所来电话，说他们偷了晒鱼场的鱿鱼干，有三千多斤，希望家里人去。赵家田家，谁也没去，一则没路费，二则找不到路，三则去了也没啥用。老四和板头被判了七年半。这是温岭法院寄到村里的判决书上写的。

三

二十岁之前，我很想去一次九江。我和始初通了两年的信，后来再也没通信了。我都忘记有这个人了，只是每次回父母家，看到她家高出屋顶的柚子树，才会回到年少时代的记忆之中。夏天，我们去采摘腐婢叶子，把腐婢叶洗净，搓成叶渣，用纱布过滤，汁液调进碱水里，凝固，切成一块块，拌上白糖吃，吃起来凉凉的滑滑的，有浓郁的青涩味。我们一人端一个小碗，在柚子树下吃。饶北河从亘古奔袭而来，在它的后院形成一股强大的洪荒，把我们搁浅在岸上。

夜里的半边街，早早没了人。鹅卵石的路面有油滑的水渍，门缝里漏出半暗的灯光，像浮在晃动的水面上。冷寂的夜晚，不远处的河水在咆哮、扑打，山鹰尖厉的叫声划过村舍上空。街上偶尔有一两个喝醉的人，唱着不着调的越剧。白天的人迹，此时被风吹走。春天和冬天，街上总是湿湿的，走过的人显得特别孤单，穿着老旧的棉袄，抱一个火熜，棉布鞋上有一层灰白的尘土。冷冷的雨水沿瓦檐滴下来，击打在鹅卵石上，清脆，响声圆润又迅速破碎。在深冬，瓦檐结出长长的倒圆锥形的冰凌，我们敲一节下来，嚼棒冰一样，咯咯咯。浓密的夜色仿佛是一种黏液。但总有一种稀薄的天光，穿过毛玻璃一样，荡漾在夜空，鹅卵石也会淡薄地闪光，黑魆魆的树梢间透出澄明，屋角、墙垛、稻草堆有了线条勾勒的立体形态。小弄里的水沟、渠边的引水口，汩汩的水声更加悦耳，咕咕咕，咕咕咕——这与白天形成强烈的反差。

事实上，从凌晨天光泛白，蒙蒙亮，半边街上便有了去河埠头挑水的人，有了丁字路口洗衣埠用饭箕淘洗米的人，有了拎粪箕去河边捡牛屎的人，有了走路去八里外小镇坐车前往县城的人，有了去田里拔稗草的人，有了挑粪去浇菜的人，有了去深山伐木的人……日头出来了，熙熙攘攘的人，开始了一天的繁忙。挑担子的、扛锄头的、捆柴刀的、拎手艺箱的、背喷雾器的、牵牛的、赶猪牯的、挎菜篮的、抱一大盆衣服浆洗的、骑自行车的、拉板车的、推独轮货车的、抬石料的，他们在半边街上匆匆忙忙地走。小孩在打茶树木做的陀螺，陀螺东倒西歪地旋转，在石板上跳来跳去。咚咚咚，货郎摇着拨浪鼓来了；叮叮叮，拉棒冰的人摁着自行车铃来了；叽咕嘎咕，拉二胡的算命瞎子来了。当叮当叮，卖米糖的人敲着手上的铁片来了；当嗒嗒当嗒嗒，打起竹板唱独角戏的人来了；噔噔噔，扛扁担卖水果的人来了。半边街上又热闹了起来……这是另一条河流，有时间的淹没感，悄悄地，推搡着人，吞没着人。

我参加工作那年，江春考上了中国科技大学。他是村里的第一个名牌大学生，族里和邻里开了二十桌酒席。庆喜也考上了财经专科学校，也办了喜酒，但冷清多了，虽也杀了猪，村干部也去了，但没放鞭炮和烟花。庆喜不让放。村舍还是老式泥瓦房，房墙矮矮的，大门窄窄的，窗户小小的。黑色的瓦，破布一样缝制在屋顶上，一块连着一块。江春读书那几年，我漫游了南方的大部分地区，广东、浙江、福建、江西、安徽。我坐火车，坐汽车，一个人背一个牛仔包远行。年轻的时候，我们需要去远方，需要一种无声的召唤。

村里外出务工的人，主要分布在广东东莞、深圳、惠州、中山、佛山和浙江杭州、宁波、温州、金华、绍兴、台州。每年正月，有专门组织客车调配的人，把客车调配到村里，一辆大巴要塞好多人。客车早上六点多就停在村小学的操场上等客。从正月初五至十六，每天有一辆大巴来，满载而去。过了十六，留在村子的人一般在十五岁以下、六十岁以上，以及孕妇、残疾人、病患者、游手好闲者、濒临消失的手艺人。

裁缝店已经没人去做学徒了，缝纫女工在成衣厂没了优势，已被机器取代，裁缝店变成了超市和麻将房。始终没外出务工的人，是陆波。他在文武学校学了四年武术。他有十几个小弟，一人一辆摩托车，呜呜呜，在镇里转来转去，每辆摩托车后座上，用自行车内胎皮绑了一根一米多长的铁棍。陆波人高马大，晚上也戴一副墨色太阳镜，穿花花绿绿的衬衫，不扣扣子，头发披肩。他的摩托车后座上，天天都有女孩子坐在上面，两三个月换一个。外地来销售啤酒的人、卖水泥钢筋的人、开酱油厂的人、古城山下开碎石厂的人、挖石煤的人、承包客车线路营运的人、开酒楼的人，每个月固定缴费给他。不缴费的，他的十几个小弟用铁棍砸场，乒乒乓乓，要不了十分钟，生产器具全砸烂了，成了一堆垃圾。谁也不敢反抗他。

一九九三年，县里提出开发灵山大理石。高南峰是灵山脚下一个大山深处的乡镇，有藏量亿万立方米的大理石，浙江人、福建人被乡政府以招商引资的名义，驻扎进去，开采大理石。灵山天天炮声隆隆。炸药埋在石缝里，放一炮，山体塌下来，工人把石体切割下来，拉到水磨石厂，分割成可用的石材，卖给福建沿海的厂家。饶北河在半年之后，河水浑浊，像米汤一样。

陆波抢了一个山场，建了一个大理石厂。他没出一分钱，机器都是浙江人拉进他厂房的。他的厂房是福建人建的。陆波不去厂里，在县城宾馆订长包房，陪朋友赌博。村里有五六个小年轻，跟着他，光头、文身。也有几个女人跟着他，他赌博，她们坐在他身边。他赢了，分她们每人三五百；输了，也分她们每人三五百。年轻人都以村里出了个陆波而自豪。他们介绍自己是哪里人时，不说某某镇某某村，而说，我是陆波那个村的。陆波的父亲却和他断绝了来往，说，有生之年，我看得到这个忤逆子是怎么死的。

饶北河的冬天，短暂而寒冷。风从山梁上滚下来，在河面打着旋涡，激起水浪。深冬了，会有一场大雪。风干燥地刮，把地面刮得发白，山峦枯涩下去，水流羸弱下去，人只能抱着身子弓腰走路。鸟站在电线上，摇来摇去，惊恐不安。晚来的细雨在几天之后到来，像一个垂死的老人，没有一丝力气，任凭风刮着下来，刮到哪儿算哪儿。细雨也是稀稀疏疏的，筛糠灰一样。下了整个下午，天空下得发黑了，阴沉沉，仿佛是倒扣的铁锅。傍晚，雨滴噼噼啪啪，黄豆大小，打在瓦楞上，叮叮当当。风止了。瓦檐嘟嘟嘟嘟，有了长长的帘幕，路上没了行人。各家的人围拢在自家的火盆边，说说笑笑，妇人在忙碌着一家人的吃喝。入夜，雨停了，当当当当当，瓦楞上的敲击声更响亮更密集，急促，热烈，奔放。

天亮了。窗外走路的脚步声，噗嗒噗嗒。雪在下，无声无息，疏疏朗朗又迷迷蒙蒙。村庄在雪之下，山峦在雪之下。狗在雪地里跑来跑去，小孩也跑来跑去。河边树林里，已经看不见树叶了。落叶乔木在这个时候，显得分外悲凉。枝丫积着雪，树体疙瘩积着雪，饶北河两岸看起来空旷了许多。

入冬，各种喜事多了起来。乔迁的人特别多，出门十几年的人，把自己的菜地或田用卷尺量一量，选一个日子，叫上石匠师傅，下个地基，开始盖房子。房子一律三层半，没有阳台。房子盖了个主体，歇下了，隔个三年，再安装铝合金门窗，搞外粉刷内粉刷，买来几件便宜的木家具，算是收拾好了屋子。想盖房子的人，有三分之一的现钱，从亲戚朋友那儿借三分之一，欠工钱水泥钱钢筋钱三分之一，慢慢还。新房零零散散地建在菜地里、田里、老房子翻拆的旧宅基地里。

我家对面的水沟边有一个小垃圾场，有一年被人买去，建了一栋两层半的房子。半层的阳台晒着衣服、木柴。我问我大嫂，这是谁家房子呀？怪有意思的。大嫂说，是始初的。我说，她在九江怎么回到这里建房子呢？大嫂说，你不知道吗？她生了个弱智的小孩，已经十七岁了，她老公是个老师，嫌弃小孩离了婚。我怔住了。始初下岗了，待在九江还不如回枫林，大家彼此多些照应。

深冬的早晨，有绵绵丝雨，柔柔滑滑的。我徒步到始初家的小道上。她家有一个小院子，种了两株葡萄，搭了一个木架子。

木架子上并没有葡萄藤。一棵木槿，全落叶了。院子用一扇木门关着。里面的大门一边开一边关。厅堂小小，有些阴暗。外墙用水泥粉刷了，灰白白的。房子的右边有一块菜地。更远一些，是向东逐渐低下去的田畴。田畴有鹅黄茵茵的茸草，紫云英在雨中摇曳。一个妇人正拿一把小锄头栽芹菜苗。她穿一件青灰色风衣，脚上是打绑带的高帮皮鞋，猫着腰，头发披散下去，遮住了脸庞。我有些鼻酸，站在埂边抽烟。她站起来，扭了一下头，瞭了我一眼，继续栽，脚旁的篮子里还有一把苗没栽上。我看清了她的脸，有些干涩，但仍然饱满，脸色有些苍白。她的鼻子有些塌，以至于鼻梁看起来偏短。她栽完了秧苗，在水沟边洗了洗手。她已经完全不认识我了。她洗好手，拎着篮子，进了屋子。

陆波建了全村最大的房子，占地两亩多。他的大理石厂在前几年关停了。市里提出开发灵山旅游，所有污染企业关停。陆波娶了个老婆，高南峰的，有几分姿色，穿件衣服，袒露半胸。镇里有什么事情调解不了，请来陆波就行，没有他解决不了的。

他以放高利贷为生，放给镇里那些赌博的人。他放出去的钱，别人不敢不还。也有赖着不想还的人，想免除一些利息，不说不还，只说没钱。他手下的人带上家伙抄别人家。也有一贫如洗的人，抄家也没用，就打。也有打了也没用的，还是还不上。镇里有一个女的，喜欢打麻将，输空了家底。她找陆波借了十万，都快一年了，利息一分也没给，本金更别说了。一次，她和陆波几个人在镇餐馆吃饭。陆波说，钱怎么还不还呢？她老公开一个竹器加工店，也在一桌吃饭。她说，再缓缓吧，实在是找不到钱。

陆波把她拉到卫生间，在里面胡来。她老公站在卫生间门口。胡来完事了，陆波又坐在桌上吃饭，又说又笑。

县公安局知道了陆波是个“南霸天”，几次派刑警来村里抓捕他。他都提前得知了信息，连夜跑路，躲在温州。他躲三五个月，又回来。他爸爸骂他是只蟑螂，见不得光的蟑螂，总有一天被灭虫剂灭了。

四

方圆十里，有一个拖拉机手，是个家喻户晓的人物。他三十七八岁，开拖拉机有两三年了。去年，拖拉机手开翻斗车，给人拉沙子，拉木头，拉砖块，拉水泥，拉钢筋，拉猪崽，拉水泥涵管。他戴一副深度眼镜，满脸的胡茬儿，后车镜上挂一瓶随时喝的矿泉水。他有两件换洗的工作服，一件是褪色的淡黄色秋装，另一件是褪色的藏青夹克。他穿一双大头皮鞋，皮鞋前面张开，像青蛙的嘴巴。“江春，去哪儿忙呀？”大家见到他，都会客气地问上一句。他发十一块钱一包的利群烟，说，都是拉货，没什么忙的。

他就是当年考上科大的江春。他大学毕业之后，分配在省里的一个厅级科技单位，上了两年的班，辞职不干了，去了东莞，在一家大型企业干了两年，又辞职了。他自己开公司，做对外贸易，赚了很多钱。这是村里人都知道的。有好几个年轻人，在东莞打工，去他公司玩过，回到村里，啧啧赞叹，说，江春是大能人，写字楼有三层，幕墙玻璃，看着都晃眼。有一次，镇里去东莞举办招商引资活动，还特意把江春请到会展上，书记亲自介绍项目，希望这个饶北河长大的人返乡投资，支持家乡发展。

人是回来了，可钱没一分。谁也不知道他为什么回来。有人说，他把钱留给了在东莞的老婆孩子，也有人说他根本没老婆孩子，是破产了。反正，江春回到村里之后，没有哪个女人带着小孩来看他的，他也再没坐上火车去过东莞，似乎这个地名与他没有任何关系。在家闲了半年，村里人还以为他回家度假呢，隔三岔五的，村里还有几个体面的人，去找他坐坐，聊聊天。自从他买回手扶拖拉机之后，在土公路上跑起来，除了请他拉货的人，再也不会有人去他家坐了。有几个人还暗暗后悔，私下说，这个样子，当年喝他喜酒去了五块钱，真是扔到了水里，一点响声都没有。开了拖拉机之后，他把以前穿的衣服、鞋子、袜子，全烧了，买了几件和村民穿起来没区别的衣服和两双鞋子。衣物是在小镇买的，三十来块钱一件的夹克或秋装，阔嘴的大头皮鞋，裤裆肥肥的腈纶裤，十块钱十二双的尼龙袜子。他抽十五块钱以下的烟，头发半月洗一次，胡子一个星期刮一次。手指头黑黑的。他适应了一只裤脚卷起来，一只裤脚垂下去。他用力抬东西的时候，也龇牙。有什么奇怪的，他本来就是饶北河边长大的人。他像个魔术师，短短的两个月之内，把自己变成了和村人没差别的人。

可他为什么不变成东莞做贸易的那个人呢？变回那个人多好，开着有天窗的小车，皮鞋锃亮，头发梳成两边倒，衣装笔挺，每次回到小镇，山吃海喝，一餐也歇不下来，手提包拿出来的钱，一扎一扎的。这是一个谜团，谁也解不开的谜团。有几个同学劝他外出，可以去北京、上海、深圳，找一份好工作没问题。但他不想再外出了。他说，过着原始的自给自足的生活，没什么不好的。同学不好再说什么了。

他和母亲生活在一起，父亲故去好几年了。他不住前几年盖好的楼房，住在那栋父亲留下的老房子里，一个厅堂两个偏房，后面是一个厨房和一个猪圈。下暴雨了，雨水顺着瓦楞，嗒嗒嗒，从瓦缝滴下来。有人上门给他介绍老婆，他笑哈哈，说，自己吃饱可以了，不想管别人的饭，管别人的饭是世上最难的事。他家和我家离得近，隔一条巷子。每次回家，我都叫他来坐坐，吃一餐饭。每次相聚都是愉快的。我从不问他的过去，也不问他的将来。我知道，有一些人厌恶过去，也厌恶将来；也有一些人，过去已远，将来更远。这个世界上，绝大部分的人，活得过于具体，具体得没了自己生命蕴含的内容。江春的母亲七十多岁，头发在六十来岁时全白了。江春常常陪母亲去河边种菜。江春挑粪桶，母亲扛一把长柄的锄头。菜地在河边。母亲采摘菜蔬，他挖地锄草。“你应该找个女人，不好找，找个二婚的也可以，还可以生小孩，再过几年，生了小孩，你也老了，你便看不到小孩长大了。”这样的话，他母亲不知道说了多少次。“姆，我知道了。”江春每次都这样应答。“早知道你这样过生活，我不应该让你读书，你不读书也早成家立业了。要不了几年，你说不定做公了。”他母亲又说。“这样没什么不好的，我想在你身边多生活几年。”江春说。

田家板头是他最要好的朋友，两个人常聚在一起，喝两杯小酒。酒是药酒，自己酿的。板头二十六岁那年，从监狱回家，再也没走出村里，镇里也不去。隔了几年，父母都故去了，他便什么事情也不做了。他有一个跛脚的哥哥，一直未婚，是个老鳏夫，负责种菜，打几个零工赚点钱。板头早早起床，在村里，在河滩，在山冈边的菜地，四处走走看看，背着手。不下雨的话，他天天如此。他以前声音特别洪亮，现在慢吞吞的，嗓音淡薄。他看别人打麻将，看一个上午或一个晚上。他站在麻将机边上，一句话也不说，偶尔发出会心的笑声。天晴好，他爬到黄尖山的山顶，站在山顶，四处眺望。黄尖山是最高的山峰，遥遥相对的是灵山。郑坊盆地在脚底下，稠密的人烟散落在饶北河两岸。

江春回来之后，板头有时会帮他开开手扶拖拉机，也帮忙卸货装货。他们成了酒友，一杯酒下肚，说半天的话。板头的脸鼓鼓的，有一种发胀似的臃肿。板头有一个相好，在河滩放养了三百多只麻鸭。相好大他七八岁，叫南妈，身材像个稻草垛，嘴唇抹了猪油似的发亮。南妈疼爱他，一个月给他三五百块钱花。南妈的老公原先是个捕鱼的，将鱼笼藏在饶北河，藏二十几个，傍晚藏下去，第二天清晨收起来，能收一扁篮的鱼，载在自行车上，到小镇去卖，卖不完拉回来晒成鱼干，再卖。望仙开采大理石，河里没鱼了，他改行，开拉货的三轮车，替超市送货物，替电器店送电器，替水泥店送水泥，顺便也带带回头路的客人。有一次送货去高南峰，在九牛村上坡的土公路上，山上的大理石开采场放炮，一个畚斗大的石块滚下来，砸在他车上，整个车子抛下山崖，他当场死亡。

江春也不串门，吃了饭，靠在床上看书，看《乡土中国》《理想国》《社会契约论》《论真理》等，也看《大唐西域记》《史记》《春秋》。他点蜡烛看书。院子有一棵香椿树，粗皮裂骨，是他父亲年少时栽下的。香椿在初春发芽，暗紫色的芽叶蜥蜴的舌苔一样，吧嗒吐出来。香椿也是最早落叶的乔木，枫树叶刚刚泛黄泛红时，香椿树叶开始脱落了，秋风刮来，满树凋零。瑟瑟的枝丫，略显苍劲，向天空张开。

五

“死得好，斤香奶死得好。”几个人在诊所门口，议论斤香的死。

“死了，害不了人。”一个打吊针的妇女说。

“多活了几十年。”另一个应和。

斤香是军权的母亲，死的时候，八十一岁了，死在厕所的木板上。斤香有三个儿子，老大军礼，老二军红，老小军权。还有两个女儿，大女儿岸柳，二女儿河柳。斤香住在军权的新房子里，房子有一扇大门和一扇后门，房间和窗户都没安装门和玻璃，看起来像个大笼子。吃了饭，她拄一根茶树木拐杖，走到马路上去。马路在前几年修成了柏油路，车跑起来特别欢。因主要路口没设置交通警示牌和减速带，很容易造成车祸，一年至少一个村民死于车轮下。斤香往马路中间走，弓着腰，像个稻草人。

“斤香奶，你走马路边，走中间容易出事的。”路过的人提醒她。

“我就是要让汽车撞死，为儿子减轻负担呢。”斤香说。

“那你不是害人吗？”

“开车的人都有钱，撞死了，儿子还可以分一笔呢。”

谁都不好说了。她在马路上走了七八年，来来回回，可就是没哪个车子撞到她。村里人骂她，也骂她儿子，断子绝孙，临老将死还想着害人。

她逼死了两个媳妇。军礼的第一个老婆被逼投井自尽。军红的老婆被逼在油茶山用一根棕绳了结了自己，军红便一直单身。军权几年也不回家一次，在温岭出海打鱼，把老婆孩子一起带去，有二十几年了。

一个去找斤香买番鸭蛋的人，见她蜷曲在厕所木板，身子都硬了，连忙通知军礼。军礼急急忙忙赶来，搜他母亲衣服口袋，有三十几块钱，马上放进自己的裤兜里。他又三步两步，转到房间，翻枕头底下、床垫下，没翻到什么，又到五斗橱衣柜里翻，翻塑料袋，翻小包袱，翻茶叶罐，也没翻到什么。继续翻，翻米缸，翻零食罐，翻土瓮，翻出十七个番鸭蛋。军礼用洗脸巾把番鸭蛋包起来，藏在一担谷子里。再翻，在一双卷起来的破袜子里，翻出了三百四十八块钱，他把钱折成卷，插到鞋垫里面。这时军红来了，带着他两个儿子，一个十八岁，一个二十二岁。军红沉着脸，青石板一样，对小儿子说，你去捉鸡，有四只。他又回过头对大儿子说，你去捉鸭子，有六只，记得，还有一只鹅。大儿子说，要不要跟大伯说一声？军红说，没出息的东西，我有两个儿子，他有一个儿子，怕他干什么？军红两个儿子把鸡鸭鹅捉了，绑起来，用一担箩筐挑回家。军礼见鸡鸭鹅被捉了，叫住了军红，说，老二，太过分了，不能全归你吧？军红也不说话，手上拿着一根圆木棍，里里外外转，看见一条狗在猪圈外边的稻草堆里睡觉，他走过去，啪，啪，啪，三棍子，打在狗鼻梁上。狗死了，他用一个蛇皮袋把狗装进去，提起来，拎回家。

岸柳、河柳来了，还没进大门，呜呜呜，哭起来，姆，姆，姆，撕心裂肺地叫。斤香还躺在厕所木板上。也有几个邻居来了。木匠三矮子说，快点把老人抱到床上去，去请风水字先生来安排一下后事。军礼的二婚老婆麻蓉来了。军礼说，等老二来，一起抬。军礼找了一条板凳，坐下来。麻蓉说，打个电话，叫儿子女儿回家，送上山吧。军礼说，不要叫了，这么远，来回路费都要三百多。几个邻居退出军权的房子，到田里做事去了。三矮子回到家里，端起白酒瓶，咕咕咕，喝了一半，开始破口大骂："三个儿子，三堆屎，三堆屎，臭一个村。"三矮子老婆看看他，说，发神经了。

斤香是在中秋节早晨死的。我在枫林。也是这一天，齐勇回家了。齐勇回家出乎任何人意料。下午三点多，村里来了一辆高档小车。车里走出一个很面生的中年人，在村里转了转，给每一个人发烟。夏天了，他还穿一套宝蓝色西装，打领带。他见每一个人都笑眯眯，见小孩摸摸头。村里没人认识他。有人问他，你找谁呀？

他说，这个村里以前是不是有一个叫齐勇的人，住在这里？

村里人说，齐勇去少林寺了，少林寺也没找着齐勇，他妈妈眼睛都哭瞎了。中年人笑笑，说，带我去齐勇家看看。

齐勇家还在山坳的大樟树底下，老屋拆了，建了一栋三层楼房。齐勇的二姐梅花，留在家里招亲，生了一男一女，也成家立业了。齐勇的父亲七篾匠，多年没做篾了。在砖厂里，他给人看守门房。齐勇的母亲已经好几年没在村街上走动了。她已经看不见了，常年抱着一个火熜，即使是夏天，她也怕冷。她缩在摇椅上，脚架在火熜上熏火。中年人到了七篾匠家，见老太太低着头，扑在火熜上打瞌睡，他扑通一声，跪下去，号啕大哭。村里几个妇女和老人，跟他去七篾匠家的，都说，齐勇呀，你怎么不说你是齐勇呢？也好叫你老爹回家看看。

整整二十八年了，齐勇第一次回家。齐勇活着，没死。之前，大家都说他死了，或者去要饭了。齐勇的母亲一直抱着他的头，宝儿宝儿地叫。邻里乡亲帮忙张罗晚上的饭菜，一共八桌。亲友来了，陆波来了，庆喜来了，江春也在。小时候一起玩的，只要在家的，都来了。陆波抱着齐勇，兄弟兄弟地叫，用拳头打对方的肩膀。

齐勇有钱，有很多钱。上桌吃饭的人，每人得了五百块钱红包，不论男女老少。他在家里待了三天，就走了。我们不知道他干什么营生，这些年在做什么。

我们几个小时候玩在一起的人，在县城聚餐，齐勇不怎么说话，清清瘦瘦，理个小平头。他不喝酒不抽烟，每餐吃半碗红烧肉，肉吃完了，肉油拌饭，吃半碟生大蒜半碟辣酱，外加一盘蔬菜。这是他固定的食谱。他同时在五家宾馆登记住宿。一次，我和陆波请他喝茶，我说，你真是去学武术了吗？他还是笑笑。他把脚搁在茶几上，说，看看你能不能把我的脚抬起来。

我抱住他的脚，沉沉的，纹丝不动。我叫陆波来，陆波可是个武术好手。陆波笑笑，坐着不起身。齐勇说，抬抬吧，就我们三个人，不外传。陆波站起来抬他脚，还是不动。我又走过去，一起抬，还是不动。我和陆波惊讶不已。

之后，齐勇再也没回到过枫林。母亲去世，他也没回来。我们打他的手机号码，是一个女人接听的，说很难懂的潮州话，我也只能听出个大意，说，你的电话我会转告给老板，他有时间会给你回复。但从来没回复过。

也是在这几次，我发现陆波开始吸毒。我们在一起，坐两三个小时，他开始流清清的鼻涕，眼皮耷拉下来，浑身无力，瘟鸡一样。他去厕所，隔十来分钟出来，立马精神抖擞。陆波比以前瘦了很多，脸皮松弛。他的儿子在县城一所私立高中读书，也喜欢打架，一个学年转两三个学校就学。市里有六所私立高中，陆波的儿子都读过。

邻村有一个叫成华的人，吸毒，快过年了，来我村里偷狗，被人抓住了。十年前成华可是个狠角色，见谁不顺眼打谁。现在要死了，被人泡在水渠里。他穿一件羽绒袄，鼻涕拉撒的，泡十几分钟拉上来。他躺在地上，不断呻吟，说，打死我算了，我的命不值钱。

“他凶狠起来，可以把人吃下去，以为他是一头豹呢，原来是条落水狗，一条老狗。”路过的人，围观的人，用脚踢他，用棍子戳他。他不动。躺了一个多小时，他坐起来，说：“谁有烟，给我一支抽抽。”看看，没人理会他，他跛着僵硬的脚，踮着步子，走了。

“人真经得起死，一把烂菜样的人，还死不了。”看着成华一颠一颠的背影，有人这样说。

六

饶北河从一片沙洲地弯弯曲曲地流出来，流得那么平静。清晨的薄雾在沙洲上织了一层笼纱。太阳出来，雾气渐渐散去，远处一片灰白。那是瓦屋顶，灰黑色，古老的灰黑色。

沙洲有宽阔的芦苇地，和一片果树林，桃树梨树不约而同地开花，也不约而同地凋谢。果树林里曾有一座山堂。

在一百多年前，这座山堂生活着三五个外来的方士，但并没人见识，倒塌的墙体和残留的断垣，以及河石垒起来的地基，却一直存在。颓圮之上，长着泡桐、青栎、杜英、厚朴、苦槠。空落的荒地，有许多各色的野花。前年，在原始的地基，修建了大祠堂。耗时两年，前面是一个大院子，中间是大殿，大殿后面是依围墙而建的三排尾屋，呈一个“凹”字形。从大门进去，走十来步，有一个大石臼水缸，石臼水缸里都是两条红鲤鱼和一丛荷。祠堂里，建了老人食堂。

一座拱桥，从祠堂大门通往不远处的人烟。饶北河在桥下泛起蓝色。祠堂有一种天空之下空旷的孤独，或许这是古远之境所需要的境界。村里的妇女，从自已田地里，采摘下蔬菜瓜果，送到祠堂里，清闲之日，也会去祠堂扫地抹灰，给树木浇水。沙洲上的芦苇，在秋天，白白的荻花飘尽，哀黄的色彩遍布了眼际。乌鸫、山雀、苇莺、红腹锦鸡，芦苇丛里，愉快地安生。乌鸦已经看不见了，喜鹊也看不见。祠堂有了之后，黄昏降临，有了许多蝙蝠，在河岸上飞来飞去。这种胆怯的、丑陋的飞兽，有了慈祥的意味。

村里还有三个人去祠堂里生活，他们是没有子嗣的老人。烧锅，做饭，种菜。他们穿起粗布衣，出门背一个黄色的布袋。还有几个在几年之后准备去祠堂生活的人，平时没事，也去祠堂帮忙做工，喝茶谈天。

在祠堂侧边的另一块沙洲上，建了一个书院，耗时两年。前面是大院子，中间是吟诵堂。吟诵堂两侧是阅览室，可以边饮茶边看书。一栋余屋设了厨房、小餐厅、会议室，另设了三个小房间住人。后院有一栋青少年活动中心，室外还有一个篮球场、一个羽毛球场。四周村里的孩子很喜欢到这里玩。管理书院的人是个四十八岁的本地人，他很少走出书院，临帖、打坐、浇花。外地人称呼他清泉山人，本村人称呼他江春。他穿白色的袍服，穿布鞋。江春在他母亲故去之后半年，着手修建书院。书目是他自己定的，光图书就有三万多册。书藏在吟诵堂二楼，占了一个楼层。建书院的钱，由他一个人支出。这是谁都没预料到的事情——那是多大的一笔钱啊。祠堂也是由他领头筹资的。他说，我们千百年来的饶北河文化，得一代代传承下去，没有了文化，人就是一个皮囊，村子就是一个皮囊。

饶北河比前几年浅了一些。下游两百米，建了水坝。在桃花开放之后，梅雨季再次来临。暴雨横扫岸边的树林，也横扫撂荒的田畴。三年前，村子里所有可再建的老房子，彻底消失。从第一栋水泥房开建至此，差不多有近三十年。村里有了完整的街道，有了菜品店、瓷砖店、米店。第一代留守儿童如今都成了父亲母亲，继续随着父辈的足迹，去往遥远的他乡。

水坝建好之后，已有三人投水自尽。一个是田家老七，三十四岁，在外打工年底回家，发现在家带孩子的老婆不守妇道，过完元宵，投河了。一个是石灰窑隔壁的三寸丁，七岁的儿子得了地中海贫血，筹不了医疗费，三寸丁在水坝上坐了一夜，投河了。一个是陆波，死前两年，他的老婆跟别人跑了，他高中毕业的孩子也不回家，去了东莞。陆波一天到晚流着鼻涕，人瘦得整个颧骨突出来，像个骷髅。县城的房子卖了，车子也卖了。村里的房子找了几个人，想卖，卖不出去。陆波的父亲看见谁上门谈房子的事，就用拐杖打人。他快八十岁了，佝偻着身子，和这么一个儿子二十多年互不往来。他骂陆波，你这个败家的、伤天害理的人，活着不如死了好，你再败家，也要留着房子，你还有儿子，你儿子还要成家立业。再也没人找陆波谈卖房子的事情了。陆波欠了很多钱，至于到底欠了多少，谁也弄不清楚。有一次，陆波被几个小年轻拖到河堤上，用棍子打，他抱着身子，萎缩在地上，青菜虫一样蜷起。棍子打罢，用脚踢，尖尖的皮鞋踢肚子踢腰身，陆波不叫，也不说话，闷着头。踢他一下，他咧开嘴龇一下牙，鼻涕口水满脸都是。几个村里人看见了，拿着柴刀跑过去，说，打死人吗？是不是打死人才歇手呢？几个年轻人才停手，说，欠债还钱，还不上钱就要被打。村里人说，打死人可以，不要在我们村里打人，一百多年了，村里还没听说有人被打死的。人散了，陆波爬起来，捂着嘴巴，指缝流出的全是血。陆波投河，没人知道。在下游十里的地方，一个放鸭的人，端畚斗给鸭子喂谷子，看见一个人卧在一个老树蔸下，捞上来，认出是陆波。陆波在方圆十里，无人不识。

挖空了的河滩，不到一年，铺满了筋蔓滋生的野草。雨水淋湿的地方，野草随后而至。筋蔓上的细须藏着雨水的足迹。野草淡淡疏疏的鹅黄，几阵雷雨，翻身而起，绿茵茵的。白鹭来了，灰褐色的鱼鹰来了，在浅滩踱着步子，像远方而来的暂时休憩在郊外的无马骑士。小鱼群在鹅卵石之间的水里，摇着尾鳍，逐水而上。螺蛳吸附在石头被水淹没的部分上。小虾在水草丛里，细细的透明的须，给这个微缩的童话世界，平添了几分俏皮的意趣。

白鹭伸出长长的脖子，把小鱼啄上来，慢条斯理地吃起来。鱼鹰则叼起鱼，先不吃，拍拍翅膀，飞到树上去，肆无忌惮地享受。桃花汛结束，河水慢慢退下去，灌木的幼苗抽出新绿的枝条。堤岸的另一边池塘里，荷花开了，在太阳没出来前，它还是个圆苞。等饶北河的雾气散尽，圆苞一瓣瓣绽开，最里面的花信子毛茸茸地举起来。荷叶田田，水珠在荷叶上滚来滚去，阳光水亮亮地发白。莲蓬结出来，荸荠有了束状的粉黄的花，粟米粒一样。池塘里，三五个妇人，扎起头巾，手臂上挽一个篮子，把新鲜的莲蓬摘下来，放进篮子里。荷叶将枯，晚露凝结在妇人的发髻上，凝结在荷叶上，让人想起南北朝萧纲的《采莲曲》：“晚日照空矶，采莲承晚晖。风起湖难渡，莲多采未稀。棹动芙蓉落，船移白鹭飞。荷丝傍绕腕，菱角远牵衣。”燃烧的铁饼般的落日，它灰白的光晕覆盖了古老的大地。村子有了一层斑斓的釉彩，古朴，绚丽。饶北河荡漾起斜长的霞光。树林的影子，像一堆溢出来的墨水，风干在河岸。

荸荠花谢，荷叶萎谢。荷叶枯得发卷，灰黄灰白，叶边焦黑。荷秆竖在淤泥里，在寒风中摇曳，满目苍凉。大地之上所发生的一切，荷叶深明其意。大雪会又一次来临。雪从很高很高的地方落下来。很高很高的地方是一个悬崖，被灰蒙蒙的天空盖住。我们称之为苍穹。村舍在河边显得杂七杂八，零乱，但温暖。常年外出的人，陆陆续续回家，把小孩抱起来，亲脸颊，摸摸头，把包里的新衣服拿出来。每年这个时候，我也回到村里，安歇下来，白天看他们在超市楼上打牌，晚上看他们围在一张八仙桌上赌地下六合彩。逃债的人又回来了。讨债的人外出了，继续讨债。小孩有了几个零钱，买辣条买酱豆干买海苔片吃。村里不上高中的学生，十五六岁出门，学油漆学木工学贴瓷砖，学修车学厨。也有一些人不读书不出远门不落家，在小镇的街上混来混去。大部分人候鸟一般，正月出腊月归。

一部分人老去。又一些人出生，在深夜啼哭，嘤嘤嘤嘤。啼哭声里，指甲花旺旺地开在墙埂上，白白的、红红的、艳艳的。木槿长出了枝叶，杜若开遍了墙垣。雨水在深夜敲开每一扇木门。木门上，挂着两个铜环，风扑打着，当当当当。饶北河暴涨，翻涌的河水泥黄色，腐木、树杈、藤蔓浮在水面上。水泱泱的田畴、交织的阡陌、铺满幼荷的池塘、杜鹃花照亮的山冈、如大海般汹涌的天空，再一次成了远去异乡之人的记忆源头。温润的，饱含植物汁液的南方。饶北河从亘古而来，又奔向亘古，周而复始，生生不息。雨在呼啸，河在呼啸。村舍在暴雨中沉默，隐忍。仿佛一切都不曾发生。

骑鱼而去

世界以一种疲惫的力量
抓住了我

——康雪

湖水拍打沙岸，如大黄蛉在叫，嘟唧嘟唧，一阵一阵。清晨，雨下了一会儿，便停歇了，树叶仍有残漏的沥沥之声。露出泥滩的落羽杉黄了，针叶被雨击落，波浪推来湖水，浮起针叶，水面有了一层素黄色。

栎树林里光线幽深弯曲，正开着藿香蓟、冬菊、紫菀、千里光。乌鹊绕树纷飞。细细密密、慢如远去脚步的水珠滑落之声在空屋子回荡，像告别的人回头望我，流年翻转。我很想听到风声，那种镰刀割草一样的声音，令我入迷。有很多时候，我坐在湖边石埠上，看着漾起来的湖水，风像水蛇游过来，掠起水波，嘶嘶嘶嘶作响。风是一种很奇怪的东西，看不见它，也摸不着它。但我的每一个毛孔，可以感受到它的存在。我想了很多年，才想明白，那是一种不着边际的流动。它从来的地方来，往去的地方去，它经过的地方被称作人世间。它有时柔软，有时凛冽；它会蚀骨，也会销魂。

但并不是每日都有风来。风在另一个地方停顿，像一个疲惫的信使，抱着自己的头在船舱瞌睡。我拿出一块青瓦，蘸茶汁在瓦上写毛笔字。我写行楷字，一块瓦正好可以写四个字。第四个字，我还没写好，第一个字消失了，第二个字消失了一半，第三个字的水迹淡了——青瓦吸水，字边写边消失。我还没看过完整的四个字。我不知道一块青瓦可以吸多少水，青瓦似乎有着无限的饥渴。我每日在青瓦上写“风和日丽”“缘木求鱼”“五蕴皆空”“无所得故”“掩耳盗铃”“刻舟求剑”“有凤来仪”“庖丁解牛”。写完了字，我抱瓦在手，看着笔画依序泅失。我双眼苍翠。

这是一个空荡荡的湖，除了鱼。湖呈圆匾形，湖坝之下是一条幽深蜿蜒的峡谷。风从峡谷涌来，偶尔夹带雨。我沿着湖边山道走一圈，太阳正翻过东山梁，坠入湖中。我给空屋子的桌椅抹一遍灰尘。空屋子在很早以前是个旧书院，叫正山书院，后来成了一个山庙，再后来山庙成了空屋子。案几、香桌、火炉、烛台、蒲团、荷花池还在，庭院和庭院中两棵老桂花还在，清风明月还在，乌鹊鸣蝉还在。我抹了器物，又抹木门、方格窗。我喜欢屋子里的灰尘，细腻、柔滑、洁净。我不知道那些灰尘是从哪儿来的，器物每天都会蒙上灰尘。也许是来这个屋子的人不多，除了我，就是外来的背包客。在这里，我可以听到微风摩擦灰尘的声音，微风摩擦墙体的声音。

日子就这样一天一天打发走了。我没有察觉到时间在流逝。在某一天，我抬头望眼前的青山，发现有树在森林中黄了一簇叶，才猛然知道，又一年秋天到了。我非但不惊慌，反而更安然。

即使是夜晚，我也喜爱在空屋子里独坐。烛火会雕刻出人影、物影。有些影子瘫倒在地上，有些影子伫立在墙上。影子偶尔叠着影子，如落叶叠着落叶。影子有一种被万物遗忘的气息。影子如一副完整的鱼骨。我没办法对着烛火，又可见自己的影子。我看着烛火，烛火一扑一扑地跳动，跳出一小团红绸般的焰光。看久了，烛火会虚化，如赤雾蒙蒙。烛一寸一寸短，夜一寸一寸长。烛尽，影子剥落。

如果是夏天，海绿尺蛾从湖边飞来，穿着朴素华美的淡绿色舞衣，围着烛火一圈一圈地跳舞。烛火给它造了一个星空，它飞升而去。它的肉身轻盈，如风中的银杏叶。

当然，我并不是一个无处可去的人。有时，我也骑摩托车去峡谷口的村子，买日常生活用品，或者去杂货店找人打牌。我骑车从湖边山道而下，沿斜缓的长坡在树林穿来穿去。树林渐次展开，一个个垛状的树冠耸立，色调肥绿，层层叠叠。山峦也依次明亮地敞开，斜光洒落。树叶和湖水都是极其安静的东西，置身其中，会感到沉寂辽阔，五内澄明。如果不赶时间，即便是在晚上，我通常走路去村子。走路是花费时间的最好方式之一，一步一步去丈量时间的长度。

现在，我就走路去村子。我穿着高帮皮鞋，鞋底掌着圆角鞋钉，咯噔咯噔走在林中雪地。雪并不厚，但足够盖上鞋头。天阴阴的，大地明亮，雪光莹白。窸窸窣窣的脚步声和树枝的落雪声，使得山野更加清冷。

每次去村子，我都要去棉鞋厂坐坐。棉鞋厂职工只有两类人：妇女和身体残障人。鞋子是布棉鞋和布鞋。厂长叫银根，是我的发小。我们曾一起在浙江做工。

一九九五年，我十九岁。我在电话线路局谋了一个片区线路检修的差事，月工资三百二十元，无节假日。片区是郑坊至桐西坑四十公里沿线。这是一个大山区。我驻扎在与德兴市交界的桐西坑。我的工作是，接到电话线断了的通知，立即骑摩托车去检查线路，接好电话线，恢复通话。山区的线路很容易断，因为大风易吹断电话杆电话线，因为倒塌的树木压断电话线是常事。我早出晚归。我是一个爬山爬电话杆特别快的人，又很耐饥饿。在片区做了两年，我辞职了，不是因为工资低，也不是因为事累人，而是太寂寞了，做事是一个人，晚上还是一个人。桐西坑只有二十来户人烟，没有一个年轻人在村里生活。我下班回去，烧饭吃饭，和房东老人说说话话，便潦潦草草上床睡觉。可怎么睡得着呢？我的身体里似乎有许多老鼠在打洞，在撕咬我。

远在浙江余杭一家袜子厂做工的银根，给我打电话，说做袜子工资很高，一个月有六百多块钱收入，还管中午一餐饭。我们那一带（饶北河上游的郑坊镇、华坛山镇、望仙乡）年轻人，在余杭谋生活的人特别多，有些人在小厂做工，有些人在混社会。我没和父母商量，便辞职去了诸暨。在袜子厂，我没做到半个月，又辞职了。我忍受不了那种颜料的气味，臭臭酸酸的气味让我忍不住呕吐。我们租住在郊区，天天晚上打牌，谁赢钱谁请吃夜宵。我住了一个多月，去绍兴找事做。银根送我坐上去绍兴的班车，塞给我一百块钱，说，你没找到事就回诸暨。

在绍兴找事做找了好几天，也没个着落。我舍不得住旅社，睡公园。我在绍兴认识了一个同样找事做的老乡，他对我说：睡公园会被抓，当流浪汉遣送到救助站，我带你去找地方睡，睡得踏实安稳，别人也发现不了。绍兴是江南水乡，河汊纵横交错，河水却不深。河汊有很多短公路桥，桥下有涵道，既可承重又可在涨水季节排水。老乡领着我去郊区，指着公路桥说，在涵管里铺上草，睡觉可舒服了，雷公打下来也劈不了。我在涵管睡了三个晚上。第四天，我睡到半夜，被一股大水冲出了涵道，重重地摔落在河里。水浪冲着我，翻腾着我，圈绳一样绑着我。我逃命般挣扎着游上岸。我惊恐地站在岸边，喊老乡，但没喊到他。我沿着河岸往下游找，找了一个多小时，也没找到他。天乌黑黑，很难看清河面，我只得沿岸喊他。我在桥上站了一夜，惊魂不定，像一条落水狗。半夜，上游下暴雨，倾泻而下。河水上涨，滔天卷涌直下。我忍不住号啕大哭。

我回到余杭，失魂落魄。我去了一个叫“湘菜鱼”的餐馆，学做厨师。餐馆以酸菜鱼为主打菜。我杀了一个多月的鱼。我从鱼箱里捞出皖鱼或鳙鱼或乌鱼，去鳞鳍、破腹、割鳃、剁头，放到清水池漂十几分钟，再捞上来沥水。我一天要杀一百来条鱼。我满手鲜血，衣裤沾满鱼鳞。我走在街上，别人都躲着我。我的身上有一种臭鱼味，怎么洗也洗不了。我回到宿舍，第一件事便是洗澡，用肥皂洗，像洗破麻袋一样洗。可只要衣服穿上身，臭鱼味又散发出来。老乡们便取笑我，说我是出海打鱼的人。可能是杀鱼时间太长，我的手白白胀胀，胀得生痛。

“赚钱这么难，我们还不如去抢劫。”有一次，我和银根、猪腿在打牌，猪腿这样说。猪腿矮矮壮壮，样子像个陀螺。他是我邻村人，他来余杭做烧烤有两年多。他拉一个推车，半夜出现在电影院侧边的十字街头，卖麻辣烫、烧烤、啤酒。他经常被城管员驱赶。他好几辆推车被没收了，其中有一辆推车被当场砸烂，麻辣汤泼了一地。“要抢就要找老板下手。”银根说。我当他们说的是玩笑话。

五月，余杭溽热，暑气烘烘。我们三人在夜市吃晚饭，裸着上身喝啤酒，吞云吐雾，海天阔地聊女人。邻桌有一个望仙人，声如撞钟，乌鸦一样吵个不停。望仙人败了我们兴致。猪腿走过去，一把扠住望仙人脖子，摁在墙上，怒目呵斥：“你是什么种？你信不信，我一拳下去打烂你牙齿。”

“你为什么想打我？我又没犯人。”望仙人说。

“你请客，我就不打你。”猪腿说。

“你那一桌饭，我结账，可以了吧？”望仙人说。

猪腿一把搂住望仙人的肩膀，说：“兄弟，既然你结账，那你和我坐一桌。”

一桌人匆匆灌了一箱啤酒，猪腿站了起来，说：“我们去干事吧。”我也站了起来，看着猪腿，不知道他要去干什么事。

“酒还没喝足意，去干什么事？”望仙人问。望仙人是个高个子，穿一件黄蒲瓜色的皱汗衫，手上握着一瓶啤酒，熟练地用牙齿开啤酒喝。

“我们去抢劫，你要不要去？”猪腿以轻视的口吻对望仙人说。

“有什么不敢去的？抢劫肯定很好玩儿。”望仙人边走边喝啤酒。

“你们当真去抢劫呀？”银根说。

“抢劫还有假的？钱又戽不进口袋。”猪腿说。

“我跟你们一起去，壮壮胆色。”银根说。

“郊区有一个大砖厂，老板喜欢打麻将。老板和他老婆在砖厂守夜，不会有外人。”望仙人说，“每月十日是砖厂发工资的日子。今天是十日，老板手上肯定有很多钱。”

“我知道砖厂老板有钱，我租住的房子离砖厂四里多路，我们走路去。”猪腿说。

“那先去你出租屋拿两把菜刀，没有刀，不像抢劫的。哦，还要买几个头罩。”望仙人说。

我们边说边走，到了郊区村子，去了猪腿住的屋子。说是屋子，其实是一个地下室车库，卖烤串的推车、小桌椅、塑料凳，挤满了地下室过道。卧房在过道最里面，是一个小单间，没有窗户，也没有门，一张铺着草席的床下放着两个塑料桶、两壶色拉油和一双裂口皮鞋。床上只有一条薄毛毯，和一件换下来还没洗的蓝汗衫。门口摆放着两个炭篓和一个电饭煲、一个炒锅。猪腿从床头柜抽屉里拿出两把切烤串肉的小白刀，摸了摸刀口，对着刀口说：“发不发财，全靠你了。”

看到刀，我哆嗦得厉害，汗液奔泻，腿发软。我说：“我不去，我双腿抽筋一样发胀酸痛，我没胆量去。”

“你胆子怎么这么小？即使警察抓到了，最多拘留半个月。”望仙人说。

“大东不去，我也不去。”银根说。

“你不去，那我就两个人去，哪像抢劫？没战势。这个劫就没法抢了。千载难逢好机会，我们发一笔横财，逃到萧山区，再发一笔横财，逃到义乌，玩两个月，又发一笔横财，我们可以回家讨个老婆了。”猪腿把烟头狠狠地踩在鞋跟下，说，“要不，我们再喝一瓶白酒，这里可以烤串。”

“男人就要有男人的胆色。”望仙人往银根嘴巴里塞烟。

“去就去，万事听人劝。”银根说。

“大东，你在屋子里，等我们回来。我们晚一些去吃夜宵。”猪腿说。

猪腿背了一个帆布包，头罩卷着小白刀塞进包里。望仙人打个小手电走在前面，往田畈小路向西边走去。

我一个人在房间坐了一会儿，提心吊胆，连抽了三根烟，身子还是哆嗦。我出了村子，去街上找老乡玩。我回到夜市，看见老乡阿债在卖儿童气球。阿债背一个斜拉的人造革包，手上拽着十几个气球，红红绿绿黄黄紫紫蓝蓝。阿债个子小，站在雕像水池边沿，喊："气球，气球，五块钱八个，便宜卖啦。"他的嗓子像破锣。我一把拉住阿债，往巷子走，在一棵大香樟树下，低声对阿债说："猪腿他们去干大事了。"

"什么大事？"

"别管什么大事，我们去猪腿屋子等他们。"

阿债看看我，说："猪腿干大事，肯定不是什么好事，你千万别去凑热闹，别把自己搭进去。"阿债用手摸摸我额头，又说，"还好，你的头还没发热。"

"我们想赚几个钱，怎么这么难？"我说。

"天天赚，节省点，钱慢慢积。我吃榨菜吃了一个多月了。不这样节省，哪有钱带回家？到了过年，拍拍手，还是空空的。"阿债说。

我们说了几分钟的话，阿债又去卖气球了。他穿着"格力空调"的广告衫，拽着气球，喊："气球，气球，五块钱八个，便宜卖啦。"

去了冷饮店，我喝了一瓶冰啤，坐了一会儿，又去夜市转了一圈，往郊区走去。在日新超市门口，我站了好久。我不知道是继续走，去猪腿屋子里，还是直接回银根宿舍。

我回到银根宿舍，暴雨瓢泼。雨点如锅里的炒豆在蹦跳，闪电在天空穿梭。我非常害怕，不停地吸烟。我坐在床上，抱着膝盖，望着发黄的白墙发呆。暴雨下了一个多小时，一包烟抽得没剩下几根。

等到十一点，我也没等到银根。我心里发毛，不知道他们出了什么事。我害怕。我怕猪腿发傻，闹出人命。我骑了一辆自行车，去夜市。他们习惯在一家叫“上饶饭店”的小炒店吃夜宵，如果他们没出事，很可能在那里喝啤酒。在夜市转了一圈，也没看到他们。我叫上老乡光兴，去猪腿宿舍。入了村，便听到有人议论，说，警察刚抓走了三个年轻人。我一下子全身冰凉，掉进冰窟窿一般。

第二天早上，我去了辖区派出所。派出所的人说，是拘留了三个抢劫的人，笔录还没做完，要过几天才能探视。

第四天，在余杭看守所，我才探视到他们。银根说，可能是重罪，不然不会关押在看守所。望仙人很乐观地说，才抢了三百六十块钱，钱又没花，不可能重罪，最多拘留半个月。猪腿一直埋怨，很沮丧地说，天气太差，运气不好，看样子，这辈子是发不了财的命。我看到他们三个人都剃了光头，心想，他们免不了遭受牢狱之苦。

在看守所，我才得知他们抢劫的过程。

那天晚上，他们走了半个多小时，翻墙进了砖厂大门，由猪腿敲老板的房门。

老板和老板娘在看电视，电视音量调得很高。老板问：“谁啊？”

“我，我们来打麻将。”猪腿用余杭话回答。

“有点晚了。”

“还可以打两个小时。我还带了啤酒、兔子头、烧鸭来。

我们打了麻将，吃个夜宵。”

老板穿一条大裤衩，开了门，他们三个人挤了进去。猪腿一把抓住老板的衣领，语气很生硬地说：“我们是来抢劫的，有多少钱，全拿出来。”

望仙人走到电视机前，把刀架在老板娘脖子上，把电视机音量调到最大。

三个蒙面的男人把老板吓坏了。老板从枕头底下摸出一个黑色软皮的钱包，翻出一把散票给猪腿，说：“包里还有身份证，还有一张我爸的照片，包不能给你。”

“放老实点，把钱全部拿出来。”猪腿把老板的包扔在地上，举握着拳头，威胁老板，说：“有钱不拿出来，我们把你骨头拆了。”

老板翻口袋、翻抽屉、翻衣柜，翻给他们看，没现金，银行卡倒有几张。银根开始翻箱倒柜搜东西，没搜到值钱的东西。这是老板的临时生活用房，确实没放什么值钱的东西。老板跪在地上，一动不动，低着头。望仙人用刀割老板娘的手指头，老板娘吓得号啕大哭，说：“昨天就发工资了，多了的钱存了银行，哪有现金？”

望仙人又割一下老板娘手指，手指滴血。老板娘说：“你要银行卡就拿去，真没现金了，我都这个样子了，我哪敢骗人？”老板娘呜呜呜哭了起来。

猪腿找了一根绳子，把老板和老板娘绑在一张靠背椅上，背对背。猪腿扇了老板一巴掌，说：“你敢报警，我就杀了你。”

猪腿找了一双袜子，塞进老板夫妇嘴巴，顺手把老板手表脱下来，戴在自己手腕上。

出了砖厂，望仙人很解气地说："这些老板平时耀武扬威，辱骂我们，想不到他是一条毛毛虫，火燍一下，毛毛虫缩了。"

他们沿着机耕道逃跑，雨太大，路又滑，跑不快，银根在过一个水沟时，还崴了脚滑了一跤。到了猪腿的出租屋，他们洗了澡，衣裤挂在走廊，对着电风扇吹。猪腿问望仙人："你怎么对砖厂那么熟？"

望仙人说："和老板打过两次麻将。"

"事前，你怎么不说？坏事了，老板听得出你口音。我们赶紧逃吧。"银根说。

"分了钱再走，不然，坐车都没钱。我们分头逃。"望仙人说。

"我有这么多货物，怎么逃？"猪腿说。

"不管货物了，我们分头逃，也不要逃回老家，先去萧山。我们去义乌会合，那里老乡多。"望仙人说。

"货物值一千多块钱，我舍不得扔。"猪腿说。

"我不要钱，我先走了。"银根说。

银根瘸着脚，走出出租屋的巷子，被两个警察堵住了。银根一看，街上停了二十多辆警车，几十个特警围了街道。银根被警察脱了鞋子，鞋带反绑了他双手，让他蹲在地上。随后，望仙人和猪腿被同样的方式，押上了警车。

六个月后，因持刀入室抢劫罪，望仙人被判获刑六年零七个月，猪腿被判获刑五年零三个月，银根被判获刑三年零八个月，押解到萧山，在入监队受教育一个月，被收监入狱，在萧山劳改。半年后，三人被押解到南昌新建某监狱，分在不同分队劳改，在农场种田。

冬天雪胜梨花，春天梨花胜雪。我生活的筲箕坞，因此取名梨雪堂。在饶北河上游山区，很多山村取名为“××堂”，如白马堂、梨花堂、燕子堂、鲤鱼堂、半月堂。堂在乡民心中，有美好、和睦、富足、雅致的寓意。筲箕坞四周环高山，峡谷有野湖。湖水夏凉冬暖，即使雪飘如鹅毛，雪入湖即融，绿树掩映水中如碧，湖被唤作碧雪湖。山中林木高大茂密，以杉、松、栲、槠、油桐、丹枫为主。在20世纪，梨雪堂改名为“筲箕坞林场”。林场只有十几户人家。我爸前半辈子砍树毁林，后半辈子种树护林。

林场的孩子很少读书，十几岁便上山伐木或砍毛竹。我算是个例外，读了初中毕业。

碧雪湖有很多鱼。我在十几岁的时候，便自己会扎竹筏，去湖中央钓鱼。夏天，大鱼浮游水面，坐在竹筏上，可以看见鱼群漂着水面追逐戏水。我钓过最大的鱼，是八十三斤的螺蛳青。大鱼一般是螺蛳青、鲩鱼、鲇鱼、鲤鱼、鳙鱼、花鲢。我在木桶里泡十几斤干玉米，泡七天，玉米发胀发酸了，我捞半钵头玉米，抛在固定的深水处（绑着空塑料瓶的石块沉入水中，塑料瓶成了水面标志物），连续抛撒五天。到了第六天，我以泡了的玉米做诱饵，每天中午，可以钓七八条鱼，三五斤重一条。螺蛳青是杂食鱼，主要吃螺蛳、蚌、虾等。我用尼龙绳做渔线，一头绑在竹筏上，一头穿秤钩，秤钩钩一副鸡肠，扔在深水潭。可能是一天，也可能是几天，竹筏缓缓移动了，秤钩上一定挂着大鱼。大鱼在水下折腾大半天，力气耗尽了，我拖竹筏靠岸，拉起尼龙绳，大螺蛳青挺着胀胀的鱼肚，像一具活鱼尸。一条大鱼分给家家户户吃。

有一天，我突发奇想，如果有一把弓，可以用箭射鱼。我砍了一根老毛竹，破了篾片，在火堆上煻。煻了的竹片不会被虫蛀，更有韧性和弹性。我煻了一把大弯弓。我钻了孔，找来钢丝做弦。我削了很多箭（苦竹），放在书包里。我迷上了射鱼。撑一叶竹筏去湖中央，看到大鱼就射。射中的鱼，往水里钻，再也不上来。过了三天，湖里有鱼浮上来，翻出白肚皮。红嘴鸥在湖上空盘旋。我捞了五条鱼上来，鱼肉已经腐烂了。

一条大活鱼，那么轻易地腐烂了，烂得像豆渣。我很吃惊。

山庙住着一对老人。我们称老翁为烂师傅，称老妪为大婆。他们是上饶市人，住进庙里，已六十多岁了。烂师傅个头高挑，清瘦，说街腔，毡帽不离头。大婆小脚，常年穿黑色棉鞋袜，戴一顶黑灯芯绒圆帽，腰上扎一条靛青围裙。没有人知道他们为什么会来到梨雪堂，我也不知道老翁为什么被称作烂师傅。

烂师傅种了很多菜，尤爱种苦瓜。在屋前屋后，他种苦瓜一畦一畦地种。他爱喝苦瓜花茶。他捧着一杯苦瓜花茶，看着来客眯眯笑。他爱写毛笔字。他在樟木板上，刻了“苦瓜堂”，填了绿漆，挂在山庙门额。

这是一对非常洁净的老人。我坐在门口的石狮子上，把石狮子当马骑。我是个爱玩恶作剧的少年。春天，湖边有绿头鸭的幼雏在戏水，我用抄网捞雏鸭，剪了翅羽，在鸭脚扣一个小挂锁，扔进水里。绿头鸭是冬候鸟，数百上千来到碧雪湖越冬。早上开窗，便可见绿头鸭在湖面闹哄哄。我还把十几斤重的大鲤鱼，在尾鳍上部穿孔，绑一根长尼龙绳，拴在水边树根，任鲤鱼在水里使劲游。烂师傅在太阳底下用茶汁写毛笔字，我把鸡血倒进茶汁。烂师傅晕血，看见血就吓得啊啊啊大叫，撒腿就跑。

他的毛笔字写在青瓦上。那块青瓦，是大婆搓麻线用的。我问："你为什么不在纸上写字呢？林场有很多旧报纸，我去抱一摞来。"

烂师傅眯眯笑，继续写。他说："太阳一晒，字迹全无。"

在银根去南昌新建劳改的第二年正月，烂师傅和大婆在正月一头一尾过世了。大婆先过世。大婆睡在床上，没什么知觉了，烂师傅挠大婆痒痒，说，挠了痒痒就会醒过来了。可大婆一直沉睡。大婆的三七还没过，烂师傅也走了。他坐在厅堂烘火，头扑在火熜笼板上瞌睡，再也没站起来。我爸说，他们是世上最幸福的人，临终了，也没受病痛之苦，溘然而去。他们是度世的人，度了一切苦厄。

我尚且不知道苦厄怎么度，我还在杭州、义乌一带打流。

苦瓜堂成了空屋子。

说来也是，在我年轻时，我从没想过自己以后会是一个什么样的人、做什么事、娶谁为妻、以什么事为业、自己会得什么样的磨人病痛。有一次，在义乌廿三里，我去找老乡，路过一条深巷子，远远就被一股辣椒味呛住了。我不停地打喷嚏。辣椒味既辣又香，还夹杂着大蒜味。我看见在临街门店口站着一个炒菜的姑娘。姑娘扎一条花布大红围裙，身材匀称，两条长辫子垂下后背。在门店前，我站了一会儿，往门店里面瞧，也瞧姑娘的脸。姑娘的额头渗出细汗，脸色红润。她娴熟地炒水螺蛳，铁锅当啷当啷地响。

“这个炒螺蛳肯定很好吃。”我搭话。她斜眼瞧了我一眼，笑了一下，继续炒。

“你是江西人还是湖南人？”我又搭话。她又斜眼瞧了我一眼，笑了一下，往锅里潽黄酒。

“菜烧得好的人，心地善良。”我继续搭话。

“我是蛇蝎女人。”她说。

“蛇蝎泡酒，解身上一切毒。我身上有毒。”我说。

“往身上切一刀，放血出来，毒就没有了。”她说。

“你替我切一刀，随便切哪块肉，横切竖切都由你。”我卷起衣袖，把手伸给她。

“做人不应该任人宰割，应该由自己宰割。”她说。

“我宰割不了自己，也不想被人宰割，但你可以宰割我。”我说。

就这样，我认识了这个姑娘。我三天两头往她店里跑。姑娘是个店员，卖低价化妆品和家庭日化用品。我在店里扎了一个多月，姑娘说，你以后可以不要来了，和浑浑噩噩的人说说话，消磨时光可以，但我不会和浑浑噩噩的人谈情说爱。

银根减刑了九个月，提前出狱。他来义乌的路费，还是我汇款给他的。他瘦得像一只猴子，黝黑。他变得不怎么说话。我在廿三里“菜根香”餐馆做厨师，我不再四处打流了。我配菜、烧菜都十分用心。在休息日，我还去别的特色餐馆吃一餐，点几个特色菜，喝上一瓶啤酒，慢慢品菜。我带我女朋友一起去。银根借住在我这里，住了一个多月，去了温州，我也不知道他忙什么事。我在电话里问他，他支支吾吾，不说实情。问了他几次，我不再问了。他不回郑坊，即使过年也不回。他妈因高血压已过世两年，他爸和隔壁村的一个寡妇生活在一起。村里和他有联系的人，除了我，就是他妹妹。他妈妈抱养过一个女儿，女儿到了十一岁，又回了生母身边。银根很疼爱这个比自己小四岁的妹妹，他妹妹读高中时，都是他寄钱供养的。银根没读什么书，写不来信，他挂长途电话给妹妹，说：“你安心读书，读了书就不用来浙江做工了。”这些钱都是他从牙缝里省出来的。

我结了婚，生了孩子，银根很少来义乌找我了。他在温州的一家鞋厂做制鞋工，收入比以前高了很多。和我通电话时，他的语气很高昂。我在廿三里租了两间店面，开了一家以鄱阳湖淡水鱼为主要食材的小餐馆。我老婆问我取啥店名，我说我初中毕业就混社会了，店名还是你取吧。我老婆抱着胖嘟嘟的女儿，说，就叫“幸福里”吧。

以前我混社会时结交的那些朋友，我很少来往了。我不主动和他们联系，他们来了我这里，我请一餐客。我的餐馆经营得很红火。

在我女儿上小班的那一年，一天，我餐馆里来了一个客人，个头不高，两个门牙有些外露，站在吧台前，对我嘿嘿笑了起来。我惊喜地招呼：“猪腿，来之前也不给我打个电话。”

他说：“开餐馆的人守着餐馆，哪用挂个电话？”

我知道他出狱半年多了，在温州一家纽扣厂做事。我说：“吃了饭，我去酒店开个房间，多玩几天。”

他说：“下午去杭州，想找事做做，你给我谋划谋划，等事情有着落了，再来玩。”

他的右手有些僵硬，很难灵活活动。我拿起他右手，说：“你这只手怎么啦？”

“三年前我用刀剁了自己右手，医院又把手接上。手恢复得还好，就是提不了重。”猪腿说。

“干吗把自己手剁了去呢？没有右手怎么谋生活？”我不寒而栗。

“我实在受不了长期的重体力活，只有把手剁了。现在，大家都不叫我猪腿了，叫僵爪。我挺喜欢僵爪这个名字。”

“你谋正当事做，还来得及。一辈子很长，很多事需要慢慢去熬，去熬了，就会有好结果。”

“我也是这样想的。我以前是心大，想走捷径，其实哪有捷径走？”

吃了饭，我送猪腿去了火车站，塞给他两千块钱。猪腿客气地推让。我说：“我刚来余杭那几个月，你对我照顾很多，你和银根都是对我有恩情的人。”

回到“幸福里”，我呆呆地坐了一会儿。我心里很难过。如果当年我不是“临阵退缩”，我会是什么样子？我没办法想象。我们都是一群没读几年书的人，不懂法律，没有技术，生活在社会旮旯角落里，像搁浅在河岸的鱼。

在20世纪90年代中后期，我的枫林村有十几个人因抢劫或盗窃或敲诈勒索等罪而被判刑入狱，还有五个未成年人因结成团伙成了车匪路霸，被送入劳教。他们都没读几年书，小学没毕业便进入社会。他们的父母也大多目不识丁。村里有一个叫余奇六的男孩子，十二岁便去了广州，做职业惯偷，十三年没有回过家。世界上没有他打不开的保险柜。二十七岁时，他被警察抓了，被判无期徒刑。警察搜查他房间，他的席梦思里铺满了现金，手表和金项链装满了两抽屉。他在广州服了十五年刑才回家。在家里住了半年多，他又去广州曾劳改的工厂，扎塑料花，他再也不出来。他没有朋友，他对社会已非常陌生。

村里还有一个叫老鸦的人，个子矮小，很瘦，十五岁去上海做惯偷，十七岁被送入劳教一年，出来后，又继续从事惯偷，被判刑八个月，出狱后，去了温州，和几个老乡结伙抢劫，伤人致残，被判获刑十七年。他四十三岁出狱。他的身体完全败了，天天坐在村街边，和七十多岁的老人打扑克牌。他八十多岁的老娘下地干活，刨食给他吃。

老鸦的姐夫也是个职业惯偷，在杭州专偷自行车。他给自己下任务，一天不偷三十辆自行车不收工。他手上拿一根细铁丝，在车锁上转两下，骑上车就走。

2000年后，村里再无外出以偷盗、抢劫等混社会的年轻人了。

我在廿三里一直开餐馆。我女儿去读大学了，我才盘出餐馆，回到梨雪堂。梨雪堂的十几户人家在十几年前搬迁至峡谷外的枫林村。梨雪堂不通公路，只有一条机耕道进出。我把十七栋土房子和山坞里的二十来亩荒田、十几亩菜地，全部流转过来，花了一年多时间，修葺土房子，修整田间石板路。我在这里开民宿。我老婆问我民宿取什么名字，我说还是叫"幸福里"吧，这个名字永远不会过时。

民宿由我老婆打理。我请了三个本村人种田种菜。我的稻子和蔬菜不施用化肥和农药。我和他们一起下地。我还种了菊花、芍药、蔷薇，在路边、房前屋后，我都种上它们。我把"苦瓜堂"改为"梨雪堂展览馆"，分"碧雪湖""村史""森林""动物"四个部分，以吹塑版画形式展览。在厅堂，请东阳木雕师傅雕了一尊木雕：一个扎双辫子的姑娘，身姿挺拔，腰上扎着红布围裙，微笑着目视远方。客人问我，这是什么菩萨？

我说，是生活佛。客人笑了，说，哪有这样的佛？

我也笑了。是生活佛点化了我，让我又去学厨艺，开了餐馆，过上了正常人的生活。借用《大话西游》台词，那个姑娘就是给我脚板点了三颗痣的人，她是盘丝大仙。

银根比我早三年回到村里。回村之前的一年，他还没结婚。他一直是一副病恹恹的模样，开了棉鞋厂之后，病态全无。棉鞋厂的生意不好不坏，但足够他支付厂里六十余号职工开销。银根很满足，他天天一副乐呵呵的模样。

猪腿还在浙江，在余杭、萧山各开了汽车美容店，经营得很出色。他到了二十九岁才娶妻生子。他说，过两年孩子考上大学了，也要回郑坊，好好谋划一件事做做。他每年正月，都去曾被他用刀威胁的砖厂老板家拜年。他们成了莫逆之交。猪腿每每去表达谢意，都要对老板说，老大哥啊，幸好你当年报警，让警察把我抓了，不然的话，我会越滑越深，可能成了杀人犯，危害社会，枉为一世人。

那个望仙人，后来我一直没见过。据猪腿说，望仙人入狱服刑不到一年，便没了音信。猪腿对这事，讳莫如深。我至今都不知道那个望仙人叫什么名字，猪腿和银根也不知道，我们只叫他“大嗓门”。人可以做错很多事，但有些错事一次也不能做，如果做了，连悔恨的机会都没有。人需要给自己划三道线：红线、底线、高压线。在年轻时，我们哪懂这么多呢？我们埋怨生活辜负了自己，而不埋怨自己辜负了生活。生活辜负了谁呢？似乎谁也没辜负，也似乎谁都辜负了。人还是要实实在在去做事，才不辜负生活，也不被生活辜负。

梨雪堂有森林、野湖风光，四季色彩分明，背包客很喜欢在“幸福里”住几天，爬山钓鱼，和我们一起种菜。我少年玩恶作剧时，扣了小挂锁的绿头鸭高飞不了，无法迁徙，在湖里繁衍生息。湖里有了上百只绿头鸭的留鸟家族。这是我没有想到的。

我喜欢上写毛笔字，坐在太阳底下写，写在青瓦上。青瓦住着字的魂，许许多多的魂。魂通过茶汁显现出来。湖水泡的茶汁，让魂安静。

湖水大多时候纹丝不动，似乎湖水从不流动。其实不是，湖水天天在坝底吐浪奔泻而下。大鱼在潜游。我在弓的弦上加了一个胡琴，改成了一个弓琴。我拉不来琴。我把弓琴挂在少女像身后的木墙上。看着少女像，看着弓琴，我觉得自己是一个骑鱼而去的人，努力地度自己的世。

可以流多远

严春快六十岁了才第一次吃上樱桃。在种下樱桃之前，他还不知道世界上还有一种叫樱桃的水果。樱桃甜中带酸，汁液丰沛，他爱吃。樱桃树是李南生从上饶市带树苗来栽的。严春想想，李南生来这里生活也有三年多了。三年的樱桃树结了满枝的果，鲜红欲滴。李南生带了十二株树苗来种，活下了七株成林。

樱桃林背后是严春的房子。这栋三层半小楼房也是这几年才修的，以前是老式石头房。厅堂挂着莲花状灯具，右边的墙壁上挂着一件开着荞麦花的红短袄。

红短袄是阿萝的秋衣。阿萝是严春的女儿，在乡中学教书。这个阿萝就是严春的魂。用严春的话说，皮囊有了魂才有生命。阿萝是他抱养来的女儿。

1988 年腊月初八早晨，在乡政府守门房的白劳提一个竹篮，冒着扑哧哧的雪花到严春家，说："这里有一个闺女，你适合收养。"严春是个老鳏夫，因右半边脸结青墨色的胎记，左腿有骨髓炎，三十四岁了，还说不上媳妇。村里人背地里叫他阴阳脸。白劳是严春的堂叔，在乡政府做杂工。严春掀开篮子，棉包被里躺着个女婴，肥嘟嘟的柳叶脸，浓眉，厚耳朵。女婴闭着眼睛吐口沫。

看了一眼，严春便抱起了婴儿，说："阿有福，阿供佛祖一样供着她（赣东方言，阿指我）。"白劳从篮子里摸出一张写在草纸上的纸条，说："这是孩子的生辰八字，孩子是腊月初一出生的。"严春不识字，捏着纸条，问堂叔："孩子叫什么名字啊？你给孩子取个名吧。"

雪一直在下，落在门前萝卜上，像萝卜开出的白花。萝卜花是迎春的花，春日来临，暖阳初照，萝卜花一畦一畦开起来，河滩如春雪徐降。白劳看看飞舞的白雪，说："叫阿萝吧，天越冷，萝卜越甜，孩子是个萝卜命，有你这样的人收养她，她有福了。"

在 20 世纪 80 年代，偶有弃婴在凌晨搁乡政府门口。弃婴大多是女婴，放在竹篮子或小箩筐里，摆在过廊的长板凳上，用包被包裹着，放几块钱，放一张写有孩子生辰八字的红纸。有的被过路人抱走，有的被卖菜人抱走。要抱养孩子的人，私底下，会跟看守门房的人说一声。严春也跟白劳说了好几次。白劳留心着，说要抱养可心的健康的孩子，少灾少痛。阿萝要喝奶，憋着通红的脸哭了一个上午。到了中午，严春抱着孩子，找奶吃。村里有三个奶孩子的妇人，有奶多了的，喂给阿萝吃。

河对岸有个小村，叫彭家坞，十几户人家。有一个三十来岁的妇人，刚夭折了得肺炎的孩子，奶水旺。正月，严春拎了一个白糖包，抱着孩子认妇人为奶娘。妇人也答应了。严春抱孩子去彭家坞，一天吸四次奶。奶娘对严春说："别人收奶娘钱，一个月十五块，你收阿萝不容易，我一个月收十二块钱吧。”严春是个无依无靠的人，父母早过世了，说：“阿一个种田的，钱没来路，这样吧，阿一个月给你做七天的工，割稻栽秧耙田，阿都会，你头天说好，阿第二天来。”

过木桥，沿河岸往上走半华里，绕过一个半月形的荷塘，便到奶娘家。吸了三个月的奶，每次到了桥头，阿萝会看着荷塘的大枫树，咯咯咯地笑。初春多雨。雨绵密细长，抽丝一般。严春穿一件黄蓑衣，戴一顶大圆斗笠，抱阿萝去吸奶。早上一次，临近中午一次，傍晚一次，临睡前一次，一天来回走四次。夜深了，严春一只手抱小孩，一只手打一个灯笼，去奶娘家。严春颠着左脚，一脚深一脚浅，来回一次走三里多路。泥路牛筋草丛生，脚踩下去泥浆溅上来。

芒种了，田里的事多。耖田打秧，他把阿萝背在胸前，像一只袋鼠。割油菜了，他用板车拉摇篮拉到地里。阿萝饿了，哇哇哇哭起来，他把竹筒里的咸米汤，一勺子一勺子地喂阿萝吃。阿萝张开嘴巴吃，他也张开嘴巴。村里人都说：“阴阳脸真是个细心的人，是烟囱下来的灶神。”

断了奶，阿萝会走路了，撇着脚，鸭子一样左摇右晃。严春出门做事，把阿萝架在脖子上，阿萝抱着严春的头，荡着小腿，骑马一样。

六岁的阿萝会做饭了，站在矮板凳上，踮起脚，靠着灶台烧饭。烧好了饭，跑到桥头喊：“爸，爸，吃饭了。”严春在河滩上做事。他的沙地在河滩。他种了甘蔗，种了花生，种了荸荠。

这些都是阿萝喜欢吃的。

八岁的阿萝会上街卖泥鳅了。街离村子有五华里。阿萝提一个瓦罐，沿饶北河边的樟树林往上走，卖了泥鳅回村小学上课。泥鳅是田沟里扒的。她家门前是开阔的田野，田沟横七竖八。田沟里有扒不完的泥鳅，她放了学，去扒泥鳅，扒到晚边，可以扒两三斤泥鳅黄鳝。

村里的妇人水花守寡三年多了，几次在机米厂机米，对老德师傅说："阴阳脸真是一个善人，吃了那么多苦，把阿萝带大，孩子教得好，有适合的女人嫁给他，也是有福的。"老德师傅说："他一张阴阳脸，看着吃不下饭，腿也不方便，人是个难得的好人。"水花说："看惯了，也就习惯了，腿使不上力，又不要担不要驮，有板车有手扶拖拉机，哪要得了那么大力气？"老德机米厂开在村委会背后的大晒场，有六年了。村里人都来这里机米。老德为人和善，爱喝点小酒，酒糟鼻红红的。他看看水花，露出烟牙，说："是不是我有媒酒喝了，要不要我去说一声？"水花把手插进米堆里，掏了一把白米，说："好米不一定出得了好饭，人家不一定看得上我呢。"

过了半个月，严春来机米了。老德师傅说："严春啊，阿萝才这么大的孩子，我看了看，她这一拨，她是村里最懂事的孩子了。"

"是懂事，帮阿做好多事呢。是阿福厚。"严春说。

"你也可以考虑找一个女人。凡人都会老，人老了抵不上翻毛猪，得有个伴。"

“哪个女人会愿意上我的门啊？屋里空空，桌上两个碗，狗都不来阿家里找骨头吃。”

“水花怎么样？做事是一把好手，她孩子也十五六岁了。她也是个通情达理的人。”

“人是好人，她哪会看上阿？阿也没这个能力养一个家啊。”

“她有手有脚，哪要你养啊？你是可靠人，她安心。”

“阿萝是个没妈的孩子，命苦。哪个女人做了阿堂客，对阿萝不好，阿就有罪孽了。”

“水花可不是那样的女人，她有意和你一起生活。”

“有自己孩子的女人，都会偏心的。一碗水哪端得平呢？阿也端不平。”

机了米，严春拖着板车走了。老德师傅站在机米厂门口，看着严春晃脚的身影，叹了一口气，嘀咕了一句：这也是一种人，上门的老婆不要，死心塌地养着别人的孩子。

2001 年，阿萝去了郑坊中学读书。学校有一条幽深的弄堂直通大街，严春在街口摆麻辣摊。早上，他骑一辆带雨篷的脚踏三轮车，拉上煤气灶、锅、菜蔬，带上阿萝去学校。他戴一顶麦秸帽，弓着腰蹬车，裤脚用布条扎起来，塞在鞋缝。他脖子上挂一条蓝毛巾，蹬几百米，抹一下脸。傍晚，又把阿萝带回来。白天，他撑一个印有“雪花啤酒”的遮阳棚，坐在街口，摆上麻辣摊，靛青围裙扎在腰上。中午吃是他自己带的。他有三个铝饭盒，两盒饭、一盒菜。街口有卖辣酱的，卖葱油饼的，卖日用竹器的。

街口摆摊人，见他吃饭，笑笑。他也笑笑，鼓鼓的嘴巴包着饭，用筷子，指指吃饭的阿萝，说："这是我囡妮，叫阿萝，在中学读书呢。"囡妮是女儿的昵称。听的人回一声："我知道，你说过好几次了，好俊的囡。"

新世纪初，郑坊镇治安很乱，有一批初高中毕业生，无处就业，也不愿回家种田，整天在街上混，偷鸡摸狗打架勒索，什么事都干，成了社会上的痞子。痞子一般留长头发，吹一个爆炸头，穿牛仔裤花衬衫，手腕上有"出人头地"的蓝色刺青花纹。痞子也叫长毛。长毛是一伙一伙的，有帮派，分斧头帮和长刀帮。各帮有各帮的头，叫帮主。一个帮，有二十几个人。斧头帮和长刀帮也会打群架。打架之前，下战书，战书是口头通知，约好时间地点。打架地点一般在汽车站。汽车站前，有一个广场，停靠过往车辆。过往车辆很少，广场空阔，侧边有了饮食摊点。他们打架，不带刀具，用拳脚，帮主和帮主打一架，分胜负，再打群架。广场是黄泥地，地上有积水，群架结束，个个满身泥浆。他们打个赤膊，在饮食摊围坐在一起，喝啤酒，有说有笑，好像什么也没发生。

长毛是一群有"特权"的人，看电影不买票，坐车不买票。电影院验票的人，看长毛的架势，自动让出门口过道。长毛进门，打一个响指，表示感谢。卖车票的人，见了他们，问一句："你们一起几个人？"

一个长毛帮有十几辆摩托车，两人坐一辆，呜呜呜，从上街开到下街，又从下街开到上街。摩托车也是偷来的。他们去村里打狗，见一条打一条，打死拉走，一分钱不付。

长毛喜欢去学校，看女学生。学校放学了，长毛守在门口，搭讪。搭讪三五次，和女学生混熟了，请去饮食店，吃锅贴吃馄饨吃汽水，吃个三五次，女学生再也不愿上学，和长毛混在一起。放学的时候，校门口响起一片口哨声，嘘嘘嘘。搭讪不了的女学生，长毛开始找碴儿，让她上学不得安宁。

一个住在上街的长毛，看上了读初二的阿萝，守在校门口，有半个多月，搭讪不了话。他开始找碴儿，威胁阿萝，说："我停在学校里的摩托车胎，被你扎了三次，你得陪摩托车胎。"

阿萝说："我扎你车胎干吗？"

"你看我不顺眼。"

"你是谁，我都不知道，我怎么看你不顺眼啦？"

"你看我不顺眼，因为我想泡你。你看我这么帅，你自卑。你自卑了，就扎我车胎，想我找你啊。"

"不要脸。"

"你就喜欢不要脸的人。你喜欢不要脸的人，我就不要脸。"

阿萝捂着脸，哭着，跑开了。

学校也不敢出面找长毛，装聋作哑，长毛越发肆无忌惮。之前有过一个县城来学校工作的陈智理老师，见班上两个女学生，和长毛混在一起，找到长毛，说："你们太不道德，找女学生，会害了她们一辈子，她们不懂事，你们祸害女学生，和侵略中国的日本佬有什么区别？"长毛约了几个人，在陈老师去河里游泳的路上，用布袋套在陈老师头上，暴打他。陈老师被打得鼻梁断了，全身瘀肿。学校去派出所报了案，长毛在看守所蹲了三天，处罚三百块钱，赔付了六百块钱医药费，便结案了。

几次吃饭，阿萝都显得心事重重，一直扒饭吃，也不夹菜，也不说说笑笑。严春看出来了，问她发生什么事了，是不是考试成绩不好，挨批了？问这问那，阿萝都没个应答。无论怎么问她，阿萝都是摇头，眼泪水在眼眶里打转。

上课了，严春去了学校，找到阿萝班主任。班主任一脸惊讶。

晚上，吃了饭，阿萝作业也不做。严春说："囡妮呀，我守一个麻辣摊，风里来雨里去，就是想你安安心心读书，你有什么话不可以跟我说呢？"

呜呜呜，阿萝哽咽了起来，说："上街开五金店家的长毛，找我五六次了，叫我和他去吃饭，我不去，他威胁我，说要杀我。"

"他敢动你，阿有苦果子给他吃。"严春说，"你不去搭理这个长毛贼，他以为他是长毛贼，别人会怕他，阿才不怕他。"

第二天上午，严春麻辣摊也不摆，磨了锉刀，去了上街五金店长毛家。开店的人，是长毛的爸爸。严春对长毛的爸爸说了事情的来龙去脉。长毛的爸爸说："我这个儿子，我也没办法管教，以前也是听话乖巧的孩子，初中毕业了，和下街的白麻混了两年，成了人不人鬼不鬼的，除了睡觉，我连他的鬼毛也看不到一根，他只听白麻一个人的，我说死了，他也不会听一句，这个事还得你自己去了。"

白麻是长刀帮的帮主，家里开水泥店，有钱。白麻长得高大魁梧，会拳脚功夫，满头少年白。严春在汽车站广场，找到骚扰阿萝的长毛。长毛正在和白麻打台球，三个人在边上看。广场东边有十几张台球桌，长毛们常聚在这里，赌桌球，一包“阿诗玛”赌一场。

正是初秋，天气有些闷热。广场上，也没几个人。太阳白花花地晃眼。严春也不知道长毛叫什么名字，只知道他姓汪。严春对长毛说：“后生人，阿叫严春，在街口卖麻辣，阿萝是阿囡妮，还是个学生，你不要去找阿萝了。”

长毛扑在桌上，杆子在击球。他侧过身，回头看见了一张半边胎记的脸。他站直了身子，用杆子敲敲严春的肩膀说：“我就是要找她，你想怎么样？”

“阿是个半瘸的人，杀鸡都不敢。但谁敢动阿萝，谁会死。”严春脱下自己的草帽，说，“别人叫阿阴阳脸。阿打了一辈子瞎目光棍，阿什么都没有，只有这个女儿。”

“你敢威胁我，只有我威胁别人，你算什么东西？”长毛说。

“阿找过你爸了，你爸说他管教不了你，你只听白麻老板的话。白麻老板也在这里，白麻老板，你说一句话。”严春转过脸招呼了一声白麻，说，“你们做什么事，兴风作浪，和阿无关。但阿的囡妮，你们别打主意。”

“你个卖麻辣的瘸子，敢跳到我头上来了，动了你囡妮，你又想怎么样？你越叫我不要动，我越要动她，等下放学了，我们就去找你囡妮，看看你敢怎么样。”白麻翘着嘴巴，叼着烟，说，“这个世道变了，瘸子也敢来挑衅我白麻了。”

“阿打架也打不过你，别说你白麻老板了，阿打不过你一个吊刀（吊刀是跟班意思）。”严春从裤兜里摸出一把亮晃晃的锉刀，说，“阿是短刀，你是长刀。这样，你捅阿一刀，阿捅你一刀，直到捅死了人为止。”

严春扒开自己的长裤，露出干瘪的左上腿，指着大腿肉说：“白麻老板，你先来，捅这里，你没带刀，阿把刀给你。”说着，严春把锉刀递给了白麻。

白麻看着严春皱巴巴的脸，说：“没见过你这样找死的人，捅死你，和捅死一条狗有什么区别？”

“有区别，狗没被你捅死，狗不会捅你。你没捅死阿，阿会捅死你。阿捅不死你，阿会向你全家投毒。毒不死你全家，你以后会有小孩，阿可以捅死你孩子。你捅死阿，你也死。你捅不死阿，你孩子以后肯定被阿捅死。”严春握着锉刀，扎进自己的腿肉，血射出来，射到自己脸上。严春扔下锉刀，说：“就这样捅，阿一下子也不会手软，要不白麻老板，你也来一刀？”

白麻傻眼了。严春捡起锉刀，瘸着腿，走了，头也不回，也不看他们一眼。

2004 年，阿萝初中毕业，考上了上饶县中学。严春在离学校两华里的红心家具厂，谋了看门房的差事。他骑一辆轻便自行车，给阿萝送中晚餐。阿萝住校。他提着饭盒，在铁栅栏门口等阿萝。他远远地看见阿萝，从树丛背后的斜坡走下来，他便开始向她挥手，叫着：“囡妮，囡妮。”他是学校里最出名的家长，因为他有一张与众不同的脸，因为他餐餐送饭。学校看门房的人，开学一个星期之后，便认识他了。下雨了，他也缩在大门下的雨廊里，用布袋兜着饭盒，佝着身子，眼睛瞧着树林。看门人见他这个样子，招呼他到门房坐，他也不进去。

家具厂的门房只有八平方米。一张办公桌靠窗户摆着，桌上有一个开水壶，一个喝水的大瓷器杯，和一个文件夹。文件夹里夹着出货单。一张矮柜挤在墙角，柜子里放着他的衣服和被子。在门房的后边，他自己用木板和石棉瓦搭了低矮的厨房。严春没有睡觉的房间，睡在门房里。木椅子对着木椅子，上面搁一块门板。他睡在门板上。但门板太短了，脚伸不直，他便靠着椅子睡，被子裹在身上。冬天，风大，呼呼往门房溜进来。厂长见他冷得睡不着，眼睛酸红，给他买来一个电取暖器。家具厂是个新厂，有几块地还空闲着，严春挖了荒地，种上菜蔬。厂里的工人，知道这些菜蔬都是时鲜菜，无农药化肥，下班的时候，买几把回去，把零钱放在门房办公桌上。厂长是个三十来岁的年轻人，吃苦肯干。厂长见严春是个心善的人，做事踏实，说话诚恳，也格外关照严春。厂长会带一些水果、腊肉、干粉丝、鸡蛋、梅干菜，给严春，说："像你这么有心培养囡妮的人，不多见，以后囡妮考上了大学，我要多喝两杯喜酒。囡妮是我们厂职工子弟，为我们厂长脸了。"

家具厂对面金阳光小区，有一栋三十层的高楼，有一个中年男子住在十六楼，很喜欢吃严春种的蔬菜。一个月，他会来十几次门房，买严春的菜。时间久了，严春知道他姓廖，在火车站开了货场。新菜出来，严春用门房电话打给他："廖老板在戚里吧？

要不，阿把白菜拎上去。”（注：上饶市中北部方言，戚里指家里）

严春说不来普通话，街腔（上饶市区方言）里又夹杂了大量郑坊方言，一般人听不懂。廖老板说：“半个小时后，我下去取吧。”

廖老板上午很少去办公室，偶尔下来取严春的菜，会抱一个西瓜或甜瓜下来，要不也带点苹果或橘子，送给严春。辣椒、茄子、菠菜、菊花菜、萝卜、白菜、生菜、莜麦菜、扁豆、四季豆，严春都顺着节气，种了。

严春看着瓜，说：“抱西瓜阿吃，几（街腔：多么）不好啊，自家吃啊，不要得客气。”说了几句客气话，中年男人也不问严春姓什么，拍拍手提着菜走了。

严春在家具厂看守了三年门房，阿萝读了高中，考上大学。厂长买来箩筐圈大的长鞭炮，两大箱烟花，在厂门口，噼噼啪啪，放了十几分钟。

阿萝考上赣南师院，全村都知道。

严春带着阿萝回到了饶北河边的石头房里。

“苦了这么多年，严春算是熬出头了。”邻居说。

“村里一年出了六个大学生，严春家出了一个，真不容易。为村里争了光。”村主任掰着手指头算，“赖家一个，余家一个，周家一个，全家两个，阿萝是第六个。”

“只要子女有出息，蚯蚓也会变成蛇。再无用的人，都不要看扁了他，说不清哪一年哪一代，有人翻了身。说无用，村里还有人比阴阳脸无用？老婆讨不上一个，一片瓦房有半边是漏的，泥埋到胸脯了，还没尝过女人的滋味。谁敢瞧不起阴阳脸呢？”有人这样议论。

开学了，阿萝去了学校。严春回到家具厂看门房。他喜欢在这里上班，老板重人情，收入可以养阿萝读书，门房有电话。每天晚上九点半，他要给阿萝打个电话。阿萝寝室里，有电话，他在固定的时间打过去。他没什么事也要说上几句话。他说上几句，心里暖烘烘的。他种了五块地的菜。早上种，铲草下种浇水施肥，油油绿绿的菜蔬，看着也舒服。工人要菜，自己去菜地摘。阿萝去赣州读书了，他心空空的，他只有种菜，才感到自己实实在在。他几次想去赣南，可他没出过门，不识字，也坐不来火车。他更舍不得钱。他一分一厘地积攒钱，定期寄给阿萝。他寄不了钱，邮政局在哪儿，他也不知道。他拜托厂长给他寄，说：“我是睁眼瞎，拜托老板照顾阿萝。”厂长每次寄钱，多寄一百元，也不跟严春说。

2010 年 5 月，油桐花开遍了饶北河畔的山崖。油油的梧桐粉粉的花，像纷飞的雪落满了翠海。河水涨了又退，退了又涨。稻田里，储满了汪汪白白的水。田沟和田埂上，开满了松果菊、鸢尾和千叶蓍。金腰燕在水田上空，急速地飞来飞去，三五成群，嬉戏着飞，叽叽地叫。开阔的盆地，像一个彩绘了的果盘。一览无余的山川，风自由自在地奔跑。野性的风，让大地的野性再次勃发。

小满这天中午，家具厂来了一个人，找严春。找严春的人是个四十五岁的女人，穿一条蓝边白绸的旗袍，拎一个小皮包。严春在厂里看守门房几年，很少有人找他，更别说女人了。穿旗袍的女人挨着门边，说："你是严春吗？"

"我是严春。"严春打量了她一眼，说，"你买家具到右边门市部，各式的家具都摆在那里。"

穿旗袍的女人上上下下地打量严春，也不回话。严春被她看得心里发毛，用手拍拍身上汗衫，又拍拍头发，低下头，看看身上的衣服裤子。衣服裤子都是厂服，红汗衫蓝裤子，也都是干净的。严春又摸摸自己的脸、鼻子，也没摸出什么异物。严春说："这里也没个坐的地方，你买家具，我带你去门市部。"

"不买家具。想认识一下你，你什么时间方便，我想请你吃个饭。"穿旗袍的女人说。

"从来没人请我吃饭，我也没请过别人吃饭。你认的人，可能也叫严春，和我同名呢。"严春说。他斜眼看看来人，完全是一个眼生的人：长脸，脸肉厚厚，皮肤白皙，浓眉大眼，厚唇上有淡淡口红，鼻梁隆长，口音温软。

"脸上有胎记的严春，不会错。"穿旗袍的女人转身，到大门外的小车里，提了一袋东西出来，对严春说，"我叫李南生，以前在郑坊生活过，我们也算半个老乡。给你带了些礼品，你得收下。"

"我们无生无熟的，你的东西，我不收。你找我有什么事？"

"郑坊很多人说你是个好人。我想认认你这个好人，想请你吃一餐饭。"

“阿不方便和你一起吃饭，饭馆的人，见阿这张脸，会把阿赶出来的，说阿把客人吓跑了。阿在车站吃饭，被人赶过。”

“饭馆怎么会赶走你呢？你定个时间，我来接你。”

“好吧，定明天中午吧。阿提前和厂长告个假。”严春说。

第二天中午，这个叫李南生的女人去了家具厂门房，发现守门人不是严春。守门人说：“严春昨天下午，回老家了，把豌豆带回去晒晒。”

“他行李也全部带回去了？”李南生问。

“他没什么行李，就几件换洗衣服和一条被子，带回去了。”

下午，正在清洗家中器物的严春，听到有人在院子外喊：“严春在家吗？”

听得出，喊自己的人是昨天那个穿旗袍的女人。严春也没应答，走到院子开了院门，说：“不会说，来我家里请我吃饭吧？”

李南生抱着一捧树苗，一下子不知道怎么接话，面凄凄，尴尬地说：“你这么好的人，拜访一下你，也是应该的。”李南生进了院子，放下树苗，四处瞭了几眼，进了屋，站着四处看看。厅堂墙壁上贴了几年前的明星画，贴了二十二张严阿萝的奖状。门角靠了两筒篾卷席，一架打谷机竖在右边第一根柱子下。八仙桌和凳子都蒙了灰尘，厚厚的一层。

“这是你女儿的奖状吧？读书好厉害啊。”李南生说。

“囡妮的，没有老师不喜欢她。”

“你女儿几岁了，你女儿一定很漂亮。”

严春泡了一杯茶，给客人，说：“不嫌弃脏，喝杯茶。”

严春在凳子上垫了两张草纸，又说，“坐坐吧，找阿有什么事，直说吧。”

“也没什么事，想看看你家阿萝，大家都说你阿萝长得漂亮。”

“阿萝不在家，外出打工去了。阿也想看阿萝呢。”

“阿萝的妈妈也不在家吗？我也可以认认阿萝妈妈。”

“她妈妈也打工去了，她们在一块儿生活呢。”

“听说你女儿是抱养来的，我想看看你阿萝。”

“谁说阿萝是抱养来的？是阿囡妮，是亲骨肉。阿不知道你是谁。饭可以乱吃，话不可以乱说。”严春站了起来，说，“你从哪里来的呢？怎么惦记着别人家囡妮？”

“我是灵溪人，1986 年毕业于上饶师专，分配在中学教过三年书，调到了县城，在县城教了四年，和老公去了深圳工作。”李南生说，“郑坊是个好地方，有山有水，空气好。”

“离开了的人都说这里好。生活在这里的人谋生难，都厌恶这里。一个地方好不好，怎么说？”严春站在门槛上，抬眼看看天，说，“天快晚了，阿也不留你吃饭了。屋里都是灰，阿还得洗洗晒晒。”说着，他回屋里搬出锅盖橱柜，顾自去了河边。

“阿萝爸爸，这些樱桃树苗可以栽在院子。樱桃好吃树难栽，你这么善良的人肯定能栽出好树结出好果。”李南生说。

严春也不回她话，也不看她。他往河边走。但他并没去河边，折身去了堂叔白劳家里。白劳七十三岁了，前两年得了偏瘫，坐在大木桶里。严春问白劳：“叔啊，前些日子，是不是有一个灵溪女人找过你？”

“谁还会找阿啊？阿是一个废人，走不了，动不了。阿三个儿子都不找阿，躲着阿，两个月，也不上一次门。”

“灵溪女人当然找你啊，只有你一个人知道阿萝的事啊。”严春说，“阿看得出，灵溪女人不简单。她拜了你，怎么拜你，阿不知道。”

阿萝十来岁，便有人找过严春，问严春女儿是哪里抱来的、怎么抱来的。前前后后，有七八个人找过严春。来找的人都是当年抛弃过孩子的人，有因为想生儿子，也有因为当年生活不好，养不了更多小孩，放弃生下来的女婴，现在生活好了，想把孩子领回去。来找的人也都是本镇的人，严春叫对方报孩子八字，没一个对得上。来了一次，也不会来问。来严春家里或和严春见面的陌生人，严春都警惕。来找严春的人，严春看几眼，心里有数，知道对方找错了。这个叫李南生的女人虽然眼生，但严春心里起了疙瘩。在家具厂门口，他听了李南生说话见了她走路，虽然李南生没有说起阿萝的事，但他觉得这个女人与阿萝有关。李南生说话慢条斯理，嗓音细，走路时，两个肩膀会耸起来。阿萝也是这样的。李南生的侧脸像和阿萝也很像：鼻尖突出脸部，额头宽，下巴圆出来，耳垂往下吊。

在家具厂见了李南生之后，他决定回郑坊。一个无缘无故的人出现，那么热情，急于单独说话，肯定有不方便在太阳底下谈说的事情。这个事情只有一种可能——与阿萝有关。严春是这样想的。回到郑坊，这个女人不来找了，是严春多疑了。如果这个女人还会跟着来郑坊，事情不会轻易了结。把阿萝事情给灵溪女人说破了的，也只有白劳。

“叔，你给阿一句实话，你是土埋在胸口上的人了，阿也是土埋在腰上的人了，阿不傻。”严春点了一支烟，塞在白劳的嘴巴上。

“老侄，对不住了。立夏那天中午，是来了一个女人，四十多岁，穿一条水蓝色裙子，问阿，是不是以前在乡政府门口捡到过一个毛孩。阿说，看门房十几年，捡过十七个毛孩，阿不知道你说的是哪个毛孩。那个女人说，是1988年腊月初，大雪天放在门口那个。我知道她找阿萝来了。阿说没捡过，大雪天没捡过毛孩，哪个父母会那么缺德，大雪天扔掉自己毛孩呢？那个女人一下子哭起来，说她看到阿抱了小孩进门房，推一辆自行车出门，带上毛孩冒雪沿河边上来的。她躲在门房对面的照相馆后门，一直看着篮子里的毛孩，她知道是看门房的人抱走的。”白劳用手帕擦鼻子，说不了两句话，擦一下鼻子。

“叔啊，你害人啊，你害了老侄又害了阿萝。我一辈子的心血被你一句话放干了。”

“老侄，阿真没说，阿没说一句多话。阿知道你多难，阿也是看着阿萝长大的，阿不会害老侄。老侄的女儿也是严家的女儿，阿怎么会害老侄呢？”白劳说。

“叔不说，阿不说，这个事有人晓得，这可是叔侄当年约好的事啊。叔是个守口的人，阿知道。那这个事，还有毛人（方言，毛人是什么人的意思）晓得？”

“阿想不出来，老侄自己想吧。”

吃了晚饭，严春打个灯笼，去了洪淳老师家。洪淳是住在山底的本村人，一直在中学教书，已退休在家六年了。他对中学知根知底。严春问："洪老师晓得李南生这个人吗？在中学教过书，应该和你同过事。"

"阿晓得李南生，1986 年上饶师专毕业，分配到郑坊，教化学，1989 年下半年调到城镇中学。她化学教得好。李老师去了城镇中学之后，阿再冇见过她了。听说她很早去了深圳。"洪老师看看严春，说，"你怎么想起问到她呢？你有理由认识她啊。"

"阿以前家具厂老板说她以前在郑坊工作过，叫阿问问。阿不认识李南生。"

第二天，早早地，严春去了姜村竹编厂。他找了破篾的事，他会破篾。姜村离他家，只有五华里，他也不回家，住在厂里。他晚上也破篾，可以多几块钱收入。他更不想见到那个灵溪女人，灵溪女人一定会再去他家。严春还想不出，是哪个人，把阿萝的事说破了的。知道这个秘密的人，还会有谁？村里人都知道阿萝是抱养来的，从哪里抱养的，村里人不知道。阿萝也不知道。阿萝在八岁之前，问过妈妈是谁、妈妈在哪里。之后再也不问了，也问不到。因为严春自己也不知道。严春想，灵溪女人隔三岔五会来到郑坊，详细打听阿萝，她从深圳来，不会没得个结果回去，至少她要见上阿萝，她才会死心。严春又想，在姜村做事，村里人也都晓得，灵溪女人迟早会打听出来，得换个远一些的地方，谁也不知道的地方，在自己不晓得谁说破这个事之前，得远远躲着灵溪女人。

在上饶火车站后面有一家货场，是廖老板开的。严春提着行李找廖老板。廖老板以前常买严春的菜吃，彼此熟。廖老板给他安排了看货的事做。

6 月 28 日上午 9 点 10 分，阿萝坐“广州东—上饶”的绿皮火车，放假回家了。严春在出站口，候了半个多小时，接上了囡妮，提着大包小包行李，去了货场。廖老板和善，安排阿萝验收货物，一个月还给三百块钱工资。货场有十几亩地大，堆放的货物主要有煤、水泥、萤石、钢材、木材等，堆放几天，送上调度物资的火车，运往浙江、上海、江苏、广东。

年关了，严春也不回郑坊。他带着阿萝守货场。

过完春节，阿萝被学校统一安排去了浙江台州，边实习边找工作。严春一个人去了郑坊。他理顺了，这个对灵溪女人说事的人不是别人，是堂婶，白劳的老婆大脚盆。大脚盆不是多事的人，但迷财。白劳得了偏瘫，大脚盆钱用空了，三个儿子也不接济，灵溪女人肯定在大脚盆身上花了钱。大脚盆是知道阿萝来历的人，只是一直不声张。

初春的田野已经泛青。鹅肠草厚厚，铺在田里。不多的野苦苣在田埂上开出黄花。地里的萝卜有了疏淡疏淡的花芽，白白的，从叶槌上爆出星点。一撮撮的花芽，迎风摇曳。萝卜花是迎春雨的花，第一场春雨来到饶北河，它抽芽花，蛇芯子一样，舔着酥酥的雨、润润的雨。萝卜挨过了霜寒，熬过了雪冻，雨架着东南风来到饶北河，萝卜守着萧瑟的地头一夜爆蕾。严春见了稀稀的萝卜花，想起了1988年腊月大雪，地沟田沟瓦沟积了厚厚的白雪，雪光亮亮地刺眼，堂叔骑一辆自行车，提一个竹篮，送来酣睡的阿萝。转眼二十三个整年，严春感到眼睛辣辣地酸痛，迎着逆光，流下了几滴眼泪。

在入堂叔家的小巷子，严春遇上了堂婶大脚盆。严春站在桑树下的石埠上，问："奶奶（方言，奶奶指婶婶，读去声调），你怎么可以对那个灵溪女人说实话呢？我们是一个爷下来的，还没过五代呢。"

"你个神经，阿见了谁了？你不是阿老侄，阿劈两巴掌。你以为老叔偏瘫了，阿好欺啊？"大脚盆边吐南瓜子壳，边说，"灵溪女人的毛是红是绿，阿都不晓得。"

拍拍手上的盐灰，大脚盆走了。严春也不再问了，回身坐车回到了货场。

清明节傍晚，李南生出现在货场，穿一件宝蓝色外套，穿一双短高跟皮鞋。严春正在扫煤灰。李南生在货场门口，叫："郑坊的老哥，郑坊的老哥。"严春望了门口一眼，继续扫。严春上午去郑坊上坟，李南生守了半天严春家路口，她守得隐蔽，严春没发现。

货场工人下班早，上货都是早安排了的，工人上完货回家。上完了货，严春把场地扫一下，算是了结了一天的事。

"你也不要岔来岔去（方言，岔来岔去指不直奔主题）说，你是不是以为阿的囡妮是你生的？"严春把李南生邀进了门房里，对她说。

“你囡妮是我生的。当年我看着我女儿被人抱走，我认得那个人，在乡政府看门房的，我去过好几次乡政府，特意去认他的样貌，怕自己忘记了。”李南生说，她怔怔地看着严春，又哀怜地说，“有三年的时间，我天天睡不着，一入睡便梦见孩子哭着找妈妈。我留下了失眠症，二十几年了也治不好。”

“你生了她，又扔了她。冇这个道理，扁毛畜生也不会这样。”

“我来郑坊工作半年，找了老公。老公在大坳电站上班。那年雨季太长，涨水很厉害，他去放闸，一头栽进了水里溺死了。我们打了结婚证，还没过门，大坳离郑坊有一百公里，学校也没人知道我结了婚。老公没见到孩子就死了，一句话也没留下，孩子我才怀了两个月。夫妻一场，我得给他留下血脉。可我才二十三岁，路太长，我还得嫁人，我只有狠下心扔下孩子。”李南生从手包里拿出一张发黄的小照片，说：“孩子出生的照片，我一直保留着。照片还是市立医院护士拍的。”

“你怎么认定，阿囡妮是你生的？阿囡妮是阿骨肉。”严春接过照片，细细地看了看，说，“你生个孩子，是生个冤孽，你一辈子的冤孽。”

“你不同意我认，我也要认。孩子不认我，我也要认。你是个好人，为我女儿吃尽了苦。我知道她读了大学，我去了赣南师范大学，偷偷去看了她。我没和她说话。她在打篮球，我坐在看台上看。当时我没和阿萝相认。我是来征求你意见，我想见见她，你是个好父亲，我不想伤你的心。”

“你怎么现在想找自己的孩子呢？”

“在深圳，我和老公办了十几年的公司。前年我们离了婚，儿子判给了男方抚养，儿子在美国读高中。我孤身一人了，我得找回自己的女儿，我不能没这个女儿。”

“阿囡妮不是你囡妮，是阿骨肉。”

“孩子可以两边认，在哪边生活由孩子选。她选择和我一起生活，我给你一笔补偿费，每月给你生活费。”

“囡妮是阿的，阿不要你钱。”

“我的孩子是腊月初一出生，初八早上放在乡政府，里面还夹了二百六十块钱。是不是我女儿，可以医学鉴定的。”

“囡妮是阿的。”

“孩子选择和你一起生活，我无话可说。”

“阿的囡妮，阿的囡妮，阿的囡妮。”说着说着，严春用巴掌盖住了自己的脸。

五月，阿萝实习结束。严春和阿萝回到了郑坊，李南生也到了郑坊。阿萝第一次见到了自己的妈妈。李南生一直在哭，阿萝也一直在哭。严春坐在院子的水井边，一句话也说不出来。

在严春家盘桓了两天，李南生走了。阿萝没有跟妈妈走，李南生对严春说：“你把阿萝带大，吃了那么多苦，不容易，房子也没翻修，盖一栋新房子吧，钱由我出，算是我对你养育阿萝的感谢吧。阿萝以后从你这里出嫁，房子也得有个样子。”

“你看看阿萝的意思吧。我不图你什么，阿萝这么大了，由她自己做主。”严春说。

李南生回了深圳。严春问阿萝："你怎么不跟你妈走呢？郑坊这么穷，怎么熬也熬不出头。阿培养你读书，就想你吃一碗饭轻松些。你看看，种田人吃一碗饭多难，劳死劳活，只能填满喉咙。"

"阿读书得明理。你是阿的爸，爸把阿养大。过几年，你就六十岁，体力活也干不了几年。阿得养你，你是阿爸，阿是你囡妮。"

派遣证下来，阿萝去了邻乡姜村教书。从家里骑十几分钟电瓶车，阿萝便到了学校。开学之前，阿萝去了一趟深圳，玩了半个月。

母女有说不完的话，李南生天天打电话来。

李南生也三两个月来一次郑坊。

过了一年，阿萝把旧房子拆了，修了一栋三层半的房子。

又过了一年，阿萝出嫁了。老公是她高中同学，在县城机关上班。

又再过了一年，阿萝的儿子出生。孩子出生在四月。四月雨水绵绵，田野泱泱，蒲草丛生，野花遍地。阿萝给孩子取名泽生。

泽生两岁时，李南生在深圳驾车出了车祸。在罗湖去龙华的路上，李南生的车子被一辆拉货的五十铃车挂了一下，造成侧翻。李南生右脸磨烂了一层皮，右脚小腿粉碎性骨折。医生说，全部康复得至少三年。阿萝陪护了一个星期，回来了。学校里的孩子等着上课，耽搁不了。过了一个月，阿萝把妈妈接到郑坊。

阿萝在她妈妈床边安了一个响铃，有什么事了，李南生拉一下响铃，当当当当当当。她下不了地，上厕所也要人背。白天，阿萝去上班，严春听到响铃，把她拉起来，背到卫生间。天出太阳，严春用一个推车，推她到河滩晒太阳。村里很少人认识李南生。有人见严春推着一个用纱布裹脸裹脚的女人，问严春：“这是谁呀？在村里没见过。”

“阿萝的妈妈。”严春说。

在轮椅上坐了八个多月，李南生可以下地，用一根拄拐撑在腋下，踮起脚走路。走不了几步，腋部肿痛，吃不了力，要找一树或一堵墙靠一靠。河边没那么多树，也没墙，严春便跟着她，手上提一把竹椅子，方便她随时坐一坐。

李南生在枫林养病一年多，严春天天跟着她。有一天，李南生对严春说：“你若不嫌弃我嫁过两次人，你愿意的话，我嫁给你吧。”

浮　灯

我把门带上，走出小院子，鼻子一阵阵收紧，眼睛酸痛，喉咙里似乎扎了鱼骨，呃，呃，呃，嗝出一大口酸水。李目红站在枫树下，低低地向我挥手。她裹着黑色的棉大衣，戴一顶黑呢帽，手在耳际挥，挥，挥。挥得无力，又倔强。她的脸收缩在帽子下，像一把生锈多年的剪刀。将熄的夕阳坠在山尖，枫叶耀着稠光。饶北河从山弯奔泻而出，晃动着长长的尾巴。秋日的峡谷半阴半阳，厚厚的山影覆盖了半个山坡。奔泻的水声如一阵阵马蹄踢踏。我快跑下山，沿着峡谷的弯道，回到家里。我妈正在剥豆子，坐在台阶的青石板上，头也没抬，说："她状态不错，体质强些就好了。"我说："活下来已经不容易了。"

她是一个命很硬的人。我妈说。

人活着就是一种劫难。我说。

我去水池，洗了脸，嗓子眼儿发酸。我在石榴树下，默默站了一会儿，抽了一根烟。我开始生火做饭。吃了饭，我早早上床了。到了半夜，咕咚咕咚声把我惊醒。这里怎么会有这样的声音呢？我拉亮电灯，幡然而知，身在乡下老家。我看看墙上琵琶形的挂钟，才午夜十二点半。窗外溪流在淌，像轻快的脚步声。我打开木箱，翻出三十年前的日记本，一页一页翻看，看了一半，扔在箱盖上。我再也无法入睡，披衣站在窗前，怔怔地看着黑蒙蒙的天空。“你要睡觉了，下午的事有什么值得想的呢？”我妈说。我妈什么时候推开房门的，我也不知。我说：“睡得早醒得早。”我妈坐在床墩上，说：“每个人头上都盖了一个印戳，这个印戳就是命，头盖骨烂了，印戳才消失。”

今年，还是第一次见李日红，有些愧疚。我们曾在一个祠堂里读小学。枫林村有白山底、上枫林、周家、中蓬、弄里、全家、官葬山等自然村。依山临河的村舍，远远看去，像一列停在拐弯处的火车。我住在中蓬，她住在白山底，相隔一里多路。小学在全家祠堂，一个年级只有一个班。她低我两级。祠堂前有一块空地，做操场，通常被农家用于晒柴草、稻谷、咸菜、红薯渣，打豆荚，摆宴席。晚上的露天电影也在这里放映，露水打湿了睫毛。祠堂呈“回”字形，进门是对称的四小间教师办公室。过了天井，内堂用木板隔起来，一个班一个木板间。上课的时候，可以听到三个班老师讲课。天井里的光灰扑扑，地面常年潮湿。“老师，李日红尿裤子了。”一个同学向老师报告，三个班的学生哈哈大笑。李日红常尿裤子，全校人都知道。但老师并不责罚李日红，说：“哪个小孩不尿裤子呀？你也尿裤子。”李日红却憋红了脸，号啕大哭。三个班的同学又是一阵哄笑。下课了，我们围着她，看她裤子湿成什么样子了。可她成绩好，老师喜欢她，这是谁都嫉妒的事。

她得喉癌住院，我每天都陪她。她生二胎时，觉得咽喉不舒服，麻麻痒，顺带做检查，查出肿块，诊断出喉癌早期。她声带被切掉了。我去医院看她，她看着我，一直流眼泪。她的小宝宝睡在她侧边，酣甜如梦。她女儿才五岁，斜吊着右眼，“舅舅，舅舅”，亲切地叫。她女儿天生眼疾，二级盲。孩子叫得越亲切，我越难受。她的喉部包扎着厚厚的纱布，眼神呆滞。她妈红肿的眼睛像溃烂的桃。她妈坐在她身边，不断地哀叹：“日红的命，怎么这么苦呢！”我每次坐一个多小时，却不敢直视她们。

谁都知道她命苦。她三岁，她爸去世了。我对她爸没有任何记忆。她爸死得意外。饶北河修河堤，村里组织劳力。她爸挑沙。沙是从河里直接挖上来，用竹箕挑到河对岸，拌泥浆。河水并不是很深，刚没了膝盖，河面却宽。一天，收工吃完了饭，临时食堂的厨师还没看到她爸来吃。有人去叫她爸吃饭，喊了十几声，也没人应。到堤岸去喊，还没喊出声，就惊叫了起来：“快来人啊，快来人啊，出大事了。”她爸沉在水底下，倒卧着，肩膀上还压着一担沙。她爸挑沙，走在最后，可能低血糖突然暴发，双腿无力，瘫软下去，无声无息地溺在水里，无人发现。

在我参加工作的第二年，李日红的妈妈对我妈说：“日红还有半年就出校门教书了，想给她找对象，想找附近的、有工作的。”我妈理解她妈的话，说：“老了可以有女儿照应，日红也是很不错的姑娘，谁找她，都是有福气的。”我妈把话说了一半，另一半留给了我，“日红妈妈想把女儿许配给你呢。”我说：“怎么可能呢？反正不可能是我。”我正昏天黑地地玩，骑一辆新买的海狮牌自行车在小镇里四处乱转。少男少女之情，我有，却很少告诉别人。我妈也不知道。

也不知道玩些什么，约上几个人，去各个村子里瞎转，或者爬山。一起玩的，有志声、德国佬、堂堂、彩英等六七个人。我们骑车去过一百里外的大茅山，在山顶露宿，围着一堆火，冷得浑身发抖。志声是我们的领头大哥，是一个乡文化站干部。他原是群艺馆歌唱演员，因私生活不检点，被妻子告发，被处分，派回原籍工作，夫妻离异。他来小镇的时候，我还没参加工作。他衣着光鲜，即使在夏天也穿白衬衫，打一个黑蝴蝶结，脚上皮鞋油亮，裤线直挺溜滑。每天早上，他去饶北河的沙滩练声，咪咪咪，嘛嘛嘛，吊半个时辰的嗓子。吊了嗓子，唱一首歌。歌曲一般是《在那桃花盛开的地方》《松花江上》《驿动的心》《我的中国心》《一样的月光》《酒干倘卖无》《故乡的云》《我想有个家》《黄土高坡》《一无所有》《不是我不明白》。河滩在镇北，牛筋草绵实，绿茵如锦。

河边有十几块桌面般的石块，街上的妇人在这里洗菜洗衣。街与河滩之间，是一块田畴。晨曦初露，霞色荡漾在天边，年轻的女人挎一个竹篮，一个、两个、三个、四个——女人绾起头发，穿一双凉皮拖鞋，低低地哼着曲调，穿过田畴，早早去河边洗衣服。洗衣埠蹲了二十几个女人，翘着臀部，起伏着双肩，压在石板上搓洗。洗衣的女人一般三十以下，有几个是固定每天来的。如镇医院护士小珍、幼儿园教师爱颂、中学广播员郑老师、街上钟表店老板女儿董红、刚离异的粮管所会计杨柳。志声歌唱完了，她们的衣服也洗好了，直起腰身，往草皮滩看看唱歌的人。志声每天只唱一首歌。有女人喊："李志声再来一首，你的歌把我们的魂都唱走了。"志声把吉他斜挎在肩膀上，说："每天只唱一首，要听，明天再来。"

镇政府后院有一块菜地和一栋60年代修建的矮房子，菜地侧边有一口水井和一棵老乌桕树。矮房子有八间单间宿舍，志声住在最里头的一间。每天傍晚志声在宿舍弹古筝。这是镇里唯一一架古筝。志声围一条白色纱巾，腿上盖一条蓝布，弹四支曲子，他边弹边唱。古筝架后立一面镜子，他眼睛盯着镜子，看自己的坐姿。他每次弹古筝，门口站了七八个女人，看他弹，也看他。古筝弹完了，门口意犹未尽的人进房间坐，喝茶，谈白。女人的笑声一浪一浪。茶喝了人散了，董红抹桌子洗茶杯。董红刚高考落榜，高挑丰腴，厚嘴唇，天天往政府后院跑。镇里有了很多闲话，说董红以女主人身份自居，是为了赶走别的女人。

镇东有一间两进厅的老祠堂，无人居住，内堂有一个木搭的古戏台。霜降之后，挖完了番薯，志声约上几个他读文艺学校时的同班同学，在老祠堂里办"番薯音乐会"。音乐会办两个晚上，排好节目登台。饶北河上游爱好音乐的年轻男女，汇聚在这里。唱歌跳舞喝啤酒，通宵玩闹。音箱由董红提供，啤酒由啤酒厂赞助。志声主持，兼吉他伴奏。他也唱自己作曲填词的歌曲，抱一个吉他，摇着腰身，半眯着眼睛。

街上的人都认为，董红会嫁给志声。可到了九月，一个叫林琪玲的医生住进了志声的房间。林医生刚从医专毕业，分在镇中心医院。林医生上半年来镇里实习，请志声辅导医院五四青年节晚会彩排，两人搭线上火。林医生妈妈来过几次镇里，叉着腰，站在政府大门口，口水四溅地骂志声："你以为你会唱几句歌就可以骗我女儿了？你这辈子想都不要想。我女儿才二十岁，你都三十岁了，还带一个拖油瓶。"有一次，林医生妈妈往志声门上泼粪。志声拿着一把菜刀，怒目，站在屋檐下，说："杀人不犯法的话，我把你剁烂了喂野狗。"林医生拉着志声衣袖，说："她是我娘，你说什么话呀？我死也嫁给你。"林医生妈妈一边泼粪一边骂："你个大流氓，离了婚，又来这里骗女人，骗到我家里来了，我要去县里告你。"骂完了，一屁股坐在地上，泪眼婆娑地哭："女儿呀，这是火坑啊，你昏死了啊，你要后悔的，你还是个黄花闺女，就做了后妈啊。"

董红从此在小镇消失了，谁也不知道她去了哪里。她给她开钟表店的爸爸留了一封信："爸爸，不要找我，也不要挂念，我要去很远的地方，寻找我自己的生活，我会回家。"

结了婚三个月，志声和林医生闹了一场。争吵的导火线是志声的女儿小齐。小齐六岁，到了半夜哭，闹着要妈妈。志声怎么哄也哄不了。小齐哭闹，林医生也闹，说："真是一条养不熟的无家狗，喂再多的骨头，狗也不会摇尾巴。"志声好声好气地说："小齐是我女儿，也是你女儿，怎么会是无家狗呢？"林医生生气了，说："就是无家狗，无家狗。"两人争执了起来，争执了一夜，有了结果：小齐要么送给她妈妈，要么送给志声妈妈，这个家不留她。

第二天早早的，志声骑一辆自行车，驮着女儿，去了古城山底下的老母亲家。老母亲快八十岁了，抱着孙女，一句话也说不出来。小齐拉着爸爸的衣角，说："我以后不哭了，我不想来奶奶这里。"老母亲颤抖着嘴唇，说："造孽啊，老天，造孽啊。"

我认识志声的时候，他和林医生的女儿已经三岁。志声上班没什么事，除了唱歌弹古筝，他最大的兴趣便是找人谈白。他的朋友各色各样，以武师、和尚、风水先生等异人居多。我有一个同学叫堂堂，在云南生活了三年，回到镇里，和志声玩得火热。堂堂和志声是邻居，堂堂高中没毕业，便外出闯荡。堂堂特别会玩，只要好玩的新潮的东西，他最先知道，最先玩。一次，堂堂对我说："你教书无聊死了，我介绍一个朋友给你认识，你天天看书多无聊啊，那是和尚干的事。"

这样，我认识了志声。第一次见面，志声在家里请客，买了一只鸭子。他穿西装打领带，把鸭子踩在脚下，菜刀割鸭脖子，鸭血溅了裤脚。我说，在家杀鸭还打领带，是不是太高雅了？志声说："这是风度，在任何场合也不能缺了风度。"

我妈说日红对象的事，正是我认识志声的时候。我们要么躲在志声家里看录像，要么去深山露营，或去村里看古树和老祠堂，玩得不亦乐乎。其实，我懵懵懂懂，算是有爱情但不懂爱情的那个年龄。但我不敢对别人说我有对象。别人问我，我会一下子脸红，不知如何回答。堂堂会劈头盖脸批斗我："不就是一个女人吗？又不是你的神，说出来给大家听听，又有什么关系呢？"

我支支吾吾，说：“还不是那个扎马尾松的姑娘嘛。”

“你是个书读多了的人，迂夫子，只要不是老婆，哪个女人都可以讲。”堂堂脸朝志声，说，“哥，你说是不是？”

“当然是，太是了。”志声说。德国佬嘿嘿地笑。德国佬是我邻居，长我两岁，在市棉麻厂上班。他瘦黑，头发天然卷，下巴尖尖，有黑卷的胡须。他在棉麻厂做质检员，一个星期上两天班，其他时间在镇里。他说话有些结巴，一年四季穿蓝色工装。

“你问问德国佬，他有没有和女人接过吻？”我说。德国佬用手掌盖住半边脸，说：“我亲过，不过那个女人打了我一巴掌。”我们一哄而笑。

林医生上夜班，我们去志声家看录像。我们大多看香港武打片枪战片，偶尔也看毛片。片子还没结束，堂堂走了，搓着油亮亮的肚皮。他有一辆日本产的雅马哈摩托车，油门一踩，呼，呼，呼，叫得满街人看他，生怕被他撞到。堂堂有好几个女朋友，卖服装的、理发的、卖音箱的，有未婚有已婚，有七八个。堂堂喜欢打猎，打到野猪了，烧一餐，请三五桌客人吃。他也把这些女人请来，开一桌。她们个个心知肚明。志声叫他活宝。

看完录像，我回家窝在房间里写小说，写到凌晨。写在硬皮抄上，不允许自己涂改。我不知道，写是为了什么，像是为了记录，更像是为了遗忘。一天下午，我正在午睡，家里来了派出所的人，问我妈：“傅菲住这里吗？”我妈惊慌地来到我房间，问我：“你犯了什么事？派出所的人找你来了。”我说：“我会犯什么事呢？”

一个穿黑色西服的人，来到我房间，他问：“你是傅菲吧？我是赵文明。”我慌乱地从床上爬起来，说：“不好意思，有些困，我怎么也不会想到赵老师来我家，坐吧。”他在书桌上，翻开我的硬皮抄，说：“这些都是你写的？”

房间比较小，阴暗。窗外的柚子树遮了阳光。赵文明老师是《江西法制报》的副刊编辑，读书时，我给他投过稿，他以整版的篇幅刊发我的文章。他给我来过两次信，一次是我实习返校，图书室管理员兼收发员孙老师给我的。孙老师站在台阶上，摇着黄黄的大信封，叫我：“傅菲，傅菲，报社来信了。”上课的时候，我无比兴奋地打开信封，里面是一张报纸和一张小便签。便签上写着：傅菲你好，读了你的大作，有贾平凹的味道，整版发了，这是我报纸有史以来第一次以整版刊发个人的文章，你要好好努力。落款：赵文明。

我把小便签压在课本下读，读了一遍又一遍，心怦怦跳。我不敢相信这是写给我的。小楷字，黑色墨水，遒劲。素白的便签。签头印着红色的“江西法制报”和一条细红线。第二次来信，是我待分配的暑假，信寄到了我村里。收割完了稻子，我去村里看报纸，从报纸堆里翻出一封我的信。熟悉的信封和笔迹，一下子让我无比激动。信封里是一张报纸和一封信。

信很短：傅菲，你好。你要好好写，不要辜负了自己，你有难得的才华，你会成为很好的作家。赵文明。

三十年之后，我仍然能清晰记得这两封信，以及生长在便签上的蓝色笔迹和字体。这或许是人生中，我最重要的两封信。

派出所的人开一辆破旧的吉普车，带我去了乡政府食堂吃晚饭。赵文明老师戴一副金丝眼镜，说话儒雅。他说："我翻了你新写的东西，还要开阔视野，可以多读卡夫卡、马尔克斯写的书，这个时代我们更需要他们这样的作家。"

临别的时候，他一再握着我的手，说："我是第一次来乡下，坐了一天的火车，为了看你。"时隔两年，我在《当代》上读到作家陈忠实的《白鹿原》，我背起了简单的行囊，第一次去了南方远游——我再次想起赵文明老师的话：这个时代更需要马尔克斯式的作家。

也是这个秋天，志声再也不去河边练声了。他卧在床上，足足有一个多月。他做了生殖系统手术。他回到了他村里。他的女儿小齐回到城里，和她妈妈生活在一起。我下了班，骑十分钟的单车，去他家里坐。见了我，他每次都唉声叹气。

他的家是一栋二层木楼，一楼有一个颇大的厅堂和一个长方形的天井，天井里有一株粗大的铁树，他睡在二楼。为了做这个生殖系统手术，他和林医生激烈地争吵过几次。有一次，志声跟我诉苦：哪有逼自己男人去医院的女人呢？

诉苦的时候，被刚下班的林医生听到了，她咚咚咚跑上楼，用指头指着志声的鼻梁，说："你为什么不能挨刀？"我尴尬地站起来，说："志声大哥也是诉诉苦，没别的意思，诉苦了，心里不会堵着，人康复更快，现在说什么都于事无补的，有什么值得争吵的呢？"林医生说："他这样说我，无非是让大家知道，我姓林的是个恶妇，败坏我名声。"你一言我一语，争吵得无法劝解，两个撕扯了起来。林医生红肿着右脸，捡拾起换洗衣服去了娘家。志声满脸是指甲痕，一条条，渗出血丝。

那次以后，志声再也不去河滩唱歌了。他穿一双圆头布鞋上街买菜，头发一个星期也不吹洗。

两个多月了，我妈见我难得在家着落，说："陪朋友是好事，也不需要天天去的，你看书的时间越来越少了，日红来过几次，都没见到你，你有时间去她家里坐坐。"

李日红在对岸的村小学教书，我去小学玩过几次，我有两个同学也在小学教书。李日红皮肤偏黑，瘦削，有两个酒窝，笑起来特别可爱。她还是穿学生时代的淡绿色运动服。我去她家，她正在院子里洗头发。她妈妈再婚，男人入赘，生了一个敦实儿子，有十来岁了。男人是山里人，憨厚，不怎么说话，是个石匠。脸盆摆在脸盆架上。她一只手捋着头发，一只手抓头皮，说："你来得正好，给我盆里冲开水。"我倒了水，用手试了试水温，说："要不要我给你洗头啊？我下手特别狠，会用《九阴真经》里的功夫。"我用毛巾垫在她肩膀上，她捋着头发，把头低在脸盆上面洗。

她的门前是一片玉米地。玉米地是垦荒出来的，原来是一片沙地。从后山峡谷斜出的溪水，把玉米地一分为二。溪边有高大的樟树和槐树。太阳从玉米地慢慢落下去。河堤顺着饶北河，弯弯扭扭。河堤全是山中料石砌的，长满了芒草、君子竹、冬青和薜荔。她常来我家，借书或什么的，却从不在我家吃饭。我很少去她家，但我在她家吃过一次饭。有一次，她叔（继父）和弟弟不在家，她妈妈便很客气地留我吃饭。吃饭时，她妈妈借故去邻居家，去了一个多小时，也没回来。我并没在意，可吃完了，问李日红："你妈怎么还不回来吃饭啊？"李日红憋着嘴巴笑。

有一次，也是唯一一次，我在她家待过很长时间。是临近年关了。她刚放寒假回家没几天，我去看她。她叔去村里盘账。在她厢房里，我们烤着火。天下着细雪，飞絮一样。她妈带着弟弟去杂货店玩。火盆里的炭火一阵阵红，莹白的炭灰包着红炭。我们把脚架在火盆上，略弯下身子，看炭火。炭火映着她的脸，红扑扑。她鼻梁上有细细的汗珠。她头发垂下来，流泻在胸前。我看着她的脸，说："你真漂亮。"

她歪着头看我，说："你说的话，我才不相信呢。"说完，她自己笑了，我也笑了。她的眼光从发隙间透过来，看我。我一下子感到胸口灼热，舌苔肿胀，说话有些结结巴巴。

她说："你为什么都不给我写信？"她说得很轻，呼吸声却有些急促。

我撩起她的长发，说："我给一个人写过很多信，被风扫落叶一样扫走，什么也没留下。"

她说："收到你信的人，一定很美。"她沉默地搓着自己的手。

我说："我不会在乡下长期待下去，我属于未知数，我喜欢未知数的不确定性。"在乡下工作了一年半，我去了城里。

上班的单位是个艺术联合团体，平时没什么事。我的工作是看报、阅读、写作、溜达。过了两个月，志声到我这里来，说：

“我快憋死了，我要来县城上班。”我说：“落实到单位了吗？”我们坐在食堂角落吃饭，商量怎么调动工作的事。志声说：“暂时调不上来，可以请长假，乡里不发工资，到县城歌舞厅驻唱或当器乐手。”

县招待所有一个歌舞厅，场面比较大，每天有上百人来跳舞唱歌。歌舞厅有自己的乐队歌手。歌手唱一支歌五块钱，被人点歌一支十块钱，一个晚上收入有几十块钱，女歌手还会多一些。器乐手固定收入，一个晚上二十块钱。

招待所侧边是廖家村，再过去一些，便是信江。廖家有很多民房，窝在树林里。民房租用一间，带厨房，十五块钱月租。志声在廖家租了两室一厅，月租三十五块钱。我说，这下好了，我们可以常去信江走走，聊聊天，有个说话的人。过了几天，林医生也来看了房子，很满意，说：“前有河，后有山，抱金蛋，大家都要在这里发达。”林医生穿一件大红色旗袍，披白色大氅。她拍拍脚上乌黑的马靴，说：“在县城，穿马靴才有样子。”

除了脾气暴烈，林医生没什么不好。志声选她，是有道理的。林医生高挑，皮肤白皙，鹅蛋脸，鼻梁很挺，薄唇。看起来她就是那种精明、情商高、嘴巴刻薄的人。志声张罗了一餐饭，把德国佬、彩英、堂堂，一起叫来，算是喜庆。再一次回城生活值得高兴。彩英在乡邮电所上班，刚结婚没多久，把她爱人小刚一起带来了。志声喝了很多高粱烧，一个一个敬。饭局结束了，他靠在沙发上，不停地说：“你告诉我，这一生到底怎么活啊？要精彩地活。”林医生给他洗脸，说：“马尿少喝一点不可以？来吃饭的都是自己人，你少喝，他们不会说你怠慢的。”

其实，我不是一个爱热闹的人。河边散步、看电影、窝在床上看小说，是我的生活常态。晚饭后，从大院出来，我沿廖家下去，到信江河边，转一圈，回到宿舍。有时一个人，有时一伙人。四月很快到来，空气弥散淡雨的味道。

生活有时候在我们的内心里是一种挣扎。无形的、交错的，似乎有好几把剪刀，交叉在一起。我天天去歌舞厅玩，看别人跳舞唱歌。志声一直是歌舞厅的主角。他每天都穿黑色演出服，白衬衫黑蝴蝶结。他挺直的腰身显得神采奕奕，他如鱼得水。他积攒下钱，盘算着调动工作。他有一个同学的舅舅，在县里任职重要岗位。他费了很多心思，走这门关系。他跟着同学叫舅舅，从乡下带鸡鸭来，带山茶油来，去舅舅家。星期天，他帮舅舅压煤球，洗地板。有一次，舅舅的老父亲在地区医院住院，无人照顾，志声推掉一切事务，日夜陪伴照顾，喂食，料理身体卫生。医生还把志声当成是老人的亲孙子呢。住院一个多月，老人康复了。老人喜欢志声。志声会唱歌，会器乐，会讲笑话，逗得老人开心。老人是个南下老干部，年底了，县里领导都要去老干部家里走访，敬老解忧。老人对县里领导说：“李志声这个年轻同志素质不错，吹拉弹唱样样会，这样的人才窝在偏远的郑坊，发挥不出特长，可以放在县里的文化部门工作。”

第二年正月，一纸调令，志声把关系转到了文化单位。

也是这年正月，德国佬结婚了。年前相亲，年后结婚，这是谁也没想到的。我们取笑堂堂，女朋友一大桌，老婆没一个。德国佬的老婆是朝阳人，初中毕业后，一直在磷肥厂工作。结婚后，他老婆转到棉麻厂做车间女工。棉麻厂是上饶最大的纺织棉麻企业，做出口生意，职工待遇颇高。德国佬在职工宿舍，请我们去玩了一次。宿舍在一个荒落的山冈，从铁路医院走路过去，得二十几分钟。德国佬早早在山冈路边等我们，撑一把断了伞骨的雨伞，缩着小小的身子，把棉袄掖得紧紧的。他老婆叫来仙。来仙有些胖，圆圆脸盘，人和善，做得一手好菜。

在县城几个一起玩的人，都结婚了。我敲一个搪瓷碗，去食堂吃饭，被食堂阿姨取笑："快去找丈母娘，找不到的话，来我家，三个女儿选一个，由你挑。"我的老乡王所长住在大院，我常去他家吃饭。有一次，他说："这个星期天，我带你去沙溪玩。"

我说："玩什么？"

他说："别问那么多，到时知道的。"

星期天，他早早开吉普车到招待所叫我，说："早点去沙溪，路上要跑一个小时呢。"

到了沙溪，我们哪儿也没去，直接去了他丈母娘家。他小姨子穿得很出挑，坐在沙发上看电视。他小姨子很热情，泡茶，切水果，端瓜子盘，亲热地叫姐姐、姐夫。她一边叫，一边有意无意地看我。我对王所长说："我有两个女同学在这里，我去请她们一起来坐坐。"

管食堂的老徐是个热心人，提前半个月，约我去煌固。在杂货店买好烟酒，买好车票，带我去一个校长家。在车上，老徐对我说："这个校长人好，家境好，他女人教育学院毕业，人也美，你好好看看，你年轻人也没啥钱，你的礼物我都准备好。"中巴车出了县城，青褐色的丘陵铺展在眼际，沙石公路飞扬起灰尘，我想起读书时，骑一辆自行车，骑到煌固的麦埂坞，雨乌天黑地泼下来。我站在屋檐下数雨珠，一串、一串……

似乎没有过多久，堂堂又去了云南。谁也不知道他去云南做什么事。他什么时候去的，也没告诉我们。我也很少去歌舞厅玩，甚至很少和志声见面。我把大部分的时间，留给了附近的山野田园。有一次，我去铅山看辛弃疾墓回来，有些疲倦，早早回到招待所房间睡觉了。到了凌晨，有人咚咚咚敲门，我迷迷糊糊开了门，走廊的灯光浮尘一样，见是志声，我有些惊讶。这是他第一次晚上来我这里。我说："怎么啦？进来坐吧。"

"林琪玲太烂，太烂。"志声边关门边骂，骂得很泄愤。

怎么可以这样说自己老婆呢？你不应该。我说。

老弟，我这一辈子都脱不下头上的绿帽子，还不止一顶。志声用头撞我的床栏，嘭嘭嘭。

我说，这样的事不能乱说，林医生不是这样的人，你们得好好谈谈。

"我怎么会乱说呢？她太烂。她自己都承认了，跟一个货车司机好了几次，跟她一个同事好了有半年。"志声用手甩自己脸，啪啪啪，骂自己，"戴绿帽子的野狗，野狗。"

两人坐了通宵。

这个秋天，让我沮丧，每天心情都沉郁。

这个秋天，我祖母去世。

在我祖母去世不久，李日红出嫁。新郎是一个矿山司机。矿山司机是个复员军人，北方人。我送新娘百里出嫁。

过了一年，我调往市区工作。我借住在水果批发市场的铁路边。林医生也从乡下卫生院调到县人民医院。她和志声有很长时间的冷战，甚至拒绝见面。歌舞厅改成了大众舞厅，乐队也解散。也不知从什么时间起，志声迷上了古典文学、佛经、书法和太极。早上，他五点多钟起床，到河边练太极，一身白衫白裤白球鞋。

我们在一起聚餐，他也握一本《诗经》或《楚辞》。他彻底戒了酒。

年冬，我们回家过年，堂堂也回来了。他赚了很多钱，至于赚了多少钱，他也不说。他外表发生了很多变化，变白了，气质有些儒雅，戴了眼镜，穿白色西服白皮鞋。他能说会道，说的话很有人生哲理，像个饱读诗书的人。他亲切，和他打交道的人都会喜欢他。他从不发怒，说话温和。即使不赞同别人的观点，他也赞许似的点头。他不抽香烟，抽烟斗，把自己卷的烟丝包在烟斗吸。堂堂给我们几个人送了很多礼物，烟酒、皮鞋皮带、手提包。他有了砖头一样的大哥大手机，有了大众小车，这让我们惊讶。志声取笑他："学历最低的人，赚了最多的钱。"但他始终没结婚。他妈妈数落他："没有老婆的男人，最终是靠不住的，赚再多的钱，都是别人的。"

几个年轻人，跟班一样跟着堂堂。堂堂不住在镇里，住县城的宾馆。也不知道他有什么手段，他和人民医院、中医院等几个大医院的院长，也就三两个月，混得特别熟络，三天两天聚在一起，喝酒、打牌、泡澡。有时也叫我去，我看他们打牌。他一上桌，往桌上扔一条好烟，说："抽烟自己拿，包里还有。"每次打牌，堂堂都输，钱一扎一扎输。输了，还请吃夜宵。我说："堂堂，钱多难赚啊，哪有那么多钱输呢？你输一次，我得上半年班。"堂堂哈哈大笑，说："你真是个迂夫子，你书读得太多了。"

后来我才知道，堂堂和他们搞合作，堂堂投医疗设备，和医院分成。堂堂在上饶待了一年，又去了外地。我们也不知道他是去了云南还是去了别的地方。我和志声私下很为他担心，他的原始积累来自哪里？一个无家底、无职业、无背景的人，怎么赚得了这么多钱呢？

在铁路边住了两年，我又转到单位家属房居住。宿舍和单位隔了一条河，走路要半个小时。江上有两座桥，一座叫信江桥，通往水南街；一座叫长潭桥，通往森林公园。我通常走长潭桥。我有夜读的习惯，早上睡懒觉，太阳晒到床上了才起床。双休日，我整个上午都赖在床上。在 20 世纪 90 年代中后期，我放弃了写作，早出晚归，满街找钱。我的工作是编副刊，每天中午给来稿作者写信。几个重点作者，我定期寄方格稿纸。

身边朋友的生活，进入了另一条黑暗的隧道。棉麻厂经过两年改制，成为私人企业，开发了房地产，德国佬夫妇下岗。李日红查出喉癌，她才二十九岁。他们成了陷入绝望的人，漫长的深渊和孤立的悬崖等待他们爬上来。

市人民医院就在我单位对面，我每天都去看李日红。她妈妈她丈夫在医院侧边的干休所，租了一间房子，照料她。她一边给孩子喂奶，一边流泪，手帕怎么也揩不干脸颊。她切除了声带，眼睛显得空洞，脸上的肉深深塌在脸骨里。在医院住了一个多月，回到了娘家。

德国佬买了一辆脚踏三轮车，在市区载客。他穿一件有帽的短风衣，用一根绳子绑着张开嘴巴一样的皮鞋，裤脚用布条扎紧。他一般在宝泽楼、白鸥园门口、天津街、灵山路口待客。拉一趟，一个人，两块钱。我常遇见他，给他冷饮，他也不喝。他掀开木板坐垫，拿出一个两斤装的塑料瓶，摇一摇，说："自己带了茶叶水，一天要喝三瓶。"待客的时候，他趴在车架上，抬着头，眼睛看着街面四周。像一条躲在草丛里的乌梢蛇。客人上车了，他吆喝一声："坐好嘞，车走嘞。"他车顶的雨篷，用废弃的广告布包扎，前有一张厚布帘。客人坐在车上，他推着车，快走几米，然后跳小步蹬上脚踏板，又吆喝一声："去下节街嘞。"

几次，我们聚会吃饭，叫德国佬一起来，他都没来，说有这样的事那样的事。叫了几次，我们再也不叫了。过年了，他也不回到枫林，等正月结束，他再回家。

我结婚的时候，只有志声来了。堂堂在珠湖农场劳改，他被判刑十二年。他是网络传销的头目和发起人。这么多年，他一直在外做传销，没有回过家里。警察查出，他在北京有两套房产，在深圳有三套房产，银行还有一千多万存款，这些非法收入全被收缴。留下来的资产，只有在上饶的医疗设备。和医院合作时，他以他父亲的名字签订了合作协议。

去看过一次堂堂，他穿着黄色劳改服，隔着窗户和我们见面。他精神饱满，一点也不悲观。他留给我一个纸条，上面写了一个湖北黄冈地址，说："你去看看这个女人，叫她嫁人，不要等我了。"他们没有结婚，但有孩子。他给她留了不少钱，至于多少钱，我也不知道。据办案警察说，堂堂是传销界塔尖上的人物，抓捕了十几次，都落空。在北京，他一夜在十几个酒店登记开房，人却住在某校内部招待所里。堂堂是在蚌埠被抓到的，当时，他提了两麻袋包着棉花的现金，下出租车，被一个警惕性很高的女人发现，报了案。

堂堂的妈妈来一次我家，哭一次："堂堂干了这么多害人的事，落得这样的下场，是罪有应得。可我放不下他。"她解开包袱，拿出衣物、吃食给我，说，"你去一趟，看看堂堂，把这些东西带给他。这个天杀的，从来就不让我省心。"

有了孩子之后，我真正理解了父母。我每个月都回枫林看看老人。回去了，我也去乡政府、乡中学，找同学玩玩。打牌钓鱼爬山，都是我喜欢的事。他们也来市里，喝酒喝茶。枫林离市区四十来公里，公路沿饶北河顺溜蜿蜒。我喜欢坐在车上，看着河两边的景物。这些景物，十几二十年也不会变。只是树更高了，竹林更茂盛了，路面铺了柏油。河还是一样宽一样长。田野还是同样四季更替，春天开花，秋天凋谢。饶北河夹在山峦之间，像山川的裂缝。河及河边的景物和四季，和我构成了一种与生俱来的关系。它们虽然属于原野，但也属于我的身体。它们隐秘，它们亘古。它们让我知道，我与大地发生的一切，都与它们有关。河边的人、河边的野草、河边的风声，就是我的过去和未来。每次回郑坊，我都想起堂堂妈妈那双绝望的眼睛。

回了城，我给志声打了电话，说："想起堂堂妈妈了，你什么时间有空，我们一起去看看老人。"他说："早想去看老人了。"他顿了顿，又说，"元旦，你来喝喜酒，在九重天摆酒。"

我说："什么好事啊？"

志声说："女儿结婚。"

我说："你女儿不是还在读高中吗，怎么就结婚了？"

志声说："是小齐，二十四岁了。"

志声又低低地说了一句："我真对不起这个女儿，我害了她，她高中没毕业，就在社会上混，吃了很多苦。"说着说着，他在电话里哽咽了起来。

接连几天，我的心情格外糟糕。

心情糟糕的时候，我回枫林。在河边走走，在河堤上坐坐，都是无比美好的。

有时也去李日红家坐坐。她骨瘦如柴，一张肉皮张贴在骨架上。她坚持吃中药。她的眼睛有神。她变得非常乐观，每天在打羽毛球、跳绳。她老公对她关怀备至，她活得满足。她吃的中药渣，晒干，用箩筐装起来。她说，她要知道，自己这一生，到底要吃多少中药。她用笔与人交谈。她像飘落的枫叶一样静美。在她身边坐半天，我会开朗起来，也会开阔起来。生命，需要我们去深度认识，通过疾病，通过遭遇，通过别人，也通过自己。她是一个被痛苦和死亡威胁折腾够了的人，像一团烂黄泥，被一只手捏来捏去，捏出各种形状，捏得水分全干，留下了坚硬的泥壳。

快年关了，天一直下雪。雪不大，每天下，下了七八天。每天早上，地上有一片薄薄的纱白。我每年都早早回家过年。我带上孩子，围在我父母身边。纱白的田野，疏朗。麦苗露出不多的青青叶芽。山梁明净。而多数的人要到过年前两天才回家，过了正月初二，又外出。纱白笼罩了天空，也笼罩了大地。

村子像一个鸟笼，鸟飞进飞出，李日红却始终在笼子里。但她不觉得那是笼子，而是一个神龛。

饶北河边，有很多小寺庙。志声骑摩托车，带我去寺庙玩，一个寺庙玩半天。寺庙都在偏僻的山上。饶北河边，有很多小书院。志声骑摩托车，带我去书院玩，一个书院玩半天。书院或在偏僻的山中，或在村舍背后的山垄里。再偏僻的书院，他也知道。他看木雕像，看浮雕，收集古典书。有些古典书，他能背诵。他几次对我说："你好多年没去过我家里了，什么时候去看看，和以前不一样了。"

他在县城郊区，有一栋三层的房子。他有一个书房、一个练功房。书房有三个大书架，有一张写字桌，他每天晚上写小楷五百字。

晴好的天气，他去东岳书院、博山书院，去南岩书院，去百鹤书院。这些书院都是上饶一带名书院，他常去，和书院管理员十分相熟。他几次叫我一起去，我都谢绝了。我没读过古典书。玄奘写的《大唐西域记》，我读了三页，不读了。不是写得不好，而是我的知识太贫乏，读不懂。我外出机会比较多，名山大川走很多，我唯独怕去书院。即使去了书院，也不入藏书库，只在外面看看。书院太深，不是我这样的人可以看得进去的。志声把可利用的时间都放在探访书院上。鹅湖书院、白鹿洞书院、怀玉山书院，他都去过。他一个人去，去一次，背一大包书回来。他还去过宁波“天一阁”、岳麓书院。

我到外地工作的第二年，即 2011 年，酷暑之际，堂堂回到了家里。我们差不多十五年没有见面了。他还是穿得风流倜傥，留了一头长发。他变得更白，没有油亮色的白。他的脸有些臃肿。气肿的肿，手捏一下脸，凹下去，隔几分钟恢复原形。他还是住在县城的酒店里，也不怎么外出，整天待在房间里，玩 QQ，视频聊天。他有十几个模特跳舞的 QQ 视频群，半个小时，付费五十块钱。他一边看，一边仰头哈哈大笑。他特别高兴了，用电话交流，多付费一百两百。他也请模特来玩，按天计费，一天五千块，来往机票报销。模特来了，堂堂请我们一起吃饭，唱歌。我去过两次，志声一次也没去。德国佬是怎么拖志声，也拖不去的。德国佬没有踩三轮车载客——市区所有三轮车已全部收缴，不得营业。有人说，德国佬在电影院门口擦皮鞋，可我没看见过。至于他到底干什么，我也不知道。他小孩读初中，选学校的时候，他找过我，我托朋友安排。我对朋友说：“这个小孩，一定要读好学校，和我自己的小孩一样，读书是唯一的出路。”

“这是糟蹋自己。”说起堂堂，志声几次这样对我说。

有时请一个模特来，有时请三五个模特来。堂堂说：“玩得尽兴是一种境界。”我也几次劝他，别糟蹋钱，钱用不完，可以救济孤儿院。堂堂说：“人穷都是有理由的。”

我说：“你的钱又不是赚来的，传销就是胁迫式的行骗。”

“你个迂夫子，行骗也是冒了坐牢风险的。能行骗是因为人太贪婪，太好吃懒做，想吃天上掉下来的馅饼。”他用烟斗轻轻敲我的头，又说，“你真是个迂夫子。钱是怎么用也用不完的，怎么用不算糟蹋？用在开心的地方，是钱最好用的地方。”

开心了八个月，堂堂就死了。死是因为他肾脏受过严重伤害，无法医治。湖北黄冈的女人带着他十七岁的儿子，第一次踏进了他家。黄冈女人说：“当年堂堂受过重伤，肾脏肿了这么多年，拖了这么多年，算是他长命了。”

“人终究是要离开这个世界的，没想到你离开得这么早。”入殓的时候，志声哭得异常伤心，脸都哭白了。

葬礼比较简单，除了堂堂家人亲戚，也就我们几个参加。

回到市里，志声对我说：“我要回郑家坊做房子，回去生活。”

我说：“有条件的话，我也回去做房子。”

第二年，志声提前退休，在古城山下建了一栋三层半的房子。

第三年，我把老房子拆了，也建了一栋三层半的房子。我在这栋房子的二楼，夜以继日地写东西。我说不清楚为什么写，似乎只有写，我才能安静地安顿自己。

我几次对我爱人说：“我退休了，哪里也不去，就住在枫林。”我热爱田野散发出来的气味，暖暖的、涩涩的，像婴儿时期依恋的怀抱。这是一个四季色彩分明的世界。春雨晚来，冬雪欲迟。风从古城山吹过来，从饶北河吹过来，雁阵一样呱呱掠过，带来雨水和花开，也带来霜降和花落。柳树林一年比一年茂密，七节芒一年一年生也一年一年衰。去年死在柳树上的蝉，还没完全被虫蛀空，银白的壳依旧银白，来年的蝉吱吱吱，让人觉得刺耳、烦躁。河水再一次漫上埠头，哗啦哗啦拍打埠石，又白花花地翻回来。

德国佬始终没有回来建房子。一年前，我听一个同学说，他在相府路遇见过德国佬。德国佬卖烤红薯，戴一顶黑呢帽，穿厚厚的棉袄，手上套着手套，嘴巴戴一个口罩，半弓着身子，守一个烤炉，不停地跺脚。我还是他儿子考上大学时看过他，他兴冲冲地给我打电话：“我儿子考上中山大学了，你一定要来啊，我给儿子说了好几次，初中学校还是你选的呢。”

我说：“我当然要去啊，我还要带我孩子一起去。”

志声租了一亩菜地，种菜，种花。他自己烧饭自己吃，读经写字打太极。除了我，他几乎不和别人来往。一个星期，他回城住一个晚上，带上自己种的黄瓜、辣椒、茄子、白玉豆。他穿洗旧了的唐装，戴一顶草帽，每天早上坐在镇街的“李氏清汤店”，吃一碗馄饨。他把自行车，支在街边。他坐在屋檐下的板凳上吃。草帽低低地压着他宽宽的前额，没压住的地方，露出灰白稀疏的头发。街上的人，有人偶尔会问：“你现在还唱歌吗？”

志声抬脸望望，四周没人，才知道是问自己，说：“年轻的时候唱过。”很少有人知道，他最出色的，不是唱歌，而是拉二胡。他躲在山上拉。年轻时，他就这样。他说：“二胡太悲凉了，很容易让人动情，适合一个人听。”我是听过他拉二胡的。有一首歌叫《一生所爱》，是周星驰电影《大话西游》的主题曲，我非常喜欢。我说：“你拉一曲吧。”他拿出二胡，坐在椅子上，边拉边唱。

拉完了，我们面面相觑，竟然一时无话。

离开枫林三十年，任何一个传统大节日，无论我身处何处，我都要赶回去。似乎只有在枫林，在父母身边，节日才有了味道。烟火气的家，烟火气的乡野，烟火气的相依相存。节日中，我最爱中元节。中元节，家家户户在饶北河放河灯，年年放我年年看。河灯，也叫荷灯。细竹篾丝圈扎成荷花或鲤鱼形的小灯笼，用红纸糊起来，把短烛插在灯笼里。在夜黑时，家家户户把荷灯固定在薄木板上，放进饶北河。放灯的时候，双手合十，说祈祷祝福的话，看荷灯游出十几米，起身上岸，不再回头。

荷灯一盏盏，红彤彤，河面透出半红半暗的水光。荷灯慢慢在河面漂游。烛光摇曳，星散四野。蹲在河边的人，看着灯，不出声。荷灯漂过湾口，漂过埠头，漂过桥洞，河面慢慢暗了下来。漂远的荷灯，像一个个不归的人。

河边，那么多人出去，有的回来了，有的再也没有回来。回来的人，再也不是当年出去的那个人。没有回来的人，成了浮在河面上的灯，与星宿，相互映照。

第三辑：万物生动

生灵颇具崇高的美学、尊贵的伦理学、和谐的社会学，是生命的道德律和启示录。我们与之共生、彼此救赎。

刀与猴

你没有过我这样的经历。我曾被死亡的阴影笼罩。我爸是个屠夫，杀猪是他的职业，也是他的嗜好。刀捅进猪咽喉的那种快感，使他兴奋，但给我深深的恐惧感。我害怕失去生命。每一个生命的到来和失去，都非常意外。死亡带来的恐怖是最大的恐怖。

我爸叫白喜，他杀猪、杀狗、杀羊、杀牛，还杀猴。他是村里唯一的杀猴人。他有一把专门杀猴的刀，你没见过吧。杀猴刀呈残月形，刃口薄而韧，刀面两指宽，刀背浑厚乌青，刀角尖细。檵木根做的刀柄，因常被油腻的手握着，刀柄由褐色转为深黄釉色，油油的，似乎给人暗示：生灵的死亡，在一把刀上，留下了弥久的回光。这是一把让猴子惊惧万分的刀。刀面散射的白光，闪过猴子的眼睛，如死亡的阴影穿过，猴子的瞳孔会突然放大，眼睑撑开，暴突出精光四射的眼球，裂开扁厚的嘴巴，龇牙咧嘴，吱吱吱叫，叫得令人毛骨悚然。它四肢癫狂般抓动，像得了疯魔症。这种叫声让我莫名地害怕，夜夜梦魇。

在赣东，其实猴子很少，只有为数不多的几座深山有猴子生活。被杀的猴是猕猴。猕猴生活在一座叫乳峰山的山上。乳峰山像一对春笋耸立，石灰石结构，山上灌木乔木斜披，郁郁葱葱。数百年来，乡人在山下采石，烧石灰，山体的北边和西边成了百丈高的断崖。峡谷奔腾的水流，自东边泻出，在山谷口拐一个大弯，与另一股水流汇合，往南扑去。20世纪60年代，在山谷口修坝筑湖蓄水，烟波浩渺，乳峰山成了湖中孤岛。猕猴留在了山上，繁衍生息，深秋和初冬，山上会传出嘶哑壮烈的猴叫声，让湖边的砍柴人胆战心惊。乳峰山便被人称为猴嘶山。猴嘶山无人去，是一个野山。

杀猴犯忌，百年来，也无人干。我爸杀猴，是因为望春犯病。

望春是一个阴气很重的人，肢体厥冷，遗尿在身，脸煞白，盗汗很厉害。汗是黄汗，染得衣服糠熏了一样，洗也洗不了。他体弱多病多年，才四十多岁，总是半佝偻着身子，咳咳咳，一只手用手帕捂嘴巴，一只手扶墙走路。他活不了几年了，阳气泄光了，像一个搬空的地窖。大家都这样说。他看了很多医生，吐出的药渣装了几箩筐，也没有什么起色。他是一个等死的人。他的头发变得黄红色，他的脸像两片晒干了的南瓜。他爸把坟地都找好了，搀着他去看，对他说："猪毛坞这个地方，山不高，毛竹多，土干地燥，离村子近，路也通达，正对面是高高的灵山，前有田畈。"望春站在粗大的枫树下，看着看着，眼泪就流了下来，说："命由八字排定，谁也扛不了。"

1986年，春荒刚开始。村里来了一个戴着夏布头巾的凤阳妈谋生路，拉着八岁的女儿，临时驻扎在社庙。郑家坊一带，我们把安徽凤阳来的女游医，统称凤阳妈。每年都有凤阳妈来，看疑难杂症。村里人信凤阳妈，信菩萨一样。村里的妇人待凤阳妈如待小姑，很是热情。凤阳妈有很多土方子，十分灵验。我大姑脸上长了一个疔疮，痛得脸抽筋，三白草敷了八天，也不消肿。她用手托着下巴，请凤阳妈给个方子。凤阳妈问："有腌辣椒吗？越辣越好。"我大姑说："没腌辣椒吃不下饭，家里还有半缸呢。""指甲大块的腌辣椒，敷在疮口，用何首乌叶贴三次，就出脓头了。"我大姑贴了两次，消肿了。民办老师全乐，你认识吧？他患了偏头疼，听说天麻吃得好，他吃天麻；听说猫头鹰吃得好，他又吃猫头鹰。偏头疼还疼得更厉害，他没辙了。他头挨上枕头，便裂开一样疼。他睡在床上喊："谁这么缺德，用斧头劈我的头啊。"他老婆烦他夜夜哎哟哎哟地叫，说："你活着比你死了更让我难受。"凤阳妈给他方子：防风、黄麻、透骨草各相等分量，加一捏麦芋头，水煎服，一日一剂。全乐喝了五天，头再也不疼了。

望春也去社庙，他老婆搀扶他，他跪在凤阳妈跟前，说："我是死马，你也医治一下，医死了，我也不怪你，医好了，我把你当菩萨供着，在香火桌上供一尊木像。"凤阳妈问了他病情，去他家看了饮食起居。凤阳妈翻了翻望春眼皮，看了他舌根，号了脉，说："你是肾虚，虚亏的时间太长了，变成了脱症，方子是有，就是有一味药难找。"望春说："我卖了两间破房子，也得买来这味药。"凤阳妈说："难找的药不一定贵，这味药是猴胎，猴胎要从活猴身上取下来才有药用。"凤阳妈又说，"取黑木耳、红枣各半斤，灌二两红糖，塞在猴胎里面，在中午，放在大太阳底下，小火熬煮一个时辰，一天喝一碗，再用五倍子粉末调唾液，涂在肚脐眼上睡觉，一年吃一胎，吃三年便断根。”

捉一条怀孕的猴子，只有仵作才会做一尸两命的事。你知道仵作吧？仵作就是糟蹋和残害生命的人。猴嘶山岩峭林密，也兴许猴子没捉到，捉猴人摔死了，鬼都见不得。望春找了好几拨人去捉猴，可没一个人答应。你也知道，谁愿意去做一个仵作呢？

三月，正是猕猴怀孕待分娩的时间。望春爸手里提了两瓶高粱烧，找到我爸，说：“白喜，望春这个病，凤阳妈说，吃了猴胎管用，我都快七十岁的人了，我也上不了山，想请取个猴胎。”我爸不答应，说：“村里从来没人杀猴，我不能犯这个忌。”望春爸哀求了老半天，我爸还是不收他的高粱烧。第二天，望春老婆来了，她对我爸说：“白喜师傅，你是村里猪杀得最好的师傅，我望春等着猴胎救命了，生灵救人一命，你白喜师傅不敢上山捉猴，别人更不敢捉了，那我望春没的救了。”我爸还是那句话，禁忌太重。

“救命是福报的事，不犯忌。”望春老婆说。

可能我爸是动了恻隐之心，也可能望春老婆许诺了什么，我爸竟然答应了。用我爸后来的说法，叫鬼蒙了头。

第二天，我爸扎了一块竹筏，从山谷口撑过去。他带了一卷棕绳、柴刀、两个麻布袋，麻布袋里有五斤生花生。我们的上一代人捕捉野物，都有一套法子。猴子在山峰，吱吱叫，叫得整个树林似乎都震动起来。猴子在树上摇过来荡过去，前肢吊在树丫上，很警惕地看着上山的人。我爸并没有上山崖，而是在山腰找了一块大平地，割清了茅草，支起了一根竹竿，在竿头拴了根长棕绳，绳头落在地上，圈了一个饭甑盖一般大的绳圈，扣了一个活结，活结套在一根竹梢签上。我爸把花生撒在绳圈里，坐在树下等，等猴子下山腰吃花生。他等到天黑了，猴子也没下来。可能是猴子怕人，也可能是猴子没发现花生。

第二天清晨，我爸早早上山了，竹竿吊起了一只猴子。却是一只小公猴，又放了它。虽然没捕捉到母猴，我爸还是喜滋滋。说明猴子会下山腰吃花生，棕绳捕捉的法子还管用。我爸在山腰又割清了更大块的茅草，多支了三根竹竿。

等了三天，猴子也没下山腰。猴子是满山跑的动物，怎么不下来吃食呢？有人取笑我爸，说："白喜啊，猴子把你当猴耍了，你还傻子等肉吃。"我妈也埋怨他，说："你吃了什么迷魂汤，想着去捉猴子，望春给你什么古董宝贝了？"

我爸说："救人一命是福报。"

"你是不是被饿伤的狐狸迷了，才捉猴啊？"我妈说。

早年在马戏团做过杂活的来福给我爸出主意：从山崖沿路抛花生下来，在竹竿挂一块红布，猴子就下来吃了。红布招眼，猴子有好奇心。我爸找不到红布，把自己的红短裤挂在了竿头上。

七八只猴子从山崖，沿路吃花生，一直吃到山腰，有两只猴子吊了起来。猴子被棕绳绑住了后肢，弯曲拉紧的竹竿弹了回去，竿头竖直，把猴子悬空吊了起来。猴子吱吱吱叫，奋力挣脱棕绳，可身子用不了力，悬起来，摇晃得厉害。我爸用麻袋套住了其中一只身子滚圆的母猴。

“杀猴了。”我爸在院子里杀猴，有十几个人围过来看，还有人边看边喊人来。无人见过杀猴，我爸也没杀过。猴子套在麻袋里面，惊恐地叫。望春的老婆拿着脸盆，站在我爸身边催促：“天天盼着你取猴胎出来。”她激动得嘴唇发抖，似乎她的男人一下子就可以变得生龙活虎了。

我爸在土墙上，钉了一块门板，四枚棺材钉钉在门板上，钉成一个四方形。他抱着麻袋紧贴在门板上，对我妈说：“宝英，在猴子四只脚的位置，给麻袋穿洞，再用棕绳把四只脚结死在棺材钉上。”宝英麻利地用剪刀剪麻袋，牙齿咬着棕绳。

猴子固定在门板上了，我爸把麻袋全部剪了下来。母猴腹部滚圆，胸前一对奶头粗肿，毛发淡黄色。它的四肢无法活动。它的短尾巴啪啪地甩打门板。它的头在左右转动挣扎，想撕咬棕绳，龇起粗尖的牙。它的颊囊在剧烈地抖动。它脸部的肌肉往上拉紧，皱了起来，脸颊之间往鼻梁收拢，眼珠突了出来。它的脚趾，抓紧又松开，松开又抓紧。有人拿一根芦苇秆，在猴子的脸上，上上下下刷，又刷它前胸。哈嗤，猴子打了一个喷嚏，大家一哄而笑。我爸举起杀猪刀对着猴子，上下左右比画。刀光闪过，猴子闭一下眼，又睁开。它吱吱地叫。猴子惊慌恐惧的样子，吓得我尿裤子，流了一摊水。大家笑我，说：“良顺胆子这么小，以后不敢杀猪了。”

猴也算凶猛动物了，爪会抓人，牙齿会咬人。我爸找了一根铁丝，把猴脖子固定起来。我妈找出一条大布片，说：“把猴子嘴巴扎起来，它就伤不了人。”她把布条缠在猴头上，一圈圈把嘴巴裹了起来。我爸喝了口白酒，喷在手掌上，搓了搓，又喝了口白酒，喷在杀猪刀上。我爸用右指头轻轻横摸了一下刃口，说，锋刀。我爸对着猴子的前胸，一刀切了下去。我爸把猴胎扔进了脸盘，又伸进手去掏，掏出一团血糊糊的肉，用刀一割，说：“这个猴子，还有两个胎。”

“白喜啊，你是望春的大恩人，望春有救了。”望春爸给大家散烟，满口说着感谢我爸的话，脸笑得绽了。我爸用牙齿咬着烟，说：“第一刀真难下，刀一旦下去了，手也不会抖。”我爸开始处理猴子的内脏。我夹在人缝里看杀猴。我感到自己心脏快速收紧，被什么东西紧紧抓住了。我的双脚不由自主地哆嗦，浑身无力，谁也没发现我身子软下去。我爸杀了猴。我挪着步子，进了厅堂。我躺在竹躺椅上，冷得发抖，冒汗，干渴。院子外面的说话声，我还听得很清楚。

“我宝英烧菜手艺还好，晚上趁猴肉新鲜，架一个三角锅，来福、东林、冠兴，你们晚上一起来喝一杯。”我爸说。我爸是个热情人，爱喝酒，有好吃的，他会招呼酒友。我爸又对我妈说：“我的好堂客，多放一把辣椒，多放姜蒜，山胡椒叶也放一把下去，盐多撒几粒，淡了罢味，酒不好下去。”我妈在收拾着猴内脏，拎到河里去洗，咯咯咯笑，笑得很满足。

“我什么都敢吃，蚯蚓敢吃，蛤蟆敢吃，死蛇敢吃。我就是不敢吃猴子，你看看，猴子睁开的眼睛，和人的眼睛一模一样，它的脸和老人的脸没差别。”东林说。

“那有什么？动物就是动物，人就是人。晚上我带一壶老高粱烧去喝。”来福说。

呃呃呃，有人蹲在地上开始吐，吐得翻江倒海。“天杀的，我的鼻子闻到肉酸的气味，死人的肉酸味。”呕吐的人说了一句，继续呃呃呃，把手伸进喉咙掏。

望春爸叮嘱喜癫癫的儿媳妇：“凤阳妈嘱咐过，猴胎不能洗，直接下锅，锅用箬叶垫厚实，你得守着锅炖。”

他们说的话，我听得很清晰，但他们都没留意到我。一个八岁的孩子，谁会留意呢？我躺在竹床上，又一阵发热。我迷迷糊糊睡着了。

半个月后，望春走路不用扶墙了，也不盗汗了。他的脸上有了涨潮的气息，如河水倒灌，进入他的身体。

有一天，镇里的老中医慈瓜先生来到我家，对我爸说：“听说你打了猴子？”我爸说：“月前打了一只，给望春做药。”

慈瓜先生说：“猴骨留下了没有？我想找些猴骨。”

“猴骨煮汤喝了。”我爸说。

“你喝猴骨汤，有什么感觉？”慈瓜先生问。

“老先生，问这个事，是为了得出什么药理吗？”我爸说。

“怪不得这些时间，他夜夜磨死人了。”我妈用肘子轻轻撞了一下我爸，睨了一眼，接了话。

“怪不得你堂客气色这么好，做事有使不完的力气。”慈瓜说。

“老先生，你想收猴骨，做什么用？”我爸问。

“下次，你打了猴，猴骨留给我。”

“我给你送去就是了。我去郑家坊，顺路带给你。”

“这样，一斤猴骨按半担谷子的价钱给我，随送随收。我们也是老相熟了。”

“猴骨也可入药？这个价，可不低。”我爸看着我妈，惊讶地说，“这么说，我一钵汤喝下去，相当于吃了一担谷子。”

“我加一味药下去，和猴骨调配，废了的男人不出半个月，龙马精神足呢。”

“加什么药？”我爸问。

“家传了五代的土方，说不得。”慈瓜先生应道。

“老先生来得好，给我解个迷惑呢。我儿子良顺，八岁。那天他看了杀猴，现在天天在半夜做梦，在梦里大哭。其他时间都很正常，也顽皮。”我妈说。

“孩子性怯，受了小惊吓，过一些时间便没事了。你下次去郑家坊，我给你开一剂安神药，给孩子吃。”

“男人都是从胆小变得胆大的。我做孩子时，看我爸杀鱼，他剁鱼头，一刀下去，吓得我也射尿。我十六岁开始杀猪杀牛，第一次捅刀，手发抖，把刀都抖落了。杀了两次，手不抖了。”

“白喜啊，立冬前后的公猴骨，春分前后的母猴骨，是最好的猴骨。一公一母，我一年收两副骨。”慈瓜先生临出门，又一次嘱咐白喜，说，“猴骨千万别熬汤，糟蹋了好料。”

晚上，我妈和我爸商量猴骨的事。我妈说：“白喜，一年捉两只猴，可以换六担谷子，解决了我们半年粮食。捉猴是好营生，我们也不用吃半年的番薯米饭了。”

“望春治病，要猴胎，那是实在没办法才杀猴，救人命。杀猴去换粮食，会遭人恶骂。我们这一带，好几个大山头，都有猴，可从来没人去捉猴的。只有耍猴人才捉猴、养猴、驯猴、耍猴，是找个饭碗，不是为了吃猴。”

“杀猪也是杀，杀猴也是杀，谁骂你杀猪了？”我妈有些不高兴，说，“猪还要养一年，费事呢。”

“猪是家畜，家畜就是吃的。人人都去打山兔，可谁也不去打猴子。猴是有灵的，它立起身子走路，和人一样。有灵的动物被杀了，来世投胎在这种动物身上，也挨刀杀。这是代代人传下的忌。”

“你不去捉猴子，那我去。你不杀猪，我就吃翻毛猪？我不信这个事。”我妈翻转了一下身子，扭头不理我爸。

差不多有三个多月的时间，我妈都不理我爸。她把话说得很死很决绝：“白喜，你哪天答应了去捉猴，我便哪天理你，下世投猴胎的话，让我去投。”

夫妻不可能这样一直僵持下去。我妈是什么人，我爸清楚。争什么事情，我妈牙齿争出血了，也要争下去。我爸对我妈说：“要干杀猴的营生，得打一把弯刀，弯刀破膛更好。”我爸找来大白纸，用我的铅笔，在纸上画了弯刀的模样：刀头圆角，刀身半弧形，窄刀面，厚刀背，刀柄短。第二天，我爸把画纸给铁匠王五，说：“刀口要加钢，锋快一些，经得起用。”王五说，打了半辈子的铁，还没打过弯刀呢，打弯刀费工夫。

“弯刀轻便，利索。”

“杀什么东西，还得使上弯刀呢？弯刀杀气太重，有戾气的人才用弯刀。”

“也不杀什么，就图个爽快轻便。杀猪篮里，什么刀都有，就缺把弯刀。”过了半个月，我爸去打铁店，取了弯刀回来。这是一把乌青发黑的刀，如一弯淬火了的残月。他在磨刀石上磨锋，磨了一盏茶的工夫，刀面发白。他摸摸刀面，细腻，似乎还溢出油脂的亮光。刀口薄如冰片。手指弹一下刀口，发出轻轻的呜呜声，似低沉的啸吟。

“一把好刀。”我爸嘀咕了一句。猪篮子里，有各式各样的刀：鱼形刀、方块刀、斜角刀、圆头刀、巴掌刀、尖刀。它们杀喉、破膛、分肢、剁骨、剔肉、割肉。一头猪被分解成一块块。我爸没有把弯刀放进猪篮子，而是挂在了后堂的墙壁上。

立冬很快到了。天干地燥，猴嘶山草木衰败。雪从乌有之乡筛下来，一圈一圈筛，一层一层铺在峡谷里。又弯又长的峡谷，像一条粗壮枯死的藤萝，遗弃在大地上。我爸上山了，背着花生，带着棕绳和麻袋。猴子在山崖，嬉闹着，嘶叫着。猴子在发情，脾气比往日更暴躁。我爸在山腰清雪地。他有些兴奋，这么冷的天，猴子肯定很饿，很快会捉到猴子。我爸这样想。

从山崖撒花生下来，一直撒到山腰平地上，和上次一样。“猴子从山崖往下吃，吃进了绳圈，便被吊了起来。”我爸提着花生，嘀咕想象着猴子被吊起来的情景加快了上山崖的脚步。他打开袋子，抛撒花生。可他没抛撒几把，七八只猴子快跑下来，其中一只猴子，抢走我爸的袋子，跑回山崖。这是我爸始料未及的。我爸呆呆地站在雪地，看着猴子分食花生。

第二次，我爸在绳圈里，撒了花生，沿山腰往山崖抛撒。他守在树下，等猴子吃下来，踏进绳圈里。猴子把花生吃完了，也没一只被吊起来。猴子把棕绳先拉直了竹竿，再吃，蹲在地上吃，吃完了还四处张望，找花生吃。“猴子就是猴子，好聪明。”我爸说。

想了好几天，我爸也没想出什么法子，让猴子被吊起来。他吃饭想这事，睡觉也想这事。我爸和我妈一起想。我妈说：“花生用毒药煮了，撒给猴子吃，猴子再厉害也不知道花生里有毒。”我爸骂我妈有坏心眼，说：“这个想法太恶毒，伤天害理，上百只猴子，要不了一麻袋花生全毒死，再说了，猴子吃了毒花生，猴骨还可以做药吗？你这个想法是灭猴，也是灭人。”

我妈说：“办法你自己想，我负责收谷子，天天吃大米饭。”

其实，做粗事，也需要灵感。就说我爸设陷阱这事，他是毫无办法了，才突然想到的。我妈也认为慈瓜先生的谷子吃不到了。可有一日早上，我爸提篮子下地窖拿番薯煮粥。他掀开地窖板，顺着楼梯下去。捡好了番薯，直起身子，直得太快了，头砰地撞了一下地窖的凹檐。洗了番薯，我爸喜癫癫地对我妈说：“我想到了，想到了。”我妈莫名其妙地看着他。

“挖地窖设陷阱，猴子落下去，再也跑不了。我吃了粥就去挖地窖。”我爸说。

第四天，我爸从地窖里逮了一只公猴。公猴强壮，眉毛有两道白须，额高，塌鼻。在院子，我爸设了一个“门”字形的木架，把半截破裤子改成头套，把猴头套起来，悬空挂在木架上，棕绳扎紧四肢，绑在两根木桩上。猴子悬在木架，成了一个“大”字。冬日，村人无事，听说我爸杀猴，大家去看。

从墙壁上，我爸取下弯刀，拉起衣袖，抹了抹刀面，说：“这把刀，是把好刀，第一次用，破膛应该很利索。”我爸散了一圈烟，对大家说，“猴子叫起来，可吓人，叫得人心里发毛。”大家看不到猴子的脸，看到猴子的四肢在扭动，被绷紧的身体卷得形如半张弓。猴吱吱吱的惊叫声，像几百只蝙蝠同时在叫。“没杀它，它也知道害怕。怪不得猴子叫猴精。”有人说。“牛挨斧头敲脑壳，会跪下求人。猴子比牛聪明。”有人应答。

“白喜，你做这么忤作的事干什么呢？我们又不是穷得揭不开锅了。杀猴和杀人又有什么区别？”东林当面斥骂白喜。

“猴吃野食，人吃家食。猴吃生食，人吃热食。吃生食的动物最后都被人吃。你和白喜要好，怎么骂他啊？”我妈说。

“按你这样说，世间万物就没个伦理了？没了这个伦理，世界就乱套了。野鸡可以吃，野鸭可以吃，这是禽。野猪可以吃，野山羊可以吃，这是牲。猴子是灵，百十年来，村里哪有人吃灵的。望春生病，那是没办法的事，命比天大。你白喜无故杀猴，就是犯了禁忌。犯了禁忌，天会知道。”东林继续斥骂我爸。

“下世投胎，做猴，是我投胎，你操什么萝卜心？”我妈回戗。

“你投胎做猴，和他人无涉。但你白喜这样做，败了村风，坏了村俗。别人说起我们，说是吃猴的。你让我们把脸往哪儿搁？你们不要脸，我们可要脸。”

我爸拿起刀，尴尬地又散了一圈烟，说：“消消气，消消气，是我贪念太重，我这个毛病大，贪吃，但我不害人，大家同一个村子几十年，都知道我不害人，晚上大家来喝一杯高粱烧，家烧，家烧。”

我爸摸摸刀口，往猴子脖子处，一刀下去。我爸把血刀往猴身上，正反来回抹了两下，血粘在猴毛上，刀又白亮了。猴子扭了几分钟，身子不动了。我爸洗了脸，抱来一捆稻草，抽出一把出来，啪啪啪，划了火柴，把手里的稻草点燃。稻草呼呼烧起来，火舌舔着猴身，猴毛嗞嗞嗞，燃出脂肪焦味。

“白喜，你快来一下，良顺口吐白沫了。”我妈惊叫一声。我妈连忙走进后堂，见我躺在地上，身子抽搐，眼白一翻一翻，牙齿死死地咬住嘴唇，唇血渗出来，淌满嘴角。我的脸部蹦跳着，肌肉错位地拉伸，脸色刷白。我妈哗地大哭一声：“宝儿，宝儿啊，你怎么啦？”村里的赤脚医生已经来到了后堂，拉开我眼皮看了看，又看看流在地上的白沫，把孩子抱了起来，躺在床上，掖实了被子，说：“良顺这个症状，看起来，像得了羊痫风。”

听了赤脚医生的话，我妈一屁股坐在地上，说：“祸啊，雷公打下来的火，落在了我身上，我怎么办？”我爸杀猴，我趴在窗户上看。看着看着，我倒在了地上。我也不知道发生了什么，为什么会瘫倒在地。但他们说的话，我听得很清。我非常害怕，觉得我爸的刀，不是划在猴子胸膛，而是划过我胸膛。但我从没对我爸我妈说过这样的感受，也没和别人说过。我不想让别人知道，我内心多么恐惧。

在床上我发烧了一天两夜，吃了碗热粥，又蹦蹦跳跳了。我本来就是一个壮实的孩子。我妈把我抱在大腿坐，说："宝儿，吓死娘了，你有个三长两短，娘也活不下去了。"

我爸取了新鲜的猴骨，过了一下秤，有五斤七两重。我妈对我爸说："你夜里送猴骨去慈瓜先生药铺，避着人，别人看见了会嚼舌头。"我妈算了一下，又对我爸说，"开春的粮有了着落，可以睡安稳了，你可别把粮借出去，也不能说猴骨卖了钱。"我爸说："我都快四十岁的人了，你还把我当小孩，我平时大大咧咧，我心重着呢。"

开春了，油菜花一浪浪地从山边水田开过来，围着屋舍开。梨花从屋角翻涌了出来，像倒立的河流。一日晴一日雨，半日晴半日雨。太阳飘着金线，在大地上网织质朴的图案。猴嘶山又一次蓬蓬勃勃，野山樱灼烧着山崖，举着淡红的火苗。野草随风追浪，猴子在林中喧哗。

春分之后，我爸又捉了一只母猴，取猴胎给望春。他把猴子挂在木架上，弯刀透出白气，带着嗜肉的血腥。似乎，弯刀一旦沾染了血，弯刀不单单是一把刀，更像饮血的嘴巴。猴子在木架上，无望地挣扎。猴子的头被破裤脚套住，它的四肢绑在木桩上。我爸喝着白酒，莫名地兴奋。他的弯刀，发出了呼呼的风声。

"爸，你不能杀猴子。"这时，我拉住了我爸的手，我望着我爸。我爸的脸上粘着很多烟灰，汗水在烟灰之间勾出了河道一样的痕路。

"宝英，宝英。我叫你看着良顺，不让他看我杀猴的，你怎么这点事也做不好？"我爸吞着烟，烟有些呛人。他咳嗽了几声。

"宝儿，宝儿，回屋哈，等下烧荷包蛋吃。"我妈拽我，右手拢着我的肩。

"爸，你不能杀猴子，我看到猴子流眼泪了。"我挣脱了我妈的手，站在木架下，说，"猴子流眼泪，流眼泪了。"

"猴子怎么会流眼泪？良顺，你让开，爸一刀下去，便完事了。"

"猴子都流眼泪了，你还要杀它。它流了很多眼泪。"我哭得肩膀抖动。

我爸手软了。他把刀挂回墙壁。我站在高脚凳上，取下猴子的头套，猴子看着我，眼睛瞪得大大，浅蓝碧黄的眼珠倒映着一张稚气的脸。猴脸上，湿湿的。猴子的眼角一直在淌透亮的液体。它惊恐放大的瞳孔，在恢复，眼睛透射出来的精光，变得柔和。"我说它流泪了。爸，你看，它流了很多泪。"我抱住了猴子，哭得更厉害了。

"白喜，你不杀猴了吗？那我望春要的猴胎，怎么办？"望春的老婆拿着脸盆，问我爸。

"你看这个样子，我能下手吗？"我爸说。

"那我不管。你答应了的事，你得兑现。"望春的老婆说。

“你这个妇人，你也太不识脸面了。我儿子不让我杀猴，我能听你的吗？你算老几？”

“那你把猴子给我，让我动手杀。这样，你不为难了吧？”

“不是谁杀的问题，我良顺根本不会让这只猴子被杀。这猴子是我捉的，猴被杀了，我良顺不会原谅我。”

我爸把猴子取了下来，装入麻袋，对我说：“我吃了午饭就把猴子送回猴嘶山，爸不杀猴。”

我从脖子解下一个羊皮筋铃铛，套在猴子脖子上，说：“我要跟你一起去。”羊皮筋铃铛是我过周岁时，我外婆送的，我一直挂在身上。

去猴嘶山太远，我爸不让我去，况且还要过湖。

我落下的羊痫风，是我爸的一块心病。有一次，我去外婆家玩，路过洲村晒谷场，看见三个人正在杀一头牛。杀牛人举起斧头，对着牛脑壳猛力敲击下去，牛双膝突然下跪，昂昂昂，一声长叫。我也突然下跪，脸色刷白，晕倒在地。

村里有人杀牛杀羊了，便私下跟我爸说一声，让我避着。

自我发了羊痫风，我爸很想再生一个儿子。他拱我妈，野猪拱番薯地一样，拱了四年，拱出我妈肚皮半圆。我爸乐哈哈，杀猪的时候也哼起了小调。慈瓜先生给我妈号了两次脉，说有喜。可过了三个月，我妈的肚皮一直圆不出大肚圈。我妈去了几次诊所，赤脚医生用听诊器也听不出胎儿动静。医生说，不像怀胎，可能慈瓜先生号错了脉。我爸慌了。我妈半圆的下腹，不是有了身孕，那会有什么？我爸陪着我妈，背着馍馍，去上饶地区人民医院做妇科检查。

这一去，便在医院住了七天。我妈是怀了身孕，因子宫供血供氧不足，胎死腹中两个月。医生说："子宫恢复不了供养能力，不能再怀孕了。"医生为我妈割了胎，也把子宫割了。医生说："还是一对双胞胎，真可惜。"我爸号啕大哭。

在家里，我爸有好几天没出门。他坐在厅堂，低着头，手撑着脸。他不想说话。有人请他杀猪，他也推托。他忍不住吐了，吐得翻江倒海。他用木勺舀水，洗口腔，洗了又洗，也洗不去那种酸苦味。狗见了地上的呕吐物，汪汪叫两声，跑到院子去。

习惯性呕吐，已有半年了。他消瘦了很多。他再也不去杀猪了。其间他杀过一次猪，处理内脏时，他忍不住呕吐。他右手撑着墙，左手摁着下腹，弓着腰，哗哗哗，吐得满地都是。

我妈吓坏了，她从来没见过自己的男人，转眼之间，会如此虚弱。我爸喝了半碗红糖泡艾汁，缓了缓，说："猪篮子放到阁楼上吧，我以后再也不杀猪了。"

甚至连猪肉，我爸也不吃了。猪肉咬在嘴巴里，他也想吐。以前，他多喜欢吃肉啊，猪肉、狗肉、羊肉，大块大块地夹进去，吃得满嘴流油，浑身冒汗。米饭、肉、酒，是他吃不厌的。现在，他什么肉也不想吃，偶尔一尝喉咙发痒，他干脆吃素。我爸从来没想过自己会成了一个吃素的人。村里有一个人，只要是带眼睛的食物，他都不吃。他说，即使动物死了，眼睛仍盯着人，让人心尖颤抖。他拒绝吃，天生拒绝。我爸常取笑他自己，说，不吃带眼睛的东西，只有泥巴当下饭菜了。村里再也无人找我爸喝酒了。

不杀猪了，我爸便种芋头卖。他在河滩开荒，种一季芋头，种一季大蒜。郑家坊产的芋头、大蒜、辣椒，是赣东的名特产，兴销十余年。乡里种植户很多，种三五亩地，维持一家人开销。到了 90 年代中期，无人来收货了，因为种植户在下肥时，拌了呋喃丹，使用百枯草除草剂。呋喃丹和百枯草均为剧毒，毒性残留地表十余年，是人类主要致癌物之一。这样的农产品，谁也不敢买。我爸用油菜饼肥、牛粪、猪粪等农家肥种，用石灰除虫，人工拔草。定点上门的收货人，还给我爸加点价钱，说："白喜啊，很多发了家的种植户，死在缺德上，自己作死，把别人当动物骗，你把别人当自己尊重，把别人的饭餐当自己的饭餐，你地里出的东西都是好东西，好东西不愁卖。"我爸说："我一个吃素的人，如果下毒种菜，相当于在自己身上下毒，那我这个人早发臭了，死老鼠一样。"

吃了几年素食，我爸的性情似乎改变了很多。以前他遇事情，都兴冲冲，走路蹦着脚，嗓门大，好往人堆扎，和别人比着劲。现在他不再这样了，沉着脚走，说话温和，迎脸笑眯眯，似乎这个世界，没什么事让他急了。习惯性呕吐的毛病，也淡了下去。

巷子里，有一户人家养了一头耕牛，耕牛养得特肥壮。耕牛每年产牛崽一胎，若是公牛崽，到了三个月，兽医杨阿四骑一辆自行车，背一个绛紫色的药箱，给公牛崽阉割。四个男人把公牛崽按倒在地，四肢用绳子绑在树上，牛嘛唵嘛唵地叫。母牛在牛圈里奔来直去，角抵着木栏，踢着蹄子，也嘛唵嘛唵地应。没实施阉割的公牛，爱打架，到了发情期，脾气暴躁，有时还撞人。不留作种牛的公牛，都得阉割。杨阿四撩起袖口，在牛崽下腹擦酒精，牛崽叫得更凶，绷紧四肢，嘴巴吐出长长的口水。我爸对养牛人说："以后，你家的公牛崽，卖给我吧，别给它割卵了。"养牛人说："养牛不挣钱，公牛不割，麻烦太多。"我爸说："给它割卵，它受不了，疼得它半个月跑不了路。"

我爸把买下的公牛崽送到猴嘶山。双乳峰之间，有草甸，牛在那里安生。若有母牛需要配种，把母牛送去猴嘶山。

山边人家，有一户养羊的，不留作种羊的公羊崽也要割卵。我爸也去买公羊崽，送到猴嘶山去。我妈有了意见，说："买这些牛崽羊崽，花费太大，我们没这个本钱。"我爸说："割卵是要命的痛，牛羊在猴嘶山要死要活，是牛羊自己的命，牛羊长大了，有人买，就卖给别人，我买下，是免除了它们割卵之痛。"

每次买下牛羊崽，我爸心里特别难受。他想起我妈割子宫。一个子宫被割了的女人，需要特别疼爱。我爸越发对我妈好，睡觉也搂着。

郑坊盆地是夏候鸟白鹭在上饶的主要栖息地之一，春分后，白鹭驾着白色的帆船来了，在河边枫槐树上、在山塘边樟树上、在田畈泡桐树上筑巢，早出晚归，十几只一群，呈"人"字形，从屋顶上飞过。白鹭有倾巢的习性，起飞能力不足的雏鸟会落下树，要么被黄鼠狼吃了，要么被老鹰抓走。鸟试飞期，我爸每天早上去树林捡鸟，把鸟送上树梢。我爸背一个扁篓，扛一架木楼梯，显得特别孤僻，且偏执。

2004年，我外出工作。我爸的生活没了太大的负担，他在山谷口，用石块和木头，建了一栋矮小的太阳庙，庙门两侧请游方和尚写了一副对联：门前日有万只鸟，屋后夜有千猴声。庙殿可摆两张八仙桌，可烧茶煮食。说是庙，却无香桌香炉，也无拜庙日和供奉日，也无人守庙，早上开门，晚上锁门，供路人躲雨歇脚饮茶。我爸在建庙时，把杀猪篮里的刀具，埋在了门槛下。他说，杀生的刀器，该被千人踩万人踏。那把弯刀，挂在庙殿的梁上，因多年没有使用，刀面已锈迹斑斑。深褐色的锈垢，像刀厚厚的鳞片。

我爸过早地耳背了。如今，他才六十多岁，头脑洼有一圈半白头发，天门都光了。我爸牙齿好，口袋装半袋炒黄豆，边走路边啃黄豆。夏天了，他戴一顶脱了檐圈的黄草帽，天天中午去河边，坐在柳树下的石礅上，看孩子们游泳。他怕孩子溺水。河里每年发生孩子溺水事件，唯独我们村没发生过。他从中心小学拿来防溺水宣传单，到各家各户派发。他的额头越来越宽，谷黄色的脸有点像秋阳下的山梁。他的样子，与我小时候心目中的爸爸，差别太大。

自小到大，我也没去过猴嘶山。村里大多数人，也没去过猴嘶山——过一个峡谷，爬一道高山梁，下一个陡坡，撑竹筏过两百米宽湖面，才到了猴嘶山。我女朋友第一次跟我回枫林时，待了十几天，她没地方玩，听说猴嘶山有猴子，缠着我上猴嘶山。远眺猴嘶山，除了草木，什么也没有。它是一座孤岛。在群山之中，它是一座普通的山，如人群之中一个并不显眼的人。在草甸，有十几头牛在吃草。它们见了人，嘛唵嘛唵，叫得响亮。我走过去，牛一哄而散，牛已成了野牛。高高的山崖上，几十只猴子在玩耍，最高的山崖，还站着几只羊，昂着头，看着崖下。我上了山崖，猴子散到树上了。有一只猴子跑了过来。猴子很老了，脸上起了深深的皱褶，鼻梁两边的颊析出红红的斑，毛发稀稀落落，头上有些斑秃。它脖子上的铃铛，摇得当当响。我鼻子发酸，过了二十来年，我救下的猴子还活着，真是沧海桑田，唯生命可贵。

其实，我并未患过羊痫风，那是赤脚医生当年随口说的。这句随口说的话，影响了我青春期，没有哪个姑娘敢和我谈恋爱。即使谈了恋爱，快结婚，姑娘一打听，坏了，打退堂鼓。我怎么声明自己是个正常人，从来没得过羊痫风，也无济于事。哪个姑娘敢冒这个风险啊？羊痫风是可遗传的，谁碰上谁躲。所以，我特别珍惜我老婆，我们很恩爱。我的孩子已十二岁了，我也没发过所谓的羊痫风。不知道是畏缩还是别的什么原因，我不敢见死人，所以不去医院太平间，也不去殡仪馆和火葬场。

我爸还没到四十岁，就不以刀谋生了。他活得安详、从容、平和。在我们身上，有很多东西是与生俱来的，也有很多东西是生活的造化。我们需要造化，来完成自己。

红嘴山鸦之死

“寡妇，寡妇，不要撩我头发了。”光春挑着挑子，扭过头，拍自己的头，嘻嘻地说。光春是个老鳏夫，头发半白稀疏。他是个补鞋匠，早上挑着补鞋机、板凳、开水壶、遮阳伞、货篮，去街百货商场门口补鞋。他有脚疾，走路颠着身子，撑船一样。他补半天鞋子，休息半天。两个肩上耸一张嘴，嘴是他最重的担子。除了嘴，他谁也不顾，也没人让他顾。

他出门补鞋，寡妇也跟着去。寡妇是一只鸟，体型较大，鸟喙红红，全身羽毛黑黑，有绿色金属的光泽，鸟爪尖尖。鸟站在他扁担上，用喙撩他头发。商场像个水库，人如水一样灌进去，又泻出来。门口是一个小广场，停满了自行车、电瓶车、摩托车、电动三轮车。光春三十多岁开始，便在这里修补鞋子，修了三十多年。

撑一把遮阳伞，膝盖上遮一块鸡皮布，从货篮里抽出锉刀，锉鞋跟，嗦，嗦，嗦。鞋跟锉平，钉上铁块，钉鞋钉。这个活儿，他熟练，三分钟掌好鞋子。他锉鞋，寡妇在他旁边跳来跳去，偶尔呼噜噜飞到屋顶，“叽叽叽”，叫几声。

去过百货商场买东西的人，都知道广场右边角落，有一个补鞋人养了一只黑鸟，不用笼子。这只黑鸟，叫什么，谁也叫不来。长得像乌鸦一样，黑不溜秋，叫声却甜蜜，让人亲切。路过的人，见了黑鸟站在光春肩膀上叫，露出惊喜的笑。问补鞋匠："这只是什么鸟啊？讨人喜欢。"或者说："这是哪里买来的鸟呀？这么温驯啊。"这话让补鞋匠很受用。补鞋匠停下手上的活，眯着眼，瞧着路人，说："它从小跟着我呢。"他便说起鸟的来历。他说得太多次，街上的人都知道这只鸟是怎么来的。

有一次，在六月，光春挑着挑子去补鞋，走到巷子口的老枫树下，见一只毛茸茸的鸟，黑得像滚了沥青，在地上爬，喙角两边黄白色还没褪去，喙红还没生出来。小鸟张开喙，嘴巴露出肉红。他把鸟捡了起来，放在抽屉式货篮里。他也没笼子养，连个鸡笼也没有。他把鸟放在一个堆杂货的房间里，给它饭吃。他很少料理杂货间，畚斗上，箩筐上，绕了很多蜘蛛网，蜘蛛蛰伏在网圈中央，等苍蝇吃。过了两天，蜘蛛不见一只。"这只鸟爱吃蜘蛛。"光春心里想。他带火钳和竹筒，去田野捉蜘蛛，捉蚱蜢，捉天牛。黑鸟特别喜欢吃，唰唰唰，翘着头，嘴巴张得像个漏斗，吃捉来的虫。他天天去捉虫。

养了十几天，鸟会飞了。鸟飞上瓦檐，飞上门前香椿树，飞上晾衣绳，飞上他的肩膀。"你怎么不飞向山里呢？跟着我，又没什么好东西吃。"光春喂它虫吃，嘴里嘀咕着。鸟看着他，咕噜咕噜叫。他也听不懂，他笑得像个老僧。

他走到哪儿，它也跟着。他去菜地，它也去，它边飞边跳。他去河里捡螺蛳，它也去，在露出河面的鹅卵石上，叫："叽叽叽……”它还扎入水里洗澡，抖着翅膀，抖出一身水珠。他去菜市场买菜，它也去，站在他肩膀上，看屠夫剁肉。屠夫剁一刀，它撒开翅膀，跳一下。屠夫笑，光春也笑，两人笑出一对毛楂眼。

街上，没人不认识这只鸟的。有人问：“这是不是乌春啊？”

“不知道，哪有这么大的乌春啊？”光春说。

“那是乌鸦了。”

“不是乌鸦。乌鸦的嘴和爪，像乌铁。”

“叫起来，像八哥呢。”

“八哥叫得矫情，它叫得不像八哥。它叫得多亲昵啊。”

“这是什么鸟呢？”

“管它什么鸟，要不了几天，它翅膀硬了，会飞走。”

修了鞋子，挑着挑子回家烧饭。邻居也大多吃好了。他吃午饭时间晚。烧饭了，他把厨房门关上，窗户也关上，焖一身的油烟出来，满脸油渍。天太热，他打个赤膊烧锅，头发粘了一撮撮灰白白的炭灰，身上的汗液也灰白白。鸟在门外叫：“叽叽叽，叽叽叽。”光春开出一条门缝，露出半个头：“慌叫什么？这里有火，有开水，会伤着你，你以为我愿意关门烧饭啊。”

开水、水缸，他锁在厨房里。他把杂货间也上锁，不让猫狗溜进去，猫狗吃鸟。他没养猫狗，但街上猫狗会进来。鸟在杂货间过夜。鸟和他一起吃饭。他拖一把椅子，坐在街边，端一碗吃。他吃饭，鸟站在他跟前，呆头，望着他。他扒一筷子饭，落在地上。他吃，它也吃。吃几口，它叫几声。“你怎么不去山林呢？山里多好啊，箍（在郑坊一带方言里，箍作守解）在这里有什么意思？是不是想当个寡妇啊？我就叫你寡妇吧。”光春自言自语。鸟听不懂他的话，歪着头看他，眼睑一闪一闪。吃了饭，他习惯在躺椅上瞌睡。鸟站在椅子扶手上，低低地叫，叫到他入睡了，飞到屋后的田里去吃食。

有了鸟，他再也没喝过汤。他不烧汤，吃炒菜。他怕鸟吃着吃着，一头扎进汤里。

有一个木盆，打了生漆和桐油，放在阁楼里，放了好几年，他舍不得用。木盆是洗脚盆，是她姐姐过世前送给他的。姐姐是他唯一的同胞亲。他的父母早年过世了。他没读什么书，有脚疾，干不了重体力活儿，早年学过裁缝，后来没人请裁缝师傅了，他便去修补鞋子。姐姐送给他的器物，他留作念想。姐姐临死，还在床前交代她儿子：“你只有这一个舅，别饿着他，别病着他。”光春握着姐姐渐渐冰凉的手，说：“你放心吧，我好着，一个人也好着，这么多年一直好着，以后也好着。”说着说着，他撇下姐姐，蹲在门口，双手抱着脸，“呜呜呜呜”哭了起来。

姐姐一直想帮他娶一门媳妇，想了二十几年。这是父母临终交代的。可没哪个女人，愿意踏进光春的门槛。以前做裁缝，他裁缝机都挑不动。有东家请他上门做衣服，东家还得帮他挑裁缝机。他的腿疾是天生的，右脚患了骨髓炎，腿肉凹进去一条，像一根竹子，一节竹管被虫蛀空了。在他三十六七岁的时候，有一个老公喝敌敌畏死了的女人，和光春生活过几个月。女人干瘦，说话喜欢双手叉腰，亮开嗓子，便脸色苍白，嘴唇发抖。他花了三千块钱。生活了三个月，光春便对他姐姐说：“这个女人要不得，我不给钱，她不让我上床，她讹钱，不是想过日子。”

光春再也没想过找媳妇的事了。一个挑了担子的跛脚，赚不了钱，没哪个女人会上门过日子。

他从阁楼里，把木盆找了出来，给鸟洗澡。每次给鸟洗澡，他又念一下姐姐。念了姐姐，他叹几声长气。鸟喜欢洗澡，耍水耍得欢，抖开翅膀，把水珠洒得光春衣角透湿。中午洗一次，傍晚洗一次。把水打来，光春坐在矮椅子上，轻轻吹两句口哨：“嘘嘘嘘……”鸟落在他手掌上。他用手掌掠一把水上来，轻轻地缓缓地浇在鸟背上，抚摸几下，把鸟放进木盆里。鸟自己会洗澡，在水里扎几下，抖翅膀。

“给小孩洗澡，也没你这么细心。”邻居见他给鸟洗澡，搭话。

“它喜欢洗澡呢。看它高兴的，我也高兴。”光春说。

在街上，光春也很少和别人来往。男人大都外出打工了，他一个鳏夫，串门聊天不太方便。他没钱，也没人，和别人来往有什么意思呢？下午，他没什么事，便和村里几个六十多岁的人，窝在樟树底下的凉亭，打扑克牌。四个老人，两副扑克牌，打一种叫“拖拉机”的牌，一块钱一局，一个下午输赢三五块钱。他玩牌了，鸟也跟着去，在凉亭四周玩着叫着，有时飞到凉亭的横梁上，落下体物，落在其中一个老人的衣背上，或落在扑克牌上。

入秋了，天开始凉。光春砍了一根桂竹，破篾丝，自己编了一个圆篮，篮底垫上棉花，铺了干草叶，吊在自己睡房的窗口边。鸟一直没有窝，他给它一个窝。天黑了，鸟自己入窝。鸟惧怕光，光春入房睡觉，也不开灯。

立冬之后，气温直线下降，早霜重，田野一片白。光春有好几天没去补鞋了。他患了感冒，热咳，头胀痛，气虚体乏，两条腿像灌了铅水。他熬了两天，吃姜汤，喝午时茶，不但没效果，反而咳得更厉害。邻居见他走路，身子都打晃了，劝他："还是要去看看医生，这个药费省不了，别拖出大病来。"诊所就在街东。光春去诊所挂水，一天四瓶，挂五天。挂一次，四个小时。光春十几年也没去过医院，平时感冒，喝几碗姜汤，便好了。没想到这次感冒，像雷一样劈人，劈得他腰也伸不直。

去挂水，鸟也去。

他挂水，鸟在他脚边来来去去："叽叽叽……"鸟一叫，他便笑了。他张开手掌，不用吹口哨，鸟会飞上来，站在手掌上，望着他。鸟望着望着，他便流下了眼泪。他把鸟抱在怀里，用舌头舔它的头。

腊月，去百货商场买货的人多，上午下午，人流不息。光春的生意也忙，补鞋的人多，有上胶水的，有补鞋跟的，有钉扣绑带子的，有圆鞋头的。他补一天。有相熟的人，问："今年去洲村外甥家过年吗？"

"不去了。"光春答。他一直在洲村的姐姐家过年。姐姐走了之后，他跟外甥过年。外甥礼敬他，每年腊月初八，送几斤后腿肉给他，请他去过年。他也不推辞。

"一个人过年，有些凄清。去洲村过年好。"熟人说。

"不凄清，家里还有一个寡妇。和寡妇一起过年。"光春说。

"哪里来的寡妇？寡妇好，寡妇好。"

“这个寡妇没户口，是个黑寡妇。我撵它，它也不走。”

“这么好的寡妇，得好好留着。寡妇是个棉花袄。”

“寡妇解千愁呢。”

“什么时间，带寡妇来我家做客？我也认认。”

“它在这里。”光春努努嘴巴，说，“它除了吃，就是叫。”

熟人扭头看看，见是一只鸟在广场上蹦来蹦去，呼噜一下，笑得喘不了气，说：“你个逼漏鬼（在郑坊一带方言里，逼漏鬼是指喜欢逗乐打趣的人），让我空高兴一场，以为你找了嫂子呢。”

快过年了，光春扛一把锄头，背一个篓子，去山里挖野葛。他把野葛破开，掏里面的虫蛹。蛹白白胖胖，像春蚕。他对门开药材店的老查，问他：“掏尿床狗（在郑坊一带，尿床狗特指野葛里的虫蛹，孩童吃了它，不尿床）干什么，你要做老舅公啦？”

“过年吃，寡妇也要过个好年。我吃肉，它吃蛹。”光春说。

“你还真把它当暖脚的寡妇了。”

“它暖不了脚，它是一个伴。”光春说，“我说什么话，它都懂，它都听。”

开春了，光春扛一把锄头，去挖了半块田，种棉花。对门的老查问他：“你二十几年也没种棉花了，种半块田棉花，干什么？弹不了一床棉被，卖不了几个钱，耗那个神干什么？”光春说：“人一张床，鸟一个窝，窝干燥，鸟睡得舒服，我得给它常换换棉花，自己种的棉好，蓬松，透气，暖和。”

挖棉花地，鸟也去，吃挖上来的蚯蚓，吃虫卵。它啄蚯蚓，拉起来吃，像拉橡皮筋。它吃一条，光春问一句：“好吃吧？”

鸟歪着头看他，“叽叽”叫几声。它知道，他和自己说话。

起床了，他和它说话。

没人来补鞋，他坐在遮阳篷下，和它说话。

他挑挑子回家的路上，和它说话。

他吃饭的时候，和它说话。

他去打酒了，和它说话。

他去摘黄瓜，和它说话。

他要睡觉了，和它说话。

他说话，它翘着脑袋，听着。它叫了，他望着它。

他抱着它，摸它羽毛。

“你怎么不去山林呢？你怎么不去生儿育女呢？你去生儿育女吧，我舍得你走的。生儿育女多好，一代接一代，一起在树林里飞来飞去，一起去田里吃谷子，多好。”他经常这样问它。鸟“叽叽叽”地叫。叫得他心疼。叫得他眼眶发红，鼻子酸。他用手拍它脑袋，懊恼地说：“和你说了这么多次，你又不听我的。”拍了几下，他又抱它，摸它羽毛，一遍一遍地摸。他再也不说话了，靠在椅子上，看着从街上漏下来的天。街像一条拉链，拉开拉链，天有一条缝。缝里有来来往往的人。

好几次进山砍搭瓜架的苦竹，光春故意撇下鸟，他一个人溜回来。他砍苦竹，寡妇飞到油茶林，和很多鸟一起玩，叫着跳着。他知道它高兴，掩藏不了兴奋，叫得特别响亮。光春赶紧驮着竹竿，往家里走，他想把鸟留在山林里。山林有很多和寡妇一样的鸟，在芭茅地，在番薯地，吃食。它们三五只，成群结队，在水库边，玩得多么欢快。可他没走出半截山垄，寡妇飞到了他头上，用喙撩他头发。光春哑然失笑。

有一年，一个来郑坊镇收老家具的人，在广场停车，见了这只鸟，足足看了一个多小时。他问光春："师傅，这只鸟，养了多少年？"

"一年也没养。"

"没养，它怎么会跟着你呢？"

"你应该问它。它的想法，我说不上。"

"跟着你，有几年了？"

"三年多了。它还没出窝，便跟着我了。"

"你补鞋，一年收入有多少？"

"没什么收入，养自己嘴巴。"

收家具的人，穿着羊皮大衣，从内衣兜里掏出一卷钱，数了十张，捏在手里。他说："这只鸟卖给我吧。"

"我没欠别人的钱。"

"留着钱，防老防病。一千块，不少呢。"

"老怎么防得了？钱防不了老。人要生病，生病人会死，不生病，人还是会死。"

"这只鸟太讨人喜欢了。你觉得价钱低，还可以加钱。"

"我喜欢你车子，你车子肯给我吗？"

"你也太没谱了。一只鸟，要我一辆车。"

"你是老板，你怎么这样傻？"

"我怎么傻了？"

“人世间，喜欢的东西太多，但不一定属于自己。怎么说呢？鸟跟着我，活蹦乱跳，你带去了，它会飞回来。”

“我买个笼子养它。”

“那就不是现在这只鸟了，它要么死，要么痴呆。”

“我养过好几次鸟，它们没一只痴呆。”

“它们没痴呆，是你痴呆了。痴呆的人，怎么看得出鸟痴呆呢？”

“从没见过你这么固执的人，还真把一只鸟当黄鱼宝了。”

光春不是第一次遇上想买他鸟的人。有一次，镇里一个领导提着烟酒，提着鸟笼，找他，说：“县里一个领导有爱鸟的癖好，想送个礼品给他，也不知道送什么适合，想来想去，觉得老哥你这只鸟送给他最合适。”

“鸟不是我的，它有自己的自由。你叫得动它跟你走，我不会阻拦。”光春说。

“我哪有那个本事，我不就是来拜托老哥吗？”

“鸟，只有半斤肉。你从自己大腿上，切半斤肉下来，领导也会感动的。”

“老哥，哪有你这样说话的？鸟卖给我，我以后也多多照应你。”

光春把桌上的烟酒和鸟笼，往屋外扔，说：“你这个眼白翻天的人，你只配做一条摇尾巴的狗，有多远你滚多远！”

在光春面前，再也没人提买鸟的事了。

过了两年，鸟生病了。鸟第一次生病。鸟流鼻涕，不吃食不喝水，无精打采。光春喂它，它甩着头，也不吃。光春慌了，抱着鸟去医院。医生没给鸟看过病，说："人天天看，鸟一次也没看过，市里有动物医院，在五三大道，你去市里看看。"

到了市里，找到动物医院，已是傍晚了。动物医生说："鸟患了流感，吃几次药就好。"医生见他过于朴素，说，"老人家，养这么乖顺的鸟，很难。好好养。"

光春说："我没养它，它懂事，和人一样，它叫什么鸟，我都不知道，是公是母，我也不知道。"

"这是红嘴山鸦，很普通的鸟。是母鸟呢。"

"它很珍贵。没有它，我的日子不知道怎么过。这两天，我心都乱了。昨晚，我一夜没睡。"

医生把自己的电话留给光春，说："以后，有什么情况，你随时给我打电话。"

"以后，我快要死了，我打电话给你，麻烦你跑一趟，我把这只鸟送给你。它的名字叫寡妇。我死了，我不想寡妇孤单。"光春说。

"老人家，你说什么话？你健壮着。"

"鸟有命数？人也有命数。"

又两年？光春挑不动担子了。他补鞋的角落，被一个卖水果的人代替？镇里再也没了补鞋匠。光春整天抱着一个火熜，坐在自己的家门口。鸟也在厅堂里，蹦来蹦去。

在门口坐了半年多，他坐到厅堂里。在厅堂坐了三个月，他坐在了睡房里。

在睡房坐了三个月，他坐上了床。鸟跟着他。鸟跟他说了很多很多的话，“叽叽叽叽”叫个不停。他托对门的老查，给动物医生打个电话。动物医生来了，带了水果来。鸟蹲在床墩上，看着他们说话。动物医生走了。

“你怎么不跟医生走呢？他是个好人。”光春对鸟说。

鸟翘着脑袋，伸出鸟喙，轻轻啄他的指甲。“要不，你去山林吧？那里最自在，你也有很多伴。你自己去吧，我带不了你去了。”光春又说。光春舔它的头，舔它的翅膀，舔它的脚。鸟用头，磨蹭他的下巴，磨蹭他的手背。

偶尔有人来光春的房间里坐。来坐的人，说的话，都相似。

过半个月，便是立夏。天明媚了，山樱花凋谢了。河水慢慢上涨。光春再也没下床。有一天，鸟在屋里叫得很激烈：“呜呀呜呀呜呀……”临近中午了，光春的大门还没开，老查“咚咚咚”敲门。门里没有响动，他找来钢筋条，把门撬开。床上的人，已经没有气息了：歪着头，脸上有很多风干的泪痕，喉结完全塌了下去。鸟站在床头，“呜呀呜呀呜呀”，叫声很破碎。

光春的外甥，和街上的邻居，料理了后事。出葬的时候，将军（郑坊一带，称抬棺材的人为将军）抬着棺材，绕街走一圈，抬到山下的荒地安葬。鸟一直站在棺材上，“呜呀呜呀呜呀”地叫。

鸟再也没回光春的屋子里。鸟在坟头，一直叫。村里人听了鸟叫声，有些惊惧。叫了四天，听不到鸟叫声了。

头七，光春的外甥去圈坟，发现鸟死在坟头。鸟的身上，爬满了蚂蚁。他把祭坟的两个碗，合扣起来，把鸟盖在坟头。

敏秀的狗

“敏秀的狗在路口蹲了好几年，它眼巴巴地望着来来往往的人，在望什么呢？”经过柿树湾路口的人，见了这条狗，都会这样说。我也这样说过几次。我还在柿子树下，守过它半天。狗是土黄狗，骨架较小，内耳一撮白毛，脑门一块白毛，腹部一长条状白毛，四个趾爪发黑，其余毛色棕黄。它蹲在一丛蓬散的芦苇边，昂着头，尾巴半卷在地。它一直蹲着，望着横在眼前的村道。村道是柏油路，乌黑黑，沿着山边由东向西而去，弯进一条高山渐渐隆起的山谷。路的北边是水稻田，一块连着一块，四季被菜蔬或水稻填满。路的南边是比土丘略高的矮山。矮山树木茂密，灌木四季郁郁葱葱。这是一条偏僻的村道，偶有汽车呼呼呼穿过。路人也不多。路人也大多是本地人，有的挑担，有的拉车，有的闲荡，有的骑车。狗的眼睛水汪汪，圆圆的眼珠有两圈黄环。有人走过它身边，它皱皱鼻子，扇一下耳朵，继续望着村道。村道寂寞，如干涸的河。狗看着往来的人，也不叫，也不耷拉眼皮。狗不叫，树上两只乌鸦“呜呀，呜呀”叫得苍老起劲。我往树上抛一个石子，乌鸦仍不飞，叫得四野苍莽。

狗是敏秀的。乡下的狗没有名字，狗是谁家的，便称为“××的狗”或“××家的狗”。敏秀的家在路口西边的一棵大樟树下。这个叫柿树湾的小村子，只有十来户人烟，散落在山边。湾口向北而入，是一条石路，通往饶北河。日常，村子的房子大多半开着，或锁着。敏秀的房子，只有到了腊月才开，过了正月又被锁着。她的老公德钟随儿子去浙江义乌卖烧烤。

德钟以前是收菜籽榨油的。榨油车间建在柿子树旁边的一块荒地。他搭了一个木板房，盖石棉瓦，机器在黑咕隆咚的木板间，咕隆隆地响。敏秀把收在家里的菜籽背过去，榨出油了，一壶壶拎回家。一壶油二十斤，一斤八块钱。德钟去打工，是在家安生不下去。因为敏秀死了。敏秀死得意外。一天早晨，天还没完全开亮，敏秀站在门口刷牙，仰着头哗哗地漕牙膏水，往后一倒，死了。她被一支箭射入额门，她“呃呃呃”地叫了几声，便没了声音。她刷牙的搪瓷牙缸，摔在地上，“噗唧噔”一声，惊动了还在床上的德钟，他大声叫：敏秀，敏秀。没人应。他顾不上穿鞋，跑出门，看到敏秀倒在地上，箭羽还在颤动。狗站在村道上，对着一辆远去的摩托车一阵狂吠。

天下着细细密密的冬雨。德钟报了警，派出所警车和镇医院急救车半个小时就到了。医生翻了翻敏秀眼皮，探了探鼻息，说：人没用了，已经走了。一个中年警察说，受害人是被箭射死的，等法医来验一验。警察来了三个。在德钟的厅堂，警察开始做笔录。德钟瘫坐在地上，抱着敏秀，哭喊着：敏秀，到底是哪个怨神找上你啊，无故要你的命？

杀一个人，要多大的怨恨。警察查了半个多月，查访了所有村民和敏秀的亲戚好友，也没查到丝毫有价值的线索。受害人心性善良，处事大方得体，与人无任何恩怨纠葛。箭是唯一的线索。可箭是一把自制的箭，箭头是磨尖的硬铁，箭杆是芦苇秆，箭羽是五根公鸡毛。警察问村民，近些时间有人射鸟吗？有人鸡鸭丢失了吗？村民都说没有。

入冬，有找乐的人喜欢打鸟，也有职业偷狗的人偷狗。偷狗人骑摩托车来到村里，扔包子给狗吃。包子有“三步倒”剧毒，狗吃了包子，走路摇摇晃晃，干渴无比，去找水喝，走到水边，没喝上水，便已倒毙。或者，偷狗人带一根粗麻绳，看到狗，抛绳圈套在狗脖子上，摩托车拖着狗跑。前几年，地下市场有弓弩卖，偷狗人持弓弩射杀在野外走荡的狗，或者在清晨、晚上入村，射杀狗。有一年，偷狗人去山湖村，经过一片田野，见一条狗扑在田里，弩箭射过去，狗大喊一声：谁想杀我啊！原来那不是狗，是一个男人扑在女人身上，弩箭射入男人臀部。偷狗人被村民暴打。

警察抓了八个职业偷狗人，也没搜查出箭或弩。

第二年，过了元宵，德钟随儿子去了义乌。在家里，德钟吃不下睡不着。坐上桌，他端起饭，想起自己的老婆，他扒一口饭，呜呜哭几声。饭里浇了冰水一样，咽一口，心肺发冷。睡在床上，他又呜呜哭。他丈人劝他：生者好好生，还是随你儿子去义乌吧，有个照应。

锁了门，家里除了老鼠和蟑螂，便再无活物了。德钟抱着狗，又是一路默默垂泪。一个四十出头的男人，看起来，像个六十多岁的人。过了五天，他的狗又回到了村里。它蹲在柿树湾路口，望着来往的人。

从村里到义乌，有三百来公里，狗走路回来了。狗瘦了很多，腹部往内干瘪下去。狗以前不蹲路口，蹲在榨油板房前的大石块上，白天蹲，晚上也蹲。它很少叫。有人进了板房，拿了东西出来，它会叫：汪汪，汪汪，汪汪。德钟或敏秀不在，有人进板房，它会叫：汪汪汪汪，汪汪汪汪汪，汪汪汪汪汪汪汪。一声比一声高，一声比一声长。它就像一尊门神。凌晨了，狗回到家里。敏秀在屋檐下放了一个扁筐，筐里铺了柔软的稻草衣，狗睡在扁筐里。

这是一条讨人喜欢的狗。“敏秀啊，这条狗，你是从哪里抱来的？我也想去抱一条。”有人问。

“余家村春丽家抱来的，是春丽送的。”敏秀说。

春丽是一个喜欢养狗的人。春丽养了七条大狗，她有一条土黄狗，一窝生了六条。敏秀去余家村卖油。春丽对敏秀说，母狗奶不了六条小狗，得送出两条，你要的话，抱一条去。一条小狗刚刚开始睁眼，抬着软不耷拉的头，伸出淡红舌苔，望着敏秀。敏秀一下子就喜欢上了这条狗，随手抱起它，塞进围裙布兜。

狗是条公狗，它还不会走路。敏秀买来鲜奶喂它，白天喂四次，晚上喂两次。喂了七天，小狗开始跌跌撞撞走路。小狗爱玩耍，地上打滚，翻门槛，追小鸡。小狗好动，耗食大，一天得喂八次。小狗饿了，舔着敏秀脚后跟，抖着小尾巴，嗯呢嗯呢地叫。每次喂它，敏秀会对它说：别家人喂的东西不能吃哈。小狗望着她，咕噜咕噜地吮鲜奶，吮完了，舔敏秀的手。

敏秀走哪儿，小狗也跟着。有时，小狗在敏秀前面撒着欢儿跑，似乎它知道敏秀去哪儿。敏秀种菜，它也去，在菜地边扒草玩。有一次，敏秀去后山挖刚破土的春笋，小狗竟然抓了一只山鸡。小狗才四个月大，咬着山鸡的翅膀，叼给敏秀。德钟说，这条狗还会自己打猎呢。

村北是饶北河。敏秀的娘家在河对岸，她背扁篓送竹笋给她娘，小狗也跟她去。木桥下，有一群草鱼在斗水。敏秀站在木桥上，看着鱼。河水没膝深，但湍急，水流哗哗。小狗突然跳下水，扑通一声，沉了下去。水流腾起小狗，往下游冲，小狗在水里一沉一浮。敏秀放下扁篓，跳下去，游了二十多米远，把小狗捞了上来。小狗抖着毛，甩着水，望着浑身湿透的敏秀，嗯呢嗯呢地叫。敏秀把小狗塞在扁篓，背回家，责骂它：水会淹死你的，命是你自己的，得看顾着自己的命。小狗嗯呢嗯呢地叫，像个受了委屈的孩子。

狗八个月大，有了成年狗的体型：骨架矮小，腿骨粗壮，耳朵直挺，尾短弯翘，毛顺色亮；尤其是一双眼睛，很有神，射出一股精亮的光。它是一条乖顺的狗。它守在榨油的木板房前，守着进出的人。木板房距敏秀家约两百米远，敏秀带饭给它吃。敏秀提着饭出门，狗会望着屋子，汪汪汪，叫几声。在郑坊街上开米面油店的大兴，每个星期都会来买油，见了狗几次，很喜欢。

大兴带生鲜鸡骨架来给狗吃，狗望着他，汪汪叫。敏秀说，除了我家人，谁给它食，它也不吃。敏秀抱起狗，摸着头，说，大兴老板是朋友，给你吃，你就吃吧。狗绕着大兴转两圈，吃鸡骨架，吃完了，它望着大兴，又汪汪叫两声。它舔大兴的裤脚，摇着尾巴。大兴来买油，都带面包或包子或鸡骨架给它吃。吃了几次后，狗支起身子抱他。大兴每次来，骑一辆电瓶三轮车，到了五百米外的入村公路桥，狗开始兴奋地叫，站在村道边，跳圈一样打转。有一次，狗突然一溜烟往公路桥方向跑，边跑边叫。敏秀站在木板房前，看着狗。狗跑得这么快，这么急，还是第一次。过了好一会儿，村道来了一个人，说，大兴在桥头被车撞了，三轮车侧翻桥下，幸好没发生大事，只是摔断了一条胳膊。大兴被急救车拉去医院了，狗才回来。

有一个人来买油，敏秀和德钟都不在家。来人在木板房捡了一把扳手，塞进裤兜，坐在矮凳上等敏秀。买了油，来人提着壶回家。狗跟着他，一路叫。敏秀追了上来，笑着说：你知道我的狗，为什么一直在叫吗？来人说，狗叫又不是人说话，我哪知道它叫什么？敏秀说，我的狗会认自家东西。来人不好意思，拿出扳手，说，你的狗是个精。

在木板房前，敏秀支起了一把遮阳篷，给狗遮雨防风。狗也会在附近田野溜达，偶尔还会抓来黄鼠狼、斑鸠。它扑在草丛边，一个扑身，扑住黄鼠狼，咬住脖子，叼给敏秀。这一带，黄鼠狼多。

郑坊镇到上饶市有四十公里，班车半小时一趟。去上饶办事的人，一般早上去，办了事，吃个饭，再回来。女人吃了饭，还要去逛逛街，见个世面。敏秀每个月去一趟上饶，去看望她叔叔。她和叔叔亲。柿树湾距郑坊有四公里，对岸公路设了公交亭。班车进了郑坊，是一片开阔的田野。敏秀的狗，“汪汪汪”，兴奋地叫着，奔下石道，跑过木桥，穿过一片枫槐林，来到公交亭，摇着尾巴，看着班车开过来。班车停下来，走下一个拿着纸包的女人。女人打开纸包，给狗一个面包吃。狗磨蹭着女人的裤腿，嗯呢嗯呢地叫。

是的，狗每次准确无误地接敏秀回家。

可它再也接不到给它面包的女人了。它蹲在路口，瘦骨伶仃。村里有几个好心人想收养它，它进了门，又跑出来，蹲在路口。路口有一丛芦苇，芦苇有一个水泥涵管，它在涵管里睡觉。也不知是谁，在涵管里，给它铺了一个破棉袄。

雨季过后，它的身上开始长红斑癣，毛一撮撮地掉。掉了两个来月，腹部的毛掉光了。可能是涵管里比较潮，天开始闷热，虱子多。它的耳朵开始掉毛，它的尾巴开始掉毛。

村里来了一个收破烂儿的中年人，右瘸腿、腭裂唇，村里人叫他老森。老森是沙洲人，在木板房边的荒地，搭了木棚屋，收破烂儿。这里空阔，适合堆破烂儿。他见狗，瘦得像个老树根，给饭它吃。狗望着他，不下嘴。老森买来陈菜油，天天给狗刷红斑癣。陈菜油解毒。他坐在椅子上，抱着狗，给狗刷。每次刷狗，狗望着他。狗舔他的手，一边舔，一边望着他。他看见，它的眼睛有一种晶晶莹莹的液体，眼泪一样的液体包着眼球。那双眼睛有黄金色的环，一圈一圈，有一股温泉喷出来。

给狗刷了一个星期陈菜油，狗不掉毛了。他给狗饭吃，狗也吃。他拉破烂去镇里卖，买一包鸡骨架或鸭骨架来。一包鸡骨架，狗吃三天。吃了一个月，狗壮实了起来，红斑癣也慢慢消退，长出了毛。老森用废脚盆，做了个狗窝，放在木棚屋里，给狗睡，可狗进去了就出来，依旧睡在涵管里。

老森做饭，多做一碗，给狗吃。老森早上出门收破烂儿，中午回家；中午睡个小午觉，又出门收破烂儿，傍晚回家。他骑一辆电动三轮车，收废纸、废铁、废电线、废塑料瓶、易拉罐。狗远远看见老森骑着满载废品的三轮车，就站起身，汪汪汪叫，尾巴摇出轮圈。老森瘸腿，不是腿骨坏了，是小腿门骨长了疔疮胞。这个胞，长了一年多，红肿着，压迫着血管，抽着痛。他也不去治，用自己采的草药包着。包了几副草药，也没效果，他也懒得理，忍着痛。他去医院问医生，医生说，做个疔疮切除，费用得千把块，他舍不得。他想，疔疮总得出脓头，出了头便好了。可他小腿的疔疮，偏偏不出头，焐酒一样焐着。可能是他走了一天的路，到了傍晚，疔疮火烧火燎，他坐在椅子上，撩起裤脚，用水浇在疔疮上。狗见他撩起裤脚，就舔他的疔疮。狗舔了几分钟，疔疮不烧不燎了，阴凉了下去。

狗舔了半个来月，老森的疔疮出脓头了。老森不瘸了，疔疮也没留下疤。老森抱起狗，说，我不痛了，多收些破烂儿，多买几包鸡骨架给你吃。老森一个月回沙洲一次，把卖了破烂儿的钱交给老婆。老森收了一顶遮阳篷，他修整了一下，在柿树湾路口支起来，给狗遮雨。他知道，这条狗固执，即使是下瓢泼大雨，它也只是缩在涵管里，仍望着村道，留意着每一个路过的人。

入冬后，有外村来的偷狗人，扔包子给它，它也不吃；扔猪排给它，它也不吃。偷狗人向它抛绳圈，想套它脖子，它一跃而起，把偷狗人拉下摩托车，抓偷狗人的脸。

年关了，老森要回沙洲过年了。他抱起它，问：怎么办呢？你吃什么呢？狗望着他，舔他的手，汪汪汪，叫几声。老森端出一个破脸盆，摆在涵管里，对狗说：这一盆鸡骨架，你省着吃，我过两个星期才回来。老森骑着电瓶车，沿着山边村道去沙洲。狗跟在车后，一路追着，汪汪汪地叫。车过了山弯的斜坡，狗才停下来。看不到车了，狗反身回来，蹲在路口。

老森回了沙洲，德钟回了柿树湾。狗早早站在公交亭。德钟和儿子提着行李下了车，狗支起了身子，汪汪汪地叫。德钟抱起了狗，狗嗯呢嗯呢地叫。我的狗啊，我以为再也见不到你了，没想到你还守着我的家。德钟说。德钟望望屋子，门前长出了稀稀的芦苇。

一年之中，独有农历十一月二十八这天，敏秀的狗会离开路口。这天是敏秀忌日。只有第一年忌日，德钟和他儿子回了村里上坟、祭祀。每年这天清晨，狗站在家门口，仰着头狂叫，汪汪汪，叫了一阵，在屋外四周转来转去。它皱着黑鼻子，伸出舌头，摇着尾巴。它用头蹭大门，蹭屋檐下的旧鞋，蹭水池旁的一钵兰花，蹭破竹筐。它小跑着，嗯呢嗯呢地叫着，沿着敏秀出殡时的线路，去敏秀的墓地。它沿着坟转几圈，站墓碑前狂叫，望着远处的田野和饶北河。它蹲了下来，沉默地蹲到夜色来临。

又一年。

敏秀的狗还是蹲在路口。没人知道狗为什么蹲在路口，在守着什么，在望着什么。它蹲的姿势，还是那个样子。它不对路人乱叫，也不咬人。它也不去和别的狗玩。有村狗找它玩，它也只在柿子树底下玩。

老森来这里收了三年的破烂儿。有一天，老森对狗说，想换个地方收破烂儿，你怎么办呢？狗看着他，垂着尾巴。老森给它鸡骨架，它也不吃。过了一个月，老森拆自己的木棚屋，往三轮车上装。狗站在三轮车旁，望着老森，汪汪汪地叫着。

狗啊，你别叫了，叫得我心发慌。你再叫，我就不拆了。可我真想换个地方，多收一些破烂儿。你以为我愿意离开这个地方啊？我不愿意啊。老森说。

狗不叫了，望着他。狗的眼角淌着浑浊的液体。

老森走了。狗天天蹲在路口。

老森搬到镇郊一个废弃的加油站收破烂儿。每隔两天，他带一包鸡骨架来给狗吃，有时也带餐馆吃剩下的肉骨头。他提一大袋肉骨头来。他看着狗吃。狗吃饱了，对着他叫，嗯呢嗯呢地叫，摇着尾巴。

老森说：你是一条狗，我是一条狗，两条狗狗在一起。老森属狗。狗不去破烂儿站，狗站在柿子树下等老森。在五里开外，它就站在树下，摇着翻毛卷的尾巴，汪汪汪，亲热地叫。老森来了，狗跳起来，围着他跳圈。它嗅嗅他翻上来的裤脚，嗅嗅他的衣角，舔舔他的手。

有一天，狗奔跑着，去了废弃的加油站，用头挤开门。老森躺在床上，狗跳了上去。老森骑车出了一身汗，回来的路上淋了一身雨。他出了汗闷了雨，着凉了，烧得厉害。他在床上躺了半天，狗舔他的脸，脸热热的。狗跑下床，往镇医院跑。

一个医生在院子里晒被子。狗对着医生叫，汪汪汪。医生跺了一下脚，呵斥狗：我晒被子，你狂叫什么？狗叫了一会儿，用牙齿拉医生的裤脚。医生一巴掌打下去，说：裤脚又不是骨头，有什么扯的？狗松开嘴巴，继续叫。狗望着医生，汪汪汪，叫得他心里慌慌的。

狗边叫边看着门外。医生看看门外，除了行人，什么也没有。狗走出大门继续叫，医生跟着狗出了大门，狗带着医生去了废弃的加油站。医生看见了床上的老森，查看了老森的身体，说：老兄啊，你不是感冒，是出血热，再不及时抢救的话，你老命便没了。

老森说，我身子软，下不了床。医生摸摸狗的脖子，说，狗狗啊，你不是狗狗，是佛。

一年又一年。敏秀的狗望着镇，叫了三天。谁也不知道狗为什么破了嗓子叫。

狗叫，谁听得懂呢？只有疯狗对着一个方向叫得那么凶。有人也叫，无人也叫；站着叫，坐着也叫。过了三天，一辆殡车在路口停下。躺在殡车里的人是德钟。德钟用燃气热水器洗澡，窗户没打开，煤气中毒死了。被他儿子发现时，身体都硬了，脸憋得黑黑。

风水先生算了算日子，出殡时间还得过三天。殡棺搁在厅堂，凄风冷雨的样子，让人伤心。狗日夜睡在殡棺前，不叫不吃不动。它的眼睛看着每一个进来的人。它瘦弱的身子，像一个蒲团。

出殡之后，狗也睡在德钟的墓前。它无精打采。老森提了两个菜一瓶酒，供在墓碑下，对墓里的人说，你离开了柿树湾，狗留给了我，你回来了，却是阴阳两隔。狗狗望着老森，吐着舌头。老森打开一包骨头，狗狗看着，却不吃。

狗在墓地睡了四十九天，又回到了柿树湾路口。它很少走动了，蹲在路边望着来来往往的车。它看起来，像一条老狗了。狗的眼睛有一种碎蓝色，看起来很深邃，裹着深切的哀思。村里有两条母狗，是它的玩伴。它们互相追着跑。母狗来了，它往往叫几声，就不理它们了。

村里有一个很爱狗的人，叫烂壳。他养了八只土狗。烂壳见了敏秀的狗，很惊讶地说，这只狗的眼睛好深，是一只藏得住心事的狗。村人里不以为然，反问烂壳：只有人才有心事，狗哪会有心事呢？那你问问敏秀的狗，藏了什么心事？

不懂狗的人，在狗的面前就是白痴。烂壳说。

老森送了三次骨头来，见狗没了以前的亲昵，又少了活泼，便把狗抱起来，摸摸它的头，说，我陪你守在这里，陪八天，我不去收破烂儿了。

天天蹲在路口，狗在守什么呢？村里人不明白，老森也不明白。有人觉得狗可怜，孤零零的一只，四野空空。有人觉得敏秀可怜，本来很受疼爱的，家不像个家，狗也无处去了。狗恋这个没有窝的家。

有一天，路口不见狗了。在清早，天蒙蒙亮，河边洋槐上的苍鹭还没开始嘎嘎叫，狗就不见了。老森带了一包骨头来，没看到狗，他慌神了。他问村人。村人说，昨天狗都在的啊，狗会去了哪里呢？

老森四处找，喊着“狗狗，狗狗”。他也没听到狗回应。他自嘲地说，我又何必喊狗狗呢？它在的话，不用我喊，它也会远远跑来接我。老森坐在涵管上等狗。他想，狗可能是饿了，自己去找食吃了。他知道，这条狗只吃他的东西，或自己找生食吃。等了老半天，狗也没回来。

狗狗，狗狗。老森骑着三轮车，骑到哪儿喊到哪儿。晌午过了，他还没见到狗。喊着喊着，老森哭了，哭得泪雨婆娑：狗狗啊，你去了哪里？也不告诉我一声。狗狗啊，我四处找你啊，你快出来吧。

老森去村后的坟地，看见狗狗蹲在敏秀的墓前，对着墓碑发呆。老森一把抱住狗，说，你怎么到这里来呢？狗狗嗯呢嗯呢地叫，叫得让老森绝望。老森回到村里问，今天是什么日子呢，狗给敏秀上坟？

村人说，今天是敏秀的忌日，敏秀死了八年了。

老森对着狗作揖，说，敏秀的儿子都没回来上坟，你是畜生，却还记得，狗啊狗啊，你怎么这样长情？老森提了两个菜一瓶酒，去给敏秀上坟。老森对着墓里的人说，你养了一条这么忠诚的狗，你一辈子也值得了，人活一辈子图个什么呢？又图得到什么呢？狗的亲人就是我的亲人，我给你上坟。

自上坟之后，老森每天给狗送两包肉骨头或鸡骨架。他候在餐馆门口，等客人吃剩下的骨头。他用草纸包着骨头，塞进塑料袋，骑上车，来到柿树湾。

正月过了，老森的家人不让老森出来收破烂儿了。他老婆说，六十多岁的人了，还在外面风里来雨里去，无人照顾不说，村人的闲言碎语让孩子的脸面没地方搁。

老森说，破烂儿可以不收，可有一条狗，我得照看着。

他老婆说，没有你，狗就会死啊？

老森说，不是狗会死，而是我会憋死。我离不开那条狗。

不就是一条狗吗？孩子的脸面不如一条狗吗？他老婆说。

老森说，这是两回事，没办法摆一块儿比，不是什么东西都可以摆一块儿比的。

那我问问你，你是要孩子脸面，还是要狗呢？他老婆说。

老森说，这又不是做选择题，二选一，我说这个话的意思是，你得理解我。

那你理解我了吗？为了一条狗，让村人碎言碎语。他老婆说。

没有这条狗，我早死在外面了。我不能扔下狗。老森捂住了自己的脸。

他老婆不说话了。隔了好一会儿，他老婆说，你去收破烂儿吧，这样的狗，世上少有。

老森又回到废弃的加油站。他放下行李，骑一辆三轮车来到柿树湾，提着一个菜罐。打开菜罐，是热乎乎的排骨。那是他老婆做的。他老婆说，这么重情重义的狗，吃一罐好排骨，身子长得更壮实。

狗吃着排骨，爬到了老森的大腿上，嗯呢嗯呢地叫。老森说，我骑不动三轮车的时候，你就跟我去沙洲吧，那可是个好地方啊。狗看着他，晃着尾巴。

狗哪儿也不去，只蹲在路口。老森给狗喂了食，骑车去收破烂儿了。它奔跑着，追出几百步，又回到路口。

天热了，老森给狗洗澡。柿树湾有一条水渠，是从河里引过来，灌溉下游的田畈。狗扑通扑通地在水里跳，抖一身的水花。老森也跳下去洗澡。洗了澡，带着狗在公路上跑十分钟。老森坐在涵管上喘气，狗蹲下来，看着他。老森抱起它坐在大腿上，说，我和你是一世的冤孽，冤孽解不了结。

又一年。年冬，雪来得特别早。天阴了两天，小雨下了三天，又阴了两天。北风凛冽。柿子还挂在树上，蒂还没霉烂，雪飘了。雪是小雪，碎碎地飘，飘了一天一夜，大地发白。过了两天，雪消融了，又下细雨，夹着呼呼北风。大雪开始纷飞。天寒地冻，风吹骨裂。柿子一夜落尽。清晨，天蒙蒙亮，透着雪光。一个骑摩托车的人，在柿树湾停下了车。狗从涵管里突然窜了出来，往来人身上猛扑。来人是一个四十多岁的男人，穿着厚厚的棉袄。男人被突如其来、凶神般的狗，吓得仓皇而逃。狗追着他，也不叫。狗裂开嘴巴，龇起了牙。男人往田里逃跑，狗也追到田里去。男人摔倒在水坑里，狗扑上去，抓他的脸，咬他的手。狗患了疯魔症似的，撕咬他。男人沿着村道跑，狗紧追他，低着头，一声不发，眼里射出令人胆寒的绿光。男人跑进桥头边一个杀狗场，想找一根木棍或钢管什么的，可滑倒在一个水洼里。

这一带，四周无人，唯有一个杀狗场。杀狗场有一间矮房，房内有一口大铁锅（用于烧热水）、几件铁器、木棍和八个铁笼（关狗）。矮房锁着门（杀狗人还没上班）。矮房右边，有一个 2.5 米高的门架，门架顶上横着一根毛竹竿。竿头穿洞结了一根大拇指粗的麻绳，麻绳下垂一个落地绳圈，竿尾穿洞结一根大拇指麻绳，绳头绑在一块拉力弹簧的铁夹上。竿头平时垂在地上，绳圈落在浑浊的水洼里。杀狗人骑一辆带铁笼的摩托车，笼里关着狗，来到杀狗场，把狗脖子套进绳圈，扳一下铁夹，弹簧压缩，绳子绷紧，竿尾下压，竿头竖起来，狗被活活吊死。杀狗人省时省力，运用杠杆原理，让狗死得无声无息。这个多雪的早晨，四野寂寂，竿头上吊着的不是狗，而是一个人。

吊着的人，被一个开电动三轮车进村卖菜的人发现，已是上午八点四十六分。警察来的时候，人还吊在竿头上，双脚伸得很直，身子直挺挺悬空，像一条鱼。他的头往下耷，伸出长长的舌头，脸色乌黑。他浑身泥浆。他的衣服、头发，盖了一层薄雪。

警察现场勘查，也没发现死者与人搏斗的痕迹，身上也没因外力重击的致命伤，刀口也没一个，仅仅是死者脸部、脖子、手背等处，有被动物抓伤、咬伤。但又不像是自杀，因为上吊的人，无法独自使用这个杠杆。警察扩大了搜索范围，在柿树湾发现了一辆摩托车，车后座挂了一个帆布包，包里有铁锤、蛇纹袋、三个肉包和一把自制的弓箭。箭头是磨尖的硬铁，箭杆是芦苇秆，箭羽是公鸡毛。这是一个职业偷狗人的作案工具。警察取了死者的物证，想起多年前，村子有一个叫敏秀的女人，就是被这样的箭射死的。

死者是临湖镇人，平时以捕鱼、打山麂、打野猪为生，冬季职业偷狗，家境一般，家庭和睦，与他人无恩怨、无财产纠纷。这个偷狗人，怎么会吊死在杀狗场上呢？怎么吊死的呢？案子又成了一桩谜案。

在柿树湾路口，再也没见过秀敏的狗了。狗去了镇郊废弃的加油站。老森去收破烂儿，它也跟着去，一路小跑。在床下，老森用大木脚盆铺了稻草窝，老森睡床上，狗睡脚盆。天开亮，狗汪汪叫两声，莫名地兴奋。

黑马之吻

葛路村的歪头牵了一匹黑马来大洲村叫卖：买马吧，一匹驮货的好马。

歪头叫卖了几个村子，也无人买。他是一个驮货人。货物堆在马背上，他牵着马往山上赶。他戴一顶肥耳长帽，甩着一根棕绳，穿行在高山林间小道。灵山以北有许多高山小村，不通公路，重货便由马来驮，如水泥、粮食、化肥、电视机、冰箱。山高路陡，马走走歇歇，一天驮不了三趟。前两个月，歪头去五羊山驮货摔了一跤，髋骨摔坏了，他再也干不了驮货的营生。他有四匹马，剩下最后一匹黑马没卖出去。

村里没有驮货人，谁会买呢？十几个中年男人围着马，仔细地打量，七嘴八舌地议论。马不如牛好，牛可以耕田，即使有一天耕不了田，牛肉还可以卖个好价钱。有人说。南方人爱牛。

母牛产崽，一头牛崽至少卖三千，少说三年产两胎。也有人说。

马爬山有耐力，腿脚好，驮起货来像拖拉机。歪头拍拍马臀、马腿，嘴角滑着纸烟说。

这匹马毛毡毡（体毛不顺不滑），肩胛骨耸出来。你以马为生，又怠慢了它，说不过去啊。有人尖酸歪头。歪头尴尬地笑，牵着马沿村街往下街走。

马确实毛毡毡，皮骨嶙峋。马脑门和脊背上有许多白皮屑。马掌钉磕在水泥地上，咯噔咯噔作响。马甩着尾巴，拍打苍蝇。天气热，苍蝇追着马。马走到社公庙，不走了。歪头拽了拽马绳，马还是不走。它昂着头，嘶咴咴，嘶咴咴，低声嘶鸣。歪头甩了它一鞭子，它踏了踏蹄子，还是不走。

社公庙并无庙，只是一个地名。在五十年前，这里是有一座小庙，供人祭祀土地神，庙倒了之后，也无人翻修，垦了一块平地做晒谷场。晒谷场分出东与北两条路，往东连接村街，往北伸入山谷。山谷与山谷之间有一条河，河宽阔但水清浅，称之饶北河。水坝截河筑湖，湖名樟湖。湖水外引，泄水发电。在樟湖卖土特产的撇角，骑一辆摩托车去杂货店打牌，穿过社公庙，见歪头抽鞭子体罚马，他停了下来，说：歪头，马虽说是畜生，但也知道鞭子打在皮肉上的痛楚，它是不会说话，你养了它就该知道它在想什么，它不走了，你还鞭抽它，你也不想想它为什么不走了。

我抽它，还不是想早赶路，卖了它？歪头收了鞭子，委屈地说。歪头，谁人不识？不是因为他是驮货人，而是他的头一直往右边歪着，歪着头走路歪着头看人歪着头说话歪着头吃饭歪着头睡觉。

耕田人卖了犁，驮货人卖了马，打铁人卖了锤，这个作势让人看不懂。撇角架开双脚坐在摩托车上说。

这可是一匹好马，我四匹马中最好的一匹，可偏偏卖不出去。歪头说。

识牛容易识马难，南方人不养马，有几人会识马呢？撇角说。

善跑，起重爆发力大，耐力好，这就是好马。歪头说。

你说的不是马，是脚夫。你把马当作脚夫看了。撇角揶揄说。

两个人扯来扯去，扯白（聊天）了好久。歪头说，你在湖边开饭馆，也可以开个跑马场，互相带动，你买去，我价钱低一点。

没养过马，养不好。撇角说。

养马不是问题，你有心养一匹，上手了，再多买两匹，开个跑马场。歪头说。

歪头的说法，让撇角有了养马的心思。撇角骑着摩托车，往回折，歪头赶着马跟着。马啪嗒啪嗒地晃着步子，昂着头咴咴咴咴嘶鸣几声。

马有些瘦，还肮脏，浑身散发草酸的臭味。撇角的老婆爱英见了马，拿出一块苍蝇拍，给马打蚊蝇，一拍打下去，蚊蝇血斑斑点点印在拍子上。爱英说：苍蝇都结团了，马怎么受得了？马遭罪，人也遭罪。

樟湖四面环山，高阔的峡谷如一架水车，水汩汩注入湖中。湖边住着三十余户人家。撇角在外打了八年工，年年正月出去腊月归乡，钱却积余不了。爱英心疼自己男人，说，忙死忙活，年年空手回家，不如回家卖土特产，还落个自由自在。撇角清了自己的屋子，开了一间店。爱英在网上卖货，他去收货。他收芝麻、辣椒干、葛粉、绿豆、黄豆、高粱、荞麦，收番薯粉、番薯粉丝、陈年高粱烧，收手工茶叶、金银花、皇菊、山茶油、豆酱，收土鸡蛋土鸭蛋、土蜂蜜。他骑摩托车去，各村各户去收。他熟门熟路，他知道谁家有什么土特产。他也自己晒鱼干，晒豆角，晒山蕨，晒梅干菜，晒萝卜丝。他知道哪些东西好卖。

闲余，他喜欢打窝龙。窝龙是一种过炸的牌法，四个人打五副半牌，有压必压，七个头开奖，各打各个，个人计分，打一把牌要八分钟。打窝龙，时间过得快，一个下午玩不了几把牌。杂货店有四张牌桌，每天下午坐满了人。村里人都喜欢打窝龙。打窝龙不要记牌，技术性不高，凭手气。有了马，撇角很少去打窝龙。马聪明，有性灵。扑克牌让人赌气，磨人干劲。撇角每天早上喂马，喂麦麸豆麸。麦麸是他自己磨的，掺豆麸，搅拌起来，倒在石槽里。马看到他端着畚斗走进马厩，就踢起蹄子，嗒嗒嗒，昂起头甩动，垂着的尾巴扬起来，圆圆的眼睛鼓起来，舌头舔着嘴巴。撇角嘘嘘嘘吹口哨，托起马嘴摸摸，又摸摸马脖子，把麦麸倒下食槽。

马厩在屋后的菜地边角，是撇角自己搭的，八根木柱，盖芒草，门和大窗户对着通风。吃了麦麸，撇角赶着马在峡谷遛一圈，他骑上摩托车外出收货。峡谷里荒草茂盛。马也不用人看守，自己吃自己睡，到了傍晚，自己边吃草边回来。

一日下午，暴雨如注，溪水吞泻，雨顺着山势泼下来。马没有回来，撇角担心马受到惊吓，乱跑乱闯，他骑摩托车去找马。峡谷狭长。他骑到山坳口的大草坪，见马站在草地上，仰着头，垂下尾巴，岿然不动。他惊呆了，他从没发现自己的马如此俊美。马肥壮而匀称，四支腿脚如四根木柱夯在大地上，雨水浇在马背，顺着腹侧淌流，油黑的体毛如瀑帘，头高昂如铁墩般雄俊。他吹了吹洪亮的口哨，马咴咴长嘶了起来，向他奔了过来。

山中暴雨肆意。撇角抱住了马头，摸摸它淌着水流的下颌。

回到家，撇角一身透湿。撇角没有马刮器，他用猪鬃刷给马刷身子。他还没给马刷过身子。猪鬃刷柔软，又略显糙，马被刷得身子麻麻痒。马瞪大了乌溜溜的眼睛，抖着一对小耳朵，轻轻地踢着蹄子。他刷马头，马便低着头，一动不动，鼻子呼出热烘烘的鼻息。他刷马脖子，刷马腹部，刷马臀部，刷马尾巴。马很舒服地站着，打着响鼻。

撇角有午睡的习惯。给马刷了身子之后，他不午睡了。他每天去溪边给马刷身子。他给马洗脸，给马浇一身的水，用猪鬃刷刷一遍马身。刷了五次，每到晌午，马自己走到溪边等撇角，见撇角端着脸盆出来，它咴咴低嘶，兴奋地甩着尾巴。马刷了身子，自己去峡谷吃草。马小跑而去，扬起鬃毛。它矫健沉稳的身影在峡谷小路时隐时现，在撇角的视野里，山峦也变得时高时低，似乎是时而抬升时而沉降。

撇角觉得奇怪，马是站着睡觉的。在不被人惊扰的情况之下，马可以随时随地睡觉，即使是在走路而突然停下来时，马也合上眼睛，原地踢踏脚步。

有一次，一个养牛人对撇角说：马不驮货，养马亏本太大，不如养牛。

马有多神奇，你养牛没养过马，你不知道。撇角说。撇角领着养牛人去看看马厩，说：我几次见马睡觉，都是站着睡的，以为马在打瞌睡，其实马原本就是站着睡的。我没清洗马厩，马一直站着；我清洗了马厩，马就躺在地面撒欢儿，这说明了什么？

说明马太难伺候了，牛在泥浆里打滚，在牛粪堆里睡觉，牛走出牛圈，半个身子都裹着牛粪。养牛人说。

你这个话在理，牛随遇而安。但也不在理。撇角说。

怎么不在理呢？养牛人疑惑地问。

马不在肮脏的地方睡觉，说明马是高贵的动物，高贵的动物都是孤独的。我发现马在深谷待上一天，也难得嘶叫，它顾着自己吃草，自己溜达，自己找一个无人的地方睡觉。马即使回到马厩了，马厩肮脏，它也不躺下去，它也不咴咴嘶鸣，它像一个处子。撇角说。

因为养了马，撇角有了很多事做。他清理马粪，磨麦麸。爱英有些埋怨。爱英说：伺候马比带孩子还上心，把马当个宝了，一个月下来，光麦麸花费两百多块钱，马养了半年，没赚上一块钱，也不去找货让它驮，至少也得驮出麦麸钱。

撇角只有嘿嘿傻笑。他摊摊手，说，我也不打牌了，又不乱花钱，养一匹马也就相当于多个朋友，招待朋友也得添酒菜。

爱英对撇角说，早先，你打算建个跑马场，这个宽的湖边，很适合跑马。

再买两匹马，就可以圈跑马场，我想了想，不是有马了就可跑马的，还得请个教练，我不放心的是万一有醉酒的人骑马，发了疯似的跑，落进湖里，那是害人命的事。撇角说。

那马也不能这样一直养着，一年多花费几千块钱，哪是我们这个家底支出得了的？爱英说。

牛拉犁，马驮货，这个道理我懂。可这么漂亮的马，给别人驮货，我哪舍得呢？驮货是马的命，但我们的马高贵，高贵的马不应该去驮货。撇角说。

爱英说归说，还帮着磨麦麸。爱英往石磨孔添麦子豆子，撇角磨石磨，两人又说又笑。磨了麦麸，撇角拉出塑料水管，给马厩冲洗。扫出来的马粪堆在山边岩石晒，晒个三五天，撒进菜地肥地。

一日，樟湖来了一个钓客。钓客牛高马大，看起来有些粗野，络腮胡子遮了半个下巴。他见黑马在湖边喝水，他解下腰带量马的身高和体长。他很客气地给撇角散烟，问：这匹马养了多久了？

养了十一个月，是转手买来的。撇角说。

钓客托起马嘴巴，手伸进马嘴巴，摸了摸，说，你这匹马可是一匹难得遇见的好马，万里挑一。

你识马吗？我不识马。以前那个马主，脾气暴躁，抽自己的马像抽死蛇，我碰上了，就买了回来，本想办个养马场，我又放弃了这个想法。你怎么看出我的马是一匹难得的好马呢？我知道它很聪明，它远远听见我的口哨声，就会朝我跑过来。撇角说。

你看看啊，它身材匀称修长，反应迅速灵敏，耳朵紧凑耳扇小，耳小就是马肝脏小，小肝脏的马很会理解人的心思，它鼻子大，鼻大就是肺活量大，可以长途奔跑。马跑长路，驮货，不仅要马的腿脚骨好，没有大的肺活量，也跑不了。你再看看，这匹黑马油光水漉，很易长膘，是它消化吸收器官功能好。它的眼睛大如灯盏，表明它心脏大，心脏大也就胆子大，响雷发大水烧大火，它都不会害怕受惊。虽是早上用了食，但也隔了一个时辰，它胸脯像羊皮鼓一样直挺，筋肉绷了出来，口色鲜艳像女孩子抹了唇膏，体质强健。你看你的马屙尿，尿水直拉拉冲出来，这是母马体力充沛。你摸摸它的头，它的头高俊但脸部瘦削，眼下肉却鼓鼓的，这样的马，高贵却性情温和。钓客很细心很温情地对撇角说。钓客摸着马的脸，摸着马的身子，满眼露出艳羡。

撇角很惊讶地看着钓客。撇角看不来马，不知道自己的马好在哪里。他是第一次听懂马的人讲自己的马。撇角问钓客：你怎么懂这么多呢？你养过马吗？

钓客说，我何止养过马？我在东北的一个马场生活了十二年，骑马打猎、赛马、驯马，我都干过。钓客扬起眉纹，说得很有兴致。他又说，这几年，在东北很难讨生活，我辗转来到上饶开出租车了，再也没见过马了。

你这一番马经，值得我中午好好敬客，你钓了鱼，我们中午好好喝一杯。

喝着酒，两人都有了说话的兴致。钓客酒量好，一两杯的酒满口吞。你来我往，喝了八杯酒。钓客说，你的马美中有不足，确实有些惋惜。

撇角心里一惊，问：有什么不足呢？

也不算是不足吧，是我太晚见到这匹好马了。钓客说。

有什么说法吗？撇角问。

你这匹马刚到了盛年，我上午摸了马嘴，估计你这匹马有十五岁了。马十五岁，相当于人的中年。钓客说。

我不知道自己的马几岁了，我糊里糊涂地养着，只想着把马养得壮壮的，哪有看马年龄的本事？撇角说。

马的年龄根据马门齿的数目和形状来判断。马的牙齿分四种，分为门齿、犬齿、前臼齿、臼齿四种。门齿、前臼齿又分乳齿和恒齿，恒齿从乳齿长出来。门齿咀嚼面有一个凹窝，叫齿坎，齿坎消失正是马十岁了。若咀嚼面是个立角形状的话，那么马至少十五岁。食草动物的牙齿和咀嚼面会随着年岁而变化。我摸到了你的马有了立角咀嚼面。到了盛年，马很难训练了。你的这匹马很早就开始驮货了，货物驮多了，会伤了马的脊骨和肩胛骨。钓客说得有些失落，他说，我可以骑骑你的马吗？

太欢迎你来骑马了。我骑过几次，也只是慢慢骑，还跑不起来。撇角说。

趁着酒兴，钓客跨上了黑马。钓客前倾着身子，右手拍了一下马臀，拉起马缰绳，在湖边跑了起来。马撑了一下两只后腿，马头高高昂起来，昂昂昂，高高嘶鸣几声，四蹄开始飞奔。马如离弦之箭，如疾风吹轻舟，如鸟剪春风，沿河溪而上，跑入峡谷。溪水在它蹄下，飞出散珠似的水花。

黑马有一双动人的眼睛，一双澄澈得让人伤感的眼睛。撇角每次看到黑马的眼睛，就会想起那个钓客的话：你的马眼睛里盛下了记忆的整个草原。

它的故乡在北方草原，这是钓客说的。撇角想从马眼睛里找出那个草原，可他找到的是马的孤独。孤独是马眼睛里纯洁的液体。它站在马厩，或站在峡谷某一处草坪，它不像一匹马，而更像那片樟湖，温柔、沉静，又热情澎湃。它英俊的体形如湖中山影。它的眼睛明亮，眼睑优美，湖一样深邃，深不见底。撇角不忍看它眼睛，又怎么看也看不厌。马眼睛里藏着一种东西，一种哲学般神秘的东西。这种东西，深深地吸引着撇角。至于这种神秘的东西是什么，撇角也不知道。他每次给马洗脸的时候，他会托起马头，凝视马眼睛。他看见了蓝天，看见远方消失的飞鹰，看见了山野的四季。他看到了马的心脏在嘣嘣跳动，看到了马奔跑时晃动的臀肌。但他不知道马在想什么。他用棉布巾给它轻轻地擦眼眶，擦眼肉，擦耳朵，然后给它刷脸。它呼呼地打着响鼻，它熏热的气息烘着他。

有一次，马回到马厩，天色尚早，太阳尚在树梢打盹儿。撇角手头没事，就去马厩看马。马听到了撇角的脚步声，咴咴咴咴低嘶。马熟悉他的脚步声，熟悉他的说话声，熟悉他的口哨。即使他不发出声音走近，它也知道他来了。它对他的气息敏感。它要么打响鼻，要么呜呜叫，或者踢蹄子。若是野外，它会跑过来靠近他，昂起头，用嘴巴拱他身子。撇角坐在横栏，马站在他身边，咴咴叫。他在马眼睛里，看见了一种奇怪的东西。那个东西像个星空。星空并没有繁星，只有一颗白金色泛着黄晕的星星，天幕则是纯黑，发出乌铁般的光泽。星空如一个旋涡，飞速旋转，形成的巨大气流，拖曳着他陷入。他被深深地吸了进去。如果有一个人爱你，请看那个人的眼神。那个人的眼神里有温爱，不是喷涌的，不是闪射的，而是一种植物生长的那种状态，默默的，贴紧的。人和动物之间的关爱也是如此。

温爱是彼此之间的默契与信任。马知道他想看自己的眼睛，于是它仰起脸。马嗅他的手掌。他的手掌空空，它舔进去的，是他手掌的温热。温热，让它感受到了他的绵绵血气。

马的秘密藏在深不可测的眼睛里，但他不知道马有什么秘密。马的秘密也变得深不可测。马无法说出自己的秘密。它仰起来，张开眼睑，裸露出整个眼睛的部位，像是心扉袒露。

据说，马眼睛可以感知北斗七星在移动。北斗七星出现天幕，马就会抬头仰望。这是撇角听那个钓客说的。对这个说法，撇角很信。钓客说，马在夜间奔跑是不会迷路的，也不会惊慌，马一边跑一边仰望北斗七星，七星在指引它。暮色渐起，西边天际星斗初现，他坐在横栏上，看着黑马。黑马看着他，微微昂着俊俏的脸。他回过头，七星出现了。那个钓客说，有一次打猎，夜间在山林跑得太远，钓客迷路了。林中没有路，四处荒草杂乱，树木疏疏却高大。他对马说，回家吧，我迷路了，你带我回去。马嗦嗦嗦地穿树林，绕着山梁又一个山梁，把他带了回来。钓客说，马的大脑里有一个路径图，标记着所走过的路，哪里是自己的出生地，哪里是自己的家，哪里有泉水，哪里有葱郁的野草，马都知道。在哪里受了难，挨了谁的鞭子，马也都知道。但马不记仇，马对狼都不记仇，只会踢蹄子赶走狼。马是宽容活一辈子的动物。你看到马的眼睛，你就知道马有多善良。

村子距公路远，一条五米宽的水泥机耕道通行。村里有人陆陆续续往集镇上迁徙，买地建房。爱英也和撇角商量去镇上买地。爱英说，快递投送点全都设在镇上，每次寄货，还得骑车去镇里投递，来回不方便，再说了，孩子以后也不可能在湖边安家。

在镇上当然好，可买地建房得一大笔钱，去哪里筹钱呢？撇角说。

把马卖了吧，养着是好，可我们不能养它一辈子。爱英说。

我舍不得卖马，不到迫不得已的地步，我不会卖马。要不，我们把这栋房子卖了，房卖了，我们还可以建；马卖了，就回不来了。撇角说。

卖马不影响生活，卖了房，过渡用房不好找，东西搬来搬去损耗大。爱英说。

撇角执意卖房，留着马。撇角找了村里人，问了问，没人想买房。是啊，谁还在偏僻的山间买房，自己的房子都想卖。撇角放了很多线出去，要卖房子，可没有一条线有回音。他便牵着马去卖。他拉着缰绳，往机耕道走。马兀自立在那儿，不挪步。马似乎知道他心思，他用手掌马的脸，说，你怎么不迈开步子走走呢？我是没办法了才卖你，又不是让你去下油锅。

马的眼睛一下子滚出了滚圆滚圆的液体，迈开步子走。撇角又用手掌它绷紧的脸，说，你怎么这么笨？我是卖你，你还要迈开步子走，你笨死了。马滚圆滚圆的液体一直滚落着。撇角托起它嘴巴说，你去峡谷吃草吧，我不想看到你了。

马站着不动，怔怔地看着他。撇角骑上摩托车，收货去了。

镇里人都知道撇角养了一匹好马，有人知道撇角想卖马，骑车来到村里，找撇角谈价钱。可价钱一直谈不拢。撇角说，既然是好马，就得是好马的价钱，它又不是驮货的命，不能当作贱马卖了。

买马的人说，马都是驮货的，驮货的马就没有贵贱之分。

买马人的说法让撇角接受不了。他质问买马人：马为什么一定要拉去驮货呢？你看看我的马，那一身毛色，它站在那儿的气概，它跑起来的精气神，多贵重啊，为什么买去就要让它驮货呢？

买马人用鼻子哼哼哼，说，你也是四十来岁的人，用你脚后跟想想，买马不为了驮货，那买马干什么？买马是为了看看摸摸，又不是养小妾，还不如买一幅画挂在墙上。

撇角站起来，憋红了脸，说，你这样说我的马，是侮辱我的马，也是侮辱我。

买马人讪讪地说，算我说错了，我们是谈生意，又不是争吵。你留着马自己天天看，我不买马了。

来了五个买马人，没一个谈成的。撇角便和爱英商量，说，先买地吧，等有了钱再建房子。

暑假了。两个读初中的孩子嚷嚷着要去旅游。撇角说，多见识见识世面太应该了，老爸当领队，我们去广东玩玩。撇角带着两个孩子坐火车去了广州，再去了中山、深圳、珠海、澳门。他们是第一次去广东，感到很新奇。尤其是在港珠澳大桥参观，孩子的内心很震撼，对老爸说，以后要好好读书了，伟大的国家需要伟大的人民建设。撇角听了孩子的话，药一样慰藉他。在珠三角游玩一圈，他和孩子很尽情。

撇角回到家，发现马不见了。他问爱英：马去哪里了？

卖了。爱英说。

你卖了马，也不给我商量一声。撇角说。

我们商量好了卖马，你卖不出去，我来卖啊。爱英说。

卖给谁了？撇角问。

价钱卖得不低，谁买都一样，我也不知道买马的人是谁。爱英说。

你卖了马，我是没什么意见，但你得告诉我是谁买了。撇角说。

爱英知道自己的老公是个很较真的人，眼睛翻白地讪笑，说，李宅桥的喇叭牯买走了。喇叭牯是个转山人，在山中驮货、收货、卖货大半辈子了。第二天早上，撇角骑上摩托车去了李宅桥。他找喇叭牯，村人说喇叭牯去荞麦湾驮货去了。撇角又去荞麦湾，见马正驮着两包水泥往山道走。马挺着腰脊，步子很沉稳地走着，水泥包一颠一颠地压着。喇叭牯手上缠着有一根麻绳。马咴咴咴咴，低沉地嘶鸣了几声，快步冲过小片荒地，反身往下跑，向撇角奔了过来。喇叭牯被马突然奔下山的勇猛样子，吓惊了，甩着麻绳，骂：该死的马，不抽死就是有鬼。

撇角张开了双手，嘘嘘嘘地吹口哨。马在十米之外站住了。它看着撇角。撇角走向它，它后退。它的尾巴下垂着晃。它的腿部和背部两个裹着泥垢。它的鬃毛粘了灰灰的水泥粉尘。马咴咴咴，嘶鸣得很低沉。它叫得那么无助和悲伤。

马又被撇角原价买了回来。与其说是买回来的，还不如说是抢回来的。喇叭牯不肯卖，撇角把钱往桌上一扔，吹了吹口哨，马跑了过来。撇角骑上马，马不停蹄回家了。喇叭牯站在门槛上，指着撇角骂：世界上哪有你这号蛮人？

撇角抚摸着马，对爱英说：我看到马驮货被虐的样子，就像看到自己孩子在驮货，我受不了。

爱英抬眼望望自己的男人，低低地叹气，有些无奈地说：其实，再好的马也只是畜生，和牛一样，你爱养马就养吧。

我们的马不应该去驮货。马累死累活驮货，马得到了什么？驮货的马被鞭子呵斥，一年到头也饱食不了几餐。我们的马即使饿死，也不要去驮货。撇角说。

翌年六月，马分娩了。马的下体在流黏液。马站在马厩里，嘶嘶嘶嘶，嘶嘶嘶嘶，长嘶得撇角心疼。他惊慌失措地围着马团团转。马的臀部鼓起来，又收缩。马在拼力使劲。爱英说，马迟迟产不下小马驹，可能是难产了。撇角抱来一捆干草，铺在地上。爱英抚摸着马脖子，撇角摁住马背，示意它躺下去。

马躺了下去。爱英摸着马脖子，马不叫了。马颠起半边身子，抬起前、后右肢，马腹鼓起来，又瘪下去。下体流了很多水。爱英说，可能羊水破了，马在用力生产。撇角不知道怎样帮它用力，急得直搓手。一个白白的脂肪质地的泡泡（胎盘）露了出来。马的半边身子颠得更厉害了。白泡泡裹着黑黑硬硬的前肢挤了出来。爱英对撇角说，你还傻傻地站着，帮忙把腿拉出来啊，顺着拉，又不能憋着劲，马生崽和牛生崽是一样的。

撇角拉着前肢，往外用力。小马驹被闭得太紧，撇角站着用不了力，便坐在地上拉。拉着拉着，小马驹的头露出来，白泡泡破了。撇角一只手托着小马驹的头，慢慢把小马驹顺出来。小马驹出来了，身上裹着一层白膜。爱英摸着马的腹部，说，生崽太难了。马在紧张地喘气。马还站不起来，平静地卧着，想抬起头看看小马驹，可头抬不起来。撇角把小马驹身上的白膜，撕下来。小马驹好奇地晃了晃头，半个头抬起来，半卧半起身。

马在地上躺了半个多小时，才站起身子。它舔干了小马驹身上的黏液，又用嘴巴拱小马驹。小马驹摇摇晃晃站了起来，望着母马。小马驹偎依在母马的身下找奶水吃。

兽医来给马检查身体。兽医说，马过了十岁便很难怀孕了，没想到这匹黑马有这么强大的生命力，做了高龄妈妈。母马产崽后，身体虚弱了许多。撇角喂得格外用心，煮菜饭给它吃。菜饭里拌些菜油或蜂蜜，母马吃得特别香，一口气吃半大脸盆。小马驹寸步不离地跟着母马，吮吸母马的奶水，一天至少吮吸八次之多。即使深夜了，小马驹也吸奶水。它偎在母马的腹部睡觉，四肢撑起来，闭起来的眼睛像只甲壳虫。撇角看了母马生孩子奶孩子，觉得做母亲太不容易了。撇角每每这样想，对自己的女人更好了。他刷碗洗锅，抱着自己的女人睡觉。做了母亲的女人更需要男人疼爱。

撇角的表弟来玩，见了小马驹甚是可爱，在草地里快乐地蹦跶，追着自己的影子跑，便对撇角说：你的小马驹卖给我吧，我也想养一匹马，自从你养了马之后，你性情温和了许多。

小马驹在小心翼翼地过河溪。撇角逗着它玩。撇角说，母马不卖，小马驹也不卖，我过两年办个马场，你看看，樟湖一览无余，湖水四季瓦蓝，这里景色好，湖岸开阔，有了马场，会有人来骑马的。

那我给你守马场。他表弟说。

有了小马驹之后，撇角有了更多的事做。他骑摩托车去收货。王朗村有一个种白玉豆的人，每年收两千多斤豆子。他的白玉豆都卖给撇角。他和撇角有说不完的话。撇角说马，他也说马；撇角说湖里的鱼，他也说湖里的鱼。他能顺着撇角的话说。他知道撇角添了一头小马驹，说，我没养过马，很想养一匹马，马不会拉犁耕田，但马跑起来多超脱啊，神采飞扬，马的眼睛都会发亮。

撇角就不接话了。撇角没法接，养一匹好马多难啊，一匹好马有多珍贵？珍贵的马，和家中的女人一样珍贵。珍贵的东西都是藏着的，没办法也不可以分享给其他人。珍贵的东西不多，懂得珍贵的人更稀少。

镇里有人特意骑车去湖边，看撇角的小马驹。小马驹会顶篮球，会去湖里游泳，会和狗狗赛跑。小马驹让镇里人感到新奇。来玩的人，带着孩子，孩子追着小马驹跑。小马驹直起身子，吃树上的无花果，吃树上的石榴。小朋友抛一个苹果过去，小马驹一口啃半边，望着小朋友咴咴咴咴低鸣。小朋友开怀笑了，又拿出一个苹果，摊在手心，小马驹吃了苹果，舔手掌。

湖边有一个草泽，淤泥深。有一天，一个进山上坟的人，突然炸响冲天炮（方言：单个朝天射的大鞭炮），轰的一声，炸得寂寂之野四分五裂。鸟呼呼四处乱飞。黑马受了惊吓，慌不择地，跑向草泽，陷入了淤泥。它半个厚实的身子陷了下去。淤泥盖了它的臀部，没了它下腹。它昂着头，咴咴咴地叫。它想抬起前肢撑起前身，泥浆却内灌。撇角从院子里跑出来，看见黑马在泥潭挣扎，一时也想不起用什么救它，眼睁睁地看着黑马上半截身子也慢慢下沉。他站在草泽边搓着手，喊：快起来啊，快起来啊。

咴咴咴，咴咴咴，黑马的嘶鸣让撇角绝望。黑马睁开圆圆亮亮的眼睛。这个时候，小马驹跑了过来，绕着草泽边奔跑，咴咴咴地叫，叫得很高昂。黑马撑起了前肢，腾起前半个身子，跃了起来，像一座巨大的冰山拱出水面。撇角跑了过去，牵马去湖里洗澡。小马驹追着屁股，打着响鼻，咴咴咴地叫。撇角给黑马洗身子，刷毛，抱着它的头亲吻。他没有想过，小马驹给了母马力量，母马是这么勇敢，自己救了自己，让他深深震撼。

过了半个月，那个钓客又来钓鱼了。他戴着扁帽坐在湖湾枫树下钓鱼。鲫鱼半块巴掌大，钓上一条，又扔回湖里。撇角说，鲫鱼很鲜，炖上来的汤牛奶白。钓客抛出渔线，渔线慢慢下沉，半截红半截绿的浮标垂在水面。钓客说，钓鱼不是为了吃鱼，要吃鱼的话，不如拉网，何必来这么远的地方钓呢？

钓客又说起了马的事，说，你这样养马不是个办法，养着也不是，卖了也不是。马在湖边荒地吃草，甩着尾巴。

撇角说：养马和养八哥是一个理，养八哥是为了卖钱吗？是为了吃吗？不是。养着，逗着，是生活一趣。养马也是生活一趣。当然，养马成本高一些，但乐趣也更多。马通人性，马是畜生，但也不仅仅是畜生。

钓客很吃惊地看着撇角，说：我们在马的身上可以看到自己。你对马还了解得不透，你了解透了，你会善待万物生灵。你学学骑马，在马背上奔跑，你就知道了，你和马是融为一体的。马需要骑手，只有骑手可以体现马的自由、天真、奔放、桀骜不羁和蓬勃的野性。马让骑手自信、从容、刚毅。人塑造了马，马也塑造了人。

撇角开始练习骑马。他和马有深深的默契。他双腿一夹，马便会沿着湖岸飞奔而去。他练习了三天，便能熟练驾驭马了。他在峡谷跑，在林中跑。他骑马去收货，骑马去探望亲友。马奔跑起来，他感受到了大地在震动。

冬日到来，雪覆盖了原野。山中多胜雪。冬天，草料不够，撇角抱出自己切的番薯藤，喂马。吃了食，马去湖边溜达。马走踏着雪，雪噗噗脆响。炭一样黑的马，像裹着浓浓的夜色。它黑得耀眼。马拱开雪，啃食残存的枯涩草叶。撇角骑上马，在雪地奔跑起来。

黑马之美，在某种特殊情境之下，美得让人心醉。有一次，是月圆之夜，撇角睡不着。他骑着马，在峡谷里悠然慢走。月色如银。峡谷白亮又朦胧，山色青青，月色如湖水漫溢。马静静地站在山谷中，他静静地坐在马背上。寂静的美丽如初春的忍冬花盛开。撇角第一次觉得，马天生是孤独的。马长久的沉默变得无边无际，山野一样深邃。马袒露的部分供人理解，而更多的部分深藏着。如头顶上灿然的星空，星星空无之处，是恒久的谜团。人也是这样。肉身是一座庙，心是一尊佛，佛供奉在哪里，谁又知道呢？撇角坐在马背上，眺望着远山，仰望着高高在上的天空。他也长久地沉默。他无法言说，马也无法言说。远山如谜，天空如谜，他和马也如谜。流水哗哗。这个峡谷，是撇角走了千百次的。但，峡谷陌生了。或者说，他是骑马而来的陌生客。陌生客就是过客。他下了马，来到溪边掬水洗脸。在溪水中，他看到了马的身影。马黑如一尾乌鱼。马背上的月亮在摇晃。黑马闪亮，银灰似的闪亮。他掬着水，又松开了手。他回头看了一眼马。马兀自昂头站着，望着月亮。撇角突然觉得自己很悲伤。无由的悲伤填满了他的胸膛。他抱着马头，马歪过头嗅他的脸。

在很多时候，人是脆弱的。他的脆弱，被马看到了。马的眼神柔和且充满了仁慈。马踢了踢蹄子，咴咴咴咴嘶鸣。花楸树的叶子在轻轻抖落，野胡椒树正开着花，溪水在不紧不慢地流着。撇角抚摸着马嘴，他跨上了马背，跑向峡谷更深处的山谷。月光洗涤着树林，洗涤着空山。撇角哼唱起了童年的歌谣。马踏出了飞溅的水花。马黑色的鬃毛如黑夜一样疯狂、张扬，它肆意地奔跑，似乎只有奔跑才能追逐渐渐西去的月亮。

其实，撇角是一个很开朗的人。当他骑上马，他更无忧了。他买了一顶牛仔帽，骑马必戴。他逗爱英，说，正眼瞧瞧我，我像个佐罗吧。他打一个响指，吹一个口哨，骑马去了。以前，他觉得生活特别无聊，上午收货，下午打牌，孩子读寄宿学校，也不用他花精力多管。生活虽然充满了热望，但大多时候让他垂头丧气。养了马，他觉得每一天都有意思。有意思的生活，日子就过得快，水流进樟湖一样。日子过着过着，湖水就满了，满眼的澄碧，满眼的狂野。

第四辑：舞咏而归

他们与艺俱老，在大时空下演变多舛的命运，成为时代潮流中沉积下来的文化印记。他们如星辰在夜空发光。

焚泥结庐

一只蓝蜻突然在青石门槛打转，翅膀吱吱吱吱地急速振动，转了几分钟，突然停了下来，四脚朝天，一动不动。我父亲低声嘟囔：一只老得飞不了的虫。似乎这是一个不好的征兆。我父亲转身去了荣岩家。太阳像一张淋湿后晒干的黄表纸，柔柔皱皱。

他们是土陶厂工友，共事二十余年。荣岩是个拉泥工，也是个踩泥工，比我父亲小十来岁，我叫他荣叔。土陶厂在公路边的山坳里。纵目而去，从群山逶迤而来的饶北河，在两座山狭长地带，围堰成一个小湖泊。土陶厂并不大，有四个芦苇篷、一个晒陶坯的场院、一个踩泥池、两条堆陶器的地垄，和两座陶窑。公路下，是一片扇形的田畴。田畴平坦，远远看去，田埂仿佛是编织的花边——蓝铃、猪牙、黄水仙、银莲，贴着埂边开各色的花，黄黄的、紫紫的、白白的，到了夏季，瓜果在竹架上挂着，有黄瓜、冬瓜、丝瓜、金瓜，也有刀豆、扁豆、白玉豆、四季豆、豇豆，竹架上爬了丝蔓。河边有一个洼地，酸模、水鳖茂密地生长。水鳖在雨季，叶子圆肥，浅黄的花一夜间浮出来，像黄晕晕的灯盏。把草翻挖下去，有厚厚的烟灰色的泥。每天，天麻麻亮，荣叔用阔嘴铲把泥铲到平板车里。那时他还年轻，手臂像两根暴涨的杉木，滚圆的。他拉着满车的泥墩，埋着头，车绳勒进他的肩膀，他用手拖着车把，往沙子斜坡上拉。他长年打赤脚，脚趾收缩，吸盘一样吸附在地面，脚趾像五个患难兄弟，在爬坡的时候，紧紧团结在一起。过了斜坡，拐过一条甬道，便是踩泥池。他坐在车把上，抽一根烟，再把泥卸在池里。一个早上，他拉了两车泥再吃饭。我坐在院子里晨读，看见荣叔上坡，我跑下去，在车后推车。他唏呼唏呼的喘气声有舒缓的节奏，随着喘气声而起伏的后背，在我看来，和山梁差不多。他抽烟时，嘴巴张得钵头一样，烟在里面打滚。他喜欢谈白。他说，老六，你以后不读书了，来做个窑工，女人争抢着嫁窑工呢。

一池的窑泥要拉二十来板车，荣叔两天拉完。再给池子浇上十几担水，泡浆。他牵来水牛，喂一畚斗的米皮糠，给牛脸蒙上一块黑布，赶到泥池里。他一手拿一根竹梢，一手拽牛绳，嘿，抽一下牛屁股。牛沿着池子打转圈，荣叔也跟着打转圈。打了几个转圈，牛不走了，嘛——哞——嘛——哞——牛叫得低沉悠长，叫得人心里胀胀的。荣叔抱来一捆草，自言自语地说，谁叫你是牛呢？是牛就要踩窑泥。他又挨下身子，用手一遍一遍抚摸牛的脊背、上腿和臀部。泥浆里全是脚印、牛蹄印，一窝一窝，蹄印叠着蹄印。踩了一天的泥浆，变稠，呈胶样，泥熟了，切成肥墩墩的一块块，搬到芦苇篷里，制土陶。

土陶器有土瓮、酒缸、水缸、钵头、壶、菜缸、酱缸、酒瓮、灯盏、油罐子、酱油罐子、盐罐子、调味罐子、茶壶、夜壶、瓦、砖，规格不一。制陶师傅有三个，文港、水桶、阳鱼。水桶和阳鱼是文港的徒弟，做了三年，也成了师傅。文港是个瘸子，走路如秧鸡。他用一条破布片搓的布条绑在腰上，长裆往下拉塌，裤头翻出来。无事的闲日，他提一个酒罐去巷子人家坐坐。日暮了，他才踮着脚回家。他笑眯眯的，脸上漾着酒驼色，酒糟鼻像个开烂的红辣椒。他到了家，他老婆马上从后门逃出来。她的肥裆裤在膝盖的部位各补了两块圆圆的布片，芋荷叶一样的布片，头发用一根毛线绑着。她从一块长满荆棘的野地跑下来，翻身跨过枸骨扎的篱笆，爬上一段有南瓜架的石墙，跳到我家牛圈后的柴垛。文港的声音亮了起来：夜边了，饭在哪里还不知道。他老婆叫春兰，躲在我妈身后，说，又没有肉，烧什么饭？我才不烧。文港坐在大门的石凳上，唱小调，咿咿呀呀，谁也听不懂的小调。一边唱一边摇头晃脑，嘴角流出白白的口水。他是一个胆子特别大的人，村里死了人，都是他去洗身。

他把死人抱到泡猪桶里，倒一担温水，用稻草刷，翻来翻去洗。他不怕死人。他说，死人有什么可怕的？死人要不了几天，都成了泥。他边洗边说，你看看，我天天都鞭挞泥，在一块石板上，把泥摔下，揉软，再摔下，再揉，揉饭团一样，把泥浆里的空气全部揉出来，泥结实了，瓦才不会被雨打碎，你看看，在这二三十年里建的屋舍，有哪家人说我做的瓦不好、我做的缸不好用？没有的。

但他自己的房子没有瓦，是用茅草席盖的，用竹篾编起来，一列一列地压在悬梁和木条上。他又说，人和泥都是一个德行，经得起摔才经得起用，却经不起碎，再好的水缸一铁锤下去，全烂了，烂了就是死了，补也补不了。他一个人坐在厢房里，给死人守夜。靠在门框上打盹儿，头耷拉耷拉地舂米一般，他睁开眼，用筷子夹脸盆里的猪肉下酒，一个晚上，把整盘的肉吃光。他要吃半生半熟的肉，厚厚的巴掌大，肉皮带点猪毛茬，他把整块肉塞进嘴巴，露出的一截，用手捂着，慢慢往嘴巴里挤。

文港有两个儿子，一个叫水榕，一个叫水杉，都到了上学年龄了，还没去学堂。文港说，以后做陶匠，做陶匠又不要识字。水榕水杉特别顽皮，黄瓜没熟，只有指头长，他们也摘下来吃，有时一个下午，坐在田埂上，躲在豆篷里，剥青豆吃，吃得肚子滚圆圆的，回家。他们还会用铁丝编制笼子，四四方方，笼子里挂一条河鱼，放在田埂下的涵洞里，过一两晚上，笼子有了田鼠或黄鼠狼，烤起来吃。有一次下午，他们还跑到我家厨房，把半碗猪油喝了。他们赤膊赤脚，手上始终有一根圆木棍，去田头菜地捉蛇。把蛇圈在腰上，当皮带。到了寒冬，他们再也不出来，窝在床上。好几次，我父亲对文港说，你也得给孩子撬一件棉袄，小孩子窝在床上，不是办法。文港说，小孩都是冻大的，哪会有怕冻的小孩呢？我母亲捡拾了几件家里的旧棉袄，送给文港两个小孩。

我们一眼望过去，能看见的是光、水和泥。空气是看不见的，花香味是看不见的。光从天上泻下来，无声无息。水在河里湍流，在雨里噼噼啪啪，在石缝里渗。泥以鸟的形式叫，以油蛉的形式低吟，以虎的形式咆哮，以草木的形式一岁一枯荣，以人的形式更替。荣叔死的时候，我还在小镇的一个乡间中学教书。我父亲急忙忙地把我叫回家，说，荣叔才五十多岁，你去送送。荣叔侧着身子伸出手，想拉拉我的手，手直直的，却怎么也伸不出来。荣叔说，一辈子的力气全用完了，用完了，人身就是废物了，是一堆烂泥。他得了水湿，骨关节痛，针扎似的。他拉不了泥，也踩不了泥。他用一个平板车拉盐罐子、菜缸、酱缸、小瓦罐，去周边的各个村子卖。车头上挂一个铝盒，铝盒里是饭菜。他手腕上扎一个摇铃，到了村里，当当当，小孩围过来，大人也围过来。过了两年，脚再也走不了路，他坐在自己做的一个四方形木架里，下面安了四个铁轮子，他老婆推他出来，在村子里转转。他全身水肿，看起来和一个熟透了的冬瓜差不多。中医说，他打赤脚太多，踩窑泥太多，水汽全进了身体里，人的身体像个烟囱，烟全堵在里面，柴火怎么烧，都会慢慢熄。她老婆干瘦干瘦，一根火柴一样。她几次来我家，对我父亲说，劳力没了，生活怎么过呢？我父亲说，叫荣岩去厂里称柴火吧，工钱会低一些。他站不起来，只能看看秤，做个记录。我父亲私下几次对我嘱咐，说荣叔不会有太长时间了，他那个儿子，你得想想办法照顾，找一个好师傅学一门好手艺。荣叔三岁丧父，自己到了三十好几才结婚，好不容易得了个儿子，命根子看待。生儿子时，家里穷，老婆坐月子没肉吃，连奶水都没有。荣叔用绳子把家猫吊死补老婆身子。猫吊在木楼梯上，伸出长长的舌苔。猫都养了六七年，听话，温驯，舔着荣叔的脸睡觉。吊它的前两天，猫一直蜷缩在灶台上，喵喵喵喵地叫，日夜叫，叫得荣叔心里痛，凄苦地痛。他看见猫的四肢在发僵，眼球暴突，他咚咚咚地用头撞墙。他说，儿子是猫投胎，儿子取名春猫吧。

坐在荣叔的床沿，我不知道说些什么宽慰他。泥是我的胞衣，也是我的棺椁，哥郎，你知道我一辈子都是在挖泥、拉泥、踩泥，我死了，不要棺材，用泥把我裹起来，埋到后山去。荣叔用手盖着我父亲的手，很低声地说。他躺在平头床上，头靠着一个茶叶袋，嘴巴里流长长的涎水。他已经躺了半个多月，他身子呈塌陷状，曾像羊皮鼓绷紧的肌肉无影无踪了，蓄水一样蓄在体内的力气消失了。荣叔的颧骨像两块鹅卵石，眼眶凹进去。我父亲给他倒了一小杯酒，说，你少说话，烟抽不了，喝口小酒吧。我父亲抱起他的头，用衣袖揩了揩他的脸。我父亲说，我们一辈子都在还债，我们从泥里挖了多少，也要还回去多少，谁都不欠谁，最后了啦，一拍两清。

我年少时，我们一群小孩子去土陶厂玩，荣叔老婆烤芋头给我们吃。芋头是用木炭火煨的，松松软软，把粗糙的毛皮剥开，白白的芋肉有一股热热的香味。枣子熟了，她用饭萁端米枣给大家吃，一人一把。枣子有细细皲裂的斑纹，吃起来，生生脆脆，牙齿都有甜味。到了我外出读书，暑假了，我和荣叔一起在土陶厂守夜，看守器物。在空地里，我们一人一张竹床，打赤膊，盖条小毛毯。月亮早早地出来，水汪汪的。溺水的月亮，光晕里荡漾没有波纹的灰蓝色。山梁一座座相连，尖尖的山巅有银辉闪耀，像终年不化的积雪。山梁间的弧线像奔跑的狼狗脊背。田畴里，青蛙肆意地叫，叫得又欢又快。稀疏的柳树里，有白白亮亮的水叮叮咚咚。遥远的星宿，低低地垂下幕帘，悬挂在屋顶上。原始的夜空和我们的灵魂相依相偎。在时间的河流中，我们都是逆水而行的。现在，荣叔已经到了最后一个码头——他来到这个世界的地方。他躺在蒲席上，大头苍蝇嗡嗡嗡，在墙上，在窗玻璃上，在床栏上，飞飞停停。他后院里的樟树上，有几只乌鸦，叫了三五天了，呜啊呜啊，叫得人发慌。用石头扔它，它跳几下，不走。蒲席是旧的，有常年的肌肤油脂滚磨了的熟黄，似乎还有年轻妇人奶孩子的温暖，还有梦境的美好印迹，还有滚热泪水的渍液存记。荣叔的身子有了陶泥的色泽，灰暗的、浅褐的、灰烬的那种颜色。他们一家人哭了起来。荣叔再也听不到，或许听到了，我们也无从知晓。他的眼角涌出了两行泪水，最后的、仅有的。

在河边的洼地里，我们一群小孩经常在夏日黄昏时分，去滚陶泥浆。把陶泥抹遍全身，连裤衩也不穿。滚累了，我们坐在河边的石堤上。溽热的暑气一会儿把身上的陶泥熏干。我能感觉到，泥浆慢慢在皮肤上收缩，嗞，嗞，嗞，嗞，泥浆有了裂隙。皮肤有轻度灼热的微痛，泥浆从黑褐色，变灰褐色，变灰白色，最后干裂。我们站起来，跳几下，碎片啪啪啪地落了一地。我们钻入水里，凫游。我们也把水缸抬来，放在一个汽车轮胎上，移到河里。我们一人坐一个水缸，在河里玩。收工的荣叔通常就是那个端水缸回家的人。

地垄里，码着一排排的水缸、土瓮。星期天或节假日，外地有一些货车，突突突，开到厂里，把土陶器物拉走。器物都用稻草绳捆绑好，小孩子负责搬小器物，用竹萁挑或扁篓背——那像是小孩的节日，蹦跳着走路。

在很多年之后，我离开故地的很多年里，我特别迷恋那种火烤烟熏的泥土味。它是所有土制器物的旧时光，也是永远不会散去的体温。一个水缸，摆在陈年的院子里，即使摆了上百年，缸壁长了清幽的苔藓，水也不会腐臭。手抚摸一下水缸，冰凉的，地质深处的幽寒从缸里传来，再抚摸一下，家的温度渗透了出来——木柴在陶窑里轰轰地旺烧，白烟从天窗里蹿出来，一浪浪，做陶人的手印手痕、脾性、气血，烧进了器物里。火烤烟熏的泥土味里有咳嗽声，有阵雨哗啦啦的倾泻声，有灌木在深山里的摇曳声，有烈日空气嗞嗞嗞的爆裂声，有木炭砰砰砰的炸裂声。这是一片田畴的微缩记忆，在某一个蓦然时刻，水波般扩散：杨柳绿了又黄，河水浅了又深，昨日的鸡舌草不忍说出寒霜的来临，弯月早早沉降；门轻轻合上的声响，土瓮被一只手有节奏地拍打，嗡——嗡——弦弹振动的回响；小弄堂里，喝酒声幽幽传来，再稍后一些，有一个提灯笼的人走过；泥墩在石板上，啪嗒啪嗒，反复地摔打，摔打泥墩的人，鼓着腮帮，憋着气，粗壮的双手像一对木桨……远古的歌谣掠过，掠过我们已经途经的山水。

火烤烟熏的泥土味是我蒙昧的开篇。盛水的是水缸，放米的是米缸，端粥的是钵头，储酒的是酒缸；大肚子的是土瓮，直肚子的是酱缸；摆在灶台上的是油罐子，放在阁楼上的是菜缸子，陈放在地窖里的是酒瓮；压在木椽上的是瓦，砌在墙里的是砖。我知道，人从这里走出了洞穴，家有了形态，灵魂有了归依。我们是在大地上蜗行的人，当我们日渐衰老，最终环抱着的是日渐苍凉的泥土味。我们出走，因为有了欲望。我们回来，因为需要了却。

小镇郑坊在春秋时期，有了族群和村落。在20世纪80年代初期，县博物馆的考古人员，在一栋废弃的旧居里，发掘出了前秦的砖瓦和土陶。土陶是钵头和小罐子，在展览室的橱窗里，依然发出深褐色的幽光。在时间的隧道里，我们瞬间站到了两千多年的大地上，苍莽的大地，群山绵绵，饶北河浩浩荡荡漫溢了两岸。先人用土陶碗吃饭，用土钵头炆肉，架在土灶上，木柴火在暗夜熊熊地燃烧。荒蛮的时间在这里形成了对流。有了窑，才有陶。

窑有两座。一座是旋窑，高高耸起，内空，用土砖垒起来，看起来像个碉堡，也像个稻草垛，一般用来烧砖瓦。窑是圆形的，慢慢往上收拢，有一个圆拱，拱顶开一个天窗，也是形成空气对流的通风口。一扇两米高的窑门，两个人可以进出，烧窑的时候，手臂粗的杂木从窑门塞进去。另一座是卧窑，也叫龙窑，沿着山边向上的斜坡，从地面挖一条两米深、四米宽、四十米长的槽道，用土砖砌，拱出地面，再向上砌成半圆的拱形，用瓷泥密封，在尾部开天窗，远看像一条巨蟒，通常用来烧制器物。

龙窑的薪火从不熄灭。烧窑了，选一个吉日吉时，放一挂长鞭炮，摆上酒肉，烧香，跪拜，算是祭了窑神。点窑的火，从窑里的火薪引出来。窑在，薪火就在，世世代代相传。烧窑的师傅是文港，他剃头刮胡子，洗了澡，穿上了干净的衣服，也穿上了棉布鞋，点了第一把窑火。

烧一次龙窑，要烧上至少四天四夜，旺火不熄。第一天烧的柴火是干燥的芦苇秆。芦苇秆绑成一个个圆捆，整个圆捆往窑口塞。站在窑口，听见火在窑里怒吼一般尖叫。第二天改用灌木烧，手腕粗的灌木整捆整捆地烧，火在窑里形成洪流，在器物间狂泻、奔流、翻滚。整个窑身发烫，空气一浪浪地翻滚。烧窑的人戴着面罩，露出两只眼睛，浑身漆黑，像头黑熊。窑师在这几天，几乎不能上床睡觉，手上拿一根铁锹，来来回回地查看窑身，是否有漏火是否塌窑，火候是否适合。一团团胶一样的泥，准备在泥池里，随时准备堵塞危险之处。窑边堆满了柴火，一捆捆，码成墙垛。两个人烧窑，两个人抱柴火，两班人马轮换。文港听听火在窑里的叫声，就知道器物的成色。哪一段窑的器物烧嫩了，哪一段窑的器物烧老了，他用手摸窑顶，闻闻柴火烟的气息，他便心里有数。烧窑的人用干柴火还是用湿柴火，还是半湿的柴火，一捆的量需要多少，听凭文港的口令。文港酒也不敢喝，赤裸着上身，即使是冬天也如此。一件破旧的军绿色大衣，挂在树杈上，冷了，他裹一下身子。他的身上全是烟熏的熏黄色和柴火味。

封窑了，窑门塞满了木柴，用水一桶一桶浇湿，再用陶泥糊起来，一层糊一层。天窗也用陶泥封死。封窑结束，在我家里聚餐，钱由土陶厂支出。我父亲从地窖里，用荷叶勺，舀两壶酒上来。酒由杨家老四酿的，酒料是苞谷、番薯、糯米掺起来的杂料。酒泡了枸杞杨梅。酒辛辣微甜，有一股番薯味。荣叔、文港、水桶和阳鱼，还有几个烧窑师傅，坐在八仙桌上吃。文港蹲在长凳上吃。他吃饭从不坐，蹲着吃。我母亲用一个大饭甑蒸饭。他们几个都是食量很大的人。文港比我父亲小两岁，食量尤其大。他从不去别人家里吃饭，也不去喝喜酒。有一次聚餐，水桶和阳鱼对文港说，师傅，中午比吃饭，两比一。碗是蓝边碗，饭甑放在八仙桌右边的香桌上，由我母亲盛饭。阳鱼吃完了饭，说，饭吃多了像吃泥巴，塞得肚子难受。文港看他们下桌，把饭甑搬到八仙桌上，自己吃自己盛，把饭甑里的饭全吃完，筷子敲敲碗沿，说，吃空了。他看看桌上几个菜碗里，还有许多菜汤，他把菜汤倒在钵头，抱起钵头仰起头，把菜汤喝完。他抹抹嘴巴，说，菜汤有味道，咸咸辣辣，吃得爽。

以前，文港不是个瘸子。在十七八岁的时候，是方圆五里有名的脚夫。他走二十多里的山路偷圆木，一根圆木至少三百来斤，一个晚上走来回。他肩上挂一个褡裢，褡裢包里是一个大饭团，腰里捆一把大砍刀，去深山偷木头，一年要偷三百来根。有一年，他老父生病了，想吃肉，他没钱，他去山里抓岩鹰。岩鹰筑巢在悬崖上，他拿了一根棕绳一个布袋去岩石山。抓岩鹰时，被一只母鹰啄了脸，他从悬崖上滚了下来，右腿骨开裂，落下腿疾。他偷不了木头，跟制陶师学了做陶。村里人很少会去学这门手艺，做陶太吃力，耗费体力，宁愿去做木匠、油漆匠、篾匠、箍桶匠。文港有四兄弟，但没一个是同父同母的，四兄弟有四个姓，也只有他学了做陶。做砖做瓦做缸做瓮，修窑烧窑开窑，他样样精。阳鱼做了七八年的陶，转行去做石匠了。做石匠轻松，还管下午一个小点心呢，点心不是炒面就是炒饭，吃着心里舒坦。阳鱼说。

我父亲建房子，是阳鱼当师傅的。他打两块三米长的夹板、两个木杵，来到我家。河石砌了地梁，再砌一米高的石墙，在石墙上用夹板固定起来，把石灰调匀到黄土里，倒进夹板里，夹板两头各站一人，用木杵夯实黄土。木杵是十来厘米粗的杉木或苦槠，一米五长，师傅握住木杵，啪嗒啪嗒，舂在泥里。小工用簸箕挑泥，一担担挑到夹板里。夯实了，抽出夹板，连着新墙继续夯。夯了三个月，一栋房子的外墙全夯实了。木匠师傅进场，东家挑个好时辰，上梁竖屋。这天，木匠石匠都是大师傅，好酒好烟好肉地款待。竖屋喝彩头，祭阴阳祭鲁班师傅。

木匠师傅唱：福来。

围观的群众和：呀。

师傅唱：天地吉祥，日吉西阳。先请阴阳，再请鲁班，请到鲁班先师，缔造万年华堂。前面造起都督府，后面造起宰相堂，左边造起金银铺，右面造成囤谷仓……

喝了彩头再打煞。木匠用斧头划破大红公鸡鸡冠，将鸡血滴在酒中，涂抹在工具上，亲友每人手持两把薄竹片，随木匠喝彩声，一边应和一边拍打木柱。木匠大喝一声：煞气那里逃？手握五尺，迅速追出门外，众人也随木匠一直追到村前水口方才罢休。打了煞，师傅爬上房梁抛馒头。

师傅喝彩：福来，麦子麦子，出在何方？出在湖广州上，商人买回来，挑到店里磨成粉，东家买回来，做成馒头个个甜。大馒头，个打个；小馒头，对成对。福来，馒头落在东，代代子孙做相公；馒头落在南，代代子孙福寿长；馒头落在西，代代子孙穿朝衣；馒头落在北，代代子孙做官客。

大家哄抢馒头，师傅怎么喝彩，都没人听了。馒头抢得越快，彩头越好。

上了梁，晚上会有几桌酒宴。木匠、石匠是最大的客人，坐主位。木匠坐左边，石匠坐右边，在一条长板凳上，频频地相互敬酒，额手示好。阳鱼弓着身子显得有些佝偻，手指短而粗壮，额头有一道道山梁一样的皱纹。他四十岁还不到，他早年重金属般的嗓音都不见了，说话声音低低的，像麻鸭在叫。

我父亲喜欢想很多奇奇怪怪的问题。他喜欢一个人靠在床上，一边听广播一边打瞌睡。空闲的时候，他会和别人讨论很多莫名其妙的问题。你知道什么东西，让人无比爱又让人无比恨吗？有一次，他和我讨论这个问题。我知道他有自己的答案。我说，当然是钱啊，钱折磨所有人，又让所有人爱。父亲看看我，微微笑，说，不对，钱只有使用价值，没别的。我说，每个人答案都不一样。我父亲伸出了双手，摊在饭桌上，眼睛紧紧地盯着我，说，你看看吧。

我说，一双老手有什么好看的？麻石块一样。

你仔细看看。父亲说。

我没有看，而是把我的手盖在父亲的手上，像盖在自己脸上。

父亲已经没有燥性，温和地坐在我对面，头发稀落，笑意盈盈。父亲说，每个人的命运都要自己去承担，承担命运的是我们的手。他说，泥就是我们的命运，但人是从泥里长出来的，再大的风雨也不怕，我用手承担了泥。我握住了父亲的手。父亲又说，从枫林走出去的人，都是陶窑里烧出来的。

文港叔死了，你知道吧？吃饭的时候，父亲问我。我说我好久没回枫林啦，哪会知道这些呢？他才六十多岁，身体壮壮的，没想到竟然走了。父亲边喝酒边摇头，很是惋惜。

文港的大儿子水榕在市里摆了一个摊位，用推车卖烧烤。我常见到他摆在小学门口，我去接小孩放学，他远远地叫我，给我孩子吃烤鱿鱼、羊肉串、烤鸡排，在一块铁板上，用竹签穿起来，转动，喷辣酱。我小孩不吃这些，他尴尬地笑笑，嘿嘿嘿，脸上堆起打褶的皮肉，眼睛像个核桃壳。卖烧烤，他也难得回家。他娶了一个老婆，是铅山人，叫美华。在街面一个板梯间，做撬裤边的小生意，撬一条裤脚边两块钱。一家人便窝在板梯间里生活，在过道上架一个煤气灶，烧饭烧菜，晚上，把堆布料的木板搬开，搭一张架子床睡觉。

上个月，一个年轻人钻进她的店，从裤兜里掏出一个包，说，有人参卖，便宜卖，两百块钱半斤。美华拿了一根人参到隔壁药店，找营业员辨认。营业员嚼了细末，说是真的，成色不错。美华估计卖人参的年轻人是个小偷。她把半斤人参买下了，托人带给她公公吃。

文港从没吃过人参，但知道人参炖鸡汤吃最好，养身子。他杀了一只鸡，放了一半的人参，包进鸡肚子里炖。炖烂了，他一餐吃完，吃得眯眯笑。邻居知道文港一餐吃了那么多人参，说，人参又不是咸萝卜条，怎么可以那样吃？吃多了伤身子。文港说，身子哪有那么容易伤的，又不是豆腐做的身子？第四天，文港杀了一只番鸭，把剩下的一半人参包进鸭肚子炖汤，炖烂了，一餐吃完。睡了一个晚上，清早起来，他的脸臃肿了起来，像块刚出炉的面包，脸色熏红。他见人就说，人参补，人参补，一个晚上补出个菩萨像。过了一夜，他再也没起来，他老婆春兰叫他吃早饭，推推他，身子都硬了。村诊所的医生毛笼说，脑溢血。文港都不知道自己死了，脸上还笑眯眯的。他小儿子水杉，从广东回来，送了他父亲上山，再也没回过这个家，算起来，已有十几年了。据说，在广东河源招亲，做了上门女婿，女方有三个小孩。春兰去老祠堂生活，烧锅，打扫场院，种了几块菜园地。水榕在市郊买了一套二手房。文港住过的旧房子，如今都成了一片废墟，茅棚顶塌了一半多，门锁着，有一边的门板却没了，狗进进出出，外地来讨饭的人，卷一条草席，进去过夜。房子的泥墙还竖着，四堵墙，墙根有绿幽幽的青苔，墙面上爬满了青藤。

事实上，在2001年，土陶厂已经解散了。原因是塑料制品、玻璃制品和铝制品，基本上取代了土陶器物。那块场院被新农村建设规划成居民住房，建了二十几栋三层半的房子，盖琉璃瓦，外墙贴白瓷砖。

土陶窑还在，是不是熄了火，我不知道。山边原先堆柴火的地方，堆满了破碎的土陶片和次陶品。在谷雨时节，是村里采茶的时候，我也会回老家看看，看看那些破碎的废弃之物。茶树一垄垄，甚是葱郁。南方雨季即将来临，做陶的人开始拉泥，清场院，收购柴火。现在不会有这样的景象了。水桶还在做陶，在他家的旧房子，自己垒了一个旋窑，烧煤。他不做日用器物，做工艺陶品。

我常去水桶家坐坐。他原来是精瘦精瘦的，眉骨突出来，眉毛半白，这几年有些微胖，穿件圆领衫，脸肉有些松弛疲沓。他大我十来岁。他的旧房是祖居，有一个厅堂。他请阳鱼用黄泥把外墙重新糊了一遍，翻修和加盖了新瓦，地面铺了仿青石的地板砖。屋里的杂物家具全清了出来，做了很多木架，倚墙固定，木架上摆放着他做的土陶工艺品。工艺品主要是一些泥塑的大肚和尚、弥勒佛、观音像，也有手捏的泥人，小丑、黑脸、花脸，蜘蛛侠、史瑞克、奥特曼，还有不多的茶壶、茶具。他几次对我说，没读到书可怜，睁眼瞎，饶北河一带，只有我们这里有陶泥，我们却把它埋在地里，一钱不值，愧对这方山水，你看看，连一个土陶厂都生存不下去，不如一个塑料厂，先祖给我们传衣钵的手艺都没了。

他酒量不大，喝不了一会儿，伏在我肩上，拉着我的手，说说，便哽咽了起来。他儿媳妇在市区开了一家陶塑体验店，给小孩玩，据说生意很好。但我没去过。他儿子学东跟他制陶，选泥、踩泥、鞭泥、拉坯、晾坯、烧窑、封窑、开窑、出窑。学东学了两年，吃不了苦，跑到外面打工，水桶把他找回来，送学东去景德镇陶瓷工艺学院拜了三年师，学东安静了下来，在家里又重新学制陶。水桶说，那么苦的年代，我们都过来了，饭吃不饱，天天鞭挞泥摔泥墩，我要守着手艺到死。

每次去看旧陶厂，我是想获得一些慰藉，但每次看了之后，反而心里更难受。我不明就里地难受。有很多东西消失得太快，消失得我们有许多恍惚。

近二十年，我父亲没离开过村里。他习惯了那个山坳，山坳前一畈四季明亮的田畴，和田畈紧紧依偎的饶北河。风爽爽地吹来，压着地面，卷来植物青涩的气息。他没事，也端一把锄头，四处走走、看看。即使他不种菜，也把菜地翻挖一遍，把田埂上的草锄锄，用脚把草根狠狠地踩进泥里。有时，他坐在板凳上，望着窝在山边的龙窑，望了半天。他的脸像一块瓦。龙窑拱形的窑顶，长了许多芭茅和山蕨，也长了苔藓，窑门被陶泥封存着。

窑门，我曾无数次抚摸，把脸贴近它。窑门曾炽热得滚烫，陶泥由灰褐色变白，有了缝隙，皲裂。荣叔急不可待地等了七天，用一根铁锹把窑门打开，一股热浪扑出来。热浪里有烤焦的气味，粗粝的颗粒灰尘落满了身子。出窑了，大家用粪箕、箩筐，把器物挑出来，码在地垄。土瓮排一列，缸排一列，钵排一列。再一列一列地码上去，用毛竹竿扎起来，以免倒塌。器物搬运完了，我们一群小孩在龙窑里面打打闹闹。那是我们的迷宫，也是我们的摇篮。龙窑有许多小天窗，阳光射进来，像一朵朵放大的喇叭花。光线里，悬浮着蒙蒙的灰尘，有金属的光泽。壁上的砖体完全乌黑、僵硬，石灰石一般，暖烘烘的，萦绕在每一个毛孔里的气流，终年不散。在一个乡村，我不知道还有什么地方，比这儿更具温暖感，仿佛是母亲陪伴小孩酣睡时的腋窝。拱形的窑顶，土砖完全发黑，有规则地砌出一条条半圆形的弧线，简单、柔美——这是我心灵里一座永恒的教堂。

茅棚里，陶轮车在嗞嗞嗞嗞转动，浑浊的水浆沿水槽淌往地面。陶泥随着陶轮车呼呼打转，文港一只手贴在陶坯内壁，一只手抄在外壁，泥墩慢慢有了缸的形态。荣叔在另一个茅棚里，把泥墩举起，摔下，重重落在石板上，泥墩反反复复摔，摔出了劲道，再用木棒子捶打，叭，叭，叭，又把泥墩揉成团，再而三地捶打，直到把泥墩打没了气孔，空气完全挤压了出来。捶好了的泥墩，给文港制陶坯。文港赤裸着上身，被泥浆溅满，形成细流，一直淌到脚踝。拉好的陶坯，搬到场院喷釉，再翻晒。场院是黄土夯实的，用滚石柱碾平，铺一层薄薄的毛皮沙子。陶坯晒了半个月，浆水变白，坯色灰黄灰褐。晒熟了的陶坯，用箩筐挑到龙窑里，从最里面，往外码出来，码到窑门了，封窑门，开始烧窑。柴火是常年收购的。村里，周边村里，有砍柴为生的人，天蒙蒙亮，拉板车，带两大铝盒饭，走十几里的砂石路，到分水关，砍灌木，砍满了一车子，回来，柴火晒半个月，卖给土陶厂，一块五毛钱一百斤，记账，器物出窑了付钱。也收芦苇秆，暖窑用的。星期六星期天，我也去后山砍芦苇秆，一天能赚三块多钱。我把砍好的芦苇秆、藤条捆结实，搬到斜坡，用脚一踢，秆捆滚下来，把山下番薯苗滚烂。过几天，番薯苗又旺旺地长起来，割了，喂猪。

外出读书之后，我坐班车回家，下了车，远远望见堆在山边的柴垛、被雨水泡黑了的茅草棚，我心里回荡起一股暖流冷流交织的气流。我到场院转一圈，再回到家里。翻晒的陶坯，密密麻麻的手痕不见了，手贴着陶坯在陶轮车上转动的嗞嗞声不见了，手掌传递给陶泥的温度和血性不见了。它们和几百万年前沉积在地层里的泥融为一体，和阳光融为一体。浴火重生，几天几夜的焚烧，它们又和火融为一体，像铜镜中的面影，又显现了出来。木棒鞭挞声显现出来了，粗糙刚硬的掌纹显现出来了，奔腾的血液显现出来了，板车上坡时车轮的咿呀声显现出来了，场院里匆忙的脚步声显现出来了，柴火在窑里形成洪流的冲泻声显现出来了，田畴间朗朗的四季显现出来了……但更多的事物，永不显现，河流奔泻千里，山川苍老亘古。我走在场院里，拍拍瓮，拍拍缸，丝帛振动之声在瓮里缸里回旋，绵长、清澈、单薄，宛如旷远的记忆。

在老屋厢房，我做了一个橱窗，陈放制陶工具，有陶轮、转盘，有拍板、垫石、泥抹，也有轮盘、泥扳机、压辘，以及刀、开槽物、布线和磨光石、木锉、麂皮。父亲也经常把它们拿出去翻晒一下，抹抹防锈油。它们躺在橱窗里，像一具具木乃伊。它们失去了光泽度和人体的温度。它们曾是我们手足的一部分，是我们生活的延伸部分，是我们珍藏在世代相袭的记忆部分。我们垦出一块地，夯泥垒墙，竖柱架梁，盖瓦筑灶，把水缸搬进厨房，把米缸搬进储藏室，用土瓮做粮仓，用坛储酒，用罐存盐，用缸盛油，两块木板架成一张床，一盏油灯照亮长夜。器物安静地守在角落里，和夜鸣虫、蜘蛛一起呼吸；和院子里的柚子树、枣树、橘子树一起，听屋顶湍泻下来的风声。白昼里，器物散发幽亮的光泽，阳光过滤之后的光泽；黑夜里，器物和黑夜互为溶解，无声无息。这是我们古老的全部。在另一个厢房里，我也做了几个木架，按序列陈放土陶厂出厂的器物，瓮、缸、钵、坛、壶、罐、盏、碗、瓦、砖等系列，逐一标记。它们是一群目不识丁的人的制陶品，纯手工，曾与我吃下去的每一餐饭有关。晴好的时候，我父亲用鸡皮布给坛坛罐罐里里外外，擦洗一遍，擦完了，坐在椅子上，默默待上一会儿。他几次对我说，擦洗坛坛罐罐，能听到它们的轻言细语，它们说得很贴心，也很动情。我父亲把它们抱在手上端详，和它们轻言细语。

我并不清楚，这个土陶厂初建于什么年代。大概是在 2002 年秋，镇政府在枫林官葬山自然村，建养老院时，在一个老墓地，挖出好几件土陶，是碗、钵、罐子。来了几个文物专家，鉴定说是唐朝的民窑陶品，文物价值不高。我知道这个消息，是在一个星期之后。文物专家已经返回南昌了，也没去研究这些土陶品。我怔怔发傻了半天——我想带文物专家去龙窑看看，它起始于何时。一个废弃的土窑，它一定与一条河流有关，一定与河流两岸族群的繁衍生息有关。它是一条泥与火焚烧出来的河流，夹带着山野的气息，和村舍日常的洪荒。它是我们繁衍史的全部真相和谜团，它是我们最古老的宗谱。

落叶堂

“阿七，上午认了哪几个字呢？”在回山堂的路上，师傅问阿七。山堂离幼儿园有三华里，放学上学，师傅都要来接送他。路沿着山弯走，有些偏僻。

“认了‘口’字，认了‘吃’字，认了‘饭’字。这三个字，老师不教我，我也认识。”阿七边走路，边踢着小石子。

“阿七最聪明。”师傅蹲了下去，拍拍自己的背部，说，“上坡喽，要到家喽。”阿七把身子靠在师傅背上，双手搭住肩膀。

师傅微微躬身，双手后抄，抱住了阿七双脚。阿七拎在手上的小布袋，轻轻地晃。布袋里，发出嘁嘁嘁嘁的喜鹊叫声。“师傅，我为什么叫阿七？”阿七问。

“北斗七星。阿七这个名字好。”师傅答。

“上午小阿喜吃了七条虫，它吃得好饱哦。”阿七说，“它吃了那么多，怎么还不长羽毛呢？”

师傅抖了抖腰，正在上石阶，看了看山弯露出的屋角。屋角一棵油桐树正开出白花，如飞雪。师傅问：“下午还要去上课吗？”

“你背我，我就去。”

“那你是谁的宝宝？”

“当然是师傅的宝宝。”

师傅拍了一下阿七的小屁股，说：“你读书，又不是我读书。”阿七咯咯咯笑起来了，笑得有些急，阿七剧烈地咳嗽。转过弯，山堂到了。山堂有两栋盖瓦的矮房子，一栋是堂殿，一栋是生活起居的三家屋。

阿七在这里生活四年了。来的时候，他才满周岁。阿七是寄养在旦旦师傅这里的。师傅姓什么，我们都不知道，我们叫他旦旦师傅。旦旦师傅是上饶市水南人，四十六岁来到落叶堂生活，已有八年。山堂只有他一个人。

落叶堂在山弯的枫树坞。枫树坞呈畚斗形，两扇矮山从山尖慢慢缓下来，如两匹奔跑的马，趴下身子，堰卧下来。密匝匝的阔叶灌木林如泉涌。十余株高大的枫树突兀而出，迎风喧哗。以前这里叫枫树坞。民国初年，一个方士在枫树下，掬月饮泉，清风邈邈，明月如长明灯。他吟诵唐代诗人温庭筠《宿秦生山斋》：“衡巫路不同，结室在东峰。岁晚得支遁，夜寒逢戴颙。龛灯落叶寺，山雪隔林钟。行解无由发，曹溪欲施舂。”方士遂留枫林坞，以麻石砌墙，筑高殿，挖山塘，手刻“落叶堂”青石匾额。

与其说落叶堂是山堂，不如说是荒园，因无人居住，只是堂殿还在。有一年，一个穿唐装的中年人来落叶堂，也不知他来干什么。他在山坞附近，兜兜转转走了半天，此时枫叶如炽，山林欲燃。他见山塘的红鲤时沉时浮，如秋月游于天际，他便不再走了。他修葺瓦屋，垒石圆井，开荒种地。他说，鲤鱼在山塘里寄余生，悠然。这个人便是旦旦师傅。

伐木的人、种地的人、采药的人，常在落叶堂歇脚，喝茶聊天躲雨。若是挨上晌午，旦旦师傅还留客人吃一餐素食。地里长出来的粮，供地上走的人吃。旦旦师傅说。他穿一身自己缝制的棉布长袍，戴一顶黑色四角方帽，为人清雅客气有度。虽然荒落，但落叶堂也不会过于清寂。他不是僧人，却守着僧人的戒律。

“旦旦师傅，上饶市可是个洋场世界，你怎么来到我们落叶堂呀？过得这么清苦。”有人问旦旦师傅。

旦旦师傅从来不回答，他习惯了被人问。他笑一下，扛一把锄头下地去了。他很少去村里。他很少说话。他清瘦，面容白。住了好些年，村里人才知道，旦旦师傅叫明旦，是市区一个中学的语文老师，他的孩子叫知春，在十七岁时，去信江河游泳，溺水死了。他的老婆生贤因此得了抑郁症，三年后也走了。明旦成了一个无家无依的人。

这个城市变得那么陌生。他不上班了，他在四处闲逛，幽灵一样。每一条街道、每一条巷子、每一个偏僻之处，在半年多时间里，他走了无数次。他走得十分疲倦了，他才回家。只有疲倦了，他才可以合眼睡一觉。走了半年，他去郊区乡镇闲走，坐公交车去，坐公交车回来。灵溪、朝阳、皂头、茶亭、罗桥、枫岭头、石狮、董团，这些乡镇的每一个自然村，他都走了。他去了更远的一些乡镇，他有了找一个地方安顿自己的想法。或者说，他想从生的现场逃遁，逃遁到另一个生的现场。

有一次，他看一个摄影展，看到落叶堂，他觉得那里是他要去的地方。在落叶堂，他自己种番薯，种荞麦，种菜蔬。闲余，他一个人在四周的山丘走。村人都觉得明旦是个与众不同的人。他脸灰白色，如同霜冻的白帽叶，眼神灰暗，说话也有气无力。村人以为他得了什么病，得了一种不方便道破的隐疾。他干什么都慢吞吞，走路慢吞吞，吃饭慢吞吞，洗手慢吞吞。似乎没有事值得他满怀激情去做。山中小盆地的山丘，像一个个倒扣的木盆。住了半年，他喜欢上了这个地方。山丘草木葱茏，树林茂密。他去山上挖了很多植物，栽培在空地里。

在山里生活了几年，他成了素食主义者。他粗黑细密的眉毛，也变得稀稀疏疏，半白半黑。他喜欢戴四角方帽，四季都戴。他买来裁缝机，自己裁布做棉袍。他种了很多皇菊和忍冬，也种了很多草药。他把花药采下来，晒好，送给村里人泡茶喝。

有一年初冬，旦旦师傅到村里的“三猫棉被店”，找三猫师傅弹棉被。三猫是个中年人，单身，身材矮小，半秃，嘴大，笑起来龇牙，是安徽六安人，来村里弹棉花八年了，为人客气和善。四村八邻的棉被都由他弹。说是店，其实是一个废弃的机米房，休整了一下，改成了一个店。旦旦师傅进了店里，见一对三十来岁夫妻。男人穿一件“三棵树”藏青色工作服，背靠墙边坐在竹椅上，头发蓬乱，脸瘪瘦而窄，抱着婴儿，泪眼汪汪，哑哑地说：“天哪，怎么办哪？我的天哪。”婴儿被小花被包裹着。女人蹲在孩子跟前，头发遮了半边脸，右手托着婴儿的头，泪水扑簌簌往下流。婴儿不哭不闹，眼睛半睁半闭。旦旦师傅伸出手摸了一下婴儿的脸，问男人：“这个孩子怎么啦？”

男人说：“孩子没救了，很快会死了，可能这个月死，也可能一年后死，他是夭折的命。”

旦旦师傅站起身子，说：“你怎么可以这样咒儿子呢？他不是好好的吗？看不出有什么病啊。”他看着年轻夫妻哭丧似的脸，觉得年轻男人不像说假话。世上哪有说这种假话的人呢？

男人说：“孩子得了法洛氏四联症，这是绝症。”

旦旦师傅问：“什么是法洛氏四联症？孩子已经确诊了？”

男人说：“刚从上海回来，去了华山医院，去了上海儿童医院，确诊是法洛氏四联症，孩子才满周岁，我该怎么办哪？”“不马上做手术，孩子活不过两岁。做了手术，可能活不过三岁，最长也活不过十岁。还很有可能死在手术台上。”女人说。她望着旦旦师傅，眼空空的，脸上都是糊糊的泪痕。

“那你们带孩子去做手术啊。”旦旦师傅说。

“做手术得五万多块钱，到哪儿凑钱呢？做了手术，孩子也活不了两年。我父母都不支持去上海实施手术，救不下孩子不说，我们还得落下一身债。我们难啊，师傅。”男人说。

“哪有不施救的道理呢？这是一条命。”旦旦师傅说。

“不是不救，是无法救。我们去上海，来来回回，都走了三个月了。我的命怎么这样苦哇。”女人又哭了起来，哭得双肩发抖。这时，孩子醒来了，咯咯咯地笑，舔着嘴唇。孩子的眼睛乌青青的，咕噜噜转，像喜鹊的眼睛。

旦旦师傅问男人：“你是哪里人，看起来怎么这样眼生呢？”

哭丧着脸的男人说："蛤蟆山人，平常很少来村里。"

蛤蟆山离村里隔了一道山梁，其实也近。男人说："我叫叶大鹏，在大山区谋一碗饭吃都难，哪有钱给孩子治病呢？"

三猫说："大家都难，谁不难？孩子还得去医治，我们也捐一些。"

旦旦师傅说："我也接济你一些，明天给你送去，孩子不医治怎么行呢？这是一条命，即使是牲畜，我们都舍不得眼巴巴看着死呢。"

旦旦师傅离开棉被店，坐车去到了镇里，村距离镇八华里。他径直去了镇医院。他问医生，什么是法洛氏四联症？它的危害是什么？医生是个五十多岁的人，很吃惊地看着他，问："谁得了法洛氏四联症？"

"我对这个病，一无所知，我想了解了解。"

"法洛四联症是一种常见的先天性心脏畸形，90% 的病人会夭折，几乎没有治愈的可能，即使动手术，也没人会活过二十岁，活到十岁已经是奇迹了。病因比较复杂。"医生说。旦旦师傅一下子瘫坐在椅子上，两眼发直地看着医生。他没想到，这是一个要人命的病。

第二天早上，旦旦师傅翻过山梁，去蛤蟆山。蛤蟆山是个偏远的村子，在山窝窝里，就十几户人家，以伐竹、养蜂、采山茶油为生。村子在蛤蟆山脚下，在路的尽头，屋舍大多破败。即使有几栋新建的屋舍，也是红砖裸露窗户敞开。村路坑坑洼洼，一脚踩下去，溅起很多黑黑的积水。

孩子在摇篮里睡觉，叶大鹏在劈柴，他老婆蹲在溪边洗衣服。叶大鹏见了旦旦师傅，很觉意外，扔下斧头泡茶，说：“师傅当真来蛤蟆山了，我可不敢受恩。”

“没什么事，想看看孩子，也就来了。”旦旦师傅说。

“师傅有心了，孩子也就这个样子，命不长。”叶大鹏说。

“命不长，也得去做手术，谁叫他以人胎出生呢？”旦旦师傅说。

“道理我们都懂，哪有不疼孩子的父母呢？可我这个条件，你也看得出来，我尽不了这个责。”叶大鹏说。

“我们花了一万多，家底全空了，做个手术，得花五万多，加上路费、住宿费、饭钱，不下七万。以后，每年还得用药，一个月还得上千块。师傅，我都不知道去哪里弄这个钱，我想死的心都有。这是我身上掉下来的肉。”洗衣服的妇人回来了，站在门槛下，接话。

“我接济你五百块，算是心意。”旦旦师傅掏裤袋，掏出钱，说，“你孩子生了一双喜鹊眼，讨人喜欢。”

“我们无亲无戚，不敢收师傅的钱。孩子若需要做手术差钱，我再向师傅讨要，到时我也不顾脸皮了。”叶大鹏说。他惊诧地看着旦旦师傅，他没想到旦旦师傅翻山跑来看孩子，心里一热，眼角溢出了泪水。旦旦师傅木然地看着老狗坐在门口台阶上，卷着尾巴舔嘴唇。昨夜，他一夜没睡安稳。他想起了自己儿子知春。知春还在的话，孙子也该上幼儿园了。儿子小时候，也是一双喜鹊眼，乌青青转溜。他想起以前去学校上课，把儿子架在双肩上，带去玩，儿子抓着他头发，小脚踢着他腰背。想着想着，他热泪横流。

过了四个月，枣花开了，白鹭来了。田野泱泱，满眼的黄翠葱油。落叶堂四周的山丘开满了山樱花。井水日夜奔涌。门口大枫树，多了一个喜鹊窝。一对喜鹊，筑窝，筑了月余。在高枝的三角树杈上，喜鹊用粗粗的干树枝搭架子，衔来枯草、苔藓、羽毛营内室。这么多年，旦旦师傅第一次看见喜鹊在落叶堂做窝。喜鹊在房前屋后，叽叽叽地叫，拖着长尾巴在树林里飞来飞去。

雨季也来了。乌黑黑的雨势压着山中盆地，雨盘旋而下。下不了地种菜，他在屋里写毛笔字，写《兰亭序》，写《卖炭翁》，写《沁园春·雪》。他刚到落叶堂，便开始写毛笔字了。雨声沙沙啦啦。雨，是雨的往生，也是雨的来生。字写在草纸上，写完烧在火盆里。他看着纸变红，变黑，变灰，被一缕风带走。

豌豆爆壳了。一日，落叶堂来了一对青年夫妇。穿短衫的男人抱着婴孩，站在堂殿前，喊着："师傅，师傅。"旦旦师傅听到了喊声，从水井提了水回来，一看，是叶大鹏，问："孩子是不是要去做手术了呢？"

"我没这个条件。我把孩子抱来，是想托付给你。你贪念一下孩子，孩子留在我手上，很快会夭折。我实在没这个能力医治孩子了，也没能力照顾他，他还不会说完整的话。"叶大鹏说着说着，对着旦旦师傅跪了下去，抱着孩子，低着头。他老婆也跪了下去。

“我是喜欢这个孩子，可孩子病得太厉害了。话又说回来，谁又能不死呢？只是死的时间不相同罢了。”旦旦师傅抱过孩子，说，“你请村主任来，我们立个字据。孩子可以寄养在我这里，若有个三长两短，你不能怨我讹我。孩子在我这里生活，你不能干涉。”

“死马当活马养，孩子多活一年是一年，多活一天是一天。我自己有办法可想，也不会把孩子托付给师傅了。我羞愧，我尽不了父亲责任。”叶大鹏哀声说。

就这样，孩子来到了落叶堂。旦旦师傅给孩子取名阿七。

半个月后，旦旦师傅带着阿七和阿七父母，去了上海儿童医院，实施姑息手术。

患病的孩子需要安静，不能剧烈运动，不能让孩子受到水和空气的病菌感染。即使实施了手术，也不能根治，病症会随时暴发。做手术的钱，是旦旦师傅一个人负担的。他说不出自己为什么收下这个孩子，不仅仅是同情和喜欢这个孩子，也不仅仅是不忍，又是为了什么呢？他说不上来。

做了手术回来，旦旦师傅请篾匠老青师傅扎了一个站篓。站篓可以背在后背，让阿七站在篓子里。老青师傅说：“旦旦师傅啊，你为给一个将死的孩子，花费了这么多钱，不容易。”

“会呼吸的人，都可以说是将死之人，也都可以说是活色之人。我是有家无归的人。钱救人是大用处。这个孩子，第一次见我，咯咯笑；第二次见我，也是咯咯笑。我和他有渊源。”旦旦师傅说。

阿七站在背篓里，随旦旦师傅一起去种菜，一起去村里玩。每一年，阿七的病会发作几次。发作起来，阿七的脸会青紫色，呼吸急促，背部会透出呼呼呼的粗重杂音。孩子蹲在地上，旦旦师傅轻缓地给他拍背，拍一下，手掌顺着脊背抚滑下去，摸一遍。

原本旦旦师傅很少来村里，但他怕孩子长大了孤僻，便常常带下山来，和其他孩子一起玩。可其他孩子的父母见了阿七来，也借故把孩子支走。他们都有一个担心，万一阿七的病发作了，或招惹了什么，是谁也无法说清楚的事。阿七便看着其他孩子堆沙子捏泥巴，赶着鸭子跑，追着小狗扔石子。他靠在旦旦师傅跟前，拽着旦旦师傅的衣角，怯生生地躲着人。但他喜欢下山，喜欢看人，喜欢看别的孩子踩滑滑车。

阿七的父母虽隔十几天半个月，来看阿七一次，可阿七对父母越来越生疏了。父母来了，他也不叫，也不搭话。他拽着旦旦师傅的衣角，斜着眼，抿着嘴，看他的父母。他四岁了，他有了小弟弟。他父母很少来了，一个月也难得来一次。他有父母，但他不知道父母是什么。他有师傅，师傅不在身边了，他要不了三分钟，嘴巴瘪起来，呜呜呜，叫着师傅师傅。四岁，他穿起了师傅缝制的袍服，剃个圆锅盖的头。师傅送给了他一只喜鹊。喜鹊是雏鹊，还没出毛。

落叶堂圆井右边的缓坡上，有一棵比水桶还粗的枫树。此时六月，树叶油青葱郁。一日，大风来袭，暴雨如注。枫树梢晃动如海水汹涌。旦旦师傅坐在厅堂，阿七坐在师傅轻晃的双腿上，师傅合着阿七的手掌，他教阿七唱《江西是个好地方》《茉莉花》。师傅喜欢唱《茉莉花》。知春离开之后，他便学会了唱《茉莉花》。他每天晚上入睡前都要唱一遍。阿七过了四岁，旦旦师傅教他唱，合着手唱。暴雨哗哗哗倾泻，屋檐泻下的雨水如一帘瀑布。树梢上的喜鹊窝被风摇了下来，晃了几下，窝掉落下来。旦旦师傅穿上雨衣，抱了一个脸盆，去捡小鸟。小鸟有五只，其中四只，已被摔死。一只躲在巢室了，惊吓得吱吱吱叫。旦旦师傅用棉花把小鸟捂了起来。

旦旦师傅用白棉布，缝了一个布袋，把小鸟装在布袋里，让阿七随身带。阿七喜欢小鸟，叫它阿喜。阿喜爱吃虫子，也爱吃苹果粒。阿七有两个小塑料罐子，一个装虫子一个装苹果粒。虫子是他和师傅一起去菜地夹的。他们用筷子拨开菜叶夹菜虫。菜虫卷在菜叶里，白白青青，胖乎乎，夹起来塞进罐子里。喂阿喜吃的时候，把小罐子抖几下，虫子掉出来。

阿七上幼儿园了，他有时去，有时不去。在幼儿园，也很少有小朋友跟他玩。老师叫同学避让着他，他便喂虫子给阿喜吃。吃了半个月，阿喜长出了羽毛，长出了毛笔刷一样的尾巴，黄褐色的鸟喙变成了黑色，脚也变成了乌铁色。

一个月，阿喜会飞了。阿七在上课，阿喜飞到学校后面菜地里吃食。阿七有一个竹哨，吹几下，阿喜又飞回教室里。孩子们一下子乐了。这是一只多么漂亮的鸟啊，头、颈、背至尾均为黑色，呈现紫色、绿蓝色、绿色等光泽，双翅黑色，翼肩有一大形白斑，尾翅呈楔形，腹面以胸为界，前黑后白，下体乌黑。

师傅把阿七驮在双肩上，送他，接他。阿喜站在阿七的肩膀上叽叽地叫，或者在他们前面，飞飞落落。

下半年，阿七没去幼儿园了。老师不收他。旦旦师傅曾跟老师说过阿七的病，一种随时会死人的病，一种无法根除的病。旦旦师傅在落叶堂，教阿七写字，教阿七画画，教阿七读古诗。可阿七写不了几分钟，抛下笔，去逗阿喜了。阿喜是他唯一的朋友，一刻也不离开他，睡觉也不离开他。阿七和师傅睡，阿喜睡在床前的暖脚炉里。暖脚炉是一个火钵，外面罩了一个篾笼，炉面有一个带十二个气孔的炉盖。旦旦师傅在火钵里铺了一层棉花，阿喜睡在里面，再盖上炉盖。猫咪、老鼠，都伤不了阿喜。阿七早早睡着了，阿喜也早早睡着了。天麻麻亮，阿喜叽叽地叫，把旦旦师傅叫醒。旦旦师傅翻开炉盖，阿喜飞出来，在被子上跳来跳去。

阿七六岁了。有一次，师父带着阿七、阿喜去小镇玩。这是阿七第二次去小镇玩。他们在去小镇的路上，遇见了送丧的队伍。送丧的人衣袖上戴着黑纱，头上戴着长白帽。盖了白布的棺材被人抬着扶着，妇人一路丧哭。阿七没见过送丧的队伍，问师傅："他们在干什么呢？"师傅说："人死了，被装进棺材，送进山里葬，叫送葬，他们在送葬。"阿七问："葬是什么呢？"旦旦师傅说："把死人埋在土里叫葬，每个人都要葬，我以后也会被人葬。"

"那我以后会被人葬吗？"阿七说。

旦旦师傅把阿七抱了起来，说："先死先葬，后死后葬，人死了都得葬，没有葬的人成了野鬼，野鬼会四处游荡。”阿七紧紧抱住了师傅的双肩，说：“人为什么会死呢？”

“人会老死，相当于霜打了野菊花。人也会意外死，相当于黄鼠狼叼食了山兔。人会生病死。所有的人都会死，我也会死，你以后也会死，活过的东西都会死。鸟会死鱼会死，白菜会死萝卜会死，毛竹会死松树会死。”旦旦师傅说。

“为什么一定要死呢？死了的，又会活吗？”阿七说。这一年来，阿七喜欢问很多奇奇怪怪的问题。如，阿喜为什么不长得和我一样高呢？在圆井里为什么可以看见太阳呢？师傅，你的牙齿为什么掉了两个呢？水是什么变的呢？

晚上，旦旦师傅把阿七抱在怀里睡，跟阿七说了得病的事。告诉阿七，得了法洛氏四联症的人，随时会死，百分之九十的，活不过十岁。阿七惊恐地看着师傅。旦旦师傅说，你生活在落叶堂开心吗？阿七说，有阿喜，有师傅，我开心。

“开心就好，我们要每一天都活得开心。你不能生师傅的气，也不能生阿喜的气。”师傅抱着他的头，摸了摸，又说，“过几天，师傅再带你去北京玩。北京有天安门，有长城，有故宫，有很多好吃的东西。北京是世界上最伟大的地方。”

“嗯。带阿喜一起去。”惊恐的事，阿七转眼便忘记了。

这是旦旦师傅第一次和阿七谈起了法洛氏四联症。

来年四月，玉兰花已经凋谢了。山弯里的两株垂丝海棠开出了晚霞一样的花。旦旦师傅带着阿七阿喜，去了上饶市。他们在市里玩了好几个公园，在庆丰公园看到了孔雀，看到了猕猴。猕猴脖子上，挂了一个铃铛，每跳一下，铃铛当啷啷地响。阿七缠着师傅也要买两个小铃铛。一个小铃铛挂在阿七的手腕，一个小铃铛穿在阿喜的脚上。豆大的铃铛，响声却亮却脆，啷啷啷。

翌年，到了学龄的孩子，都去了小学读书，但阿七没去。他走不了三里路，太远了。旦旦师傅也背不动。旦旦师傅带着他采摘药花，带着他做茶叶。旦旦师傅说，在落叶堂也可以读书，不一定要上学。阿七能识很多字了，还能背诵二十多首唐诗呢。阿七还会唱《祝福》《茉莉花》《幸福拍手歌》。

落霜了，落叶堂遍地金黄。枫树染上了秋霞。一日下午，旦旦师傅去圆井打水，弯下腰，用水桶捺水上来。阿七突然一只手抄着自己的脖子，一只手捂着自己嘴巴，瞪大了眼睛，一句话也说不出来。血从他嘴巴里喷射出来了，血喷射到了水井了。旦旦师傅一把抱住了阿七。阿七慢慢倒在师傅怀里，挺直了身子，看着师傅，继而身子又慢慢瘫软下去，头耷拉下来。血还在嘴巴里喷射。他们的衣服上全是血。阿喜站在水桶圈上，叽叽地叫，叫得人心惊肉跳。

没一会儿，阿七没了气，眼睛闭上，全身蜡白如雪敷。阿七心肺动脉爆裂而死。

旦旦师傅抱着渐渐身凉下去的阿七，在枫树下，坐了半个小时，请人给阿七父母报丧，说，阿七走了。他把阿七抱进屋里，烧了一桶水，开始给阿七洗澡。那是一个船形的木桶，可以躺下一个成年人。旦旦师傅一边给阿七擦洗，一边唱起了《茉莉花》。

他并没有流泪。

太阳下山了。似乎这一天太阳下山得特别早。他把阿七抱上了床，裹了条毛毯。他收下阿七那天，就知道阿七随时都会离开这个世界，他心里有数。每个人的头顶都悬着一个定时闹钟，只是不知道闹钟什么时间响，但都离定时越来越近。而阿七的定时闹钟，似乎随手一拨，便到了，那么迫近、紧逼。人没办法突破自己的边界。

在厅堂里，旦旦师傅穿着圆头布鞋，着灰白的长袍，眉毛灰白绵软，眼慈脸祥。长明灯在桌上摇曳。他默默地坐到了天亮，似乎他把自己的一生都想通了。也或许，在他收下阿七时，他已经想通了一生。天圆地方，万物枯荣，这就是人世间。山脊上的月亮照了他一夜，也照了大地一夜。阿喜在暖脚炉一夜不睡，咕噜噜地打着呼噜声。

墨离师傅

“去把我的木箱拿来。”墨离师傅靠在米糠枕头上，手在草席上抓来抓去，不知道他要抓什么。我父亲握住他的手，告慰似的说：“我去拿木箱。”墨离师傅睁了一下眼，浑浊的白黄液体从眼角滑下来，他的双唇轻轻地翕动：“木箱我要带走。”他侧过头，耷拉下去，再也没了声响。

“手凉了，去准备后事吧。”父亲抽出手，说，“走得还算安静。”烂脚师傅从一个小提箱里，摸出一把推剪，把墨离师傅的头抱在大腿上，慢慢推。头发油垢沾着灰尘，一绺一绺地落在一张黄表纸上。烂脚师傅对海佛说：“你要不要把这些头发包起来，做些念想呢？”

海佛正在抱老人的旧衣物去烧，回答说：“没什么好留的，一起烧了吧。”海佛是墨离师傅的孙子，转过身，问我父亲，“老伯，要不要去请个地仙来，后面的事也好安排？”父亲说：“叫三铳先生吧，他是个老地仙。”

“要不要请打沙丁（打沙丁即做道场）呢？”父亲又补了一句。

“打沙丁一场，要好几百呢，算了吧。”

月照中天了，父亲才回到家里。我问：“后事料理差不多了？”父亲嗯了一声，不再说话了。我拉了两把椅子出来，摆在院子里陪父亲坐。“你去端半碗酒来，喝几嘴去去腥气。”父亲仰着头，自言自语，“再长的一生也走完了，再难的一生也走完了，每一个人，都有最后的一天。这一天是最难走的一天，这一天太长了。”父亲已到耄耋之年，他的想法，不是我所能体会的。“墨离师傅是有德行的人，也是最苦的一个人。”父亲摸摸口袋，掏出一支烟，说，“老人上山的时候，你也去送送。”

脸上罩一个骷髅面具，戴一顶莲花帽，穿一双草鞋，一根圆木棍在地上笃笃笃，喉咙里发出山洪暴发一样的声音，干瘦高大的身材披一件豹皮，像个赶鸟的稻草人。这就是墨离师傅。他在厅堂唱鬼歌，在社庙做鬼戏，在三岔路口的晒场跳鬼舞，是我常见的。他每次跳鬼舞，小孩哄堂大笑，大人也哄堂大笑。他的孙子海佛，和我大侄子同庚。同学在学校也起哄海佛：“你去做鬼戏呀，我们可以免费看。”海佛便翻出眼白，恶狠狠地瞪眼。我大侄子也常被海佛吓得号啕大哭。他一个人在厅堂写作业，半开半掩的大门，突然露出一张丑陋无比的骷髅脸，吓得他扔下笔，大叫：“鬼呀，鬼来了。”父亲嘿嘿笑起来，说：“哪来的鬼呀。”有时他躺在床上，一张骷髅脸扔在他脸上，他又是狗跳圈一样吓得团团转。

之前，村里没人会做鬼戏。信江流域作兴饶河戏和串堂班。有一年，村里来了鬼戏班，做了三夜的戏。戏班走了，墨离跟着戏班走了。墨离才十三岁。弄堂里，有人说，走得好，他父母少了一件烦心事。墨离胆小，有些痴痴呆呆，讨父母嫌，弱不禁风，难成人。他是吓傻的。

灵山以北，方圆几十公里，郑坊是最大的镇，街上熙熙攘攘，商铺酒肆戏楼茶坊，一家连着一家。一日，墨离随父母去镇上买布，太阳快下山了，墨离吵着想吃面。面馆在街头，他们坐在二楼吃面。这时，一个脸上文了老虎的人，也来吃面。二楼的人，见了他都站起来，默不作声。墨离才八岁，低着头，吃得津津有味。脸上文了老虎的人走过来，一把抓起墨离的后衣领，说，这么没礼貌，见了我也不站起来。说完，把墨离扔向楼梯口。墨离从楼梯口咕咚咕咚滚了下来。伤是没伤着，可人变得像只老鼠，走路拉着父母的衣角，看人的眼睛都是躲闪的。

墨离这个人，似乎从来不曾存在过，只有他的父母偶尔会想起，那个痴痴呆呆的儿子，去了哪里？是不是还活着？直到他的父母离世，也没再看过这个儿子。

1957年，墨离回到了村子里，带回了一个女人。弄堂里的人，都不认识他了。他的口音也改了，夹杂着徽州话。后来村里人渐渐知道，他的女人曾经在徽州一家名叫“迎春楼”的风月楼，做过风尘女子，年龄比墨离还大两岁，是个皖北人，叫李小白。小白不是个有姿色的女人，肩宽身子短，鼻梁也有些塌，但她酒量好，常把客人灌得醉醺醺的。徽州解放，小白没了去处，便在皖南一带浪迹，也常常吃了上顿没下顿。有一天，墨离去一个叫呈坎的地方，做鬼戏，在茶寮歇脚的时候，看见一个女人，背一个包袱，坐在茶寮外的稻草堆上，女人看着大家吃烤番薯，眼睛一动不动。墨离抛了一个番薯给她。她皮也不剥，掰开就往嘴巴里拼命塞。

吃了番薯，女人走了过来，对墨离说："我叫李小白，想跟你走，你要不要带我走？"就这样，李小白成了墨离的女人。后来，墨离才知道，李小白在休宁的溪口遇上了山贼，不多的钱财被洗劫一空。

在枫林没生活几年，李小白又走了。去了哪里，谁也不知道。一个曾经的风尘女子，在村里，遭人白眼。墨离住在矮瓦房里，每天晚上唱鬼戏。弄堂里的人天天晚上去听，围在墨离的厅堂里，看热闹。听了半个月后便没人去了。大家不知道墨离在唱什么，在跳什么。早起，洗米的妇人问拎水的妇人："昨晚，你怎么没去看猴戏啊。""看看就那两下子，猴戏还是没有串堂班看得来事。"拎水的人说。

小孩不敢去看，一个人罩着骷髅的面具，豹皮或猴皮或山羊皮披在身上，像个山鬼。有几个老人喜欢看，说，这是骷髅戏，捉鬼很厉害。村里有人生病，认为是鬼附身，便请墨离去捉鬼。墨离说，捉鬼得请道士，做个道场，请人降童子，我哪会捉鬼呢？

人是个奇怪的东西。一个人，会派生出两个完全不同的人。墨离一副愁眉苦脸的模样，三十岁不到，满脸刀刻的皱纹，浑身软绵绵的，走路贴着墙边，生怕撞着别人，不怎么说话，即使说几句，也是口齿不清，声音低得只有他自己听得见。但他做鬼戏的时候，声若钟鼎撞击之洪亮，手舞足蹈，气势如雄狮如云豹，敏捷如猕猴如山麂，身姿如瀑云流泻如风卷秋叶。

弄堂里的人见墨离做鳏夫好几年了，有好心的长者劝他：“这样下去也不是个事，你得讨个老婆，有口热粥热菜吃，睡个觉也有人一起暖脚。”墨离看看自己的瓦房，说：“除了一张床一个锅，我什么都没有呀，钵头还是破了口的。”村里有个寡妇，叫棉花，没小孩，有人给墨离出主意，找个媒人去说个亲。

墨离是个不怎么出门的人，即使去生产队做工，他也是干事不问事。棉花是谁他也不知道。媒人去了，棉花倒也同意，说：“我一个送了男人上山的人，还有什么可挑选的？”也有人给墨离打碎嘴：“棉花不是个善事的人，性格有些强悍蛮横，一辈子会把你踩在脚板底下，抬不了头。”

碎嘴归碎嘴，寡妇棉花还是进了墨离的门。棉花厚肩膀，大肥臀，是个干活的好手。两人一起出工下地，一起去挑沙修建水库。生产队分六个生产小组，出工由组长带着，铲田埂栽秧耙田打虫收稻摘西瓜。饶北河边，田多地肥，收割稻子的景象，甚是火热繁忙。种田人要有好体力，耐耗耐饥，腰板要结实，能挑能背。墨离既没好体力，腰板也不结实，干不了重体力活，打不了稻禾桶挑不上露水谷，只能做下手活，割稻子拉板车。干不了重体力活的人工分低，在生产队里地位也不高。队员休息的时候，男人扒女人的裤子，女人也扒男人的裤子，男人把泥巴抹在女人脸上，女人把泥巴塞进男人裤兜，乱哄哄地取闹。也有人叫：“墨离，跳个猴子舞。”啪啪啪……队员鼓掌。墨离站起来，满脸通红，说：“我不会跳猴子舞，我跳的不是猴子舞。”

“管它叫什么舞，你跳一个。”有人起哄。有人把稻草编成帽子，编成稻草衣，给墨离穿戴起来。墨离窘迫地站在那儿，看看这个人看看那个人，手足无措。安排事的人叫田根，五十多岁，半边脸长了五个葡萄一样的肉瘤，落了绰号“葡萄”。田根说：“你不跳，我就给你降工分。”墨离看看棉花，棉花红涨着脸，说：“跳吧，都是自己队里的人，寻个开心。”

每次割稻子，队员都嚷嚷着要墨离跳猴子舞。墨离跳得很别扭。墨离对田根说：“他不割稻子了，去守仓库。”田根说：“哪有劳力去守仓库的？拐子老七还来割稻子呢。”棉花几次对墨离说：“以后你在家里别唱戏了，唱得我心烦，你一唱起来，就觉得是和一个鬼生活在一起。”

“我不唱，我受不了，就像生大病一样难受。”墨离说。

“你唱可以，别在家里唱，别让我听到。”棉花放下一张冷脸。

憋了好几天，墨离都没唱，吃了晚饭就上床睡。可睡不了一会儿，人憋得难受，坐起来，浑身淌虚汗。他做噩梦，梦见自己从楼梯上滚下来，梦见自己被人吊在树上打，一鞭子一鞭子地抽。有一次，他梦见自己在山庙里，看见有人煮人肉吃。他紧紧咬着被角，牙龈渗出了血。

梦魇后，他坐在厅堂，罩上骷髅面具，默默地坐到天亮。他身上像插满了针。

背个木箱，打一个松灯，提一篓松片，墨离去山边的岩崖洞，一个人唱戏一个人跳舞。岩崖洞也叫石门洞，是个半边裸露的洞穴，有一间三家屋那般大，村人在外做事，砍柴歇脚、挑担歇肩、躲雨避雷都在这里。石门洞离村不远，一盏茶的脚程。弄堂里的人，可以看到岩崖洞里的松灯，和一个鬼魅一样的影子在舞动。一团拉长的影子。

有一次，墨离在岩崖洞里，跳到平日一半的时间，突然下雨，想起瓦屋上还有一簸箩晾晒的南瓜片没收，急着收南瓜片。他推开门放木箱，听到睡房里的女人，哦哦地呻吟。墨离操起木棍，跨进睡房，看见一个男人在自己床上，肉瘤在脸上晃。墨离一棍子打下去，打在床墩上。裸身的男人翻身下床，抢过木棍，厉声呵斥："你作死，你敢打我？"墨离和田根厮打了起来。棉花坐在床上，看着他们厮打。

十天半个月，墨离和田根便厮打一次。打了三个月后不打了。他吃了晚饭提一盏松灯去岩崖洞。松灯扑哧哧地爆出松脂炸裂的灯花，黑烟一团团。松灯在路上一晃一晃，沿一路石板道，慢慢变小，最后变成一团光。墨离到了岩崖洞，田根也到了墨离家。有时墨离唱完了戏，田根还在棉花床上。墨离坐在睡房的门槛上，抱着头，抽烟。烟抽完了，墨离用旱烟管敲敲门板。

岩崖洞常常传来猿猴一样的声音。那是墨离的声音，弄堂里的人听得毛骨悚然。"怎么我们弄堂，出一个这样的人？是不是弄堂风水不好？"有人这样嘀咕。

从来没有人去过岩崖洞，看墨离唱戏跳舞。他几乎不怎么说话。他孤悬着长长凹瘪的脸，两个颧骨突出来。他走路很轻，悄无声息，好像他不想把脚踩在地上，不想让人听出来他走了路。他抹去了他的脚步声。他也从不串门。即使大雪天，即使不唱戏，他也去岩崖洞，生一堆火，坐一坐。

过了两年。棉花生了一个儿子，是收割稻子的时候生下的，取名稻生。稻生肥头大耳，像棉花。稻生力大，两岁能抱柱墩，像棉花。稻生胆子大，四岁敢捉蛇，把花蛇绕在脖子上，走来走去。稻生下手狠，六岁随大人去晒谷场杀牛。大人把牛刀磨好，用黑布给牛蒙脸，稻生说："我来杀。"他摸起牛刀直接捅入牛咽喉处，牛血喷他一脸。他用手摸摸脸，伸出舌头把手上的牛血舔得干干净净。

稻生有心眼，他一刀下去，把田根的屁股剁下一块肉。田根对稻生好，常买些糖果花生给稻生吃。有人碎嘴，说，稻生是田根的儿子，墨离哪生得出这样的儿子呢？稻生也对田根好，嘴巴很甜。一次，田根在棉花床上，稻生冲进去，一刀下去，田根屁股去了一块肉。田根再也没有去过棉花家里。弄堂里的人说，这个孩子，把心眼藏得太深，长大了是个狠角色。那时稻生才九岁。

不错，是个狠角色。十六岁的稻生提了一塑料壶的煤油到彭坞村的周仕原家里，跪在周仕原厅堂的香火桌下，对周仕原说："周叔叔，我喜欢你二女儿水英，我没钱，但我要讨她做老婆。"

周仕原说："我不同意呢？"

稻生说："我把你房子烧了，我也死。"稻生在香火桌下，跪了三天，把水英带回了家。

二十一岁，稻生被枪毙。在小镇路口的沙地上，稻生被枪决。枪决的时候，去现场看的人站满了沙地两边的河堤。嘣的一声，他身子往前倒，一头栽下去，后脑勺流出一摊黑血。他动也不动，也没声音。他被枪决，是因为他杀人。有一个下派干部强奸了一个姑娘，强奸了好几次。姑娘告到村里，干部说姑娘想讹诈。干部说了很多羞辱姑娘的话，说她勾引他，他拒绝了，还打了她两巴掌，勾引不上他，想讹诈。姑娘受不了，当夜上吊。人是被救下了，可一家人的脸面搁不下啊，姑娘的冤屈洗刷不了。稻生揣了一把牛刀，夜里摸进村里，刺入干部的大腿。稻生没想杀死他，只想放他的血，警告他，可血放出来，止不住，动脉断了，血尽人亡。

一个人的死，是另一个人什么？稻生的死，让墨离变成了另一个人。他带着孙子，去这个人家坐坐，去那个人家坐坐。他的面目发生了变化，面容慈祥，脸带微笑，大声说话。一个算命的人说稻生是墨离身体里的一个恶魔，恶魔灭了，人恢复了人的原形。墨离也不去岩崖洞了。村里有年长的人，病重，墨离每天会去陪坐，有时还陪过夜。有的老人，病重时，内心会特别恐惧，墨离会陪他，讲很多自己在外地经历的事。墨离看过很多死人，看过很多人怎么死的。死是一件非常平常的事，人死和人出生一样平常。墨离给病重的人唱戏，一句一句地解释戏里说的是什么意思。病重的人不再恐惧了，即使面临死，也不恐惧，都面目干净微笑安详。

村里胆子最大的人，不是别人，是墨离。有人离世，墨离都陪伴在身边，给人洗最后一次身子，给人梳最后一次头，换衣服，入殓。他抱起故去的人，轻轻地放入棺材，像抱着一个熟睡的人。入殓前，他守夜，坐在故去之人的身边。他自言自语地和躺着的人说话。

有人问墨离："你胆子怎么那么大呢？你不怕死人吗？"墨离说："那有什么可怕的呢？死人也是人，死人是最平静的人，平静的人不可怕。"

上吊死的，投河死的，喝农药死的，汽车轧死的，煤窑埋死的，都是墨离去收尸。收了尸，洗干净了，他把残存的尸、面目狰狞的尸，复原完整。

故去的人，在村里的最后一站，是村头的三岔路口。棺材摆在这里，从这里出葬下地。墨离披上一件豹皮，罩上骷髅面具，戴上莲花帽，穿一双草履，在棺材前摆开八仙桌，上香烧纸。他呢呢喃喃，念念有词。他手上紫色的圆木棍油油发亮，嘟嘟嘟……敲打棺椁，他手舞足蹈。敲了几分钟后，他又停下来唱喃喃唧唧的歌。他的口腔像含了一口水，水发出噜噜噜的声响。他沿着棺材四周，旋转着，翩翩若翔。观看的人安安静静，有的人会突然恸哭。

村里即将故去的人都会交代身边的人："把墨离师傅请来。"墨离来了，他们的手握在一起。一只手的体温在慢慢退去，直至冰凉如铁。田根离世前，在床上躺了两个多月，也是墨离陪着的。田根死的时候七十三岁。墨离给他守夜，洗身入殓，送他出村。弄堂里有人瞪着眼睛说："谁干了我老婆，我还守夜？我不戳尸身，都算我好了。"

我父亲说墨离师傅是大胸怀，有大德在身。棉花六十来岁，得了中风，半边瘫痪。墨离天天给她擦洗身子，用一个木头做的推椅，推她到处走，推她去八里路外的小镇吃清汤，推她去二十里外的石人殿赶庙会。棉花手抬不起来，夹不了筷子，墨离喂给她吃，用一个小勺子，喂进她嘴巴。有时候，饭硬，墨离嚼烂了给她吃。她说不了话。高兴的时候，她右边的脸肌腱往上抽动，露出半边的牙齿。他用手摸摸她的头她的脸，继续喂她。棉花拖了五年多，才走。她的身子缩成了一根木头的形状。

20 世纪 90 年代，迷信活动在饶北河流域，再次兴盛。算命的、打八卦的、做道场的、捉鬼的、看相的，由村里人带路引荐，进村赚钱。有一种叫"回阳还魂术"的迷信，曾在各家各户表演。会还魂术的，是一个三十多岁的男人，穿道服戴道帽，胡子长长的。他能叫死去多年的人，和家中人对话。我妈非常信这个。我外公死得早，我妈很想和外公说说话。施法术的人来后关了门关了灯，点起四根蜡烛放在八仙桌的四个角，在桌面铺上糠灰，施法术的人用筷子写下故去之人的姓名、性别、生辰八字、故去之日期。上了香，烧了纸，施法术的人坐在八仙桌的上座。我妈问："爹，你去了这么多年，我一直想着你，你去的时候都没交代我一句话，你现在有什么要交代的，你就说，我听得见。"

这时一个声音不知道从哪里冒出来了，说："囡妮呀，也没什么特别交代的，你身体多病，不要太操劳了，一家人平安，是最大的福分。我走得早，都没尽到做爹的责任。"我妈听到"囡妮"这两个字，当场泪如雨下。问了十个问题，答了十个问题。我妈还想问，施法术的人站了起来，说："回了阳还了魂答了话，阴阳相隔的人，见了面，有福分。"我妈给了他三斗米，他便走了。我妈坐在凳子上，长吁短叹。说罢，又泪如雨下。我好言劝我妈："你别信那个，哪有死了几十年的人会说话的？那是个假道士，会腹语，你千万别当真，花三斗米就当安慰自己了。"我妈狠狠痛骂我："哦，你读了十几年书，就是叫我不要相信这个？你读的是什么书呀。"我妈把我二姑叫来："春花，你去把那个道士请去，看看有什么要问的。"

有年轻人去找墨离师傅，说："你捉鬼那么厉害，也去捉鬼吧，可以赚钱。"墨离说："假如有鬼，可鬼怎么捉得完呢？要捉的鬼都是活鬼，不理它，活鬼也是死鬼，死鬼有什么可怕？何况我不会捉鬼啊。"年轻人说："要不你传我吧，你还没一个徒弟呢。"墨离说："你是钱眼，学不了。"

小时候，我很害怕看见墨离师傅，怕他的模样。单薄瘦弱的身子、凸出来的颧骨、内凹的眼球、一件空荡荡的破旧秋装、悄无声息的脚步声，让我觉得他是一个离世界很远的人。假如他罩上骷髅面具，与一个山鬼无异，我看见他也远远躲着。我已中年。墨离师傅老了，像一个眉须雪白的老僧，玉一样通透，木一样大拙。我有福。他让我明白了世间很多东西，比如生与死，比如爱与恨，比如喜与悲。我会想起这个在岩崖洞疯狂独舞的人，会想起这个在棺材前翩然起舞的人。

我看过他无数次做戏跳舞，在一个弄堂里生活了几十年，事实上，我从来没有真切地熟悉过他，我不知道他做戏时，骷髅面具下的脸是怎样的，他眼睛流出的是什么，毛孔分泌的是什么。或许，这是人世间最大的秘密。

画　师

冬雪一层层堆下来。雪无声而有韵。回字形的老院泛着炭灰色的白。瓦垄上，雪铺起来了。老院中间的圆井，也被雪掩藏了，露出黑咕隆咚的井口。井水腾起白白的水汽，雪旋扑下去。灯光淡黄，从玻璃窗户映射出来，卷起一团雪光。风呼呼呼，自山梁咆哮而下，灌入院中。

"你妈今天真美，容光焕发。我想起五十三年前的冬天，我和你妈结婚的那个晚上，你妈穿一件大红棉袄，头上盖着红纱巾。掀开红纱巾的那一刻，我决心一生好好待你妈。可我没有做好，亏待你妈，让你妈一生劳累。如今你妈先我而去，我怎么放得下？我的敏善……"说着，英浩跪在床沿下，双手合握敏善的手，低着头，颤动着身子，哽咽地哭。

床前，英浩的儿子东锦坐在一把罗圈椅上。东锦架着画架，在给妈妈画遗像。中午，东锦给妈妈换了一身红棉袄，梳了头发，补了妆容。东锦是个小儿麻痹症患者，站不起来，他便一直跪在床上给妈妈做最后一件大事。他用温热的毛巾，反复擦洗妈妈的脸，轻轻地细心地擦去脸上的尘垢。他擦拭妈妈的鼻翼，擦拭妈妈的眼睑，擦拭妈妈的发际线，擦拭妈妈的耳垂。两个耳垂各有一个小孔，东锦摸摸索索，从口袋里摸出一对耳饰，扣在小孔上。他开始给妈妈梳头。他左手绾起妈妈的发束，两个指头夹着，右手用牛角梳慢慢梳下来。梳完了一束，又夹一束，轻缓地梳。头发梳好了，绾起来，盘成一个莲花状的发髻，如一座莲花宝塔。东锦在发髻上，插了九朵菊花。

菊花是冬菊，铜钱大的一朵。冬野茫茫，雪刚刚稀疏飘洒，雪花还没形成粉团。灰白、苍莽的视野里，饶北河边的树林多出几分生涩和沉郁。林中有许多金黄的冬菊，缀在斜缓的沙坡上。天越寒冷，冬菊开得越灿然，花朵有着天然的寂寞和热烈，似乎在说，即使是冷寂的冬天，大地也并非是一片荒原。

在他拿起画笔，在白纸上落下第一滴水墨时，东锦控制不住地哭了。他看着床上安静的人，抱着画架，撕心裂肺地叫了一声："妈妈。"床头火盆上，草纸还在烧，轻烟一缕缕往屋梁绕，烛火忽明忽暗。吊灯轻摇，灯光倾泻。他的弟弟东屏一直跪在蒲团上，往火盆里添纸。

雪簌簌落下来。冬野一层层白。东锦的手在哆嗦，他落不了笔。他感到有一种冷，从心脏到骨头透过皮肤散发出来。他感到房子在晃动。他的手指如冰柱。他的泪水还没流出眼眶，已结冰。他知道冷来自哪里。他无法承受这样的冷。他再一次抱住了妈妈，好像只有妈妈可以给他供暖，绵绵不绝地供暖。可现在妈妈供给他的，是更寒的冷，冷得心脏无法搏动。

他是一个画师，还没遇过这样的艰难时刻。每一笔落下去之前，他仿佛需要涉水百里，翻山千重。他的心里，像是垒起了四方高墙，把他埋在深深的黑里，看不到光，看不到人——他有一种溺水的感觉。无边无际的水，包裹着他，拖曳着他，让他下沉，让他窒息。他能抓住的，只有水流，而水流推搡着他，使他下沉得更快，陷入无际的恐慌，乃至绝望。

爸爸英浩抱起他，放在圈椅上。在爸爸的手上，他如一团浮云。他想起了师傅的话：死，不是生命的寂灭，而是超越，超越了肉身，获得恒久的安宁。东锦抱住了爸爸的腰，说："把妈妈的长棉袄给我披上，我就不冷了。我给妈妈画最美的像。"

但他一直坐在圈椅上，看着自己的妈妈。他要把妈妈看进心里去，藏着，用心脏里的血裹起来。他的女儿，十三岁的明珠，紧紧地拽着她妈妈美珍的衣角。美珍在收拾着婆婆的衣物。那些衣物在明天早晨，会烧在大火盆里，以灰焰的方式，代替曾穿过它们的人告别。灰焰，最轻的一种消失物，比雪还轻，比风还轻。

每一次告别，都是艰难的，有割肉之痛。别过的人，都不会原路返回。人世间，返回的路，从来就不存在。

东锦是一个常常面对告别的人。他是镇里唯一画遗像的人，在他师傅离家之后。

他的脸上常年长着红红的酒刺，剃一个毛茬头，穿靛青劳动布褂子。他用拐杖走路，两支拐杖拄在双腋下，撑一拐，迈出去的脚往外晃一下。晚上，他通常在院子里下象棋。和他下象棋的人，通常只有元顺。元顺比他年长二十来岁，是个堪舆师。元顺下棋不悔棋，把被吃掉的棋子用牙齿咬着，再被吃一个，再咬，咬了三个，吐出来。有人请东锦画遗像了，东锦顺带推荐元顺去堪墓地。下象棋的时候，东锦在桌边摆一个大茶缸，落一个子，喝一大口茶。茶是苦茶，来自灵山深处的森林。苦茶不是茶，也不是药，是穗花栎树的新芽以茶工艺做的，当茶泡。苦茶不苦，微甜，去腥去腻，清凉解毒。

东锦的师傅就是元顺的长兄和顺。和顺是绢绸扇厂的画师，画花鸟虫鱼，画盆景，画仕女，画道士僧人，画灵山。扇是木骨扇。绢绸扇厂在街东，四栋土房围成一个大院子，和顺在绢绸扇面上作画。作画的工作间在一栋木板搭起来的大阁楼上。阁楼通一个逼仄的巷子，巷子口锁着一扇铁门。平日里，和顺在阁楼上画扇面。他是一个不苟言笑的人，但和蔼。他衣着整洁，喜欢穿圆头大布鞋，两撇眉毛半黑半白，右边嘴角缺了一个口，说话漏风。他五短身材，偏瘦，画画之余，一个人坐在窗户边喝半杯小酒。他的画桌下，始终放着一个圆肚的扁矮酒缸，要喝酒了，舀半杯酒上来，嘞几口。阁楼上，只有他一人。一个扇面要不了两分钟，寥寥几笔，画完了。画好的扇面，晾在楼板上。

扇面小，绢绸柔滑，对画师要求很高，郑坊偏远，没有画师来，和顺寻访适合的人做徒弟。

谁会去学画师呢？事是轻巧事，可没坐三年冷板凳的韧劲，上不了台面，带了几个徒弟，没到半年便走了。敏善对读初二的儿子东锦说，你腿脚不方便，干不了重活，妈照顾不了你一辈子，你跟着和顺师傅画画吧，谋一条生路。东锦说，我念完了初三就去绢绸扇厂。就这样，东锦当了一个画工。

当了画工，东锦学得用心。他知道自己和别人不一样，别人可以跋山涉水，可以肩挑背驮，自己只能拄拐。和顺师傅对他也用心，看他聪慧刻苦，对他也多了一份严格和慈爱，不但教画，还教他吟诵古诗。师傅说，理解不了古诗，也就理解不了中国画。

阁楼是和顺最喜欢的地方，他晚上在这里画画。他画灵山长卷水墨，画甘蔗田，画蹲在街边吃饭的人。他一天繁忙，只有这个时候是清静的。他喝着浓茶，看着自己的画，嘿嘿地笑。东锦给他磨墨、洗笔、添茶水。“找一个地方，躲起来，天天画画，比神仙过得还舒坦。”他对东锦说。

东锦当了七年画工，绢绸扇厂日渐衰落，工人背着扇子去周边县市卖扇。和顺也背着扇子外出卖扇。

和顺名声响，常有人请他画像。请他画像的人，拿一张小照片来，临摹，画成一张大遗照，装在相框里，挂在厅堂。他画的遗照，和照片一模一样。也有人请他去东家家里画老人。他的画像，大多很相似：香火桌前，老人坐在圈椅上，手交叠放在并拢的大腿上，衣服是灰色或黑色，男性戴一顶呢子帽，女性围一条毛线围巾，神态可掬，笑容微露，面目慈祥。

也有刚刚离世的老人，料理后事的人发现老人没画像，急匆匆地把和顺请去，当场作画。

第一次随师傅去死者家现场作画，东锦二十三岁。东锦不知道师傅为什么要带自己去。师傅骑一辆载重自行车，来到东锦家，东锦还在午睡。师傅说：“带你去一趟楼村。”东锦坐在后车座，也不敢问师傅去干什么。师傅也不说，埋头骑车。骑了半个小时，到了一个大村子，拐进一条小巷子，又拐入一条很狭窄的弄堂，在一栋青砖瓦房前，师傅说："到了。"屋里有十几人坐在厅堂，低声地议论着什么。其中一个人出门迎接，说："八十多岁的人了，相片也没留下一张，和顺师傅辛苦你跑一趟了。"东锦拄着拐杖，站在门口往里面瞧。在弄堂口，东锦就嗅到了一股酸臭的气味，是猪肝翻晒了之后的那种气味。他不敢说，也不敢问。他捏了捏鼻子，捂紧了嘴巴，松开手，吐出一口酸水。他的胃在泛酸。

屋子并不大，有些矮，屋内阴沉沉。"东锦，进来吧。"师傅喊了他一声。他应了一声，拄着拐杖，撇着脚进去了。师傅在厢房门前，端给他半碗酒，说："嘞几口。"他接过碗，酒进了喉咙，又哗啦啦吐了出来。酒辣，针尖一样刺蜇咽喉。他从来没喝过酒。师傅推开房门，东锦看见一个头发散乱的老婆婆，躺在床上。一只黑白毛色的花猫，在老婆婆身侧，喵喵喵，轻轻地叫唤。莹白的烛火在跳动，加深了东锦内心的恐惧。

这是一个孤寡老人，离世已经四天了。老人是被一个广丰人发现的。中秋刚过没几天，广丰人来收鹅毛鸭毛，推开门，发现老人没了鼻息。

东锦进了房间，又退了出来。房间里的气味，他忍受不了。那是一种混杂的气味，糜肉和腐肉混杂的气味。他哗哗地吐。师傅把老人的头发往两边理顺了一下，用一张白布盖了老人全身，反身骑车，带着东锦回了镇里。

东锦不明白师傅为什么带自己去楼村，自己什么事也没做。但他怎么也忘不了这一天，忘不了散乱头发半遮下的苍白釉黄、近似于枯萎的面容。这是他有生以来，第一次见死人。在差不多三个月的时间里，这个面容经常出现在他梦里。他惊吓得汗水涔涔。从楼村回到家，他坐在木桶里，泡了一个多小时的热水澡。那种气味，让他发呕，让他感受到死神藏在肉身，而非凌空降临。

但他没有想到，有那么一天，他会对死神无比尊重。

过了两年，绢绸扇厂关门了。和顺在家里开了一间画店，卖丰收画、年画、观音画，画是他自己画、自己装裱的。东锦给师傅打下手。

镇里有一个木雕厂，主雕骨灰盒、菩萨像，主销日本。敏善对儿子说："东锦，木雕厂常年有活儿干，你还是去学木雕。你师傅糊口都难，带着你，他更难。"东锦思虑了两天，对师傅说："我想去木雕厂当学徒，师傅给我参考参考。"

"木雕和画画同源，你上手快。你去学木雕，更好糊口。过两天，我送你去木雕厂，找个好师傅带。"东锦没想到师傅答应得这么爽快。

在木雕厂干了半年多，一天，和顺的弟弟元顺来木雕厂找东锦，一脸焦虑，问："你师傅这两天找过你吗？"

"我十几天没看到师傅了。"东锦说，"师傅怎么了？"

"你师傅有三天不在家了，也不知道他去了哪儿。"元顺摆摆手，跨上自行车，走了。东锦放下活儿，去了师傅家。师娘坐在画店门口，显得有些痴痴傻傻，说："你师傅去了哪里，也不留一句话给我，我们都急死了。""师傅带了衣服走没有？"东锦问。

"一件衣服也没带，也没跟我要钱。你说，他能去哪儿呢？亲戚家都问过了。他外地有什么朋友，你师傅平时说过吗？"

"一个天天在家里画画的人，哪有什么外地朋友？"

"那你师傅在外面是不是有什么女人呢？"

"师傅那个性格，你又不是不知道。他除了一口酒，就想着卖画挣钱。卖画的钱，也都由你收着，他买包烟，都是向你伸手的。"

"那就是我不好，他讨厌我，他宁愿离家而去。我的天啊，这个日子怎么过啊。"师娘拍着大腿，呜呜哭了起来。

"师傅是个心重的人，肯定有别的心事，在外面逛几天，心事散了，也就回家了。师傅离不了师娘。师傅洗一件衣服比搬砖还难。"

过了半个月，师傅还没回家。再三个月，师傅还没回家。又一年，师傅仍然没回家。家里人当他死了。这个和顺，不声不响地离开了家，离开了郑坊，是死是活也不知道。师娘对东锦说："你师傅不明不白地离家，比死了更让我难受，他若是死了，我还可以挂个画像，还可以上个坟，能明明白白地守寡，我这个寡守得好冤枉啊。"

琢磨了半年，东锦也没琢磨出师傅为什么离家而去。他在师傅身边打了九年下手，他了解师傅。实际上，他不了解师傅，他看到的只是表面。师傅像镜子里的人，蒙上一层雾水，镜子里的人便不见了。他非常难受。他不明白，一个正常人，怎么会突然失踪？

一天下午，木雕厂来了一个人。是一个三十多岁的矮个子女人，扎两条粗粗的柳辫，穿一双黑头布鞋，鞋头缝了一块四角白布。她站在小院门口，声音颤颤地问："东锦师傅在吗？"

"有什么事吗？"东锦从窗户里探出头，瞧了瞧来人。

女人来到窗户底下，低声说："我想请你画个遗像。"

"我没画过遗像。"

"你画过菩萨，画过钟馗。我请你画一张遗像。"

"遗像不能乱画，我没画过。画菩萨画钟馗，只是画个样子。"

"帮我画一张，我得给我男人留一张像。"女人哀求他。

"你用照片放大，挂起来一样的。照片更真实。现在大家都用照片做遗像了。"

"我男人没留下照片。"女人抹抹眼睛，慢慢低下身子，蹲在地上，低声地哭了起来。

东锦默默抽了一根烟，说："我跟你去吧，试试看。假如走相了，不能怨我。"

她男人是上午断气的。她男人在德兴万村一家石材厂磨花岗岩面板，干了八年，患上了尘肺病，治了一年多，还是扔下三个孩子走了。他蜷曲在床上，嘴巴张得快裂开了，眼睛圆圆地瞪着。他的脸颊深深地凹陷进去，颧骨突出来，咽喉完全干瘪下去，喉结算盘子一样凸。三个孩子畏畏缩缩地站在一个双目失明的老婆婆身边，呜呜呜地哭。盖在男人身上的白布，显得空荡荡。男人略显狰狞的面目，让东锦有些害怕。他对扎柳辫的女人说：“给我倒半碗酒来。”

闭着眼睛，他一口喝干酒。他长长地叹了一口气，一手拄着拐杖，一手撑着床架，坐在床沿。他看见床头墙上，贴着一张鸳鸯戏水的剪纸，尚未完全褪色，窗台的收音机被红布盖着。他摸出一支烟，捏了捏，又把烟塞回烟盒。他的手轻轻地盖在男人双眼上，他的手长久地盖在男人双眼上。他的泪水，泡泉一样涌了出来。

他坐在房间里，静静地坐了两个时辰，也下不了笔。他喝着酽茶，画笔在两指间转着笔花。他看着窗外黑幕般的田野，死者的面容清晰地闪现在他脑海里。

但他不能那样画。那是一副不堪的面容，他不能把不堪的面容作为遗像传给死者的后人思念、供奉。

死者是一个尽责的父亲，是一个尽职的丈夫，是一个体格强壮的石材厂工人，是一个久病焦虑的人，是一个无数事未了的人，是一个常年外出谋生的人，是一个日日牵挂在心的人，是一个有许多美好愿望的人……这样的人，应该有一副什么样的面容？东锦想象着这副面容。死者未患病的样子，应该是这样的：性格坚忍，身材魁梧，目光温和，神态憨厚，皮肤粗糙……

他画了开阔的面部轮廓、粗粝的眼眶、宽厚的嘴唇……

画完画稿，天麻麻亮了。他把画稿镶嵌进了木质玻璃框。这是他画的第一幅遗像。早早地，东屏骑车载着东锦去了女人所在的余村。余村离镇不远。扎柳辫的女人抱着遗像，身子哆嗦着，号啕大哭。

是的，东锦从没想过自己会去给人画遗像。他学过八年素描和水粉，他学的是应用美术。他不擅长人物画。他看到扎柳辫的女人蹲在墙脚抹眼恸哭的样子，已无法拒绝。一个死者，对于生者来说，是多么重要。一张遗像，不仅仅是一幅画，用于纪念、供奉和追思，而更是对生者的一种陪伴和激励。遗像不是沉默、冰凉、蜇心的画像，是一个在屋里温情地注目周遭的人。以前，东锦从没想过这个道理，也不会去想。他师傅画过上千幅遗像，他看过师傅画了上百幅遗像，十几次陪师傅去死者现场。但他从没想过自己会去画遗像。

他以为师傅画遗像，仅仅是当作糊口的手艺，和画年画是一个理。师傅也不叫他动手画。师傅作画，他在身边看。师傅会告诉他：死，不是生命的寂灭，而是超越，超越了肉身，获得恒久的安宁。有一次，街上一个糖尿病患者死了，请师傅画遗像。师傅哭得很伤心。死者是师傅的发小，是一起玩了几十年的人。但患者被疾病折磨得不成样子，形如枯槁，神如枯井，死得非常挣扎。师傅对东锦说，久病而死的人是快乐的，死神拯救了人，他的遗像应该满面笑容。

在没画遗像前，东锦并没有把师傅的话当真，或者说，他没有去领会师傅的话，也领会不了。他太年轻。人，需要时间去完成自己。时间是一种特殊的发酵剂。

遗像送去之后，东锦没去上班，想好好睡一会儿。他合眼躺在床上，可怎么也睡不着。院子里，落枣的声音很清脆。他才想起初秋已经到了。风吹一阵，枣落几个。鹊鸲在树上，嘘嘘叫。它叫得欢快而婉转。树叶在它的振翅下，沙沙作响。他翻身下床，拿起画笔，画昨日去的那个房间，和房间里那张床上的死者：高高的门槛内，一张敞开的平头床，床头有一张墨黑脱漆的木桌，门边墙上靠着一件画了大丽花的衣柜，衣柜上搁着两只深红的木箱，遮收音机的红布绣着两只飞舞的彩凤凰，床头一对鸳鸯戏水，床上的人脸庞黝黑、胡茬儿密密……

画完了，装进了镜框。在阁楼木墙，东锦把相框挂了上去。他默默地看了一会儿，下了楼。夕阳遥挂远山。他略感虚脱，在床上躺下，无知无觉地睡去。他梦见了灵山，他站在灵山顶上，望着金色稠密的盆地。太阳炙烤着万物，风轻轻地把他掠起，移向飘浮的云团。大地厚重，湖山漫卷。

木雕厂有二十几个师傅雕木件。木是老樟木，从德兴、婺源等地收来，堆在仓库里。电锯在锯木，吱吱吱，整日响彻。木雕师傅在院子后面的简易排屋干活。这里安静、通透，阳光充足。排屋有一条石板小路通往饶北河。排屋有一个小院，三棵石榴树和两棵梨树，比屋子还高。初春，梨树一浪一浪地开出白花，芽叶尚未肥厚，花从枝上一节一节地往上冒，如蚕吐丝。花开得很是挑眼，远远就能看见。暮春了，石榴才开花，在翠绿的密叶间，绽出嫩红嫩黄的花蕊，花瓣伞一样撑开。伯劳成群，栖落在树上，啄食蛑虫。站在窗口，可以看见饶北河从山边田畈弯弯地绕过来，形成半个圆弧。东锦喜欢这个小院。他借来解剖医学书慢慢读，了解人体结构。他专雕菩萨像，他喜爱观音、弥勒佛。菩萨是人的神性升华，雕菩萨也就是雕具有神性的人。他这样想。

在家里，他用陶泥捏各种各样的菩萨像，捏好了，又把泥化成泥坯。这是他每天晚上要做的。和他同年段的人，差不多都结婚生孩子了。他恋爱还没谈过。他是残障人，没办法四处玩乐。他喜欢过一个街上的女孩子，给她写过很多次信。信是一沓画，由东屏递过去的。女孩子有些麻脸，但娇美。

女孩子在街上开饰品店，穿长长的裙子，唇珠圆润饱满。吃了晚饭，东锦有意无意经过她店铺，和她搭话，站一会儿，或坐一会儿。只要看她一眼，他便觉得心里很舒服，生出酸酸甜甜的柔情蜜意。女孩子是个大方的人，和他说说笑笑，但从不给任何暗示或特别的眼神。东锦暗地里，给她画过很多画。画了十张，由东屏送过去。东屏还是个高中生，每天经过她店铺。每次经过，她看见了他，都笑得很甜美，偶尔还给他水果、酥麻饼吃。东锦还送过化妆品、太阳镜、磁带给她，她都收下了。收下一次，她给东屏买一双球鞋。过了一年多，女孩子和镇上的一个医生谈了恋爱。

东锦再也没有喜欢别的女孩子了。可能有他喜欢的，但他不写信了，藏在心里。敏善托人给东锦说亲，媒人请了好几拨，也没说定哪一门子。东锦劝慰妈妈，说：“姻缘由天定，哪个菩萨是有老婆的？雕菩萨的人也可以没老婆。”这时，敏善很自责，说：“你四岁时高烧，我当成了感冒，也没上医院，害你走不了路，是我造的孽。”

有人请画像了，东锦也去。老人忌照相，但喜欢画像。抱着孙子画，站在大屋前画，坐在圈椅上画，和老伴一起画。东锦画各种各样的老人画像。画像给了老人，老人笑呵呵，孩子一样快乐。画像不收钱，他只收装裱的工本钱。老人提两斤土烧给他，他也乐呵呵地收，和老人一起喝。

一次，邻镇马车村一个六十多岁的妇人，来到东锦家，说：“请东锦师傅画一张像。”东锦摆开椅子，给妇人坐，架起画架，抄起笔给她画。妇人却一直站在井边，说：“想请你给我儿子画一张。”东锦说：“你儿子可以去照相馆照相，哪有年轻人留画像的。”妇人说：“儿子死了十八年了，我想儿子想得很慌，我想看看儿子。”妇人抖着肩膀哭了起来。她边哭边说：“你给我儿子画一张像吧，我很想儿子。我头发都想白了。”

妇人坐了好一会儿，才缓过神来。东锦说：“老伯娘，我没看过你儿子，怎么个画法呢？”妇人说：“我儿子很乖顺的，就是不爱嬉闹说话，闷头做事，砍柴很快，割稻子也很快。”东锦问：“你儿子几岁过世的呢？怎么会过世呢？”

“我儿子叫世仁，初中没读完，和他爸一起下田了。他从小胆子小，不爱和人交往，长大了，也不爱和人交往。他懂事，家里的田都是他种的。有一次去砍柴，他架起柴火垛，爬上去，把柴火点了，活活烧死了。我哪知道他会干这样的蠢事呢？事后，我翻他房间里的东西，找出一封信，他说他活得很痛苦。我拿着信问医生，世上有哪种痛苦，比死更痛苦呢？医生说，孩子得的是抑郁症。我哪知道这个世上，还有这样的鬼病，让人寻死的病呢？”妇人哆哆嗦嗦地从口袋摸出一封信，给东锦看。信纸已经发黄，纸边乌黑黑，有些翻毛、破损。信折起来，包在一张手绢里。

信捏在手上，东锦来来回回看了好几遍，一句话也没说。他不知道怎么说，不知道怎么安慰来人，更不知道如何回答。一个未曾见过的人，他怎么画得了呢？东锦摸出一根烟，抽了起来。他不敢也不忍看来人的脸。烟抽完了，东锦详细地问了她孩子的出生年月、入学时间、小学毕业时间、成年后的长相，对妇人说：“老伯娘，我现在答复不了你，过半个月，你来我这里一趟。”

第二天，东锦告了假，早早去了华坛山镇小学，恳请校长开了一张需去县教育局查阅档案的证明，坐上客车，去了县教育局。教育局有小学毕业生的底档，底档有照片。查阅了半天，终于查到了“张世仁”的档案。他带着档案，去照相馆翻拍照片，加速取相。档案员问东锦：“这个照片上的人，是你什么亲戚？”东锦说：“从没见过，不认识。”

这是他第一次到县城。他拄着拐杖，撇着脚，拐过一个一个街口。灵山路把县城分成两半，自南向北，横切而过。他低声对自己说：“这条街，至少有五条郑坊街那么长，街边梧桐树望不到尽头。”

在县城住了一夜，清早取了照片，东锦回到了郑坊。

半个月后，妇人来了。东锦给了她三件东西：一张放大的孩童照片，一张青年画像，一尊孩童骑牛的樟木雕像。

东锦的画像传神，有生命风采的神韵。老人收了画像，舍不得挂，卷起来，压在木箱里。老人要水粉画，他就画水粉画；老人要素描画，他就画素描画。他的遗像画不阴沉，不会给人沉重感。人在最后，言语消失了，体温消失了，眼神消失了，感觉消失了，记忆消失了。人最后带走的，是属于个人的东西，而留下的，均不属于个人。人离世与出世相同，都是坦荡荡的、赤裸的。人的一生是碎片拼凑的过程，也是呈现的过程。碎片就是生命力瞬间凝结的闪亮晶体。东锦在画遗像时，用这些晶体展现面容。他这个想法，源于一个死者。

有一次，东锦和元顺在下象棋，有一个小青年请他去方家坞画遗像。东锦还没进屋，一阵血腥味涌出来。血腥味来自新血，很刺鼻。东锦进了屋，看见床上的被单沾满了血。死者是一个四十来岁的男人，脸被炸掉了半边。他是片石场的放炮工人，凿炮眼、塞炸药、点雷管，爆破片石。中午，点雷管，噗噗噗，引线燃了，却又没了燃声。放炮工人等了几分钟，没听到炮响，他站起身子，想去再点火，这时，轰的一声，石岩下塌，一块碎石飞出百米，击中他右边脸，半边头部不见了，头盔飞出十余米。他晃了晃身子，倒在藏身坑道。

死者的脸，虽然清洗了，但毛孔里仍有血迹，头发上也有。东锦喝了大口酒，用酒泡湿毛巾，给床上的人擦脸，洗头发、颈脖、肩膀。擦洗干净了，东锦在厅堂坐了一会儿，抽了一根烟。

东锦对放炮工人的老婆说，哪有让他带半个头走的呢？他又不是一个无恶不作的人，请人去掏半盆黄泥来。

黄泥松软，有一股秋气。东锦给黄泥泡浆，手搓黄浆。浆水慢慢沥净，泥黏稠。合着放炮工人的头形叫郎中看了，郎中束手无策，他慢慢捏，慢慢捏，捏出半个头。半个泥头和半个人头，合成一个头。东锦又用长白巾，扎在放炮工人的头上。他开始在放炮工人的脸上画京剧脸谱，大红大白大黑，三色蜿蜒起伏，把他画成了《鱼肠剑》中的专诸。

回到家里，东锦琢磨着怎样给放炮工人画遗像。东锦想了大半夜，也没想出个头绪。第二天早上，他妈妈敏善对他说："秋分过了两天了，得预备割稻子，今年的稻子很丰收，看着稻穗就心里很舒坦，你也去看看。"东锦说："有什么看的，看了也就那个样子，不看也知道。"他妈妈说："不去现场看，哪感受得了？"东锦看着妈妈，停下了筷子，对东屏说："你骑摩托车，带我去一下片石场。"

片石场在古城山下。晨曦退去，秋阳如一块出炉的热铁。河边沙地的高粱迎风摇曳。河水清浅，潺湲而流。烧石灰的工人在拉碎石。拱形的石灰窑如土堡，隐现在两个废渣堆之间。东锦站在片石山下，仰望着坍塌的山体，苍鹰在崖边飞旋，崖顶黄松葱郁。凿石工人抡着铁锤在凿石，喊着号子：

大铁锤啊，
砸下来。

有劲头啊，
迸出来。
大碗酒啊，
端过来。
大姑娘啊，
抱上来。

大水牛啊，
下田来。
大麦子啊，
进磨来。
大公鸡啊，
叫亮来。
大男人啊，
干起来。

“苍凉的生命，挺拔的生命。”东锦喃喃自语了一声。

木雕厂下班了，东锦回到家里，开始画遗像。他理解了这个放炮工人的劳动，也就理解了这个人。放炮工人是个豁达的人、吃苦耐劳的人、面容粗糙但内心细腻的人、粗犷却敏捷的人。他有了这样的构思：石山下，放炮工人望着滚落的石片，眼前石尘四起，他绽开葵花般的笑容。他头上粉红色的头盔，闪射太阳的亮光。他脸上毛孔粗大，胡茬儿粗黑，鼻梁淌着汗液。他粗壮的手上握着一把短柄圆锤，锤把有一层油亮的包浆。他浅红浅黄的工服，半解扣子，露出铜色胸膛。他的身边到处是碎石，脚下是石灰废渣，稀稀的荒草遒劲地生长，苍耳结出刺毛。河畔蜿蜒，樟树林稠密。

泡了一大碗苦茶，他开始画。他体悟到，画出死者生前的生命精华瞬间，是对死者最好的敬重。每一个努力生活的人，都是有光的人。

她是一个特别细心的女人。她戴上白口罩和一双白手套，用砂皮细细地磨雕件。每一尊菩萨，都经过了她的打磨。她曾是一个土面师傅的老婆。土面师傅送货去望仙乡，喝了酒回来，摩托车翻下路边樟涧水库，第二天被人捞了上来。她尚未生育，在婆家待不下去了，来了木雕厂食堂烧饭，烧了七个月饭，上车间做了打磨工。她是个温和沉静的人，围一条蚕豆花图案的围裙，跪在蒲团上，给菩萨木雕打磨。她是石峡人。石峡与郑坊街隔一条河。河水哗哗。

有一天，她去县城走亲戚，带回了一辆残障人士专用电动车。电动车红色，三个宽胎轮子，有一顶油布雨篷，有一个可坐两人的后座。电动车是送给东锦的。东锦说："我哪敢受这么大礼呢？"她说："有车方便点儿，比走路轻松多了。"东锦说："我又不会开，开车比赶牛还困难。"

"你那么聪明，我教你吧，教半个小时，你就会了。"她说。

"你送我电动车，我送你什么东西体面呢？我送你一条金项链吧。”东锦说。

“你不为我戴上，我是不会收的。”她说。

就这样，她成了东锦的女人。“美珍，美珍。”东锦叫她叫得很甜。女人坐在后座，腿上靠着两根拄拐，东锦开着电动车，一起上班下班。

第三年，美珍生了女儿，女儿白白胖胖，眼睛乌黑，笑起来咯咯响。东锦给女儿取名明珠。

吃了晚饭，东锦载着美珍、明珠，在街上游一圈。回来，再和元顺下三盘棋。有时也去田畈玩。田畈椭圆形，散发清新的草青味，晚归的鹡鸰，三五成群，边飞边叫，嘁嘁。若是禾苗泛青的时节，又脆又薄的晚空，白鹭一行行飞过，飞往偏僻的塘边樟树林。这样的景象，一滴滴地渗透进人的血液，会成为终生的记忆。

明珠七岁的那年冬，疏雨冷风的夜晚，东锦做了一个梦。他梦见一个老僧坐在大雪之中，雪覆盖了老僧。雪一直下，老僧的头上开出一枝红梅花。东锦坐起来，低声哭了。美珍问他怎么哭了，他说他也不知道为什么哭，他说他很想去找找那个老僧。

第二天中午，有一个外地人，开着柳州五菱面包车，来到东锦家里，说：“请你去一趟河口，有一个老人等你见见。”东锦感到莫名其妙。河口是铅山县城，距郑坊百公里，他从来没去过。东锦问：“老人找我有什么事？”

“老人是孤寡的，在河口老街开茶铺，有十多年了，也卖自己画的画。老人刚过世。老人生前有留言，说，他死了，请你画一幅遗像。”来人说。

“老人叫什么名字？”

“北河。我是开古玩店的，和北河叔两对门，也是至交了。”

东锦带着美珍，一起坐上面包车，去了河口。河口是信江第一码头，江水滔滔。雨飘飘洒洒，江面迷蒙。到了茶铺店，上了二楼卧房，东锦看见一个头发花白的老人躺在床上，面容苍白，神情慈祥。东锦跪了下去，说：“师傅，这么多年，你也不告诉我们一声，你去了哪里。你为什么要走得这么远啊？师娘临走，也没见上你一面。”

和顺给东锦留了一封信。信是小楷写的：

徒儿东锦：

我不日将离世，有诸事告知于你。

一、有两箱画，是我所画所喜，由你保管，以作纪念。

二、离家已十九年，皆因孩子已成家立业，我需过心中所愿生活，安静画画，脱离凡事羁绊，唯有离家。生而为人，尽家责尽公职之外，还得尽愿。

三、我的后事，由你料理，所需之钱，在我茶叶木桶里。骨灰撒在信江里，不要带回去。我的死讯不要告知别人，当作我十九年前已死。不要给我作画像，也不要画遗像。生命依托肉身而存在。

四、我一生只爱三个女人：母亲、妻子、女儿。但终究事了拂衣而去。

五、你好好生活。好好活着，是活着的唯一目的。

2011年冬，河口。

和顺。病中。冷雨。

读完信，东锦呆坐在木地板上。北风拍打着玻璃窗，哐啷哐啷。

美珍陪着他，在师傅床前，坐了一个通宵。这是一个冗长寂静的夜晚，只有烛火在飘忽，北风呼啸而过。一个无尽的长夜，江水远逝。他把美珍抱在怀里。他的泪水，滴在她的脸上。他没有感觉到过多悲痛，而是苍凉。或许，生命的质地就是苍凉，孤独、坚韧的苍凉，崖松的苍凉。苍凉感，让人扎根在大地之中。否则，人会被风掳走、被水推走。

给他安慰的是，师傅的面容很安详、洁净。师傅走得无憾，也无痛苦，如树老死山中。师傅过了近二十年隐姓埋名的生活，依本心而活，活得很满足。从师傅的面容中，他看出来了。人离世，最后的面容，浓缩了一生的经历。

美珍在他怀里睡去。炭火在烧，火星轻溅。火星微弱炸裂的声音，嚓嚓嚓，很是悦耳。他看看炭火，看看美珍。他觉得美珍如火一样美。他抱她抱得更紧了一些，他一遍一遍地抚摸她的头发。

雨不但没有停歇的意思，反而下得更热烈了。

这是早春的一天，河水油亮，篱笆墙上挂满迎春花。枯柳的根部滋生出鲜绿的苔藓，两只银雀叽叽地叫，叫着跳着。田野漾起绿汪汪的春水。放鸭人高声吹起口哨，用竹梢赶着鸭子下田。白菜开黄花，萝卜开白花。和风柔软，催促草木抽枝发芽。东锦的院子里聚满了客人。屋檐挂着红灯笼。暖阳高照。

这一天，东锦木雕工作室开业。东锦没想过离开木雕厂，独立干一份事业。师傅过世之后，他开始琢磨这件事。他想带徒弟，想得很迫切。他是个手艺人，以手艺养家。但也不是一个单纯的手艺人，他有许多想法，需要传给下一代人。和顺师傅也是这样传给他的，师傅传不了的东西，自己在经历中慢慢体悟。木雕是一门聪慧人干的苦工手艺。传承一门古老的手艺，需经年累月。

第一批，东锦选了三人，都是残障小青年。东锦这样想，三年带一批，一批带三个，连帮带。美珍负责开木雕网店，实行网上销售。工作室开了半年，生意红火起来了。

东锦是个手艺人，但更多的时候，他把自己当作一个画师。他画过九十二张遗像。每一张遗像，他都画两幅，一幅给死者家属，一幅挂在自家阁楼。阁楼上的遗像，他都注明了时间、地名，及死者姓名、寿数，并落款。其中五十六幅遗像，他去过死者现场。

每次去现场，东锦都非常纠结，却又无法拒绝。谁也拒绝不了死者的最后一次请求。给死者家属美好的安慰，也是告慰死者。每一次落笔画遗像，他都无法平静。似乎他每落下一笔，死者会消失一点儿，遗像画完了，死者彻底消失了，仅仅化作一团墨。大多数遗像中人，他不认识。但他熟悉死者的生命历程，熟悉死者带不走的光影声色。他触摸到了遗像中人的脉搏、体温、气味。遗像中人仿佛是一条秘密的地下河，他深入了下去，蹚着水，感受河流的脉动。

在清明、除夕，东锦登上阁楼，给每一幅遗像拜香。在阁楼中央，他立了一尊罗汉像。每画一幅遗像，都是他深度认识生命的艰难过程。他曾为其中的几幅遗像彻夜哭泣。生命，是一个幸福欢乐的旅程，而有时候，又是那么令人痛苦、绝望、孤立无援。曾有一个男人，抱着因肺炎而死去的幼女，整整抱了三天，不喝不睡。他给可爱的女孩画了水粉遗像。女孩不足四周岁。还有一个女孩，婚礼刚结束，就死了。她患了骨癌。她的男人抱着她举行婚礼。他给女孩画了一个宏大的婚礼现场，作为遗像。

每一幅遗像，就如一扇黑暗之门。进入黑暗之门的人，在夜空中以星星的名义显现。透过门孔，可以看见火光、海洋和环形山。